Henry Rider Haggard
Kleopatra

Das Buch

Die Geschichte des Untergangs von Antonius und Kleopatra, geschildert aus der Sicht des Magiers Harmachis, einem der letzten Ägypter von pharaonischem Geblüt. Als ausersehener Nachfolger auf dem Pharaonenthron und Anführer einer Revolte gegen die griechische Fremdherrschaft soll Harmachis die im Volk verhasste Königin Kleopatra töten. Doch das Komplott wird durch Verrat vereitelt. Harmachis erliegt der Verführungskraft der schönen Ägypterin und wird ihr Geliebter, mit der Folge, dass auch ihn der Fluch der alten Pharaonen ereilt.

Der Autor

Henry Rider Haggard (1856 – 1925) trat 1875 in den britischen Kolonialdienst in Südafrika. Dort machte er sich mit der Zulu-Kultur vertraut und hatte eine Affäre mit einer afrikanischen Frau, – eine tiefe Beziehung, die seine Darstellung von Frauen beeinflusste und später psychoanalytische Interpretationen seiner Romane nach sich zog. 1881 kehrte Haggard nach England zurück, wo er seine juristischen Examina ablegte und weiter für die Regierung tätig war. Seinen Lebensunterhalt aber verdiente er vor allem als produktiver und erfolgreicher Schriftsteller, dessen Abenteuerromane durch seinen Aufenthalt in Afrika sowie sein Interesse an antiken Kulturen und an allem Okkulten nachhaltig geprägt worden sind.

Henry Rider Haggard

Kleopatra

Abenteuerroman

Benu Fantastik

Die Deutsche Nationalbibliothek verzeichnet diese Publikation in der Deutschen Nationalbibliografie; detaillierte bibliografische Daten sind im Internet über http://dnb.dnb.de abrufbar.

Die englische Originalausgabe *Cleopatra* erschien erstmals in 5 Fortsetzungen in der Zeitschrift *The Illustrated London News* zwischen Januar und Juni 1889 und als Buchausgabe bei Longmans, Green & Co, London, am 24. Juni 1889. Die vorliegende Neuübersetzung von Bernward Schneider erfolgte in Anlehnung an die erste deutsche Übersetzung von Arthur Schilbach aus dem Jahre 1898.

© 2021 für diese Ausgabe:
Benu Verlag, Bernward Schneider,
Covergestaltung: B. Schneider unter Verwendung eines Bildmotivs (Ausschnitt) aus: »Kleopatra und Cäsar« von Jean-Léon Gérôme (1824-1904)
Herstellung und Verlag:
BoD – Books on Demand, Norderstedt
ISBN 978-3-7543-4636-5
Benu Fantastik Nr. 5

INHALT

Drittes Buch Die Rache des Harmachis

EINLEITUNG

In einem abgelegenen Tal der trostlosen libyschen Berge, die hinter dem Tempel und der Stadt Abydus, der angeblichen Begräbnisstätte des heiligen Osiris, liegen, wurde kürzlich ein Grab entdeckt, zu dessen Inhalt die Papyrusrollen gehörten, auf denen diese Geschichte geschrieben stand. Das Grab selbst ist geräumig, aber ansonsten nur durch die Tiefe des Schachtes bemerkenswert, der von der in den Fels gehauenen Höhle, die einst als Totenkapelle für die Freunde und Verwandten des Verstorbenen diente, senkrecht in die darunter liegende Sargkammer hinabführt. Dieser Schacht ist nicht weniger als neunundachtzig Fuß tief. In der Kammer wurden an ihrem unteren Ende nur drei Särge gefunden, obwohl sie groß genug für viele weitere war. Zwei davon, die aller Wahrscheinlichkeit nach die Körper des Hohepriesters Amenemhat und seiner Frau, Vater und Mutter von Harmachis, dem Helden dieser Geschichte bargen, wurden von den Arabern, die sie dort entdeckten, rücksichtslos aufgebrochen.

Die Araber zerstörten die Leichen, um zwischen ihren Knochen nach Schätzen zu suchen, und dann die sterblichen Überreste für ein paar Piaster an den letzten unwissenden Reisenden, der ihnen über den Weg lief, zu verkaufen. In Ägypten finden die Lebenden ihr Brot in den Gräbern der großen Männer, die vor ihnen da waren.

Einige Zeit nach dem Fund fuhr ein Arzt, der dem Verfasser dieser Zeilen bekannt ist, den Nil hinauf nach Abydus und wurde mit den Männern, die jenes Grab beraubt hatten, bekannt. Sie enthüllten ihm das Geheimnis des Ortes und sagten ihm, dass einer der Särge noch immer unzerstört sei. Es müsse der Sarg einer armen Person sein, meinten sie, und da sie unter Zeitdruck standen, hatten sie ihn unangetastet gelassen. Von der Neugierde getrieben, die Geheimnisse eines noch unentdeckten Grabes zu erforschen, bestach mein Freund die Araber, es ihm zu zeigen. Was dann geschah, werde ich in seinen eigenen Worten wiedergeben, genau so, wie er es mir geschrieben hat:

»Ich schlief in dieser Nacht in der Nähe des Sethi-Tempels und brach am nächsten Morgen vor Tagesanbruch auf. Bei mir waren ein schielender Schurke namens Ali und eine kleine, aber erlesene Auswahl seiner Helfershelfer. Innerhalb einer Stunde nach Sonnenaufgang erreichten wir das Tal, in dem sich das Grab befand. Es war ein trostloser Ort, in den die Sonne den ganzen langen Tag ihre sengende Hitze goss, bis die riesigen braunen Felsen, die dort verstreut lagen, so heiß wurden, dass man es kaum ertragen konnte, sie zu berühren, und der Sand die Füße versengte. Es war bereits zu heiß, um zu Fuß zu gehen, also ritten wir auf Eseln ein Stück das Tal hinauf – wo ein Geier, der weit in der blauen Luft schwebte, der einzige andere Besucher war – bis wir zu einem riesigen Felsblock kamen, der durch die jahrhundertelange Einwirkung von Sonne und Sand poliert worden war. Hier hielt Ali an und sagte, dass sich das Grab unter dem Stein befände. Wir stiegen ab und ließen die Esel in der Obhut eines Fellachenjungen zurück, um zu dem Felsen hinaufzugehen. Unten an seinem Fuß erblickte ich ein kleines Loch, kaum groß genug für einen Mann, um hindurchzukriechen. Es war von Schakalen gegraben worden, denn der Eingang und ein Teil der Höhle waren völlig verschlammt, und durch dieses Schakalloch war das Grab entdeckt worden. Ali kroch auf Händen und Knien hinein, und ich folgte ihm, um mich an einem Ort wiederzufinden, der nach der heißen Außenluft kalt und, im Gegensatz zum hellen Tageslicht, von einer erschreckenden Dunkelheit erfüllt war.

Wir zündeten unsere Kerzen an, und nachdem die erlesene Schar der Diebe eingetroffen war, nahm ich eine Untersuchung vor. Wir befanden uns in einer recht großen Höhle, die von Hand ausgegraben worden war, wobei der weitere Teil der Höhle fast frei von Sand war. An den Wänden befanden sich religiöse Malereien der üblichen ptolemäischen Art, darunter die eines majestätischen alten Mannes mit langem weißen Bart, der auf einem geschnitzten Stuhl saß und einen Stab in der Hand hielt[1]. Vor ihm ging eine Prozession von Priestern, die heilige Bilder trugen. In der rechten Ecke des Grabes befand sich der Schacht der Mumiengrube, ein in den schwarzen Fels gehauener Brunnen mit quadratischer Öffnung.

Wir hatten einen Balken aus Dornenholz mitgebracht, der nun über die Grube gelegt und an dem ein Seil befestigt wurde. Dann ergriff Ali – der, um ihm gerecht zu werden, ein mutiger Dieb ist – das Seil, steckte einige Kerzen in die Brust seines Gewandes, stellte seine nackten Füße gegen die glatten Seiten des Brunnens und begann mit großer Geschwindigkeit hinabzusteigen. Sehr bald war er in der Schwärze verschwunden, und allein die Bewegung des Seils verriet uns, dass unten etwas vor sich ging. Endlich hörte das Seil auf zu zittern, und ein leiser Schrei dröhnte den Brunnen herauf und verkündete Alis sichere Ankunft. Dann erschien weit unten ein winziger Lichtstern. Er hatte die Kerze angezündet und damit Hunderte von Fledermäusen aufgeschreckt, die in einem endlosen Strom und so leise wie Geister nach oben huschten. Das Seil wurde wieder hochgezogen, und nun war ich an der Reihe; aber da ich es ablehnte, meinen Hals der Hand-über-Hand-Methode des Abstiegs anzuvertrauen, wurde das Ende des Seils um meine Mitte befestigt und ich wurde körperlich in diese heiligen Tiefen hinabgelassen. Es war keine angenehme Reise, denn wenn die Herren der Lage oben einen Fehler gemacht hätten, wäre ich in Stücke gerissen worden. Außerdem flogen

---

[1] Das ist wohl ein Porträt von Amenemhat selbst.

mir die Fledermäuse ständig ins Gesicht und klammerten sich an mein Haar, und ich habe eine große Abneigung gegen Fledermäuse.

Endlich, nach einigen Minuten des Ruckelns und Baumelns, fand ich mich in einem engen Durchgang an der Seite Alis stehend, bedeckt mit Fledermäusen und Schweiß und mit Hautabschürfungen an Knien und Knöcheln. Dann kam ein anderer Mann herunter, Hand über Hand wie ein Seemann, und nachdem die anderen aufgefordert wurden, oben zu bleiben, waren wir bereit, weiterzugehen. Ali ging mit seiner Kerze voran – natürlich hatte jeder von uns eine Kerze – und führte uns einen langen Gang hinunter, der etwa fünf Fuß hoch war. Schließlich verbreiterte sich der Gang und wir kamen in die Grabkammer: Ich glaube, es war der heißeste und stillste Ort, den ich je betreten habe. Es war einfach zum Ersticken. Ich hielt die Kerzen hoch und schaute mich um. Die Kammer war ein quadratischer, in den Felsen gehauener Raum ohne Gemälde oder Skulpturen. Überall lagen Trümmer der Sarkophage und die mumifizierten Überreste der beiden Körper verstreut, die die Araber zuvor geschändet hatten. Die Malereien auf den ersteren waren von außerordentlicher Schönheit, obwohl ich sie nicht entziffern konnte, da ich keine Ahnung von Hieroglyphen habe. Perlen und würzige Umhüllungen lagen um die Überreste, die, wie ich sah, die eines Mannes und einer Frau waren[2]. Der Kopf war vom Körper des Mannes abgebrochen worden. Ich hob ihn auf und betrachtete ihn. Er war glatt rasiert worden – nach dem Tod, würde ich sagen, nach den allgemeinen Anzeichen – und die Gesichtszüge waren mit Blattgold bedeckt. Aber ungeachtet dessen und der Schrumpfung des Fleisches, denke ich, dass das Gesicht eines der imposantesten und schönsten war, das ich je gesehen habe. Es war das eines sehr alten Mannes, und sein to-

---

[2] Zweifellos Amenemhat und seine Frau.

tes Antlitz trug noch immer einen so ruhigen und feierlichen, ja, einen so schrecklichen Ausdruck, dass ich ganz abergläubisch wurde (obwohl ich, wie Sie wissen, ziemlich gut an tote Menschen gewöhnt bin) und den Kopf eilig niederlegte. Auf dem Gesicht der zweiten Leiche waren noch einige Umhüllungen, die ich nicht entfernte; aber sie musste zu ihrer Zeit eine schöne große Frau gewesen sein.

›Dort ist die andere Mumie‹, sagte Ali und zeigte auf einen großen und massiven Kasten, der achtlos in eine Ecke geworfen war und auf der Seite lag.

Ich untersuchte ihn sorgfältig. Er war aus ganz einfachem Zedernholz – keine Inschrift, kein einziges Bild darauf.

›So einen wie den hab ich noch nie gesehen‹, sagte Ali. ›Das Begräbnis musste wohl schnell gehen, deshalb wurde die Inschrift nicht vollendet. Der Sarg gibt nichts her. Ich habe ihn als wertlos beiseite geschoben.‹

Ich betrachtete den schlichten Kasten und mein Interesse wurde gründlich geweckt. Der Anblick des verstreuten Überreste der Verstorbenen hatte mich so erschreckt, dass ich mir vorgenommen hatte, den verbliebenen Sarg nicht zu berühren – doch nun überkam mich die Neugier, und wir machten uns an die Arbeit.

Ali hatte einen Hammer und Meißel mitgebracht, und nachdem er den Sarg aufgerichtet hatte, begann er ihn mit dem ganzen Eifer eines erfahrenen Grabräubers zu bearbeiten. Und dann wies er auf eine weitere Sache hin. Die meisten Mumienkästen sind mit vier kleinen Holzzungen befestigt, zwei auf jeder Seite, die in der oberen Hälfte fixiert sind, dieser Mumienkasten hatte aber acht solcher Zungen. Offensichtlich war man daran bedacht gewesen, den Sarg fest zu sichern. Mit großen Anstrengungen hoben wir den massiven Deckel an, der fast drei Zoll dick war; und darin lag mit einer dicken Schicht von losen Gewürzen bedeckt (was sehr ungewöhnlich ist) der Körper.

Ali schaute ihn mit offenen Augen an, – kein Wunder,

denn diese Mumie war anders als andere. Mumien liegen im Allgemeinen auf dem Rücken, so steif und ruhig, als wären sie aus Holz geschnitten; aber diese Mumie lag auf der Seite, und trotz der Umhüllung waren ihre Knie leicht gebeugt. Mehr als das; die Goldmaske, die nach der Mode der ptolemäischen Zeit das Gesicht bedeckte, war unter den Kopf gerutscht.

Es war unmöglich, beim Anblick dieser Dinge den Gedanken zu vermeiden, dass die Mumie sich mit Gewalt bewegt hatte, nachdem sie in den Sarg gelegt worden war.

›Merkwürdige Mumie‹, sagte Ali. ›Der war noch nicht tot, als man den Sarg verschloss.‹

›Unsinn!‹, erwiderte ich. ›Wer hat je von einer lebenden Mumie gehört?‹

Wir hoben den Körper aus dem Sarg und erstickten uns dabei fast mit Mumienstaub, und dort unter ihm, halb versteckt zwischen den Gewürzen, machten wir unseren ersten Fund. Es war eine Papyrusrolle, nachlässig befestigt und eingewickelt in ein Stück Mumientuch, das allem Anschein nach im Moment des Schließens in den Sarg geworfen worden war[3].

Ali beäugte den Papyrus neugierig, aber ich ergriff ihn und steckte ihn in meine Tasche, denn es war vereinbart, dass ich alles haben sollte, was wir fänden. Dann begannen wir, die Leiche auszupacken. Sie war mit sehr breiten, kräftigen Binden bedeckt, die dick gewickelt und grob gebunden waren, manchmal mit einfachen Knoten, und das Ganze machte den Eindruck, als sei es in großer Eile und mit Mühe ausgeführt worden. Direkt über dem Kopf befand sich ein großer Klumpen. Bald waren die Verbände, die ihn

---

[3] Diese Rolle enthält das dritte, unvollendete Buch unserer Erzählung. Die anderen beiden Rollen befanden sich in der gewöhnlichen Form. Alle drei waren von derselben Hand in demotischer Schrift verfasst.

bedeckten, abgenommen, und auf dem Gesicht lag ein zweiter Papyrus. Ich streckte meine Hand aus, um ihn wegzuziehen, aber er ließ sich nicht entfernen. Er schien an dem dicken, nahtlosen Leichentuch befestigt zu sein, das über den ganzen Körper gezogen und unter den Füßen zusammengebunden war – wie ein Bauer Säcke bindet. Dieses Leichentuch, das ebenfalls dick gewachst war, bestand aus einem Stück und war wie ein Kleidungsstück an den Körper angepasst. Ich nahm eine Kerze und untersuchte den Papyrus, und dann sah ich, warum er fest war. Die Gewürze waren erstarrt und hatten ihn mit dem sackartigen Leichentuch verklebt. Es war fast unmöglich, ihn loszubekommen, ohne die äußeren Papyrusblätter zu zerreißen[4].

Schließlich gelang es mir doch, ihn abzulösen, und ich steckte ihn mit den anderen in meine Tasche.

Dann fuhren wir schweigend mit unserer furchtbaren Aufgabe fort. Mit viel Sorgfalt rissen wir das sackartige Gewand los, und endlich lag der Körper eines Mannes vor uns. Zwischen seinen Knien lag eine dritte Papyrusrolle. Ich brachte sie in Sicherheit, hielt dann das Licht herunter und sah den Toten an. Ein Blick auf sein Gesicht reichte aus, um einem Arzt zu sagen, wie er gestorben war.

Dieser Körper war nicht ganz ausgetrocknet. Offensichtlich hatte er nicht die ihm zustehenden siebzig Tage in Natron verbracht, und deshalb waren der Ausdruck und das Aussehen besser erhalten, als es üblich ist. Ohne auf Einzelheiten einzugehen, will ich nur sagen, dass ich hoffe, nie wieder einen solchen Blick zu sehen, wie der, der auf dem Gesicht dieses toten Mannes eingefroren war. Selbst die Araber schreckten davor zurück und begannen, Gebete zu murmeln.

Im Übrigen fehlte die übliche Öffnung auf der linken Sei-

---

[4] Dies erklärt die Lücken auf den letzten Seiten der zweiten Rolle.

te, durch die die Einbalsamierer ihre Arbeit verrichteten; die fein geschnittenen Gesichtszüge waren die eines Menschen mittleren Alters, obwohl das Haar bereits grau war, und der Körperbau war der eines sehr kräftigen Mannes, die Schultern waren von einer außergewöhnlichen Breite. Ich hatte jedoch keine Zeit, ihn genau zu untersuchen, denn innerhalb weniger Sekunden nach seiner Enthüllung begann der nicht einbalsamierte Körper zu zerbröckeln, da er nun der Einwirkung der Luft ausgesetzt war. Nach fünf oder sechs Minuten war buchstäblich nichts mehr von ihm übrig, außer einer Haarsträhne, dem Schädel und ein paar der größeren Knochen. Ich bemerkte, dass eines der Schienbeine – ich habe vergessen, ob es das rechte oder das linke war – gebrochen und sehr schlecht zusammengesetzt war. Es musste einen ganzen Zoll kürzer gewesen sein als das andere.

Nun gab es nichts mehr zu finden, und jetzt, wo die Aufregung vorüber war, fühlte ich mich aufgrund der Hitze, der Anstrengung und des Geruchs von Mumienstaub und Gewürzen mehr tot als lebendig. –

Ich bin des Schreibens müde, und das Schiff rollt stark. Dieser Brief geht natürlich über den Landweg zu Ihnen und ich komme auf dem ›langen Seeweg‹, hoffe aber, innerhalb von zehn Tagen, nachdem Sie ihn erhalten haben, in London zu sein. Dann werde ich Ihnen von meinen Erlebnissen während des Aufstiegs aus der Grabkammer berichten und davon, wie dieser Schurkenfürst Ali und seine Diebe versuchten, mir Angst einzujagen, damit ich die Papyri aushändige, und wie ich sie besiegte. Dann werden wir auch die Rollen entziffern lassen. Ich erwarte, dass sie nur das Übliche enthalten, nämlich Kopien des ›Totenbuchs‹, aber vielleicht steht auch noch etwas anderes darin. Unnötig zu sagen, dass ich von meinem kleinen Abenteuer in Ägypten nichts erzählt habe, sonst hätte ich die Leute vom Boulac-Museum auf meiner Spur gehabt.«

Zu gegebener Zeit kam mein Freund, der Schreiber des Briefes, aus dem ich zitiert habe, in London an, und gleich am nächsten Tag besuchten wir einen gelehrten Bekannten, der sich gut mit Hieroglyphen und demotischer Schrift auskannte. Die Besorgnis, mit der wir ihn beobachteten, wie er geschickt eine der Rollen auseinanderfaltete und durch seine goldumrandete Brille auf die geheimnisvollen Zeichen blickte, kann man sich gut vorstellen.

»Hm«, sagte er, »was immer es ist, es ist keine Kopie des ›Totenbuchs‹. Bei Gott, was ist das? Kle – Kleo – Kleopatra! So wahr ich lebe, meine Herren! Dies die Geschichte von jemandem, der in den Tagen der Kleopatra lebte, *der* Kleopatra, denn hier steht Antonius' Name zusammen mit ihrem! Nun, es liegt hier ein halbes Jahr Arbeit vor mir – sechs Monate, mindestens!« Und bei dieser freudigen Aussicht verlor er geradezu die Beherrschung, hüpfte im Zimmer herum, schüttelte uns in Abständen die Hände und sagte: »Ich werde es übersetzen – ich werde es übersetzen, und wenn es mich umbringt, und wir werden es veröffentlichen; und, beim lebenden Osiris, es wird jeden Ägyptologen in Europa vor Neid verrückt machen! Oh, was für ein Fund! Was für ein glorreicher Fund!«

Und du, Leser, dessen Augen auf diese Seiten fallen, siehe, – sie wurden übersetzt, und sie wurden gedruckt, und hier liegen sie vor dir – ein unentdecktes Land, in dem du frei reisen kannst!

Harmachis spricht zu dir aus seinem vergessenen Grab. Die Mauern der Zeit fallen, und wie durch einen Blitzstrahl erleuchtet, beginnt ein Bild aus der Vergangenheit vor deinen Augen zu entstehen, eingerahmt in die Dunkelheit eines vergangenen Zeitalters.

Er zeigt dir die beiden Ägypter, auf die die stummen Pyramiden vor langen Jahrhunderten herabblickten – das Ägypten der Griechen, Römer und Ptolemäer, und das andere, verblichene Ägypten des Hierophanten[5], uralt an Jahren, schwer von den Legenden des Altertums und der Erinnerung an längst vergessene Ehren.

Er erzählt dir, wie die schwelende Loyalität des Landes Khem aufflammte, bevor sie starb, und wie heftig der alte, der Zeit geweihte Glaube gegen die erobernde Flut des Wandels kämpfte, die sich wie der Nil bei der Flut erhob und die alten Götter Ägyptens ertränkte.

Hier, auf seinen Seiten, wirst du die Herrlichkeit von Isis, der Vielgestaltigen, der Vollstreckerin der Dekrete, kennenlernen. Hier wirst du die Bekanntschaft mit dem Schatten Kleopatras machen, jenem »Feuergeist«, dessen leidenschaftlich reizende Schönheit das Schicksal von Imperien prägte. Hier wirst du lesen, wie die schöne Charmion von dem Schwert erschlagen wurde, das sie selbst aus Rache schmiedete.

Hier bittet dich Harmachis, der todgeweihte Ägypter, der im Begriff steht, diese Welt zu verlassen, dem Weg zu folgen, den er gegangen ist. In der Geschichte seiner verlorenen Jahre zeigt er dir, was in mancher Hinsicht die Geschichte deines eigenen Lebens sein kann. Laut klagend aus dem düsteren Amenti[6], wo er heute seine lange Sühnezeit ableistet, erzählt er in der Geschichte seines Sturzes das Schicksal desjenigen, der in schwere Versuchung gerät und seinen Gott, seine Ehre und sein Land vergisst.

---

[5] Enthüller der Geheimnisse
[6] Ägyptischer Hades oder Fegefeuer

ERSTES BUCH
DIE VORBEREITUNG DES HARMACHIS

1. Die Prophezeiung der Hathoren

Bei Osiris, der in Abouthis ruht, ich schreibe die Wahrheit. Ich, Harmachis, Erbpriester des Tempels, errichtet von dem göttlichen Sethi, einst Pharao von Ägypten, und nun gerechtfertigt in Osiris und regierend in Amenti. Ich, Harmachis, durch göttliches Recht und durch wahre Abstammung des Blutes König der Doppelkrone und Pharao des Oberen und Unteren Landes. Ich, Harmachis, der die sich öffnende Blume unserer Hoffnung wegwarf, der sich vom glorreichen Pfad abwandte, der die Stimme Gottes vergaß, als er auf die Stimme einer Frau hörte. Ich, Harmachis, der Gefallene, in dem sich alles Leid sammelt wie das Wasser in einem Wüstenbrunnen; ich, der ich jede Schande gekostet habe, ich, der ich durch Betrug verraten wurde und der ich durch den Verlust der zeitlichen Herrlichkeit auch der ewigen verlustig gegangen bin; ich, Harmachis, der ich der ewigen Verdammnis anheim gefallen bin – ich schreibe bei dem, der da ruht in Abouthis, die Wahrheit.

O Ägypten, teures Land von Khem, dessen schwarze Erde meinen sterblichen Teil genährt hat, Land, das ich verraten habe, o Osiris, Isis, Horus, ihr Götter Ägyptens, die ich verraten habe, o ihr Tempel, deren Tore den Himmel berühren, deren Glauben ich verraten habe. O königliches Blut der alten Pharaonen, das noch in diesen verdorrten Adern fließt, deren Tugend ich verraten habe! O unsichtbare Essenz alles Guten! Und – o Schicksal, dessen Gleichlauf in meiner Hand ruhte – hört mich an und bezeugt mir bis zum Tag des endgültigen Untergangs, dass ich die Wahrheit schreibe.

Noch während ich schreibe, fließt jenseits der fruchtbaren Felder der Nil rot, wie mit Blut. Vor mir schlägt das Sonnenlicht auf die fernen arabischen Hügel, und fällt auf die Häuser von Abouthis. Noch immer beten Priester in den Tempeln von Abouthis, die mich nicht mehr kennen, noch immer werden die Opfer dargebracht, und die steinernen Dächer lassen die Gebete des Volkes widerhallen. Noch immer beobachte ich von dieser einsamen Zelle in meinem Gefängnisturm aus deine flatternden Banner, Abouthis, die von deinen Pylonwänden herabhängen, und höre die Gesänge, wenn sich die lange Prozession von Heiligtum zu Heiligtum windet.

Abouthis, verlorenes Abouthis! Mein Herz geht zu dir hinaus! Denn es kommt der Tag, an dem der Wüstensand deine geheimen Stätten füllen wird! Deine Götter sind dem Untergang geweiht, o Abouthis! Ein neuer Glaube wird all deine Heiligtümer verhöhnen, und ein Zenturio wird über deine Festungsmauern hinweg einen Zenturio anrufen. Ich weine – ich weine Tränen aus Blut; denn mein ist die Sünde, die dieses Übel herbeigeführt hat, und mein ist für immer die Schmach.

Siehe, so steht es geschrieben.

Hier in Abouthis wurde ich geboren, ich, Harmachis, und mein Vater, der Gerechte in Osiris, war der Hohepriester des Tempels von Sethi. An demselben Tag meiner Geburt wurde auch Kleopatra, die Königin von Ägypten, geboren. Meine Jugend verbrachte ich in jenen Gefilden, sah den niederen Leuten bei ihrer Arbeit zu und ging nach Belieben in den großen Höfen der Tempel ein und aus. Von meiner Mutter wusste ich nichts, denn sie starb, als ich noch an ihrer Brust hing. Aber bevor sie starb, in der Regierungszeit des Ptolemäus Aulêtes, der der Pfeifer genannt wird, so erzählte mir die alte Frau Atoua, nahm meine Mutter einen goldenen Uräus, das Schlangensymbol unseres ägyptischen Königtums, aus einer Schatulle aus Elfenbein und legte ihn auf meine Stirn. Und diejenigen, die sie dies tun sahen, glaubten, dass sie von der Gottheit verstört war und in ihrem Wahnsinn voraussah, dass der Tag der makedonischen Lagiden[7] beendet war und dass Ägyptens Zepter wieder in die Hand des wahren und königlichen Geschlechts Ägyptens übergehen sollte. Aber als mein Vater, der alte Hohepriester Amenemhat, dessen einziges Kind ich war, sah, was die sterbende Frau tat, hob er seine Hände zum Himmelsgewölbe empor und betete den Unsichtbaren an, wegen des Zeichens, das gesandt worden war.

Und während er anbetete, erfüllten die Hathoren meine sterbende Mutter mit dem Geist der Prophezeiung, und sie erhob sich von ihrem Lager und warf sich dreimal vor der Wiege nieder, in der ich schlafend lag, die königliche Schlange auf meiner Stirn, und rief laut:»Heil dir, du Frucht meines Leibes! Gegrüßt seist du, Königskind! Gegrüßt seist du, Pharao, der du sein wirst! Gegrüßt seist du, Gott, der du das Land reinigen sollst, göttlicher Same von Nekt-nebf, der von Isis abstammt. Halte dich rein, und du sollst Ägypten regieren und befreien und nicht vernichtet werden. Doch wenn du in der Stunde der Prüfung versagst, dann möge der Fluch aller Götter Ägyptens auf dir ruhen und der Fluch deiner königlichen Vorfahren, der Rechtschaffenen, die das Land vor dir regierten. Dann magst du im Leben elend sein, und nach dem Tod mag Osiris dich ablehnen, und die Richter von Amenti mögen über dich urteilen, und Set und Sekhet mögen dich quälen, bis deine Sünde getilgt ist, und die Götter Ägyptens, die mit fremden Namen genannt werden, wieder in den Tempeln angebetet werden, und der Stab des Unterdrückers zerbrochen wird und die Spuren des Fremden weggefegt werden, und alles so vollendet wird, wie du es in deiner Schwachheit bewirken solltest.«

Als sie so gesprochen hatte, fuhr der Geist der Weissa-

---

[7] Makedonisch-griechische Dynastie der Ptolemäer.

gung aus ihr heraus, und sie fiel tot über die Wiege, in der ich schlief, so dass ich mit einem Schrei erwachte.

Aber mein Vater, Amenemhat, der Hohepriester, zitterte und fürchtete sich sehr wegen der Worte, die der Geist der Hathoren durch den Mund meiner Mutter gesagt hatte, und auch, weil das, was gesagt worden war, Verrat an Ptolemäus war. Denn er wusste, dass der Pharao, wenn Ptolemaios die Sache zu Ohren käme, seine Wachen aussenden würde, um das Leben des Kindes zu vernichten, über das solche Dinge geweissagt worden waren. Deshalb schloss mein Vater die Türen und ließ alle, die dabeistanden, auf das heilige Zeichen seines Amtes und auf den Namen der göttlichen Drei und auf die Seele derjenigen, die tot auf den Steinen neben ihnen lag, schwören, dass nichts von dem, was sie gesehen und gehört hatten, über ihre Lippen kommen sollte.

Nun war unter den Anwesenden die alte Atoua, die die Amme meiner Mutter gewesen war und sie sehr liebte; und in diesen Tagen, obwohl ich nicht weiß, wie es in der Vergangenheit gewesen war und wie es in der Zukunft sein wird, gab es keinen Eid, der die Zunge einer Frau binden konnte. Und so geschah es, dass sie nach und nach, als die Sache in ihrem Geist heimisch geworden war und ihre Angst von ihr abgefallen war, ihrer Tochter, die mich an der Brust stillte, nachdem meine Mutter tot war, von der Prophezeiung erzählte. Sie tat dies, während sie zusammen durch die Wüste gingen und dem Mann der Tochter, der Bildhauer war und Abbilder der heiligen Götter in den Gräbern formte, Essen brachten – und sie sagte der Tochter, meiner Amme, wie groß ihre Sorge und Liebe zu dem Kind sein müsse, das eines Tages Pharao sein und die Ptolemäer aus Ägypten vertreiben sollte. Aber die Tochter, meine Amme, war so verwundert über das, was sie hörte, dass sie die Geschichte nicht in ihrer Brust verschlossen halten konnte, und in der Nacht weckte sie ihren Mann und flüsterte sie ihm zu, und führte dadurch ihr eigenes Verderben und das Verderben ihres Kindes, meines Ziehbruders, herbei. Denn der Mann erzählte es seinem Freund, und der Freund war ein Spion des Ptolemaios, und so kam die Geschichte zu den Ohren des Pharaos.

Nun, der Pharao war sehr beunruhigt darüber, denn obwohl er, wenn er voll von Wein war, den Gott der Ägypter verhöhnte, und schwor, dass der römische Senat der einzige Gott war, vor dem er das Knie beugte, war in seinem Herzen eine schreckliche Angst, wie ich von einem, der sein Arzt war, erfuhr. Wenn er nachts allein war, schrie und weinte er laut zu dem großen Serapis, der in der Tat kein wahrer Gott ist, und zu anderen Göttern, weil er fürchtete, ermordet zu werden und seine Seele den Peinigern übergeben würde. Und wenn er fühlte, dass sein Thron unter ihm zitterte, schickte er große Geschenke zu den Tempeln und bat um eine Botschaft von den Orakeln, besonders von dem Orakel in Philae. Als ihm zu Ohren kam, dass die Frau des Hohepriesters des großen und alten Tempels von Abouthis vor ihrem Tod mit dem Geist der Prophezeiung erfüllt worden war und vorausgesagt hatte, dass ihr Sohn Pharao werden würde, fürchtete er sich sehr und rief einige treue Wachen zusammen – die, da sie Griechen waren, keine Angst hatten, ein Sakrileg zu begehen – und schickte sie mit einem Boot den Nil hinauf, mit dem Befehl, nach Abouthis zu kommen, dem Kind des Hohepriesters den Kopf abzuschlagen und ihn ihm in einem Korb zu bringen.

Aber das Boot, in dem die Wachen kamen, hatte einen großen Tiefgang, und da ihre Ankunft bei der niedrigsten Ebbe des Flusses geschah, stieß es an eine Schlammbank gegenüber der Mündung der Straße, die über die Ebene nach Abouthis führt, und blieb dort stecken, und da der Nordwind sehr heftig wehte, drohte es zu sinken. Da riefen die Wachen des Pharao dem gemeinen Volk, das sich am Ufer des Flusses mit dem Schöpfen von Wasser abmühte, zu, mit Booten zu kommen und sie herauszuholen; aber da sie sahen, dass es Griechen aus Alexandria waren, wollte niemand helfen, denn die Ägypter liebten die Griechen nicht. Da schrien die Wächter, sie seien im Auftrag des Pharao gekommen, doch das Volk wollte immer noch nicht und fragte, was denn ihr Auftrag sei. Da sagte ihnen ein Kämmerer unter ihnen, der sich in seiner Angst betrunken hatte, dass sie gekommen seien, das Kind des Hohenpriesters Amenemhat zu töten, von dem geweissagt war, dass es Pharao werden und die Griechen aus Ägypten vertreiben sollte. Da fürchteten sich die Leute und brachten Boote, da sie nicht wussten, was mit den Worten des Mannes gemeint sein könnte. Es war aber einer unter ihnen, ein Bauer und Kanalaufseher, der ein Verwandter meiner Mutter und dabei gewesen war, als sie weissagte; und er wandte sich um und lief schnell drei Viertelstunden lang, bis er zu der Stelle kam, wo ich in dem Haus lag, das sich außerhalb der Nordmauer des großen Tempels befand. Nun war mein Vater zufällig abwesend und die Wachen des Pharao, die auf Eseln ritten, waren nicht mehr fern. Da erzählte der Bote der alten Atoua, deren Zunge das Unglück herbeigeführt hatte, dass die Soldaten heranrückten, um mich zu töten. Und sie sahen einander an und wussten nicht, was sie tun sollten; denn hätten sie mich versteckt, so hätten die Wachen nicht aufgehört zu suchen, bis sie mich gefunden hätten. Der Mann aber schaute durch die Tür und sah ein kleines Kind beim Spielen: »Frau«, sagte er, »wem gehört das Kind?«

»Es ist mein Enkel«, antwortete sie, »der Pflegebruder des Fürsten Harmachis, dem Kind, dessen Mutter wir diesen bösen Fall verdanken.«

»Frau«, sagte er, »du kennst deine Pflicht, erfülle sie!«, und er zeigte wieder auf das Kind. »Ich befehle es dir, bei dem heiligen Namen!«

Atoua zitterte sehr, denn das Kind war von ihrem eigenen Blut; aber dennoch nahm sie den Jungen und wusch ihn und legte ihm ein seidenes Gewand an und legte ihn in meine Wiege. Und mich nahm sie und beschmierte mich mit Schlamm, um meine helle Haut dunkler zu machen, und zog mir mein Gewand aus und ließ mich im Dreck des Hofes spielen, was ich recht gerne tat.

Da verbarg sich der Mann, und alsbald ritten die Soldaten heran und fragten die alte Frau, ob dies die Wohnung des Hohenpriesters Amenemhat sei? Sie bejahte es und hieß sie eintreten und bot ihnen Honig und Milch an, denn sie waren durstig.

Als sie getrunken hatten, fragte der Kämmerer, der bei ihnen war, ob das der Sohn Amenemhats sei, der in der Wiege lag; und sie sagte:»Ja, ja«, und fing an, den Wächtern zu erzählen, wie groß er sein würde, denn es war von ihm geweissagt worden, dass er eines Tages über alle herrschen würde.

Aber die griechischen Wachen lachten, und einer von ihnen ergriff das Kind und schlug ihm mit dem Schwert den Kopf ab; und der Eunuch zog das Siegel des Pharao als Rechtfertigung für die Tat hervor und zeigte es der alten Atoua und befahl ihr, dem Hohepriester zu sagen, dass sein Sohn König ohne Kopf werden sollte.

Als sie gingen, sah einer von ihnen mich im Dreck spielen und rief, dass in dem Balg mehr Zucht sei als in dem Prinzen Harmachis; und einen Augenblick schwankten sie und dachten daran, auch mich zu erschlagen, aber schließlich zogen sie weiter und trugen den Kopf meines Ziehbruders, denn sie liebten es nicht, kleine Kinder zu töten.

Nach einer Weile kam die Mutter des toten Kindes vom Marktplatz zurück, und als sie erfuhr, was geschehen war, hätten sie und ihr Mann die alte Atoua, ihre Mutter, beinahe erschlagen und mich den Soldaten des Pharao ausgeliefert. Aber mein Vater kam auch gerade zurück und ließ, nachdem er die Wahrheit erfahren hatte, den Mann und seine Frau ergreifen und bei Nacht in ein dunklen Verließ des

Tempels bringen, und niemand hat jemals wieder etwas von ihnen gesehen.

Aber ich wünschte heute, es wäre der Wille der Götter gewesen, dass ich von den Soldaten erschlagen worden wäre und nicht das unschuldige Kind.

Danach wurde verkündet, dass der Hohepriester Amenemhat mich als Sohn zu sich genommen hatte anstelle des Harmachis, der vom Pharao erschlagen worden war.

2. Die Tötung des Löwen

Nach diesen Geschehnissen beunruhigte uns Ptolemaios, der Pfeifer, nicht mehr, er sandte keine Soldaten aus, um den zu suchen, von dem geweissagt worden war, dass er Pharao werden sollte. Der Kopf des Kindes, meines Ziehbruders, wurde ihm von dem Eunuchen gebracht, als er in seinem Marmorpalast in Alexandria, berauscht von zypriotischem Wein, vor seinen Frauen auf der Flöte spielte. Auf sein Geheiß hin hob der Eunuch den Kopf an den Haaren hoch, damit er ihn betrachten konnte. Dann lachte er und schlug ihn mit seiner Sandale auf die Wange und befahl einem der Mädchen, den Pharao mit Blumen zu krönen. Und er beugte das Knie und verspottete das Haupt des unschuldigen Kindes. Aber das Mädchen, das eine scharfe Zunge hatte – all dies hörte ich in späteren Jahren –, sagte zu ihm, dass er gut daran täte, das Knie zu beugen, denn das Kind sei in der Tat Pharao, der größte aller Pharaonen, und sein Name sei Osiris und sein Thron sei der Tod.

Ptolemaios war sehr beunruhigt über diese Worte und zitterte, denn da er ein böser Mann war, fürchtete er sich sehr, in Amenti einzutreten. Er befahl die Hinrichtung des Mädchens wegen des bösen Vorzeichens ihrer Worte und rief ihr nach, er schicke sie dorthin, wo sie den Pharao anbeten könne, den sie genannt hatte. Auch die anderen Frauen

24

schickte er fort und spielte nicht mehr auf der Flöte, bis er wieder betrunken war.

Die Jahre gingen dahin, und ich, der ich noch sehr klein war, wusste nichts von den großen Dingen, die sich in Ägypten ereigneten; und es ist nicht meine Absicht, sie hier darzulegen. Denn ich, Harmachis, habe nur wenig Zeit, die mir noch bleibt, und will nur von den Dingen sprechen, mit denen ich zu tun hatte.

Mein Vater und die Lehrer unterrichteten mich in den alten Lehren unseres Volkes und in solchen Dingen, die die Götter betreffen, wie es sich gehört, dass Kinder sie kennen. Mit der Zeit wurde ich stark und schön, denn mein Haar war schwarz wie das Haar des göttlichen Nout, und meine Augen waren blau wie der blaue Lotus, und meine Haut war wie der Alabaster in den Heiligtümern. Denn nun, da diese Herrlichkeiten von mir vergangen sind, kann ich ohne Scham von ihnen sprechen. Es gab keinen Jüngling meines Alters in Abouthis, der gegen mich bestehen konnte, um mit mir zu ringen, auch konnte keiner so weit mit der Schleuder oder dem Speer werfen wie ich. Und ich sehnte mich sehr danach, den Löwen zu jagen; aber der, den ich meinen Vater nannte, verbot es mir und sagte mir, dass mein Leben zu wertvoll sei, um es so leichtfertig aufs Spiel zu setzen. Als ich mich vor ihm verbeugte und fragte, er möge mir klar machen, was er meinte, runzelte der alte Mann die Stirn und antwortete, dass die Götter alle Dinge zu ihrer Zeit klar machen würden. Ich aber ging zornig weg, denn in Abouthis gab es einen Jüngling, der mit anderen einen Löwen erlegt hatte, der über die Herden seines Vaters herfiel, und da er auf meine Kraft und Schönheit neidisch war, behauptete er, ich sei im Herzen feige, denn wenn ich auf die Jagd ginge, tötete ich nur Schakale und Gazellen. Das war, als ich mein siebzehntes Jahr erreicht hatte und ein erwachsener Mann geworden war.

Es begab sich also, dass ich, als ich mich schweren Herzens von dem Hohenpriester entfernte, diesem Jüngling begegnete, der mir zurief und mich verspottete, indem er mich wissen ließ, Landleute hätten ihm erzählt, dass ein großer Löwe sich unten in den Binsen am Ufer des Kanals, der am Tempel vorüberfließt und dreißig Stadien von Abouthis entfernt liegt, aufhalte. Noch immer spottend fragte er mich, ob ich mitkommen und ihm helfen würde, diesen Löwen zu erschlagen, oder ob ich mich zu den alten Frauen setzen und sie bitten würde, mir die Haare zu kämmen? Diese bitteren Worte erzürnten mich so sehr, dass ich nahe daran war, mich auf ihn zu stürzen; aber stattdessen vergaß ich den Spruch meines Vaters und antwortete, dass, wenn er allein käme, ich mit ihm gehen und diesen Löwen suchen würde, und er solle erfahren, ob ich wirklich ein Feigling sei. Zuerst wollte er nicht, denn, wie die Menschen wissen, ist es bei uns Brauch, den Löwen in Gesellschaften zu jagen; und so war es meine Stunde, zu spotten. Da ging er hin und holte seinen Bogen und Pfeile und ein scharfes Messer. Ich aber holte meinen schweren Speer, der einen Schaft aus Dornenholz hatte und an seinem Ende einen silbernen Granatapfel, um die Hand vor dem Abrutschen zu bewahren, und schweigend gingen wir Seite an Seite zu der Stelle, wo der Löwe lag. Als wir an die Stelle kamen, war es fast Sonnenuntergang; und dort, auf dem Schlamm des Kanalufers, fanden wir die Spur des Löwen, die in ein dichtes Schilffeld führte.

»Nun, du Prahler«, sagte ich, »willst du uns den Weg ins Schilf führen, oder soll ich es tun?« Und ich tat, als ob ich vorangehen wollte.

»Nein, nein«, antwortete er, »sei nicht so verrückt! Die Bestie wird sich auf dich stürzen und dich zerreißen. Sieh! Ich werde zwischen das Schilf schießen. Wenn er schläft, wird ihn das vielleicht wecken.« Und er spannte seinen Bogen, um es zu wagen.

Wie es geschah, weiß ich nicht, aber der Pfeil traf den schlafenden Löwen, und wie ein Lichtblitz aus dem Bauch einer Wolke sprang er aus dem Schutz des Schilfs und stand mit struppiger Mähne und gelben Augen vor uns, der Pfeil zitterte in seiner Flanke. Er brüllte laut vor Wut, und die Erde bebte.

»Schieß mit dem Bogen«, rief ich, »schieß schnell, bevor er springt!«

Aber der Mut hatte die Brust des Prahlers verlassen, seine Kinnlade fiel herunter und seine Finger lösten sich aus ihrem Griff, so dass der Bogen von ihnen fiel; dann drehte er sich mit einem lauten Schrei um und floh hinter mich, wobei er den Löwen auf meinem Weg zurückließ. Aber während ich auf mein Verhängnis wartete, obwohl ich große Angst hatte, nicht zu fliehen, kauerte sich der Löwe zusammen, drehte sich nicht zur Seite und fegte mit einem großen Sprung über mich hinweg, ohne mich zu berühren. Er sprang auf den Rücken des Prahlers und versetzte ihm mit seiner großen Pranke einen solchen Schlag, dass sein Kopf zerschmettert wurde wie ein Ei, das gegen einen Stein geworfen wird. Er fiel tot um, und der Löwe stand über ihm und brüllte. Da wurde ich wahnsinnig vor Entsetzen, und kaum wissend, was ich tat, ergriff ich meinen Speer und griff ihn mit einem Schrei an. Da richtete sich der Löwe über mir auf. Er schlug mit seiner Pranke nach mir; aber mit all meiner Kraft trieb ich den breiten Speer in seine Kehle, und da er vor der Qual des Stahls zurückschreckte, ging sein Schlag daneben und riss mir nur die Haut auf. Er fiel auf den Rücken mit dem Speer in seiner Kehle; dann erhob er sich, brüllte vor Schmerz und sprang doppelt so hoch wie ein Mann direkt in die Luft und schlug mit seinen Vorderpfoten nach dem Speer. Zweimal sprang er so, es war furchtbar anzusehen, und zweimal fiel er zurück. Dann erschöpfte sich seine Kraft mit dem strömenden Blut, und stöhnend wie ein Stier starb er, während ich, der ich nur ein Knabe war, dastand und vor Angst zitterte, jetzt, da alle Ursache der Angst vergangen war.

Als ich aber dastand und auf den leichnam desjenigen starrte, der mich verspottet hatte, und auf den Kadaver des Löwen, kam eine Frau auf mich zugelaufen, eben dieselbe alte Frau Atoua, die, obwohl ich es damals noch nicht wusste, ihr eigenes Kind geopfert hatte, damit ich gerettet würde. Sie war dabei, am Wasser Kräuter zu sammeln, ohne zu wissen, dass ein Löwe in der Nähe war (und in der Tat sind die Löwen zumeist nicht im Ackerland, sondern in der Wüste und in den libyschen Bergen zu finden), und hatte von weitem gesehen, was ich getan hatte. Als sie nun kam, erkannte sie mich als Harmachis, verbeugte sich vor mir, grüßte mich und nannte mich königlich und aller Ehre würdig, geliebt und auserwählt von den Heiligen Drei, und gab mir den Namen Pharao, der Befreier.

Ich aber, der ich dachte, dass der Schrecken sie irre gemacht hatte, fragte sie, wovon sie sprechen würde.

»Ist es eine große Sache«, fragte ich, »dass ich einen Löwen erschlagen habe? Ist es eine Sache, die einer solchen Rede wie der deinigen würdig ist? Es leben und lebten Männer, die viele Löwen erschlagen haben. Hat nicht der göttliche Amen-hetep, der Osirianer, mit seiner eigenen Hand mehr als hundert Löwen erschlagen? Steht nicht auf dem Skarabäus, der in der Kammer meines Vaters hängt, geschrieben, dass er einst Löwen erschlug? Und haben nicht andere dasselbe getan? Warum sprichst du dann so, törichtes Weib?«

Dies alles sagte ich, weil ich, nachdem ich nun den Löwen getötet hatte, es nach der Art der Jugend für eine Sache von keiner Bedeutung hielt. Aber sie hörte nicht auf, mir zu huldigen und mich mit Namen zu nennen, die zu hoch sind, um niedergeschrieben zu werden.

»O Königlicher«, rief sie, »weise hat deine Mutter prophezeit. Sicherlich war der Heilige Geist, der Knepth, in ihr, o du von einem Gott Gezeugter! Sieh das Omen! Der Löwe dort – er brüllt im Kapitol zu Rom – und der Tote, das ist

28

Ptolemäus – die mazedonische Brut, die wie ein fremdes Unkraut das Land am Nil überwuchert hat; mit dem mazedonischen Lagiden sollst du gehen, den Löwen von Rom zu erschlagen. Aber der makedonische Hund wird fliehen, und der römische Löwe wird ihn erschlagen, und du wirst den Löwen erlegen, und das Land von Khem wird wieder frei sein! Frei! Halte dich nur rein, gemäß dem Gebot der Götter, o Sohn des königlichen Hauses; o Hoffnung von Khem! Sei nur auf der Hut vor der Frau, der Zerstörerin, und wie ich gesagt habe, so soll es sein. Ich bin arm und unglücklich, ja, von Kummer geplagt. Ich habe gesündigt, als ich von dem sprach, was verborgen sein sollte, und für meine Sünde habe ich mit der Münze dessen bezahlt, der aus meinem Schoß geboren wurde; gerne habe ich für dich bezahlt. Doch in mir trage ich die Weisheit unseres Volkes, auch wenden die Götter, in deren Augen alle gleich sind, ihren Blick nicht von den Armen ab; die göttliche Mutter Isis hat zu mir gesprochen – auch letzte Nacht hat sie gesprochen – und mir befohlen, hierher zu kommen, um Kräuter zu sammeln, und dir die Zeichen zu lesen, die ich sehen sollte. Und wie ich gesagt habe, so wird es geschehen, wenn du nur die Last der großen Versuchung ertragen kannst. Komm hierher, Königlicher!«, und sie führte mich an den Rand des Kanals, wo das Wasser tief und still und blau war. »Nun betrachte dieses Gesicht, wie das Wasser es zurückwirft. Ist diese Stirn nicht geeignet, die doppelte Krone zu tragen? Spiegeln diese sanften Augen nicht die Majestät der Könige wider? Hat nicht Ptah, der Schöpfer, deinen Körper so geformt, dass er zum kaiserlichen Gewand passt und den Blick der Scharen, die durch dich zu Gott schauen, in Ehrfurcht versetzt? – Nein, nein«, fuhr sie mit einer anderen Stimme fort, einer schrillen, alten Frauenstimme, »ich will nicht so töricht sein, Junge – der Kratzer eines Löwen ist ein giftiges Ding, ein schreckliches Ding, ja, so schlimm wie der Biss eines Aspis – er muss behandelt werden, sonst wird er eitern, und dein ganzes Leben lang wirst du von Löwen träumen, ja, und von Schlangen, und außerdem wird er in Wunden ausbrechen. Aber ich weiß es, ich weiß es. Ich bin nicht umsonst verrückt. Denn merke! Alles hat sein Gleichgewicht – im Wahnsinn ist viel Weisheit, und in der Weisheit viel Wahnsinn. La, la! Der Pharao selbst kann nicht sagen, wo das eine anfängt und das andere aufhört. Steh nicht so dumm da und guck wie eine Katze im Krokusgewand, wie man in Alexandria sagt, sondern lass mich nur diese grünen Kräuter auf die Stelle legen, und in sechs Tagen ist die Haut so weiß wie ein dreijähriges Kind. Mach dir nichts daraus, Junge. Bei dem, der in Osiris ruht, sage ich, du wirst leben, um so sauber von Narben zu sein wie ein Opfer an Isis bei Neumond, wenn du dich von mir mit meiner Medizin behandeln lässt. – Ist es nicht so, gute Leute?«, und sie wandte sich an einige Menschen, die sich, während sie prophezeite, unbemerkt von mir um uns versammelt hatten. »Ich habe einen Zauber über ihn gesprochen, nur um der Tugend meiner Medizin einen Weg zu bahnen. La, la! Es geht nichts über einen Zauber. Wenn ihr es nicht glaubt, kommt einfach zu mir, wenn eure Frauen das nächste Mal unfruchtbar sind; es ist besser, als jede Säule im Tempel des Osiris zu berühren, das versichere ich euch. Ich mache sie gebärend wie eine zwanzigjährige Palme. Aber dann, seht ihr, müsst ihr wissen, was ihr sagen sollt – das ist der Punkt – alles kommt schließlich auf einen Punkt. La, la!«

Als ich nun dies alles hörte, schlug ich, Harmachis, die Hand an den Kopf und wusste nicht, ob ich träumte. Aber als ich aufblickte, sah ich einen grauhaarigen Mann unter denen, die sich versammelt hatten, der uns scharf beobachtete, und später erfuhr ich, dass dieser Mann der Spion des Ptolemäus war, genau der Mann, der mich beinahe vom Pharao hätte erschlagen lassen, als ich in meiner Wiege lag. Da verstand ich, warum Atoua so töricht sprach.

»Deine Sprüche sind seltsam, alte Frau«, sagte der Spion.

»Du sprachst vom Pharao und der Doppelkrone und von der Gestalt, die Ptah schuf, um sie zu tragen; ist es nicht so?«

»Ja, ja – das war nur ein Teil des Zaubers, du Narr; und auf was kann man heutzutage besser schwören als auf den göttlichen Pharao, den Pfeifer, den und dessen Musik die Götter bewahren mögen, um dieses glückliche Land zu verzaubern? Auf was besser als auf die doppelte Krone, die er dank des großen Alexander von Makedonien trägt? Und wo wir gerade von Tugend sprechen – seht, was dieser Junge getan hat – er hat einen Löwen mit seinem eigenen Speer erschlagen; und ihr Dorfbewohner solltet froh sein, das zu sehen, denn es war ein sehr wilder Löwe – seht euch nur seine Zähne und seine Klauen an – seine Klauen – sie reichen, um eine arme, dumme alte Frau wie mich zum Schreien zu bringen, wenn sie sie sieht! Und der Körper dort, der tote Körper, den der Löwe getötet hat. Ach, er ist jetzt ein Osiris[8], – vor einer Stunde war er noch ein gewöhnlicher Sterblicher wie du oder ich! Nun, fort mit ihm zu den Einbalsamierern. Er wird bald in der Sonne anschwellen und platzen, und das wird ihnen die Mühe ersparen, ihn aufzuschneiden. Nicht, dass sie auch nur ein Talent Silber für ihn ausgeben würden. Siebzig Tage in Natron – das ist alles, was er bekommen wird. La, la! Wie mir die Zunge läuft, und es wird schon dunkel. Wollt ihr nicht endlich die Leiche des armen Jungen wegbringen und den Löwen auch? So, mein Junge, behalte die Kräuter auf der Haut, dann spürst du die Wunden nicht. Ich weiß ein paar Dinge, so verrückt ich auch bin, und du bist mein eigener Enkel! Ich bin froh, dass der Hohepriester dich adoptiert hat, als der Pharao – Osiris segne seinen heiligen Namen – seinen Sohn umbringen ließ. Du siehst so schön aus! Ich garantiere dir, der echte Harmachis hätte so einen Löwen nicht töten

---

[8] Die Seele, wenn sie in der Gottheit aufgegangen ist.

können. Gib mir das gemeine Blut, sage ich – es ist so wundervoll.«

»Du weißt zu viel und redet zu schnell«, brummte der Spion, der nun beruhigt war. »Nun, er ist ein tapferer Jüngling. Hier, ihr Männer, tragt diesen Körper zurück nach Abouthis, und einige von euch bleiben hier und helfen mir, den Löwen zu häuten. – Wir werden dir das Fell schicken, junger Mann«, fuhr er fort, »nicht dass du es verdient hättest: einen Löwen so anzugreifen war die Tat eines Narren, und ein Narr verdient, was er bekommt – Zerstörung. Greife nie den Starken an, bis du selbst stärker bist.«

Ich aber ging nach Hause und wunderte mich.

3. Der Tadel des Amenemhat

Für eine Weile verursachte der Saft der grünen Kräuter, die die alte Frau Atoua auf meine Wunden gelegt hatte, ein scharfes Brennen, aber bald hörte der Schmerz auf. Innerhalb von zwei Tagen waren meine Wunden geheilt, und bald darauf war keine Spur von ihnen mehr zu sehen. Aber ich dachte daran, dass ich dem Wort des alten Hohenpriesters Amenemhat, der mein Vater genannt wurde, nicht gehorcht hatte. Denn bis zu diesem Tag hatte ich nicht gewusst, dass er in Wahrheit mein richtiger Vater war, da ich gelehrt worden war, sein eigener Sohn sei getötet worden, und dass es ihm gefallen habe, mich mit göttlicher Zustimmung als Adoptivsohn anzunehmen und mich aufzuziehen, damit ich zu gegebener Zeit ein Amt am Tempel übernehmen würde. Deshalb war ich sehr beunruhigt, denn ich fürchtete den alten Mann, der sehr schrecklich in seinem Zorn war und immer mit der kalten Stimme der Weisheit sprach. Dennoch beschloss ich, zu ihm hineinzugehen und meine Schuld zu bekennen und die Strafe zu ertragen, die er mir auferlegen würde. So ging ich mit dem roten Speer in der Hand und den roten Wunden auf meiner Brust durch den äußeren Vorhof des großen Tempels und kam zur Tür des Hauses, in dem der Hohepriester wohnte.

Es war eine große Kammer, rundherum mit den Bildern der feierlichen Götter geschmückt. Das Sonnenlicht kam am Tag durch eine Öffnung herein, die durch die Steine des massigen Daches geschnitten war. Aber in der Nacht wurde sie von einer schwingenden Lampe aus Bronze beleuchtet. Ich ging geräuschlos hinein, denn die Tür war nicht ganz geschlossen, und als ich mich durch die schweren Vorhänge schob, die dahinter lagen, stand ich mit klopfendem Herzen in der Kammer.

Die Lampe war schon angezündet, denn es war dunkel geworden, und bei ihrem Licht sah ich den Alten in einem Stuhl aus Elfenbein und Ebenholz an einem steinernen Tisch sitzen, auf dem mystische Schriften mit den Worten über Leben und Tod ausgebreitet waren. Aber er las nicht mehr, denn er schlief, und sein langer weißer Bart ruhte auf dem Tisch. Das sanfte Licht der Lampe fiel auf ihn, auf die Papyri und den goldenen Ring an seiner Hand, in den die Symbole des Unsichtbaren eingraviert waren, aber sonst lag alles im Schatten. Das Licht fiel auf das kahlgeschorene Haupt, auf das weiße Gewand, auf den Zedernstab der Priesterschaft an seiner Seite und auf das Elfenbein des löwenfüßigen Stuhles; es zeigte die mächtige Stirn, die in königlicher Form geschnittenen Züge, die weißen Augenbrauen und die dunklen Höhlen der tiefliegenden Augen. Ich schaute ihn an und zitterte, denn da war etwas an ihm, das mehr war als die Würde eines Menschen. Er hatte so lange mit den Göttern gelebt und so lange mit ihnen in Verkehr gestanden, er war so tief in überirdischen Geheimnisse eingeweiht, dass er sogar jetzt, vor seiner Zeit, an der Natur des Osiris teil hatte und ein Wesen war, das gewöhnlichen Menschen Furcht einflößte.

Ich stand da und starrte ihn an; schließlich öffnete er

seine dunklen Augen, schaute aber weder auf mich, noch wandte er den Kopf; und doch sah er mich, als er sprach. »Warum bist du mir ungehorsam gewesen, mein Sohn?«, fragte er. »Wie kam es, dass du gegen den Löwen hinausgingst, obwohl ich es dir verboten hatte?«

»Woher weißt du, mein Vater, dass ich fortgegangen bin?«, fragte ich ängstlich.

»Wie ich es wissen kann? Gibt es denn keine anderen Wege der Erkenntnis als durch die Sinne? Ach, unwissendes Kind, war mein Geist nicht bei dir, als der Löwe sich auf deinen Gefährten stürzte? Habe ich nicht gebeten, dich zu beschützen, um deinen Stoß zu sichern, als du den Speer in den Rachen des Löwen triebst? Wie kam es, dass du hinausgingst, mein Sohn?«

»Der Prahler verspottete mich«, antwortete ich, »und ich ging.«

»Ja, ich weiß es; und wegen des heißen Blutes der Jugend vergebe ich dir, Harmachis. Aber nun höre mir zu und lass meine Worte in dein Herz sinken wie die Wasser des Nils in den durstigen Sand beim Aufgang des Sirius. Höre mir zu! Der Prahler wurde dir zur Versuchung gesandt, er wurde dir zur Prüfung deiner Kraft gesandt, und siehe! – sie ist der Last nicht gewachsen gewesen. Darum ist deine Stunde hinausgeschoben. Wärst du in dieser Sache stark gewesen, so wäre dir der Weg schon jetzt deutlich gemacht worden. Aber du hast versagt, und darum ist deine Stunde zurückgestellt.«

»Ich verstehe dich nicht, mein Vater«, antwortete ich.

»Was war es denn, mein Sohn, was die alte Atoua unten am Ufer des Kanals zu dir sagte?«

Ich erzählte ihm alles, was die alte Frau gesagt hatte.

»Und du glaubst es, Harmachis, mein Sohn?«

»Nein«, antwortete ich; »wie sollte ich solche Geschichten glauben? Sicherlich ist sie verrückt. Das ganze Volk kennt sie als verrückt.«

Jetzt schaute er zum ersten Mal zu mir her, der ich im Schatten stand.

»Mein Sohn! Mein Sohn!«, rief er; »du irrst dich. Sie ist nicht verrückt. Die Frau sprach die Wahrheit; sie sprach nicht von sich selbst, sondern von der Stimme in ihr, die nicht lügen kann. Denn diese Atoua ist eine Prophetin und heilig. Nun lerne das Schicksal kennen, das dir die Götter Ägyptens zur Erfüllung gegeben haben, und wehe dir, wenn du durch irgendeine Schwäche darin versagst! Höre: Du bist kein Fremder, der in mein Haus und in die Verehrung des Tempels aufgenommen wurde; du bist mein eigener Sohn, der mir von eben dieser Frau gerettet wurde. Aber, Harmachis, du bist mehr als das, denn in dir und mir allein fließt noch das kaiserliche Blut Ägyptens. Du und ich allein unter den lebenden Menschen stammen ohne Bruch oder Makel von jenem Pharao Nekt-nebf ab, den Ochus, der Perser, aus Ägypten vertrieb. Der Perser kam und der Perser ging, und nach dem Perser kam der Makedonier, und nun seit fast dreihundert Jahren haben die Lagiden die Doppelkrone usurpiert, das Land Khem beschmutzt und die Anbetung seiner Götter verdorben. Und nun merke dir dies: Seit zwei Wochen, ist Ptolemaios Aulêtes, der Pfeifer, der dich hatte töten wollen, tot; und nun hat der Eunuch Pothinus, eben jener Eunuch, der vor Jahren hierher kam, um dich zu beseitigen, den Willen seines Herrn, des toten Aulêtes, zunichte gemacht und den Knaben Ptolemaios auf den Thron gesetzt. Und deshalb ist seine Schwester Kleopatra, das wilde und schöne Mädchen, nach Syrien geflohen. Dort wird sie, wenn ich mich nicht irre, ihre Armeen sammeln und ihren Bruder Ptolemäus bekriegen; denn nach dem Willen ihres Vaters wurde sie mit ihm als Mitregentin belassen. Und in der Zwischenzeit, merke dir das, mein Sohn: Der römische Adler hängt hoch oben und wartet mit bereitstehenden Krallen, sich auf den fetten Ägypter zu stürzen und ihn zu zerreißen. Und merke dir noch eines:

Das ägyptische Volk ist des fremden Jochs überdrüssig, es hasst die Erinnerung an die Perser und ist es leid, auf den Märkten von Alexandria als ›Männer Makedoniens‹ bezeichnet zu werden. Das ganze Land murrt und ächzt unter dem Joch der Griechen und dem Schatten der Römer.

Sind wir nicht unterdrückt worden? Wurden nicht unsere Kinder abgeschlachtet und unsere Gewinne uns abgerungen, um die bodenlose Gier und Lust der Lagiden zu befrieden? Sind nicht die Tempel verlassen worden, ja, sind nicht die Majestäten der ewigen Götter durch diese griechischen Schwätzer, die es gewagt haben, sich in die unsterblichen Wahrheiten einzumischen und den Allerhöchsten mit einem anderen Namen zu benennen, nämlich mit dem Namen Serapis, der die Substanz des Unsichtbaren verdrängt, zunichte gemacht worden? Schreit Ägypten nicht laut nach Freiheit – und soll es etwa vergeblich schreien? Nein, nein, denn du, mein Sohn, bist ausersehen, Ägypten zu befreien. Dir habe ich mein Recht übertragen. Schon wird dein Name in vielen Heiligtümern geflüstert, von Abu bis Athu; schon schwören Priester und Volk dem, der ihnen verkündet werden soll, Treue, sogar durch die heiligen Symbole. Doch die Zeit ist noch nicht gekommen; du bist ein zu grünes Pflänzchen, um die Wucht eines solchen Sturms zu ertragen. Heute wurdest du geprüft und für mangelhaft befunden.

Wer den Göttern dienen will, Harmachis, muss die Schwächen des Fleisches ablegen. Spott darf ihn nicht reizen, ebenso wenig wie menschliche Begierden. Du hast eine hohe Aufgabe, aber das musst du lernen. Wenn du es nicht lernst, wirst du darin scheitern; und dann sei mein Fluch auf dir und der Fluch Ägyptens und der Fluch der gebrochenen Götter Ägyptens! Denn wisse dies, dass selbst die Götter, die unsterblich sind, sich in der verwobenen Ordnung der Dinge auf den Menschen stützen können, der ihr Werkzeug ist, wie ein Krieger auf sein Schwert. Und wehe dem Schwert, das in der Stunde des Kampfes versagt, denn es wird weggeworfen werden, um zu rosten oder vielleicht mit Feuer zu schmelzen! Darum mache dein Herz rein und hoch und stark; denn deiner harrt kein gewöhnliches Los, und keine irdische Belohnung erwartet dich. Triumphiere, Harmachis, und du sollst in Herrlichkeit erblühen – in Herrlichkeit hier und im Jenseits! Versage, – und wehe dir!«

Er hielt inne, neigte den Kopf und fuhr dann fort:»Von diesen Dingen sollst du später mehr hören. Bis dahin hast du viel zu lernen. Morgen werde ich dir Briefe geben, und du sollst den Nil hinunterreisen, vorbei am weiß gemauerten Memphis nach An. Dort sollst du einige Jahre verweilen und im Schatten der geheimen Pyramiden mehr von unserer alten Weisheit lernen, deren erblicher Hohepriester auch du sein wirst. In der Zwischenzeit werde ich hier sitzen und warten, denn meine Stunde ist noch nicht gekommen, und mit Hilfe der Götter das Netz des Todes spinnen, in dem du die Wespe von Makedonien fangen sollst.

Komm her, mein Sohn, komm her und küsse mich auf die Stirn, denn du bist meine Hoffnung und die ganze Hoffnung Ägyptens. Sei nur treu, erhebe dich zum Adlernest des Schicksals, und du sollst hier und im Jenseits ruhmreich sein. Sei falsch, versage, und ich werde auf dich spucken, und du sollst verflucht sein, und deine Seele soll in Knechtschaft bleiben bis zu jener Stunde, wenn im langsamen Flug der Zeit das Böse wieder zum Guten und Ägypten wieder frei sein wird.«

Ich trat zitternd näher und küsste ihn auf die Stirn.»Möge all dies über mich kommen und noch mehr«, sagte ich, »wenn ich dich enttäusche, mein Vater!«

»Nein!«, rief er, »nicht ich, nicht ich; sondern die, deren Willen ich tue. Und nun gehe hin, mein Sohn, und erwäge und verdaue meine Worte in deinem Herzen; merke dir, was du sehen wirst, und sammle den Tau der Weisheit und mache dich bereit für den Kampf. Fürchte dich nicht um dich selbst, du bist vor allem Übel geschützt. Kein Unheil kann dich von außen berühren; du allein kannst dir selbst dein eigener Feind sein. Ich habe alles gesagt.«

Darauf ging ich hinaus mit vollem Herzen. Die Nacht war sehr still, und niemand rührte sich in den Tempelhöfen. Ich eilte durch sie hindurch und erreichte den Eingang des Eckturms am äußeren Tor. Dann, um die Einsamkeit zu suchen und gleichsam dem Himmel näher zu sein, stieg ich die zweihundert Stufen des Pylonenturms hinauf, bis ich schließlich das massive Dach erreichte. Hier lehnte ich meine Brust gegen die Brüstung und schaute hinaus.

Der rote Rand des Vollmondes schwebte über den arabischen Hügeln, und seine Strahlen fielen auf den Turm, auf dem ich stand, und die Tempelwände dahinter und beleuchteten die Gesichter der geschnitzten Götter. Dann traf das kalte Licht die Ebene der gut bebauten Ländereien, die jetzt zur Ernte weiß wurden, und als die himmlische Lampe der Isis zum Himmel hinaufstieg, krochen ihre Strahlen langsam hinunter ins Tal, wo der Nil, der Vater des Landes Khem, sich zum Meer hinunterwälzt.

Jetzt küssten die hellen Strahlen das Wasser, das eine Antwort zurücklächelte, und jetzt waren Berg und Tal, Fluss, Tempel, Stadt und Ebene mit weißem Licht überflutet; Mutter Isis war auferstanden und warf ihr schimmerndes Gewand über den Schoß der Erde. Es war schön wie die Schönheit eines Traumes, und feierlich wie die Stunde nach dem Tod. Mächtig ragten die Tempel gegen das Gesicht der Nacht auf. Niemals waren sie mir so groß erschienen wie in dieser Stunde – diese ewigen Heiligtümer, vor deren Mauern die Zeit selbst verwelken würden. Und es sollte mein sein, dieses mondbeschienene Land zu regieren; mein, diese heiligen Schreine zu bewahren und die Ehre ihrer Götter zu pflegen; mein, den Ptolemäus zu vertreiben und Ägypten von dem fremden Joch zu befreien! In meinen Adern floss das Blut jener großen Könige, die den Tag der Auferstehung erwarteten und in den Gräbern des Tals von Theben schliefen. Mein Geist schwoll in mir an, als ich von diesem glorreichen Schicksal träumte, ich schloss meine Hände, und dort, auf dem Turm, betete ich, wie ich noch nie zuvor zu der Gottheit gebetet hatte, die bei vielen Namen genannt und in vielen Formen manifestiert wird.

»O Amon«, betete ich, »Gott der Götter, der du von Anfang an warst, Herr der Wahrheit, der du bist und von dem alle sind, der du von jeher das Selbst warst und bis in alle Zeiten sein wirst – er höre mich. – O Amon-Osiris, der du das Opfer bist, durch das wir gerechtfertigt sind, Herr der Region der Winde, Herrscher der Zeitalter, Bewohner des Westens, Höchster in Amenti, erhöre mich. – O Isis, große Muttergöttin, Mutter des Horus, geheimnisvolle Mutter, Schwester, Gattin, erhöre mich. Wenn ich wirklich der Auserwählte der Götter bin, um die Absicht der Götter auszuführen, dann lass mir ein Zeichen erscheinen, um mein Leben mit dem Leben dort oben zu verbinden. Streckt eure Arme nach mir aus, ihr Götter, und enthüllt mir die Herrlichkeit eures Antlitzes. Hört, ach, hört mich!« Und ich warf mich auf meine Knie und hob meine Augen zum Himmel.

Und während ich kniete, wuchs eine Wolke über das Antlitz des Mondes, so dass die Nacht dunkel wurde und die Stille sich ringsum vertiefte – sogar die Hunde weit unten in der Stadt hörten auf zu heulen, während die Stille wuchs und wuchs, bis sie schwer wie der Tod war. Ich fühlte, wie sich mein Geist erhob, und meine Haare sträubten sich auf meinem Kopf. Dann schien plötzlich der mächtige Turm unter meinen Füßen zu schwanken, ein starker Wind schlug um meine Stirn und eine Stimme sprach in meinem Herzen: »Siehe, das Zeichen! Halte dich in Geduld, o Harmachis!«

Und während die Stimme sprach, berührte eine kalte Hand die meine und ließ etwas in ihr zurück. Da wälzte sich die Wolke vom Angesicht des Mondes, der Wind ging vorüber, der Turm hörte auf zu wanken, und die Nacht war wieder, wie sie vorher gewesen war.

Als das Licht des Mondes zurückkam, blickte ich auf das, was in meiner Hand zurückgeblieben war. Es war eine Knospe des heiligen Lotus, die gerade zu blühen begann, und von ihr ging ein herrlich süßer Duft aus. Und während ich sie anstarrte, siehe – da entglitt der Lotus meinem Griff und war verschwunden, und ließ mich ganz erstaunt zurück.

4. Sepa, der Hohepriester von An

In der Morgendämmerung des nächsten Tages wurde ich von einem Priester des Tempels geweckt, der mir mitteilte, ich solle mich für die Reise bereit machen, von der mein Vater gesprochen hatte, da es eine Gelegenheit für mich gäbe, den Fluss hinunter nach An zu segeln. Dies ist die von den Griechen Heliopolis genannte Stadt, wohin ich in Begleitung einiger Priester des Ptah aus Memphis gehen sollte, die nach Abouthis gekommen waren, um den Leichnam eines ihrer großen Männer in das Grab zu legen, das in der Nähe der Ruhestätte des gesegneten Osiris vorbereitet worden war.

So machte ich mich bereit, und am selben Abend, nachdem ich die Briefe erhalten und meinen Vater und die, die mir am Tempel lieb waren, umarmt hatte, stieg ich hinunter zum Ufer des Nils. Als der Lotse am Bug stand und mit einer Stange in der Hand den Matrosen befahl, die Taue zu lösen, mit denen das Schiff am Ufer verankert war, humpelte die alte Atoua heran, ihren Korb mit Kräutern in der Hand, und warf mir zum Abschied eine Sandale hinterher, die ich viele Jahre lang behielt.

So segelten wir ab und fuhren sechs Tage lang den wunderbaren Fluss hinunter, wobei wir jede Nacht an einer geeigneten Stelle festmachten. Aber als ich die vertrauten Dinge aus den Augen verlor, die ich Tag für Tag gesehen hatte, seit ich Augen zum Sehen hatte, und mich allein unter fremden Gesichtern wiederfand, fühlte ich mich sehr wund im Herzen und hätte geweint, wenn ich mich nicht geschämt hätte. Und von all den wunderbaren Dingen, die ich sah, will ich hier nicht schreiben, denn obwohl sie mir neu waren, sind sie den Menschen doch schon bekannt, seit die Götter in Ägypten herrschen. Aber die Priester, die mit mir reisten, erwiesen mir nicht wenig Ehre und erklärten mir alles, was ich unterwegs sah.

Am Morgen des siebten Tages erreichten wir Memphis, die Stadt der weißen Mauer. Hier ruhte ich drei Tage lang von meiner Reise aus und wurde von den Priestern des Tempels des Ptah, des Schöpfers, bewirtet, und mir wurden die Schönheiten der großen und wunderbaren Stadt gezeigt. Auch wurde ich heimlich vom Hohepriester und zwei anderen in die heilige Gegenwart des Gottes Apis geführt, des Ptah, der sich herablässt, in Gestalt eines Stiers unter den Menschen zu wohnen. Der Gott war schwarz, und auf seiner Stirn befand sich ein weißes Viereck, auf seinem Rücken war ein weißes Zeichen, das wie ein Adler geformt war, unter seiner Zunge befand sich das Abbild eines Skarabäus, sein Schwanz zeigte zweierlei Haare, und zwischen seinen Hörnern hing eine Platte aus reinem Gold. Ich betrat die Stätte des Gottes und betete, während der Hohepriester und die, die bei ihm waren, an der Seite standen und mit ernsten Gesichtern zusahen. Als ich dies getan und die Worte gesprochen hatte, die mir gesagt worden waren, kniete der Stier nieder und legte sich vor mich hin. Da traten der Hohepriester und die mit ihm, die, wie ich später hörte, große Männer aus Oberägypten waren, staunend heran und verneigten sich, ohne ein Wort zu sagen, wegen dieses Vorzeichens vor mir.

Am vierten Tag kamen einige Priester aus An, um mich zu Sepa, meinem Onkel, dem Hohepriester von An, zu führen. Nachdem ich mich von den Prietsern aus Memphis verabschiedet hatte, überquerten wir den Fluss und ritten auf Eseln zwei Tagesreisen durch viele Dörfer, die wir wegen der Unterdrückung durch die Steuereintreiber in großer Armut vorfanden. Als wir weiterzogen, sah ich zum ersten Mal die großen Pyramiden, die bei dem Bilde des Gottes Horemkhu errichtet waren, den Sphinx, die die Griechen Harmachis nennen, und die Tempel der göttlichen Mutter Isis und des Gottes Osiris, zusammen mit dem Tempel der Anbetung des göttlichen Menkau-ra, von denen ich, Harmachis, von Rechts wegen der erbliche Hohepriester bin. Ich sah sie und staunte über ihre Größe und den weißen geschnitzten Kalkstein und den roten Granit von Syene, der die Sonnenstrahlen zum Himmel zurückblitzen ließ. Aber zu dieser Zeit wusste ich nichts von dem Schatz, der in ihr verborgen war, in der dritten unter den Pyramiden, – ach, hätte ich doch nie davon erfahren!

Und so kamen wir endlich in Sichtweite von An, das im Vergleich zu Memphis keine große Stadt ist, sondern auf einer Anhöhe steht, vor der sich Seen befinden, die von einem Kanal gespeist werden. Hinter der Stadt befand sich das eingezäunte Feld des Tempels des Gottes Ra.

Wir stiegen am Tor ab und trafen bei dem Tor auf einen kleinen Mann von edlem Aussehen, mit kahlgeschorenem Kopf und dunklen Augen, die wie Sterne funkelten.

»Halt!«, rief er mit einer kräftigen Stimme, die zu seinem schwachen Körper nur schlecht passte. »Halt! Ich bin Sepa, der den Mund der Götter öffnet!«

»Und ich«, sagte ich, »bin Harmachis, Sohn des Amenemhat, Erbpriester und Herrscher der heiligen Stadt Abouthis; und ich bringe dir Briefe, o Sepa!«

»Tritt ein, mein Sohn!«, sagte er und musterte mich mit seinen funkelnden Augen. Er führte mich in eine Kammer in der inneren Halle, worauf er die Tür schloss, und dann, nachdem er einen Blick auf die Briefe geworfen hatte, die ich mitgebracht hatte, fiel er mir plötzlich um den Hals und umarmte mich. »Willkommen«, rief er, »willkommen, Sohn meiner eigenen Schwester und Hoffnung von Khem! Nicht umsonst habe ich zu den Göttern gebetet, dass ich leben möge, um dein Gesicht zu sehen und dir die Weisheit zu vermitteln, die ich vielleicht als einziger von denen beherrsche, die in Ägypten noch am Leben sind. Es gibt nur wenige, die ich lehren darf. Aber dir ist das große Schicksal beschieden, und du sollst die Ohren haben, um die Lehren der Götter zu hören.« Er umarmte mich noch einmal, bat mich zu baden und zu essen und sagte, dass er am nächsten Tag weiter mit mir sprechen würde.

Das tat er dann auch, und zwar so ausführlich, dass ich es unterlassen werde, alles, was er damals und danach sagte, niederzuschreiben, denn wenn ich das täte, würde am Ende kein Papyrus mehr in Ägypten übrig sein. Daher will ich, da ich so viel zu erzählen habe, und so wenig Zeit, es zu tun, die Ereignisse der folgenden Jahre übergehen.

Der Ablauf meiner Tage während dieser Zeit vollzog sich gleichförmig. Ich stand früh auf, besuchte den Gottesdienst im Tempel und widmete meine Tage dem Studium. Ich lernte von den Riten der Religion und ihrer Bedeutung, und vom Anfang der Götter und dem Anfang der Oberwelt. Ich lernte das Geheimnis der Bewegungen der Sterne kennen und wurde in jenem alten Wissen unterrichtet, das Magie genannt wird, und in der Art der Traumdeutung und der Annäherung an Gott. Man lehrte mich die Sprache der Symbole und ihre äußeren und inneren Geheimnisse. Ich wurde mit den ewigen Gesetzen von Gut und Böse vertraut gemacht und mit dem Geheimnis des Glaubens, das im Menschen lebt; auch lernte ich die Geheimnisse der Pyramiden kennen – ich wünschte, ich hätte sie nie erfahren. Ferner las ich die Aufzeichnungen der Vergangenheit und die Taten und Worte der alten Könige, die seit der Herrschaft des Horus auf der Erde waren; und ich wurde mit allen Staatskünsten vertraut gemacht, mit den alten Überlieferungen und damit auch mit der Geschichte Griechenlands und Roms. Auch lernte ich die griechische und römische Sprache, die ich ja schon einigermaßen beherrschte, – und all diese Zeit, fünf lange Jahre lang, hielt ich meine Hände und mein Herz rein und tat nichts Böses vor Gott oder den Menschen, sondern bemühte mich sehr, mich auf das Schicksal vorzubereiten, das mich erwartete.

Zweimal im Jahr kamen Grüße und Briefe von meinem Vater Amenemhat, und zweimal im Jahr schickte ich meine Antworten zurück und fragte, ob die Zeit gekommen sei, meine Studien zu beenden. Und so vergingen die Tage meiner Probezeit, bis ich schwach und müde im Herzen wurde, denn da ich nun ein Mann und gelehrt war, sehnte ich mich danach, mit meinem richtigen Leben zu beginnen. Oft fragte ich mich, ob dieses Gerede und die Prophezeiung der Dinge, die angeblich kommen sollten, nicht nur ein Traum waren, geboren von den Gehirnen von Männern, deren Wunsch ihren Gedanken vorauslief. Ich war in der Tat von königlichem Blut, das wusste ich: denn mein Onkel, der Priester Sepa, zeigte mir eine geheime Aufzeichnung der Abstammung, die ununterbrochen vom Vater auf den Sohn zurückverfolgt werden konnte und in mystischen Symbolen auf einer Tafel aus dem Stein von Syene eingraviert war. Aber was nützte es, von Rechts wegen königlich zu sein, wenn Ägypten, mein Erbe, eine Sklavin war, die dem Vergnügen und dem Luxus der mazedonischen Lagiden diente – und wenn sie so lange eine Leibeigene gewesen war, dass sie vielleicht vergessen hatte, wie man das unterwürfige Lächeln der Knechtschaft ablegt und wieder mit den glücklichen Augen der Freiheit in die Welt blickt?

Dann dachte ich an mein Gebet auf dem Pylonenturm von Abouthis und an die Antwort, die ich auf mein Gebet erhalten hatte, und fragte mich, ob auch das ein Traum gewesen war.

Als ich eines Nachts, müde vom Studium, in dem heiligen

Hain im Garten des Tempels spazieren ging und so nachdachte, traf ich meinen Onkel Sepa, der ebenfalls spazieren ging und seinen Gedanken nachhing.

»Halt!«, rief er mit seiner festen Stimme;»warum ist dein Gesicht so traurig, Harmachis? Hat das letzte Problem, das wir studiert haben, dich überwältigt?«

»Nein, mein Onkel«, antwortete ich,»ich bin zwar überwältigt, aber nicht von dem Problem; es war ein leichtes. Mein Herz ist schwer, denn ich bin des Lebens in dieser Abgeschiedenheit überdrüssig, und die angehäufte Last des Wissens erdrückt mich. Es nützt nichts, Kraft aufzusparen, die nicht genutzt werden kann.«

»Ach, du bist ungeduldig, Harmachis«, antwortete er;»das ist immer der Weg der törichten Jugend. Du möchtest die Schlacht kosten; du bist es leid, die Brandung am Strand zu beobachten, du möchtest dich in sie stürzen und das verzweifelte Risiko des Krieges wagen. Du möchtest gehen, Harmachis? Der Vogel möchte aus dem Nest fliegen, wie die Schwalben, wenn sie erwachsen sind, von der Traufe des Tempels fliegen. Nun, es soll geschehen, wie du es wünschst. Die Stunde ist nahe. Ich habe dich alles gelehrt, was ich gelernt habe, und mir scheint, dass der Schüler seinen Meister überholt hat«, und er hielt inne und wischte sich über seine Augen, denn er war sehr traurig bei dem Gedanken an meine Abreise.

»Wohin soll ich gehen, mein Onkel?«, fragte ich jubelnd;»zurück nach Abouthis, um in die Geheimnisse der Götter eingeweiht zu werden?«

»Ja, zurück nach Abouthis, und von Abouthis nach Alexandria, und von Alexandria zum Thron deiner Väter, Harmachis! Höre nun; die Dinge sind so: Du weißt, wie Kleopatra, die Königin, nach Syrien floh, als jener falsche Eunuch Pothinus den Willen ihres Vaters Aulêtes zunichte machte und ihren Bruder Ptolemaios zur alleinigen Herrschaft über Ägypten erhob. Du weißt auch, wie sie zurückkam, wie eine Königin in der Tat, mit einem großen Heer in ihrem Schlepptau, und bei Pelusium lag, und wie zu diesem Zeitpunkt der mächtige Cäsar, dieser größte aller Männer, mit einer schwachen Truppe vom blutigen Feld von Pharsalia nach Alexandria segelte, um Pompejus zu verfolgen. Aber er fand Pompejus schon tot, er war von Achillas, dem Feldherrn, und Lucius Septimius, dem Obersten der römischen Legionen in Ägypten, auf hinterlistige Weise ermordet worden. Da ergriff Cäsar, wie du gehört hast, den jungen König Ptolemaios und seine Schwester Arsinoë und forderte die Armeen der Kleopatra und des Ptolemaios auf, sich aufzulösen und ihrer Wege zu gehen. Als Antwort marschierte Achillas gegen Caesar und belagerte ihn bei Alexandria, und so ging es eine Zeit lang, und niemand wusste, wer in Ägypten regierte. Aber dann nahm Kleopatra die Würfel und machte einen wahrhaft kühnen Wurf. Denn sie ließ das Heer in Pelusium zurück und kam in der Abenddämmerung in den Hafen von Alexandria, wo sie allein mit dem Sizilianer Apollodorus einlief und an Land ging. Dann band Apollodorus sie in einen Ballen reicher Teppiche, wie sie in Syrien hergestellt werden, und schickte die Teppiche als Geschenk an Caesar. Und als die Teppiche im Palast aufgetan wurden, siehe, da war darin das schönste Mädchen auf der ganzen Erde – ja, und das geistreichste und gelehrteste. Und sie verführte den großen Cäsar – selbst sein Gewicht an Jahren konnte ihn nicht vor ihren Reizen schützen – so dass er durch seine Torheit beinahe sein Leben und all den Ruhm verlor, den er in hundert Kriegen errungen hatte.«

»Der Narr!«, rief ich aus. »Dieser Narr! Du nennst ihn groß; aber wie kann der Mann wirklich groß sein, der keine Kraft hat, gegen die List einer Frau zu bestehen? Cäsar, an dessen Wort die Welt hängt! Cäsar, auf dessen Atemzug vierzig Legionen marschierten und das Schicksal von Völkern veränderten! Cäsar, der Kalte, der Weitblickende, der

Held! Cäsar, der wie eine reife Frucht in den Schoß eines falschen Mädchens fällt! Aus was für einem gewöhnlichen Lehm war doch dieser römische Cäsar, und wie armselig war er!«

Aber Sepa sah mich an und schüttelte den Kopf. »Sei nicht so voreilig, Harmachis, und sprich nicht mit so stolzer Stimme. Weißt du nicht, dass in jeder Rüstung ein Gelenk ist, und wehe dem, der die Rüstung trägt, wenn das Schwert das Gelenk findet! Denn die Frau ist trotz ihrer Schwäche die stärkste Kraft auf Erden. Sie ist das Steuer aller menschlichen Dinge; sie kommt in vielen Gestalten und klopft an viele Türen; sie ist schnell und geduldig, und ihre Leidenschaft ist nicht unbeherrschbar wie die des Mannes, sondern wie ein sanftes Ross, das sie führen kann, wohin sie will. Pocht dein Blut schnell in der Jugend? Sie wird es übertreffen, und ihre Küsse werden nicht müde werden. Bist du zum Ehrgeiz entschlossen? Sie wird dein inneres Herz aufschließen und dir Wege zeigen, die zum Ruhm führen. Bist du müde und erschöpft? Sie hat Trost in ihrer Brust. Bist du gefallen? Sie kann dich aufrichten und zur Illusion deiner Sinne die Niederlage mit Triumph vergolden. Ja, Harmachis, sie kann diese Dinge tun, denn die Natur kämpft immer auf ihrer Seite; und während sie sie tut, kann sie täuschen und ein geheimes Ende gestalten, an dem du keinen Anteil hast. So regiert die Frau die Welt. Für sie werden Kriege geführt, für sie vergeuden die Menschen ihre Kraft im Sammeln von Ruhm und Gewinn, für sie tun sie Gutes und Böses. Und doch sitzt sie da und lächelt rätselhaft, und kein Mann hat je das ganze Rätsel ihres Lächelns ergründet oder das ganze Geheimnis ihres Herzens gekannt. Spotte nicht! Spotte nicht, Harmachis; denn der muss in der Tat groß sein, der der Macht des Weibes Trotz bieten kann, die oft am stärksten ist, wenn die Sinne sie am wenigsten entdecken.«

Ich lachte laut auf. »Du sprichst so ernsthaft, mein Onkel

Sepa«, sagte ich;»man könnte fast denken, dass du nicht unbeschadet durch dieses heftige Feuer der Versuchung gekommen bist. Nun, was mich betrifft, so fürchte ich die Frau und ihre Tücken nicht; ich weiß nichts von ihnen, und will nichts von ihnen wissen; und ich behaupte immer noch, dass dieser Cäsar ein Narr war. Hätte ich dort gestanden, wo Caesar stand, um seine Wollust zu kühlen, so wäre dieser Teppichballen die Palasttreppe hinuntergerollt worden, in den Hafenschlamm.«

»Hör auf!«, rief er laut.»Es ist böse, so zu reden; mögen die Götter das Omen abwenden und dir diese kalte Kraft bewahren, deren du dich rühmst. O Mensch, du weißt es nicht – du in deiner Stärke und Schönheit, die ohne Vergleich ist, in der Kraft deiner Gelehrsamkeit und der Süße deiner Zunge – du weißt es nicht! Die Welt, in der du dich bewegen musst, ist kein Heiligtum wie das der göttlichen Isis. Bete, dass das Eis deines Herzens niemals schmelzen möge, so sollst du groß und glücklich werden und Ägypten soll befreit werden. Und nun lass mich meine Geschichte fortsetzen – du siehst, Harmachis, selbst in einer so ernsten Geschichte beansprucht die Frau ihren Platz. – Der junge Ptolemäus, Kleopatras Bruder, wurde von Cäsar befreit und wandte sich verräterisch gegen ihn. Da stürmte Cäsar das Lager des Ptolemaios, der über den Fluss flüchtete. Aber sein Boot wurde von den Flüchtenden, die es bedrängten, versenkt, und so nahm es mit der Herrschaft des Ptolemaios ein jämmerliches Ende. Der Krieg war beendet, und obwohl Kleopatra ihm einen Sohn, Caesarion, geboren hatte, ernannte Caesar den jüngeren Ptolemaios zum Mitregenten Kleopatras und zu ihrem Ehemann dem Namen nach, und er selbst brach nach Rom auf und nahm die schöne Prinzessin Arsinoë mit, um seinem Triumphzug in Ketten gelegt zu folgen. Aber der große Cäsar ist nicht mehr. Er starb, wie er gelebt hatte, in Blut und auf königliche Weise. Und nun hat Kleopatra, die Königin, wenn man den Nachrichten, die ich habe, trauen darf, Ptolemäus, ihren Bruder und Gatten, durch Gift getötet und das Kind Cäsarion zu ihrem Gefährten auf dem Thron gemacht, den sie mit Hilfe der römischen Legionen und, wie man sagt, des jungen Sextus Pompeius, der anstelle Cäsars ihr Liebhaber geworden ist, innehat. Aber, Harmachis, das ganze Land kocht und brodelt gegen sie. In jeder Stadt sprechen die Kinder von Khem von dem Erlöser, der kommen wird – und du bist er, Harmachis. Die Zeit ist fast reif. Die Stunde ist nahe. Geh zurück nach Abouthis und lerne die letzten Geheimnisse der Götter, und treffe jene, die den Ausbruch des Sturms lenken werden. Dann handle, Harmachis – handle, sage ich, und ziehe heim nach Khem, befreie das Land von den Römern und Griechen, und nimm deinen Platz auf dem Thron deiner göttlichen Väter ein und sei ein König der Menschen. Denn zu diesem Zweck wurdest du geboren, o Prinz!«

5. Die Feier der Mysterien

Am nächsten Tag umarmte ich meinen Onkel Sepa und reiste mit erwartungsvollem Herzen von An zurück nach Abouthis. Ich kam sicher dort an, nachdem ich fünf Jahre und einen Monat abwesend gewesen war, nun kein Junge mehr war, sondern ein erwachsener Mann, dessen Geist mit dem Wissen der Menschen und der alten Weisheit Ägyptens ausgestattet war. So sah ich noch einmal die alten Länder und die bekannten Gesichter, obwohl von diesen einige wenige fehlten, da sie zu Osiris gerufen worden waren. Als ich mich nun, über die Felder reitend, der Umzäunung des Tempels näherte, kamen die Priester und das Volk heraus, um mich willkommen zu heißen, und mit ihnen die alte Atoua, die, abgesehen von ein paar zusätzlichen Falten, genauso war wie vor fünf Jahren, als sie mir die Sandale hinterhergeworfen hatte.

»La, la, la!«, rief sie; »da bist du, mein schöner Junge; schöner noch, als du es warst! Was für ein Mann! Was für Schultern! Was für ein Gesicht und was für eine Gestalt! Ah, es gereicht einer alten Frau zur Ehre, dass sie dich auf ihren Armen getragen hat! Aber du bist blass; die Priester da unten in An haben dich doch sicher ausgehungert? Hungere nicht, die Götter lieben kein Skelett. ›Leerer Magen macht leeren Kopf‹, wie man in Alexandrien sagt. Doch dies ist eine frohe Stunde, ja, eine freudige Stunde. Komm herein – komm herein!«

Als ich hinunter ging, umarmte sie mich. Doch ich schob sie beiseite. »Mein Vater! Wo ist mein Vater?«, rief ich; »ich sehe ihn nicht!«

»Nein, nein, fürchte dich nicht«, antwortete sie, »seiner Heiligkeit geht es gut; er wartet in seiner Kammer auf dich. Dort, geh weiter. O glücklicher Tag! O glückliches Abouthis!«

Da ging ich hin, oder besser gesagt, ich lief und kam in das Gemach, von dem ich schon geschrieben habe, und dort am Tisch saß mein Vater Amenemhat, derselbe, wie er gewesen war, aber sehr alt. Ich ging zu ihm und kniete vor ihm nieder und küsste seine Hand, und er segnete mich.

»Schau auf, mein Sohn«, sagte er, »lass meine alten Augen auf dein Gesicht blicken, damit ich dein Herz lesen kann.«

Ich erhob mein Haupt, und er sah mich lange und ernst an. »Ich lese in dir«, sagte er schließlich; »du bist rein und stark in Weisheit; ich habe mich nicht in dir getäuscht. Oh, die Jahre waren einsam; aber ich tat gut daran, dich fort zu schicken. Nun, erzähle mir von deinem Leben; denn deine Briefe haben mir wenig gesagt, und du kannst nicht wissen, mein Sohn, wie hungrig ein Vaterherz ist.«

So erzählte ich es ihm; wir saßen bis tief in die Nacht hinein beisammen und sprachen miteinander. Und am Ende ließ er mich wissen, dass ich mich nun darauf vorbereiten müsse, in jene letzten Geheimnisse eingeweiht zu werden, die nur den Auserwählten der Götter bekannt gemacht werden.

Und so kam es, dass ich mich drei Monate lang nach den heiligen Sitten vorbereitete. Ich aß kein Fleisch. Ich war ständig in den Heiligtümern, im Studium der Geheimnisse des Großen Opfers und der Leiden der Heiligen Mutter Isis. Ich wachte und betete vor den Altären. Ich erhob meine Seele zu Gott; ja, in Träumen kommunizierte ich mit dem Unsichtbaren, bis schließlich die Erde und die irdischen Sehnsüchte von mir abzufallen schienen. Ich sehnte mich nicht mehr nach der Herrlichkeit dieser Welt, mein Herz hing über ihr wie ein Adler auf seinen ausgebreiteten Flügeln, und die Stimme des Tadels der Welt konnte es nicht rühren, und der Anblick ihrer Schönheit brachte keine Freude. Denn über mir war das weite Gewölbe des Himmels, wo in unabänderlicher Prozession die Sterne vorüber- und die Schicksale der Menschen hinter sich her zogen; wo die Heiligen auf ihren Thronen saßen und die Wagenräder des Schicksals beobachteten, wie sie von Sphäre zu Sphäre rollten. O Stunden der heiligen Kontemplation! Wer, der einmal von deiner Freude gekostet hat, – wie könnte er sich wünschen, wieder auf der Erde herumzukriechen? O schnödes Fleisch, das uns hinabzieht! Ich wünschte, du wärst ganz von mir abgefallen, und ließest meinen Geist frei, um Osiris zu suchen!

Die Monate der Bewährung vergingen nur zu schnell, und es nahte der heilige Tag, an dem ich in Wahrheit mit der universellen Mutter vereint werden sollte. Nie hatte sich die Nacht so sehr nach der Verheißung der Morgenröte gesehnt; nie hatte das Herz eines Liebenden so leidenschaftlich die süße Ankunft seiner Braut ersehnt, wie ich mich danach sehnte, dein glorreiches Antlitz zu sehen, o Isis! Auch jetzt, da ich dir untreu war und du fern von mir bist, o Göttliche, geht meine Seele zu dir hinaus, und wieder weiß ich –, doch da es geboten ist, dass ich den Schleier lüfte und von Dingen spreche, die seit dem Beginn dieser Welt nicht erzählt wurden, lass mich fortfahren und ehrfürchtig die Geschichte dieses heiligen Morgens niederschreiben.

Sieben Tage lang war das große Fest gefeiert worden, man hatte des Leidens des Herrn Osiris gedacht, die Trauer der Mutter Isis besungen und dem Gedenken an das Kommen des göttlichen Kindes Horus, des Sohnes, des Rächers, des Gottgeweihten, Ehre erwiesen. All diese Dinge waren nach den alten Riten durchgeführt worden. Die Boote waren auf dem heiligen See geschwommen, die Priester hatten sich vor den Heiligtümern gegeißelt, und die Bilder der Götter waren bei Nacht durch die Straßen getragen worden.

Und nun, als die Sonne am siebten Tag unterging, versammelte sich noch einmal die große Prozession, um die Wehklagen der Isis zu singen und zu erzählen, wie das Böse gerächt wurde.

Wir gingen schweigend aus dem Tempel und passierten die Wege der Stadt. Zuerst kamen die, die den Weg freimachten, dann mein Vater Amenemhat in seinen priesterlichen Gewändern und mit dem Zedernstab in der Hand. Dann, in reines Leinen gekleidet, folgte ich, der Neophyt, allein; und nach mir die weißgekleideten Priester, die Banner und Embleme der Götter hochhielten. Dann kamen diejenigen, die das heilige Boot trugen, und nach ihnen die Sänger und die Trauernden, während, so weit das Auge reichte, das ganze Volk marschierte, gekleidet in melancholisches Schwarz, weil Osiris nicht mehr war. Wir schritten schweigend durch die Straßen der Stadt, bis wir schließlich an die Mauer des Tempels kamen und hinein gingen.

Als mein Vater, der Hohepriester, unter dem Tor des äußeren Pylons eintrat, stimmte eine Sängerin mit süßer Stimme den Heiligen Gesang an, dessen erste Strophe lautet: »*Singen wir den Tod des Osiris, beklagen das gefallene Haupt: Das Licht hat die Welt verlassen, die Welt ist grau. Über die bestirnten Himmel legt sich das Netz der Dunkelheit, und Isis weint, weil Osiris starb. Vergießt eure Tränen, ihr Sterne, ihr Feuer, ihr Flüsse; weint, Kinder des Nils, weint, denn euer Herr ist tot!*« Als die Gesänge beendet waren und die Sonne unterging, hob der Hohepriester die Statue des lebendigen Gottes hoch und hielt sie vor die Menge, die sich nun im Hof des Tempels versammelt hatte. Dann, mit einem mächtigen und freudigen Schrei von: »*Osiris unsere Hoffnung! Osiris! Osiris!*« riss das Volk sich die schwarzen Hüllen vom Leib und enthüllte die weißen Gewänder, die es darunter trug, und wie ein Mensch verneigten sie sich vor dem Gott, und das Fest war beendet.

Aber für mich begann die Zeremonie erst, denn heute Nacht war die Nacht meiner Einweihung. Ich verließ den inneren Hof, badete mich und ging, in reines Leinen gekleidet, wie es vorgeschrieben war, in ein inneres, aber nicht das innerste Heiligtum und legte die üblichen Opfergaben auf den Altar. Dann hob ich meine Hände zum Himmel und blieb viele Stunden in Kontemplation, um durch heilige Gedanken und Gebete meine Kräfte für den gewaltigen Augenblick meiner Prüfung zu sammeln.

Die Stunden vergingen langsam in der Stille des Tempels, bis sich endlich die Tür öffnete und mein Vater Amenemhat, der Hohepriester, hereinkam, ganz in Weiß gekleidet, und den Priester der Isis an der Hand führte. Denn da er verheiratet gewesen war, nahm er selbst nicht an den Mysterien der heiligen Mutter teil.

Ich stand auf und stellte mich demütig vor sie.

»Bist du bereit?«, fragte der Priester und hob die Lampe, die er hielt, so dass ihr Licht auf mein Gesicht fiel. »O du Auserwählter, bist du bereit, die Herrlichkeit der Göttin von Angesicht zu Angesicht zu sehen?«

»Ich bin bereit«, antwortete ich.

»Siehe«, sagte er in feierlichem Ton, »es ist keine Kleinigkeit. Willst du diesen deinen letzten Wunsch erfüllen, so begreife, königlicher Harmachis, dass du jetzt, in dieser

Nacht, eine Zeit lang im Fleische sterben musst, während deine Seele auf geistige Dinge schauen wird. Und wenn du stirbst und irgendetwas Böses in deinem Herzen gefunden wird, wenn du endlich in jene schreckliche Gegenwart kommst, wehe dir, Harmachis, denn der Lebensatem wird nicht mehr durch die Pforte deines Mundes eindringen, dein Körper wird völlig zugrunde gehen, und was mit deinen anderen Teilen geschehen wird, auch wenn ich es weiß, kann ich es dir nicht sagen.[9] Bist du bereit, an die Brust derjenigen genommen zu werden, die war und ist und sein wird, und in allen Dingen ihren heiligen Willen zu tun; für sie, solange sie es befiehlt, den Gedanken an die irdische Frau abzulegen und immer für ihre Ehre zu arbeiten, bis am Ende dein Leben mit ihrem ewigen Leben vereint ist?«

»Ich bin bereit«, antwortete ich; »fahre fort.«

»Es ist gut«, sagte der Priester. »Edler Amenemhat, wir gehen allein hinein.«

»Lebe wohl, mein Sohn«, sagte mein Vater; »sei fest und triumphiere über die geistigen Dinge, wie du über die irdischen triumphieren sollst. Wer die Welt wahrhaftig beherrschen will, muss sich zuerst über die Welt erheben. Er muss eins sein mit Gott, denn nur so wird er die Geheimnisse des Göttlichen erfahren. Aber Vorsicht! Die Götter verlangen viel von denen, die es wagen, den Kreis ihrer Göttlichkeit zu betreten. Wenn jene davon zurückkehren, werden sie mit einem schärferen Gesetz gerichtet und mit einer schwereren Rute gegeißelt werden, denn so groß wie ihre Herrlichkeit wird ihre Schande sein. Darum mache dein Herz stark, königlicher Harmachis! Und wenn du die Wege der Nacht hinuntereilst und das Heiligtum betrittst, so denke daran,

---

[9] Nach der ägyptischen Religion besteht der Mensch aus vier Teilen: dem Körper, der Doppel- oder Astralgestalt (ka), der Seele (bi) und dem aus der Gottheit hervorgegangenen Lebensfunken (khou).

dass von dem, dem große Gaben gegeben wurden, wieder Gaben gefordert werden. Und nun – wenn dein Geist fest steht – geh, wohin es mir noch nicht gegeben ist, dir zu folgen. Lebe wohl!«

Einen Augenblick lang, als mein Herz diese schweren Worte erwog, schwankte ich, so wie es immer geht. Aber ich war von der Sehnsucht erfüllt, in die Gesellschaft der Göttlichen aufgenommen zu werden, und ich wusste, dass ich nichts Böses in mir hatte und nur das tun wollte, was gerecht ist. Deshalb wollte ich, nachdem ich mit so viel Mühe die Bogensehne an mein Ohr gezogen hatte, den Schaft loslassen.

»Geh voran«, rief ich mit lauter Stimme; »geh voran, du heiliger Priester! Ich folge dir!«

Und wir gingen weiter.

6. Die Stadt des Todes

In der Stille gingen wir in das Heiligtum der Isis. Es war dunkel und kahl – nur das Licht der Lampe schimmerte schwach auf den gemeißelten Wänden, wo in hundert Bildnissen die Heilige Mutter das Heilige Kind stillte.

Der Priester schloss die Türen und verriegelte sie.

»Noch einmal«, fragte er, »bist du bereit, Harmachis?«

»Noch einmal«, antwortete ich, »ich bin bereit.«

Er sprach nicht mehr, sondern führte mich, nachdem er die Hände zum Gebet erhoben hatte, in die Mitte des Heiligtums und löschte mit einer schnellen Bewegung die Lampe.

»Blicke vor dich, Harmachis!«, rief er; und seine Stimme klang hohl an dem feierlichen Ort.

Ich schaute um mich und sah nichts. Aber aus der Nische, die sich hoch in der Wand befand und wo das heilige Symbol der Göttin verborgen war, auf das nur wenige schauen dürfen, kam ein Geräusch wie von den klappernden Stäben des Sistrums[10]. Und während ich ehrfürchtig lauschte, – siehe – da sah ich die Umrisse des Symbols wie mit Feuer in die Schwärze der Luft gezeichnet. Es hing über meinem Kopf und bewegte sich geräuschvoll. Als es sich drehte, sah ich deutlich das Gesicht der Mutter Isis, das auf der einen Seite eingraviert war und die unendliche Geburt bedeutete, und das Gesicht ihrer heiligen Schwester, Nephthys, das auf der anderen Seite eingraviert war und das Ende aller Geburt im Tod bedeutete.

Langsam drehte und schwang es sich, als ob eine mystische Tänzerin die Luft über mir durchschritt und es in ihrer Hand schüttelte. Aber schließlich ging das Licht aus, und das Geräusch hörte auf.

Dann wurde plötzlich das Ende der Kammer erhellt, und in diesem weißen Licht sah ich ein Bild nach dem anderen. Ich sah den alten Nil, der sich durch Wüsten zum Meer wälzt. An seinen Ufern gab es keine Menschen, keine Zeichen von Menschen, keine Tempel der Götter. Nur wilde Vögel bewegten sich auf Sihors einsamem Antlitz, und monströse Bestien stürzten und suhlten sich in seinen Wassern. Die Sonne versank majestätisch hinter der Libyschen Wüste und färbte das Wasser rot; die Berge ragten zum stillen Himmel empor; aber in Berg, Wüste und Fluss gab es kein Zeichen menschlichen Lebens. Da wusste ich, dass ich die Welt sah, wie sie gewesen war, bevor es den Menschen gab, und der Schrecken ihrer Einsamkeit drang in meine Seele.

Das Bild ging vorüber und ein anderes erhob sich an seiner Stelle. Noch einmal sah ich die Ufer des Nils, und auf ihnen drängten sich wildgesichtige Kreaturen, die mehr an der Natur des Affen als an der Natur des Menschen teilhatten. Sie kämpften und erschlugen sich gegenseitig. Die wil-

---

[10] Ein der Isis besonders geweihtes Musikinstrument.

den Vögel sprangen vor Schreck auf, als das Feuer aus den Schilfhütten sprang, die von den Händen der Feinde in Brand gesetzt und geplündert wurden. Sie stahlen und rissen und mordeten und schlugen Kindern mit Steinäxten das Hirn heraus. Und obwohl keine Stimme es mir sagte, wusste ich, dass ich den Menschen sah, wie er vor Zehntausenden von Jahren gewesen war, als er zum ersten Mal über die Erde marschierte.

Noch ein anderes Bild: Wieder sah ich die Ufer des Sihor; aber auf ihnen blühten schöne Städte wie Blumen. Durch ihre Tore gingen Männer und Frauen ein und aus, die von weiten, wohlbestellten Feldern kamen. Aber ich sah keine Wachen oder Armeen und keine Kriegswaffen. Alles war weise, wohlhabend und friedlich. Während ich noch staunte, kam eine herrliche Gestalt, gekleidet in ein Gewand, das wie eine Flamme leuchtete, aus den Toren eines Schreins, und der Klang von Musik ging vor ihr her und folgte ihr nach. Sie bestieg einen elfenbeinernen Thron, der auf einem Marktplatz mit Blick auf das Wasser stand, und als die Sonne unterging, rief sie die ganze Schar zum Gebet auf. Mit einer Stimme beteten sie und beugten sich in Anbetung, und ich verstand, dass hier die Herrschaft der Götter auf Erden gezeigt wurde, wie sie lange vor den Tagen von Menes, des ältesten Königs von Ägypten, gewesen war.

Der Traum änderte sich. Immer noch dieselbe schöne Stadt, aber andere Männer – Männer mit Gier und Bösem auf ihren Gesichtern, die die Fesseln des gerechten Handelns hassten und ihr Herz auf Sünde setzten. Der Abend kam; die glorreiche Gestalt bestieg den Thron und rief zum Gebet, aber niemand verneigte sich in Anbetung.

»Wir sind deiner überdrüssig!«, riefen sie. »Mach das Böse zum König! Tötet ihn! Löst die Fesseln des Bösen! Macht den Bösen zum König!«

Die glorreiche Gestalt erhob sich und blickte mit milden Augen auf diese bösen Menschen.

»Ihr wißt nicht, was ihr bittet«, rief er; »aber wie ihr wollt, so soll es sein! Denn wenn ich auch sterbe, so werdet ihr durch mich, nach vielen Mühen, dereinst wieder einen Weg zum Reich des Guten finden!«

Noch während er sprach, stürzte sich eine Gestalt, übel und scheußlich anzusehen, fluchend auf ihn, erschlug ihn, riss ihn in Stücke und setzte sich unter dem Geschrei des Volkes selbst auf den Thron und regierte. Aber eine Gestalt, deren Gesicht verschleiert war, kam auf schattenhaften Flügeln vom Himmel herab und sammelte mit Wehklagen die zerrissenen Teile des erschlagenen Wesens auf. Einen Augenblick beugte sie sich darüber, dann hob sie die Hände und weinte. Und während sie weinte, siehe, da sprang aus ihrer Seite ein Krieger, bewaffnet und mit einem Gesicht wie das des Ra am Mittag. Er, der Rächer, stürzte sich mit einem Schrei auf das Ungeheuer, das den Thron an sich gerissen hatte, und sie schlossen sich im Kampf zusammen und stiegen, immer in einer engen Umarmung kämpfend, hinauf in die Lüfte.

Dann kam Bild um Bild. Ich sah Mächte und Völker, die in verschiedene Gewänder gekleidet waren und in vielen Zungen sprachen. Ich sah sie vorbeiziehen und vorbeigehen in Millionen – liebend, hassend, kämpfend, sterbend. Einige wenige waren glücklich und einige hatten Kummer auf ihren Gesichtern; aber die meisten trugen weder das Siegel des Glücks noch des Kummers, sondern das des Duldens. Und während sie von Zeitalter zu Zeitalter gingen, kämpfte hoch oben im Himmel der Rächer mit dem Bösen weiter, während die Waage des Sieges mal hierhin, mal dorthin schwang. Doch weder siegte er, noch war es mir gegeben, zu wissen, wie der Kampf endete.

Und ich verstand, dass das, was ich gesehen hatte, die heilige Vision des Kampfes zwischen den guten und den bösen Mächten war. Ich sah, dass der Mensch niederträchtig erschaffen wurde, aber die, die oben waren, erbarmten sich seiner und kamen zu ihm herab, um ihn gut und glücklich zu machen, denn die beiden Dinge sind eins. Aber der Mensch kehrte zu seinem bösen Weg zurück, und da opferte sich der helle Geist des Guten, der von uns Osiris genannt wird, der aber viele Namen hat, für die bösen Taten des Geschlechts, das ihn entthront hatte. Und aus ihm und der göttlichen Mutter, aus der alle Natur besteht, entsprang ein anderer Geist, der der Beschützer von uns auf Erden ist, wie Osiris unser Rechtfertiger in Amenti.

Denn dies ist das Geheimnis des Osiris.

Plötzlich, als ich die Visionen sah, wurden mir diese Dinge klar. Die geheimnisvolle Umhüllung der Symbole und Zeremonien, die Osiris umgaben, fielen von ihm ab, und ich verstand das Geheimnis der Religion, welches das Opfer ist.

Die Bilder schwanden dahin, und wieder sprach der Priester, mein Führer, zu mir: »Hast du verstanden, Harmachis, was die Dinge bedeuten, die zu sehen dir vergönnt war?«

»Das habe ich«, sagte ich. »Sind die Riten beendet?«

»Nein, sie haben erst begonnen. Das, was folgt, musst du allein ertragen! Siehe, ich verlasse dich, um beim Morgenlicht zurückzukehren. Noch einmal warne ich dich. Das, was du sehen wirst, können nur wenige sehen und überleben. In all meinen Tagen habe ich nur drei gekannt, die es wagten, sich dieser schrecklichen Stunde zu stellen, und von diesen dreien wurde bei Tagesanbruch nur einer lebend gefunden. Ich selbst habe diesen Weg nicht beschritten. Er ist zu hoch für mich.«

»Geh«, sagte ich; »meine Seele dürstet nach Wissen. Ich will es wagen.«

Er legte seine Hand auf meine Schulter und segnete mich. Dann ging er. Ich hörte, wie sich die Tür hinter ihm schloss, das Echo seiner Schritte verklang ganz langsam.

Ich fühlte, dass ich allein war, allein in der heiligen Stätte mit Dingen, die nicht von dieser Erde sind. Stille senkte sich herab – Stille, tief und schwarz wie die Dunkelheit, die um mich herum war. Die Stille sammelte sich wie die Wolke in jener Nacht auf dem Gesicht des Mondes, als ich als Junge auf den Pylonentürmen betete. Sie wurde dichter und dichter, bis sie in mein Herz zu kriechen und darin laut zu rufen schien; denn völlige Stille hat eine Stimme, die schrecklicher ist als jeder Schrei. Ich sprach; das Echo meiner Worte kam von den Wänden auf mich zurück und schien mich niederzuschlagen. Die Stille war leichter zu ertragen als ein Echo wie dieses. Was sollte ich nun sehen? Sollte ich sterben; jetzt, in der Fülle meiner Jugend und Kraft? Schrecklich waren die Warnungen, die man mir gegeben hatte. Ich fürchtete mich und dachte daran, zu fliehen. Aber wohin fliehen? Die Tür des Tempels war verriegelt; ich konnte nicht fliehen. Ich war allein mit der Gottheit, allein mit der Macht, die ich angerufen hatte. Nein, mein Herz war rein, ich würde mich dem Schrecken stellen, der kommen würde, ja, selbst wenn ich sterben würde.

»Isis, heilige Mutter«, betete ich. »Isis, Gemahlin des Himmels, komm zu mir, sei jetzt bei mir; ich werde ohnmächtig, sei jetzt bei mir.«

Und da erkannte ich, dass die Dinge nicht mehr so waren, wie zuvor. Die Luft um mich herum begann sich zu regen, sie rauschte wie die Flügel von Adlern, sie nahm Leben an. Glänzende Augen schauten mich an, seltsames Flüstern erschütterte meine Seele. In der Dunkelheit waren Streifen aus Licht zu sehen. Sie wechselten und veränderten sich, bewegten sich hierhin und dorthin und trugen mystische Symbole, die ich nicht lesen konnte. Schneller und schneller huschten die Lichter von Ort zu Ort: die Symbole gruppierten sich, verblassten, gruppierten sich wieder, schneller und noch schneller, bis meine Augen sie nicht mehr zählen konnten. Jetzt schwamm ich auf einem Meer von Herrlichkeit; es wogte und rollte, wie der Ozean rollt; es warf mich hoch hinauf, es warf mich tief hinab.

Licht häufte sich auf Licht, Pracht auf Pracht, und ich war hoch über allem!

Bald begannen die Lichter in dem wogenden Meer der Luft zu verblassen. Große Schatten schossen über sie hinweg, Linien der Dunkelheit durchdrangen sie, bis sie schließlich nur noch eine Flammengestalt waren, die wie ein Stern auf dem Schoß der unermesslichen Nacht lag. Aus der Ferne ertönten furchtbare Klänge von Musik. Meilenweit entfernt hörte ich sie schwach durch die Dunkelheit dringen. Sie kamen näher und näher, lauter und lauter, bis sie über mir, unter mir, um mich herum, auf rauschenden Flügeln vorüberzogen, mich erschreckten und verzauberten. Sie schwebten vorbei, immer schwächer werdend, bis sie im Raum erstarben. Dann kamen andere, und keine zwei waren gleich. Manche klapperten wie zehntausend Sistren, einige ertönten aus den Kehlen von unzähligen Klarinetten, andere erklangen mit einem lauten, süßen Gesang von Stimmen, die nicht mehr menschlich waren, und einige rollten im langsamen Donner einer Million Trommeln dahin. Dann verschwanden auch sie; ihre Töne verloren sich in sterbenden Echos; und die Stille senkte sich wieder auf mich herab und überwältigte mich.

Die Kraft in mir begann zu versagen. Ich fühlte, wie mein Leben an seinen Quellen versiegte. Der Tod näherte sich mir und seine Gestalt war das Schweigen. Er drang in mein Herz ein, drang mit einem Gefühl von betäubender Kälte ein, aber mein Gehirn war noch lebendig, ich konnte noch denken. Ich wusste, dass ich mich den Grenzen des Todes näherte. Nein, ich war dabei, schnell zu sterben, und oh, wie schrecklich war es! Ich bemühte mich zu beten und konnte es nicht; es war keine Zeit mehr zum Beten. Ein Kampf und die Stille kroch in mein Gehirn. Der Schrecken verging; ein unergründliches Gewicht des Schlafes drückte mich nieder. Ich lag im Sterben, ich lag im Sterben, und dann – das Nichts! – Ich war tot!

Ein verändertes Leben kam zu mir zurück, aber zwischen dem neuen Leben und dem Leben, das gewesen war, gab es eine Kluft und einen Unterschied. Noch einmal stand ich in der Dunkelheit des Schreins, aber sie blendete mich nicht mehr. Sie war klar wie das Licht des Tages, obwohl sie immer noch schwarz war. Ich stand; und doch war es nicht ich, der stand, sondern eher mein geistiger Teil, denn zu meinen Füßen lag mein totes Selbst. Da lag es, starr und still, ein Stempel furchtbarer Ruhe war auf das Gesicht gedrückt, das ich anstarrte.

Und während ich so staunend vor mich hinblickte, wurde ich auf den Flügeln der Flamme aufgefangen und weggewirbelt! Weg! Schneller als die Blitze zucken. Hinab fiel ich, durch Tiefen des leeren Raumes, die hier und da mit glitzernden Sternenkränzen besetzt waren, zehn Millionen und zehn mal zehn Millionen Meilen hinab, bis ich schließlich über einem Ort von sanftem, unveränderlichem Licht schwebte, in dem sich Tempel, Paläste und Wohnstätten befanden, wie sie kein Mensch jemals in den Visionen seines Schlafes gesehen hat. Sie waren aus schwarzen Flammen erbaut. Ihre Türme ragten in die Höhe, und ihre großen Höfe erstreckten sich ringsum. Selbst als ich schwebte, veränderten sie sich ständig vor dem Auge; was Flamme war, wurde Schwärze, was Schwärze war, wurde Flamme. Hier blitzte der Kristall, und dort leuchtete die Glut der Edelsteine selbst durch die Herrlichkeit, die die Stadt umgab, die ein Ort des Todes war. Da waren Bäume, und wenn sie raschelten, klang es wie Musik; da war Luft, und wenn sie wehte, war ihr Atem wie die schluchzenden Töne von Gesang. Formen, wechselnd, geheimnisvoll, wundervoll, stürzten auf mich zu und trugen mich hinunter, bis ich auf einer anderen Erde zu stehen schien.

»Wer kommt?«, rief eine kräftige Stimme.

»Harmachis«, antworteten die Gestalten, die sich ständig veränderten. »Harmachis, der von der Erde herbeigerufen wurde, um das Antlitz derjenigen zu erblicken, die war und ist und sein wird. Harmachis, Kind der Erde!«

»Werft die Tore zurück und öffnet die Pforten weit!«, ertönte die schreckliche Stimme. »Werft die Tore zurück und öffnet die Pforten; versiegelt seine Lippen mit Schweigen, damit seine Stimme nicht die Harmonie des Himmels stört; nehmt ihm das Augenlicht, damit er nicht sieht, was er nicht sehen darf, und lasst Harmachis, der herbeigerufen wurde, den Pfad hinuntergehen, der zum Ort des Unveränderlichen führt. Geh weiter, Kind der Erde; aber bevor du gehst, schaue auf, damit du erfährst, wie weit du von der Erde entfernt bist.«

Ich schaute hinauf. Jenseits der Herrlichkeit, die um die Stadt leuchtete, war schwarze Nacht, und hoch auf ihrem Busen funkelte ein winziger Stern.

»Sieh die Welt, die du verlassen hast«, sagte die Stimme, »sieh und zittere.«

Dann wurden meine Lippen und Augen mit Stille und mit Dunkelheit versiegelt, so dass ich stumm und blind war. Die Tore rollten zurück, die Türen schwangen weit auf, und ich wurde in die Stadt gefegt, die ein Ort des Todes ist. Ich wurde schnell geschleudert, ich weiß nicht wohin, bis ich endlich auf meinen Füßen stand. Wieder ertönte die gewaltige Stimme: »Zieh den Schleier der Schwärze von seinen Augen, entsiegele das Schweigen auf seinen Lippen, damit Harmachis, Kind der Erde, sehen, hören und verstehen kann und am Heiligtum von Ihr, die war und ist und sein wird, Anbetung hält.« Und meine Lippen und Augen wurden noch einmal berührt, so dass mein Sehvermögen und meine Sprache zurückkamen.

Ich stand in einer Halle aus schwärzestem Marmor, die so hoch war, dass selbst im rosigen Licht mein Blick kaum die großen Leisten des Daches erreichen konnte. Musik ertönte in den Räumen, und überall standen geflügelte Geister aus lebendigem Feuer, und ihre Formen waren so hell, dass ich sie nicht ansehen konnte. In der Mitte befand sich ein Altar, klein und viereckig, und ich stand davor. Dann rief wieder die Stimme: »O du, die du warst, bist und sein wirst, die du viele Namen hast und doch ohne Namen bist, die du die Zeit misst, du Gesandte Gottes, du Hüter der Welten und der Völker, die darauf wohnen, du universelle Mutter, aus dem Nichts geboren, du ungeschaffene Schöpferin. Lebendige Pracht ohne Form, lebende Form ohne Substanz; Dienerin des Unsichtbaren; Kind des Gesetzes; Halterin der Waage und des Schwertes des Schicksals; Walterin aller Dinge, die geschehen sind; Vollstreckerin der göttlichen Gesetze! – Höre! – Harmachis, der Ägypter, der durch deinen Willen von der Erde herbeigerufen wurde, wartet vor deinem Altar, mit unverschlossenen Ohren, mit unverschlossenen Augen und mit einem offenen Herzen. Höre und steige herab! Steige herab, o Vielgestaltige! Steige herab in der Flamme! Steige herab im Klange! Steige herab im Geist! Höre und steige herab!«

Die Stimme verstummte und es herrschte Stille. Dann kam durch die Stille ein Geräusch wie das Dröhnen des Meeres. Es verging, und alsbald hob ich, bewegt von einer unbekannten Macht meine Augen von den Händen, mit denen ich sie bedeckt hatte, und sah eine kleine dunkle Wolke über dem Altar hängen, in und aus der eine feurige Schlange kletterte. Da fielen alle in Licht gekleidete Geister auf den Marmorboden und beteten mit lauter Stimme; aber was sie sagten, konnte ich nicht verstehen. Und siehe! Die dunkle Wolke kam herab und ruhte auf dem Altar, die Schlange aus Feuer streckte sich mir entgegen, berührte mich mit ihrer stacheligen Zunge an der Stirn und war fort. Aus dem Innern der Wolke sprach eine Stimme süß und tief und klar in himmlischem Tonfall: »Geht weg, ihr Geister, lasst mich allein mit meinem Sohn, den ich gerufen habe.«

Darauf sprangen die in Flammen gehüllten Geister wie Pfeile aus einem Bogen hervor und rasten davon.

»O Harmachis«, sagte die Stimme, »fürchte dich nicht, ich bin die, die du als die Isis der Ägypter kennst; aber was ich sonst noch bin, bemühe dich nicht zu erfahren, es ist jenseits deiner Kräfte. Denn ich bin alles, das Leben ist mein Geist, und die Natur ist mein Gewand. Ich bin das Lachen des Säuglings, ich bin die Liebe der Jungfrau, ich bin der Kuss der Mutter. Ich bin das Kind und der Diener des Unsichtbaren, das Gott ist, das Gesetz ist, das Schicksal ist – obwohl ich selbst nicht Gott und Schicksal und Gesetz bin. Wenn die Winde wehen und die Ozeane auf dem Antlitz der Erde tosen, hörst du meine Stimme; wenn du auf das sternenklare Firmament blickst, siehst du mein Antlitz; wenn der Frühling in Blumen erblüht, ist das mein Lächeln, Harmachis. Denn ich bin die Natur selbst, und alle ihre Formen sind Formen von mir. Ich atme in allem, was atmet. Ich nehme zu und ab im wechselnden Mond. Ich wachse und sammle mich in den Gezeiten. Ich gehe auf mit den Sonnen. Ich bin in den Blitzen und donnere in den Stürmen. Nichts ist zu groß für das Maß meiner Majestät, nichts ist so klein, dass ich nicht darin eine Heimat finden könnte. Ich bin in dir und du bist in mir, o Harmachis. Das, was dich sein lässt, lässt auch mich sein. Deshalb, obwohl ich groß bin und du klein bist, habe keine Angst. Denn wir sind durch das gemeinsame Band des Lebens verbunden – jenes Lebens, das durch Sonnen und Sterne und Räume, durch Geister und die Seelen der Menschen fließt und die ganze Natur zu einem Ganzen verschweißt, das sich zwar ständig verändert, aber doch ewig dasselbe ist.«

Ich senkte meinen Kopf – ich konnte nicht sprechen, denn ich hatte Angst.

»Treu hast du mir gedient, mein Sohn«, fuhr die zarte, süße Stimme fort, »sehr hast du dich danach gesehnt, mir hier in Amenti von Angesicht zu Angesicht zu begegnen, und Vieles hast du gewagt, damit sich dein Wunsch erfüllt. Denn es ist keine Kleinigkeit, die Hütte des Fleisches abzulegen und vor der festgesetzten Zeit, wenn auch nur für eine Stunde, das Gewand des Geistes anzuziehen. Und sehr, mein Diener und mein Sohn, habe auch ich mich danach gesehnt, dich hier zu sehen, wo ich bin. Denn die Götter lieben die, die sie lieben, aber mit einer größeren und tieferen Liebe, und unter einem, der so weit von mir entfernt steht wie ich von dir, Sterblicher, bin ich eine Göttin unter Göttern. Deshalb habe ich dich hierher bringen lassen, Harmachis, und deshalb spreche ich zu dir, mein Sohn, und bitte dich, mit mir von Angesicht zu Angesicht zu sprechen wie in jener Nacht auf den Tempeltürmen von Abouthis. Denn ich war dort mit dir, Harmachis, wie ich in zehntausend anderen Welten war. Ich war es, o Harmachis, der dir den Lotus in die Hand legte und dir das Zeichen gab, das du gesucht hast. Denn du bist vom königlichen Blut meiner Kinder, die mir von Zeitalter zu Zeitalter dienten. Und wenn du nicht versagst, wirst du auf diesem königlichen Thron sitzen und meinen alten Kult in seiner Reinheit wiederherstellen und meine Tempel von ihren Verunreinigungen befreien. Aber wenn du versagst, dann wird der ewige Geist Isis nur noch eine Erinnerung in Ägypten sein.«

Die Stimme hielt inne, und als ich meine Kräfte sammelte, sprach ich schließlich laut: »Sage mir, o Heilige«, sagte ich, »werde ich denn versagen?«

»Frage mich nicht«, antwortete die Stimme, »was ich dir nicht beantworten darf. Vielleicht kann ich lesen, was dir widerfahren wird, vielleicht gefällt es mir nicht, es zu lesen. Was kann es dem Göttlichen nützen, der alle Zeit hat, in der er die Dinge abwarten kann, eifrig auf die Blüte zu schauen, die noch nicht geblüht hat, die aber, wie ein Samenkorn im Schoß der Erde liegend, zu ihrer Zeit blühen wird? Wisse, Harmachis, dass ich die Zukunft nicht gestalte; die Zukunft gehört dir und nicht mir; denn sie ist aus dem Gesetz und der vom Unsichtbaren verordneten Regel geboren. Doch du bist frei, darin zu handeln, und du wirst gewinnen oder verlieren, je nach deiner Kraft und dem Maß der Reinheit deines Herzens. Dein sei die Last, Harmachis, wie dein am Ende der Ruhm oder die Schmach sein wird. Ich, die ich nur die Ausführende des Geschriebenen bin, ahne wenig von dem Ausgang. Nun höre mich an: Ich werde immer bei dir sein, mein Sohn, denn meine Liebe, die einmal gegeben wurde, kann niemals weggenommen werden, auch wenn sie dir durch Sünde verloren zu sein scheint. Denke also daran: Wenn du triumphierst, wird dein Lohn groß sein; wenn du versagst, wird deine Strafe schwer sein, sowohl im Fleisch als auch in dem Land, das du Amenti nennst. Doch dies zu deinem Trost: Schande und Qualen werden nicht ewig sein. Denn wie tief der Fall von der Rechtschaffenheit auch sein mag, wenn nur die Reue das Herz hält, gibt es einen Pfad – einen steinigen und grausamen Pfad – auf dem die Höhe wieder erklommen werden kann. Lass es nicht dein Los sein, ihm zu folgen, Harmachis! –

Und nun, weil du mich geliebt hast, mein Sohn, und weil du, durch das Labyrinth der Träume irrend, in dem sich die Menschen auf der Erde verlieren, indem sie die Substanz mit dem Geist und den Altar mit dem Gott verwechseln, dennoch eine Spur der Wahrheit des Vielgesichtigen erfasst hast, und weil ich dich liebe und auf den Tag schaue, der vielleicht kommen wird, wo du gesegnet in dem Licht und der Erfüllung meiner Aufgaben leben sollst: Darum, sage ich, soll es dir, o Harmachis, – der mit mir gesprochen hat und dem es vergönnt war, das Antlitz der Isis zu schauen und nicht den Tod zu sterben – gegeben sein, das Wort zu hören, durch das ich aus dem Äußersten herbeigerufen werde. –

Siehe!«

Die süße Stimme verstummte; die dunkle Wolke auf dem Altar veränderte sich und veränderte sich erneut – sie wurde weiß, sie leuchtete und schien schließlich die verhüllte Gestalt einer Frau anzunehmen. Dann kroch die goldene

Schlange wieder aus ihrem Herzen und schlang sich wie ein lebendiges Diadem um ihre wolkige Stirn.

Plötzlich rief eine Stimme laut das furchtbare Wort, und da platzten und zerflossen die Wolken, und mit meinen Augen sah ich jene Herrlichkeit, bei deren bloßem Gedenken mein Geist ohnmächtig wurde. Aber was ich sah, darf ich nicht aussprechen. Denn obwohl mir befohlen wurde, zu schreiben, was ich von dieser Sache geschrieben habe, damit vielleicht eine Aufzeichnung davon bestehen bleibt, bin ich davor gewarnt worden – und sogar jetzt, nach diesen vielen Jahren beachte ich die Warnung. Ich sah, und was ich sah, kann man sich nicht vorstellen; denn es gibt Herrlichkeiten und es gibt Gestalten, die jenseits der Reichweite der menschlichen Vorstellungskraft sind. Ich sah, und dann, mit dem Echo dieses Wortes, und mit der Erinnerung an diesen Anblick, der mir für immer in mein Herz gebrannt war, verließ mich mein Geist, und ich sank vor der Herrlichkeit auf den Boden herab.

Und als ich fiel, schien es, als ob die große Halle aufbrach und in Feuerflocken um mich herum zerfiel. Dann wehte ein starker Wind; es gab ein Geräusch wie das Rauschen der Welten in der Flut der Zeit – und dann wusste ich nicht. mehr.

7. Die Krönung zum Pharao

Endlich erwachte ich wieder und fand mich ausgestreckt auf dem Steinboden der heiligen Stätte der Isis in Abouthis liegen. Neben mir stand der alte Priester der Mysterien, und in seiner Hand hielt er eine Lampe. Er beugte sich über mich und blickte mir ernst ins Gesicht.

»Es ist Tag – der Tag deiner neuen Geburt, und du hast ihn erlebt, Harmachis!«, sagte er schließlich. »Ich danke dir. Steh auf, königlicher Harmachis – nein, erzähle mir nichts von dem, was dir widerfahren ist. Erhebe dich, Geliebter der heiligen Mutter. Komm heraus, du, der du das Feuer durchschritten und gelernt hast, was hinter der Dunkelheit liegt – komm heraus, o Neugeborener!«

Ich erhob mich und ging auf schwachen Füßen mit ihm, und als ich aus der Dunkelheit des Heiligtums trat, kam ich wieder in das reine Licht des Morgens. Dann ging ich in meine Kammer und schlief; es kamen keine Träume, um mich zu stören. Aber kein Mensch – nicht einmal mein Vater – fragte mich nach dem, was ich in jener schrecklichen Nacht gesehen hatte, oder nach der Art und Weise, wie ich mit der Göttin kommuniziert hatte.

Nach diesen Begebenheiten, die ich beschrieben habe, widmete ich mich eine Zeit lang der Verehrung der Mutter Isis und dem weiteren Studium der äußeren Formen jener Mysterien, zu denen ich nun den Schlüssel besaß. Außerdem wurde ich in politischen Dingen unterrichtet, denn viele große Männer unserer Gefolgschaft kamen heimlich aus allen Teilen Ägyptens zu mir und erzählten mir viel vom Hass des Volkes gegen Königin Kleopatra und von anderen Dingen.

Endlich kam die Stunde heran; es waren drei Monate und zehn Tage von der Nacht an, in der ich für eine Weile den Körper verlassen hatte und doch mit unserem Leben an der Brust der Isis verbunden geblieben war. Es war vereinbart, dass ich mit den gebührenden und üblichen Riten, wenn auch in völliger Geheimhaltung, auf den Thron des Oberen und des Unteren Landes gerufen werden sollte. So geschah es, dass, als die feierliche Zeit näher rückte, große Männer der Partei Ägyptens sich versammelten, siebenunddreißig Männer an der Zahl, aus jedem Reich und jeder großen Stadt ihres Reiches, und sich in Abouthis trafen. Sie kamen in jeder Gestalt – einige als Priester, einige als Pilger und einige als Bettler. Unter ihnen war mein Onkel Sepa, der sich zwar als reisender Arzt verkleidet, aber viel Mühe hatte, sich durch seine laute Stimme nicht zu verraten. Tatsächlich erkannte ich ihn selbst daran, als ich ihm begegnete, während ich in der Dämmerung in Gedanken versunken am Ufer des Kanals spazieren ging.

»Was für eine Plage du bist!«, rief er, als ich ihn mit seinem Namen begrüßte. »Kann ein Mensch nicht eine einzige Stunde lang aufhören, er selbst zu sein? Wüsstest du nur, welche Mühe es mich gekostet hat, diese Rolle spielen zu lernen – und jetzt erkennst du sogar im Dunkeln, wer ich bin!«

Und dann, immer noch mit lauter Stimme sprechend, erzählte er mir, wie er zu Fuß hierher gereist sei, um den Spionen zu entgehen, die auf dem Fluss hin und her fuhren. Aber er sagte, er wolle auf dem Wasser zurückkehren oder eine andere Verkleidung annehmen; denn seit er Arzt geworden wäre, sei er gezwungen gewesen, auch die Rolle eines Arztes zu spielen, obwohl er nur wenig von den Künsten der Medizin verstehe; und, wie er sehr befürchtete, gebe es viele zwischen An und Abouthis, die dadurch Schaden genommen hätten. Und er lachte laut und umarmte mich und vergaß seine Rolle. Denn er war zu sehr mit seinem Herzen verbunden, um ein Schauspieler und ein anderer als er selbst zu sein, und er würde mit mir, meine Hand haltend, Abouthis betreten haben, wenn ich ihn nicht wegen seiner Unbesonnenheit gescholten hätte.

Schließlich waren alle versammelt.

Es war Nacht, und die Tore des Tempels waren geschlossen. Niemand war mehr drinnen, außer den siebenunddreißig Männern, meinem Vater, dem Hohepriester Amenemhat, dem alten Priester, der mich zum Heiligtum der Isis geführt hatte, der alten Atoua, die mich nach altem Brauch auf die Salbung vorbereiten sollte, und etwa fünf anderen Priestern, die mit dem Eid, den niemand brechen darf, zur Verschwiegenheit verpflichtet waren. Sie versammelten sich in der zweiten Halle des großen Tempels; ich aber blieb allein, in mein weißes Gewand gekleidet, in dem Gang, der die Namen von sechsundsiebzig alten Königen enthielt, die vor dem Tag des göttlichen Sethi gelebt hatten. Dort blieb ich in der Dunkelheit, bis endlich mein Vater Amenemhat kam, der eine Lampe trug, und mich, sich tief vor mir verbeugend, an der Hand in die große Halle hinausführte. Hier und dort, zwischen den mächtigen Säulen, brannten Lichter, die schwach die gemeißelten Bilder an den Wänden zeigten und schwach auf die lange Reihe der siebenunddreißig Fürsten, Priester und Prinzen fielen, die, auf geschnitzten Stühlen sitzend, mein Kommen schweigend erwarteten. Vor ihnen, von den sieben Heiligtümern abgewandt, war ein Thron aufgestellt, um den herum die Priester standen, die die heiligen Bilder und Banner hielten.

Als ich in den düsteren und heiligen Raum kam, erhoben sich die Würdenträger und verneigten sich vor mir, ohne ein Wort zu sprechen, während mein Vater mich zu den Stufen des Throns führte und mich mit leiser Stimme aufforderte, mich davor zu stellen.

Dann sprach er: »Ihr Herren, Priester und Prinzen der alten Orden des Landes Khem – Adlige aus dem Ober- und Unterland – die Ihr euch auf meine Aufforderung hin hier versammelt habt, hört mich an! Ich stelle euch den Prinzen Harmachis vor, durch Recht und wahre Abstammung des Blutes der Nachkomme und Erbe der alten Pharaonen unseres unglücklichen Landes. Er ist Priester des innersten Kreises der Mysterien der göttlichen Isis, Meister der Mysterien – Erbpriester der Pyramiden, die bei Memphis liegen, unterwiesen in den feierlichen Riten des heiligen Osiris. Gibt es jemanden unter euch, der etwas gegen die wahre Abstammung seines Blutes vorzubringen hat?«

Er hielt inne, und mein Onkel Sepa, der sich von seinem Stuhl erhob, sprach: »Wir haben die Aufzeichnungen geprüft, o Amenemhat. Es gibt keinen. Er ist von königlichem Blut, seine Abstammung ist wahr.«

»Gibt es irgendjemanden unter euch«, fuhr mein Vater fort, »der leugnen kann, dass dieser königliche Harmachis mit Billigung der Götter selbst zu Isis gerufen wurde, dass ihm der Weg des Osiris gezeigt wurde, dass er zum erblichen Hohepriester der Pyramiden, die bei Memphis liegen, und der Tempel der Pyramiden zugelassen wurde?«

Da erhob sich jener alte Priester, der mein Führer im Heiligtum der Mutter gewesen war, und gab zur Antwort: »Es gibt keinen, o Amenemhat; ich weiß diese Dinge aus eigener Kenntnis.«

Noch einmal sprach mein Vater: »Gibt es jemanden unter euch, der etwas gegen diesen königlichen Harmachis vorzubringen hat, dass es durch Schlechtigkeit des Herzens oder des Lebens, durch Unreinheit oder Falschheit nicht angemessen oder passend sei, dass wir ihn zum Herrn aller Länder krönen?«

Da stand ein alter Fürst aus Memphis auf und gab Antwort: »Wir haben nachgefragt: Es gibt keinen, o Amenemhat.«

»Es ist gut«, sagte mein Vater, »dann fehlt nichts an dem Prinzen Harmachis, dem Samen von Nekt-nebf, dem Osirier. Lasst die Frau Atoua hervortreten und dieser Gesellschaft die Dinge erzählen, die geschahen, als die, die meine Frau war, in der Stunde ihres Todes über diesen Prinzen prophezeite, da sie mit dem Geist der Hathoren erfüllt war.«

Daraufhin schlich die alte Atoua aus dem Schatten der Säulen nach vorne und erzählte mit ernster Miene, was bereits von mir geschrieben wurde.

»Ihr habt es gehört«, sagte mein Vater: »Glaubt ihr, dass die Frau, die meine Frau war, mit der göttlichen Stimme gesprochen hat?«

»Das tun wir«, antworteten sie.

Nun erhob sich mein Onkel Sepa und sprach: »Königlicher Harmachis, du hast es gehört. Wisse nun, dass wir hier versammelt sind, um dich zum König der Oberen und der Unteren Lande zu krönen – dein heiliger Vater Amenemhat hat für dich auf alle seine Rechte verzichtet. Wir versammeln uns zwar nicht mit jenem Pomp und Zeremoniell, das dem Anlass angemessen wäre – was wir tun, muss im Geheimen geschehen, damit nicht unser Leben und die Sache, die uns teurer ist als das Leben, den Preis dafür zahlen müssen –, aber doch mit solcher Würde und Beachtung der alten Riten, wie es die Umstände gebieten. Lerne nun, wie diese Sache steht, und wenn, nachdem du es erfahren hast, dein Geist damit einverstanden ist, dann besteige deinen Thron, o Pharao, und schwöre den Eid! –

Lange hat Khem unter der geknebelten Ferse des Griechen gestöhnt und vor dem Schatten des römischen Speers gezittert; lange wurde die alte Verehrung seiner Götter entweiht und sein Volk mit Unterdrückung gequält. Aber wir glauben, dass die Stunde der Befreiung nahe ist, und mit der feierlichen Stimme Ägyptens und der alten Götter Ägyptens, für deren Angelegenheiten du vor allen anderen Menschen verpflichtet bist, bitten wir dich, Prinz, das Schwert unserer Befreiung zu sein. Höre zu! Zwanzigtausend gute und tüchtige Männer haben geschworen, auf dein Wort zu warten und sich auf dein Signal hin gemeinsam zu erheben, um die Griechen mit dem Schwert zu erschlagen und dir mit ihrem Blut und ihren Körpern einen Thron zu bauen, der sicherer auf dem Boden von Khem steht als seine alten Pyramiden – einen Thron, der sogar die römischen Legionen zurückwerfen wird. Das Signal soll der Tod der frechen Hure Kleopatra sein. Du musst ihren Tod herbeiführen, Harmachis, auf eine Weise, die dir gezeigt werden wird, und mit ihrem Blut den königlichen Thron Ägyptens salben.

Kannst du dich weigern, o unsere Hoffnung? Schwillt nicht die heilige Liebe zum Land in deinem Herzen an? Kannst du den Kelch der Freiheit von deinen Lippen stoßen und es ertragen, den bitteren Trunk der Sklaven zu trinken? Das Unternehmen ist groß; vielleicht wird es scheitern, und du sollst mit deinem Leben, wie wir mit dem unseren, den Preis unseres Unterfangens bezahlen. Aber was liegt daran, Harmachis? Ist das Leben denn so süß? Sind wir so sanft gepolstert auf dem steinigen Bett der Erde? Ist Bitterkeit und Leid in ihm so klein und dürftig? Atmen wir eine so göttliche Luft, dass wir uns vor dem Vergehen unseres Atems fürchten sollten? Was haben wir anderes als Hoffnung und Erinnerung? O Harmachis, der Mensch allein ist wahrhaftig gesegnet, der sein Leben mit dem herrlichsten Kranz des Ruhmes krönt. Denn da der Tod der ganzen Erdenbrut seine Mohnblumen reicht, ist wahrlich derjenige glücklich, dem die Gelegenheit gegeben ist, sie zu einem Kranz des Ruhmes zu flechten. Und wie kann ein Mann besser sterben, als in der großen Bemühung, die Fesseln von den Gliedern seines Landes zu schlagen, damit es wieder im Angesicht des Himmels steht und den schrillen Ruf der Freiheit erhebt, und, noch einmal in ein Gewand der Stärke gekleidet, die Fesseln seiner Knechtschaft mit Füßen tritt und den tyrannischen Nationen der Erde trotzt, ihr Siegel auf ihre Stirn zu setzen? Khem ruft dich, Harmachis. Komm, du Befreier, springe wie Horus vom Firmament, zerbrich seine Ketten, zerstreue seine Feinde und regiere als Pharao auf dem Pharaonen-Thron.«

»Genug, genug!«, rief ich, während das lange Gemurmel des Beifalls um die Säulen und die massigen Wände hinauf schwappte. »Genug; ist es denn nötig, mich so zu beschwören? Hätte ich hundert Leben, würde ich sie nicht mit Freuden für Ägypten hingeben?«

»Gut gesagt, gut gesagt!«, antwortete Sepa. »Nun geh mit jener Frau dort hinaus, damit sie deine Hände rein macht, bevor sie die heiligen Kleinode berühren, und deine Stirn salbt, bevor sie vom Diadem umschlossen wird.«

Und so ging ich mit der alten Atoua in eine separate

Kammer. Dort schüttete sie, Gebete murmelnd, reines Wasser über meine Hände in einen goldenen Krug und wischte mir mit einem feinen Tuch, das sie in Öl getaucht hatte, die Stirn.

»O glückliches Ägypten!«, sagte sie; »o glücklicher Prinz, der du gekommen bist, um in Ägypten zu herrschen! O königlicher Jüngling – zu königlich, um Priester zu sein – so wird manches schöne Weib denken; aber vielleicht wird man dir zuliebe die priesterliche Herrschaft lockern, wie soll sonst das Geschlecht des Pharao weitergeführt werden? O glücklich bin ich, der ich dich auf meinen Armen trug und mein Fleisch und Blut gab, um dich zu retten! O königlicher und schöner Harmachis, geboren für Pracht, Glück und Liebe!«

»Höre auf, höre auf«, erwiderte ich, denn ihr Geschwätz berührte mich unangenehm; »nenne mich nicht glücklich, bis du mein Ende kennst, und sprich mir nicht von Liebe, denn mit der Liebe kommt der Kummer, und mein ist ein anderer und höherer Weg.«

»Ja, ja, so sagst du – und auch die Freude kommt mit der Liebe! Sprich nie leichtfertig von der Liebe, mein König, denn sie brachte dich hierher! La, la! Aber es ist immer so: ›Die fliegende Gans lacht über die Krokodile‹, so sagt man unten in Alexandria; ›aber wenn die Gans auf dem Wasser schläft, sind es die Krokodile, die lachen‹, und niemand anderes als die Frauen sind die Kokodile. Die Männer in Anthribis verehren die Krokodile – Krokodilopolis nennen sie es jetzt, nicht wahr –, aber die Frauen verehren sie in der ganzen Welt! So, jetzt bist du rein, Herr der Doppelkrone. Nun geh hinaus!«

So verließ ich die Kammer unter dem törichten Gerede der alten Frau, das mir in den Ohren klang, obwohl ihre Torheit in Wahrheit immer ein Körnchen Wahrheit enthielt.

Als ich zurück in die Halle kam, erhoben sich die Würdenträger noch einmal und verneigten sich vor mir. Dann

75

trat mein Vater ohne Zögern an mich heran und legte mir ein goldenes Bild der göttlichen Ma, der Göttin der Wahrheit, und goldene Bilder der Archen des Gottes Amen-Ra, des göttlichen Mout und der göttlichen Khons in die Hände und sprach feierlich: »Du schwörst bei der lebendigen Majestät von Ma, bei der Majestät von Amon-Ra, von Mout und von Khons?«

»Ich schwöre«, sagte ich.

»Du schwörst beim heiligen Land von Khem, bei der Flut von Sihor, bei den Tempeln der Götter und den ewigen Pyramiden?«

»Ich schwöre.«

»Im Wissen um dein schreckliches Verhängnis, wenn du darin versagen solltest, schwörst du, dass du Ägypten in allen Dingen nach seinen alten Gesetzen regieren wirst, dass du die Verehrung seiner Götter bewahren wirst, dass du gleiche Gerechtigkeit üben wirst, dass du niemanden unterdrücken wirst, dass du nicht betrügen wirst, dass du kein Bündnis mit den Römern oder Griechen eingehen wirst, dass du die fremden Götzen vertreiben wirst, dass du dein Leben der Freiheit des Landes Khem widmen wirst?«

»Ich schwöre.«

»Es ist gut. Steig also auf den Thron, damit ich dich in Gegenwart dieser deiner Untertanen Pharao nennen kann.«

Ich bestieg den Thron, dessen Schemel ein Sphinx ist und dessen Baldachin aus den schattenspendenden Flügeln der Ma bestand. Dann näherte sich Amenemhat noch einmal und setzte mir die Pshent auf die Stirn, die Doppelkrone auf mein Haupt und das königliche Gewand um meine Schultern und legte in meine Hände das Zepter und die Geißel.

»Königlicher Harmachis«, rief er, »durch diese äußeren Zeichen kröne ich, der Hohepriester des Tempels von Ra-Men-Ma in Abouthis, dich zum Pharao des Oberen und Unteren Landes. Herrsche und gedeihe, o Hoffnung von Khem!«

»Regiere und gedeihe, Pharao!«, riefen die Würdenträger und verneigten sich vor mir.

Dann schworen sie mir einer nach dem anderen Treue, und nachdem sie alle geschworen hatten, nahm mich mein Vater bei der Hand und führte mich in feierlicher Prozession in jedes der sieben Heiligtümer des Tempels, und in jedem brachte ich Opfergaben dar, schwenkte Weihrauch und amtierte als Priester, bis ich schließlich den Schrein der Königskammer erreichte.

Nun brachten die anderen mir, dem göttlichen Pharao, ihr Opfer dar und ließen mich sehr müde zurück – aber als König.

(Hier endet die erste und kleinste der Papyrusrollen.)

ZWEITES BUCH
DER FALL DES HARMACHIS

8. Kleopatras Triumphzug

Jetzt waren die langen Tage der Vorbereitung vergangen, und die Zeit war gekommen. Ich war eingeweiht, und ich war gekrönt; und obwohl das gemeine Volk mich nicht oder nur als Priester der Isis kannte, gab es in Ägypten Tausende, die sich im Herzen vor mir als Pharao verneigten. Die Stunde war nahe, und meine Seele ging hinaus, um Isis zu begegnen. Denn ich sehnte mich danach, die Fremden zu stürzen, Ägypten zu befreien, den Thron zu besteigen, der mein Erbe war, und die Tempel meiner Götter zu reinigen. Ich war begierig auf den Kampf und zweifelte nie an seinem Ausgang. Ich blickte in den Spiegel und sah den Triumph auf meiner Stirn geschrieben. Die Zukunft dehnte einen Pfad der Herrlichkeit von meinen Füßen aus – ja, glitzernd mit Ruhm wie der Nil in der Sonne. Ich kommunizierte mit meiner Mutter Isis; ich saß in meiner Kammer und beriet mich mit meinem Herzen; ich plante neue Tempel; ich entwarf große Gesetze, die ich zum Wohle meines Volkes erlassen würde; und in meinen Ohren klangen die Jubelrufe, die den siegreichen Pharao auf seinem Thron begrüßen sollten.

Aber ich blieb noch eine Weile in Abouthis und ließ auf Befehl mein geschorenes Haar wieder lang und schwarz wie Rabenflügel wachsen und unterwies mich derweil in allen männlichen Übungen und Waffenkunststücken. Auch vervollkommnete ich mich zu einem Zweck, der noch zu sehen sein wird, in der magischen Kunst der Ägypter und im Lesen der Sterne, worin ich in der Tat schon große Fähigkeiten besaß.

Nun, dies war der Plan, der entstanden war. Mein Onkel Sepa hatte für eine Weile den Tempel von An verlassen und gab an, dass seine Gesundheit ihn im Stich gelassen hatte. Er hatte sich in ein Haus in Alexandria zurückgezogen, um, wie er sagte, Kraft aus dem Atem des Meeres zu schöpfen, und auch, um die Wunder des großen Museums und die Herrlichkeit von Kleopatras Hof selbst kennenzulernen. Es war geplant, dass ich mich ihm anschließen sollte, denn dort, in Alexandria, sollte das Komplott ausgeführt werden.

Als endlich der Ruf ertönte und alles vorbereitet war, machte ich mich reisefertig und ging in das Gemach meines Vaters, um seinen Segen zu empfangen, bevor ich mich auf den Weg machte. Dort saß der alte Mann, wie er schon einmal gesessen hatte, als er mich getadelt hatte, weil ich hinausgegangen war, um den Löwen zu erschlagen, sein langer weißer Bart ruhte auf dem steinernen Tisch und er hatte heilige Schriften in der Hand. Als ich hereinkam, erhob er sich von seinem Sitz und hätte sich vor mir niedergekniet und »Heil, Pharao!« gerufen, aber ich fasste ihn bei der Hand.

»Es ist nicht rechtens, mein Vater«, sagte ich.

»Es ist rechtens«, antwortete er, »es ist recht, dass ich mich vor meinem König verneige; aber es sei, wie du willst. Und so gehst du, Harmachis, mein Segen geht mit dir, mein Sohn! Und mögen die, denen ich diene, mir gewähren, dass meine alten Augen dich tatsächlich auf dem Thron erblicken können! Ich habe lange gesucht und mich bemüht, Harmachis, die Zukunft zu lesen; aber ich kann mit all meiner Weisheit nichts erfahren. Sie ist vor mir verborgen, und zuweilen versagt mein Herz. Aber höre dies, es ist Gefahr auf deinem Weg, und sie kommt in Gestalt der Frau. Ich weiß es seit langem, und deshalb wurdest du zur Verehrung der himmlischen Isis berufen, die ihren Verehrern gebietet, den Gedanken an die Frau zu vermeiden, bis sie es für richtig hält, die Regel zu lockern. Oh, mein Sohn, ich wünschte, du wärst nicht so stark und schön – stärker und schöner, in der

79

Tat, als jeder Mann in Ägypten, wie ein König sein sollte – in dieser Stärke und Schönheit kann eine Ursache des Stolperns liegen. Hüte dich also vor den Hexen von Alexandria, damit nicht eine von ihnen wie ein Wurm in dein Herz kriecht und sein Geheimnis aussaugt.«

»Habt keine Angst, mein Vater«, antwortete ich stirnrunzelnd,»meine Gedanken sind auf andere Dinge gerichtet als auf rote Lippen und lächelnde Augen.«

»Es ist gut«, antwortete er; »so mag es geschehen. Und nun lebe wohl. Wenn wir uns das nächste Mal sehen, möge es in jener glücklichen Stunde sein, wenn ich mit allen Priestern des Oberlandes von Abouthis herabziehe, um dem Pharao auf seinem Thron meine Ehre zu erweisen.«

Also umarmte ich ihn und ging. Ach! Ich hatte keine Ahnung, wie wir uns wiedersehen sollten.

So kam es, dass ich wieder den Nil hinunterfuhr.

In der zehnten Nacht, mit dem Wind segelnd, erreichten wir die mächtige Stadt Alexandria, die Stadt der tausend Lichter. Über allem thronte der weiße Leuchtturm, das Weltwunder, von dessen Krone ein Licht wie das der Sonne über das Wasser des Hafens strahlte, um den Schiffern den Weg über das Meer zu weisen.

Nachdem das Schiff vorsichtig am Kai festgemacht worden war – denn es war Nacht – ging ich von Bord und stand staunend vor der riesigen Häusermasse und war verwirrt von dem Geschrei vieler Sprachen. Denn hier schienen alle Völker versammelt zu sein, jedes sprach nach der Art seines Landes. Und wie ich so dastand, kam ein junger Mann, berührte mich an der Schulter und fragte mich, ob ich aus Abouthis sei und Harmachis heiße. Ich sagte »Ja«. Dann beugte er sich vor und flüsterte mir das geheime Passierwort ins Ohr, winkte zwei Sklaven heran und befahl ihnen, mein Gepäck vom Schiff zu holen. Das taten sie, indem sie sich durch die Menge der Träger kämpften, die lautstark ihre Dienste anboten. Dann folgte ich dem jungen Mann den Kai hinunter, der von Trinkplätzen gesäumt war, wo alle möglichen Männer versammelt waren, Wein tranken und dem Tanz der Frauen zusahen, von denen einige nur spärlich und andere überhaupt nicht bekleidet waren.

Wir gingen an den beleuchteten Häusern entlang, bis wir endlich das Ufer des großen Hafens erreichten und nach rechts auf einen breiten Weg abbogen, der mit Granit gepflastert und von mächtigen Gebäuden gesäumt war, vor denen Kreuzgänge standen, wie ich sie noch nie gesehen hatte. Wir bogen noch einmal nach rechts ab und kamen in einen ruhigeren Teil der Stadt, wo die Straßen, abgesehen von einigen flanierenden Nachtschwärmern, still waren. Kurz darauf hielt mein Führer vor einem Haus aus weißem Stein an. Wir gingen hinein, überquerten einen kleinen Hof und betraten eine erleuchtete Kammer. Und hier fand ich endlich meinen Onkel Sepa, der sehr froh war, mich in Sicherheit zu sehen.

Als ich mich gewaschen und gegessen hatte, erzählte er mir, dass alles gut gelaufen und am Hof noch kein Verdacht entstanden sei. Weiter sagte er, es sei der Königin zu Ohren gekommen, dass der Priester von An sich in Alexandria aufhalte, und sie habe nach ihm geschickt und ihn eingehend befragt – nicht wegen irgendeiner Verschwörung, denn daran dachte sie nie, sondern wegen des Gerüchts, dass in der großen Pyramide bei An ein Schatz versteckt sei. Da sie immer verschwenderisch war, fehlte es ihr ständig an Geld, und sie hatte daran gedacht, die Pyramide zu öffnen. Aber er lachte sie aus und sagte ihr, die Pyramide sei die Grabstätte des göttlichen Cheops, und er wisse nichts von ihren Geheimnissen. Da wurde sie zornig und schwor, dass sie, solange sie in Ägypten herrsche, die Pyramide Stein für Stein niederreißen und das Geheimnis in ihrem Inneren entdecken würde. Wieder lachte er und sagte ihr mit den Worten des Sprichworts, das sie in Alexandria haben, dass »Berge länger leben als Könige.« Daraufhin lächelte sie über

81

seine bereitwillige Antwort und ließ ihn gehen. Auch sagte mir mein Onkel Sepa, dass ich am nächsten Tag diese Kleopatra sehen sollte. Denn es war ihr Geburtstag (wie in der Tat auch meiner), und sie würde in den Gewändern der heiligen Isis gekleidet von ihrem Palast auf dem Lochias zum Serapeum gehen, um dem Schrein des falschen Gottes im Tempel ein Opfer zu bringen. Und er sagte, dass danach die Art und Weise, durch die ich Zugang zum Haushalt der Königin erhalten würde, gefunden werden sollte.

Dann, da ich sehr müde war, ging ich zur Ruhe, konnte aber wenig schlafen wegen der Fremdheit des Ortes, der Geräusche in den Straßen und des Gedankens an den nächsten Morgen. Als es noch dunkel war, stand ich auf, stieg die Treppe zum Dach des Hauses hinauf und wartete. Bald schossen die Sonnenstrahlen wie Pfeile hervor und beleuchteten das weiße Wunder des marmornen Leuchtturms, dessen Licht augenblicklich sank und erstarb, als hätte die Sonne es getötet. Nun fielen die Strahlen auf die Päläste des Lochias, wo Kleopatra schlief, und beleuchteten sie, bis sie wie Juwelen auf dem dunklen, kühlen Schoß des Meeres flammten. Weiter flog das Licht, berührte die hohen Spitzen von tausenden Palästen und Tempeln; vorbei an den Säulengängen des großen Museums, das in der Nähe aufragte, traf auf das hohe Heiligtum, in dem, aus Elfenbein geschnitzt, sich das Bild des falschen Gottes Serapis befand, und schien sich schließlich in der weiten und düsteren Nekropole zu verlieren. Dann, als die Morgendämmerung zum Tag wurde, floss die Flut der Helligkeit, die die Schale der Nacht überschwemmte, in die niederen Straßen und Plätze und zeigte Alexandria im Sonnenaufgang wie in einem Mantel aus rötlichem Licht. Der etesische Wind kam von Norden herauf und fegte den Dunst von den Häfen weg, so dass ich die blauen Wasser sah, auf denen tausende Schiffe schaukelten. Ich sah auch die mächtige Mole, das Heptastadium; ich sah die Hunderte von Straßen, die zahllosen Häuser, den unzähligen Reichtum und die Pracht Alexandrias, das wie eine Königin zwischen dem Mareotis-See und dem Ozean lag und beide beherrschte; und ich war von Staunen erfüllt. Dies war also eine Stadt von all den Städten und Ländern meines Erbes! Nun, sie war es wert, ergriffen zu werden, und nachdem ich mich satt gesehen und mein Herz gleichsam mit dem Anblick all der Pracht genährt hatte, sprach ich mit der Heiligen Isis und stieg vom Dach herab.

In der Kammer traf ich auf meinen Onkel Sepa. Ich erzählte ihm, dass ich den Sonnenaufgang über der Stadt Alexandria beobachtet hatte.

»So!«, sagte er und sah mich unter seinen zottigen Augenbrauen an; »und was hältst du von Alexandria?«

»Es ist wie eine Stadt der Götter«, antwortete ich.

»Ja«, erwiderte er grimmig, »eine Stadt der höllischen Götter – eine Spüle der Verderbnis, ein sprudelnder Brunnen der Ungerechtigkeit, eine Heimat des falschen Glaubens, der aus falschen Herzen entspringt. Ich wünschte, dass kein Stein auf dem anderen bliebe, und dass ihr Reichtum tief unter dem Wasser läge! Ich wünschte, die Möwen würden über dieser Stätte schreien, und der Wind, unbefleckt von einem griechischen Hauch, würde durch ihre Ruinen vom Meer bis nach Mareotis fegen! O königlicher Harmachis, lass den Luxus und die Schönheit Alexandrias nicht deinen Sinn vergiften; denn in ihrer tödlichen Luft geht der Glaube zugrunde, und die Religion kann ihre himmlischen Flügel nicht ausbreiten. Wenn die Stunde kommt, in der du regieren sollst, Harmachis, dann stürze diese verfluchte Stadt und errichte deinen Thron in den weißen Mauern von Memphis, wie es deine Väter taten. Denn ich sage dir, dass Alexandria für Ägypten nur ein prächtiges Tor des Verderbens ist, und solange es besteht, werden alle Völker der Erde durch es hindurchziehen, um das Land zu plündern, und alle falschen Glaubensrichtungen werden sich in ihm einnisten und den Sturz der ägyptischen Götter herbeiführen.«

Ich gab keine Antwort, denn es lag Wahrheit in seinen Worten. Dennoch erschien mir die Stadt sehr schön und wert, angesehen zu werden. Nachdem wir gegessen hatten, sagte mir mein Onkel, dass es nun an der Zeit sei, aufzubrechen, um den Marsch Kleopatras zu sehen, wenn sie im Triumph zum Heiligtum des Serapis zog. Denn obwohl sie nicht vor zwei Stunden nach dem Mittag vorbeiziehen würde, hatten die Leute in Alexandria eine so große Vorliebe für Schauspiele und Müßiggang, dass wir, wenn wir nicht sofort aufgebrochen wären, auf keinen Fall durch das Gedränge der Menschenmassen hätten gelangen können, die sich bereits entlang der Straßen versammelt hatten, auf denen die Königin reiten musste. So gingen wir hinaus, um unsere Plätze auf einer aus Holz errichteten Tribüne einzunehmen, die an der Seite der großen Straße, die durch die Stadt zum Kanopentor führt, aufgestellt worden war. Denn mein Onkel hatte das Recht, dort einzutreten, schon erkauft, und zwar teuer.

Mit viel Mühe erkämpften wir uns den Weg durch die große Menschenmenge, die sich bereits in den Straßen versammelt hatte, bis wir das Holzgerüst erreichten, das mit einem Vordach überdacht und mit scharlachroten Tüchern prächtig behängt worden war. Hier setzten wir uns auf eine Bank und warteten einige Stunden, während wir die Menge vorbeidrängen sahen, die schrie, sang und laut in vielen Sprachen redete. Endlich kamen Soldaten, um den Weg freizumachen, nach römischer Art gekleidet in Brustpanzern mit Kettenrüstung. Nach ihnen marschierten Herolde, die zur Ruhe aufforderten (worauf die Bevölkerung umso lauter sang und schrie) und riefen, dass Kleopatra, die Königin, käme. Dann folgten tausend Thraker, tausend Makedonier und tausend Gallier, jeder nach der Art seines Landes bewaffnet. Dann kamen fünfhundert Mann von denen, die man die gepanzerten Reiter nennt, denn beide, Männer und Pferde, waren ganz mit Panzern bedeckt. Dann kamen Jünglinge und Jungfrauen, die prächtig gekleidet waren und goldene Kronen trugen, und mit ihnen Bilder, die Tag und Nacht, Morgen und Mittag, den Himmel und die Erde symbolisierten. Nach diesen gingen viele schöne Frauen, die Parfüm auf die Straße gossen, und andere streuten blühende Blumen. Nun erhob sich ein großer Schrei »Kleopatra! Kleopatra!«, und ich hielt den Atem an und beugte mich vor, um die zu sehen, die es wagte, das Gewand der Isis anzulegen.

Aber in diesem Moment drängte sich die Menge so dicht vor meinem Standort, dass ich nicht mehr klar sehen konnte. So sprang ich in meinem Eifer über die Barriere des Gerüstes und drängte mich, da ich sehr stark war, durch die Menge, bis ich die vorderste Reihe erreichte. Nubische Sklaven, bewaffnet mit dicken Stöcken und gekrönt mit Efeublättern, rannten herbei und schlugen auf die Leute ein. Ein Mann fiel mir besonders auf, denn er war ein Riese, und da er stark war, benahm er sich über die Maßen frech und schlug das Volk ohne Grund, wie es die Gewohnheit von niedrigen Personen ist, die über Macht verfügen. Eine Frau stand in meiner Nähe, eine Ägypterin dem Aussehen nach, die ein Kind auf dem Arm trug, und als der Mann sah, dass sie wehrlos war, schlug ihr mit seiner Rute auf den Kopf, so dass sie hinfiel, und das Volk murrte. Bei diesem Anblick rauschte mein Blut plötzlich durch meine Adern und ertränkte meine Vernunft. Ich hielt einen zypriotischen Stab aus Olivenholz in der Hand, und als die schwarze Bestie beim Anblick der geschlagenen Frau und ihres Kindes, das sich am Boden wälzte, lachte, schwang ich den Stab in die Höhe und schlug zu.

Ich schlug so geschickt zu, dass der harte Stab an den Schultern des Riesen zerbrach und das Blut herausspritzte und seinen herabhängenden Efeubehang befleckte.

Dann, mit einem Schrei des Schmerzes und der Wut – denn wer schlägt, liebt es nicht, selbst geschlagen zu werden – drehte er sich um und stürzte sich auf mich! Und alle Leute um ihn herum wichen zurück, bis auf die Frau, die sich nicht erheben konnte, so dass wir zwei sozusagen in einem Ring standen. Er stürmte weiter, und als er nahe kam, schlug ich ihm, da ich nun wütend war, mit der geballten Faust zwischen die Augen, denn ich hatte nichts anderes, womit ich ihn schlagen konnte, und er taumelte wie ein Ochse unter dem ersten Schlag der Axt des Priesters. Da schrie das Volk, das es liebt, einen Kampf zu sehen, auf, denn der Mann war ihnen als Gladiator bekannt, der bei den Spielen siegreich war. Der Schurke sammelte seine Kräfte, stürzte sich mit einem Schrei auf mich und schlug mich mit seinem schweren Stab so, dass ich, wäre ich dem Schlag nicht durch Geschicklichkeit ausgewichen, sicher getötet worden wäre. Aber wie es der Zufall wollte, krachte der Stab auf den Boden, und zwar so heftig, dass er in Stücke flog. Daraufhin schrie die Menge wieder, und der große Mann stürzte sich blind vor Wut auf mich, um mich niederzuschlagen. Aber mit einem Schrei sprang ich geradewegs auf seine Kehle zu – er war ein so schwerer Mann, dass ich wusste, dass ich nicht hoffen konnte, ihn durch Kraft zu werfen – und ergriff sie. Dort hielt ich mich fest, obwohl seine Fäuste wie Knüppel auf mich einhämmerten und trieb meine Daumen in seine Kehle. Wir drehten uns hin und her, bis er sich schließlich auf die Erde warf und darauf vertraute, mich so abschütteln zu können. Aber ich hielt ihn fest, während wir uns auf dem Boden hin und her wälzten, bis er schließlich ohnmächtig wurde, weil ihm der Atem ausging. Da stieß ich, der ich oben war, mein Knie auf seine Brust und hätte ihn, wie ich glaube, in meiner Wut erschlagen, wenn nicht mein Onkel und andere, die dort versammelt waren, über mich hergefallen wären und mich von ihm weggezogen hätten.

In der Zwischenzeit hatte von mir unbemerkt der Wagen, in dem die Königin saß, mit Elefanten, die vor ihm hertrabten, und Löwen, die hinter ihm hergingen, die Stelle erreicht, wo ich stand, und wegen des Tumults angehalten. Ich blickte auf, und so zerrissen, keuchend, meine weißen Gewänder befleckt mit dem Blut, das aus dem Mund und den Nasenlöchern des mächtigen Nubiers geflossen war, sah ich Kleopatra zum ersten Mal von Angesicht zu Angesicht. Ihr Wagen war ganz aus Gold und wurde von milchweißen Rössern gezogen. Darin saß sie mit zwei schönen Mädchen in griechischen Gewändern, die auf beiden Seiten standen und ihr mit glitzernden Fächern Luft zufächelten. Auf dem Kopf trug sie die Isis-Haube, zwischen deren goldenen Hörnern die runde Scheibe des Mondes und das Emblem des Osiris-Throns mit dem umschlungenen Uräus ruhten. Unter dieser Bedeckung befand sich die Geierkappe aus Gold, die blau emaillierten Flügel und der Geierkopf mit Edelsteinaugen, unter denen ihre langen dunklen Locken herunterflossen. Um den runden Hals trug sie einen breiten Kragen aus Gold, der mit Smaragden und Korallen besetzt war. An den Armen und Handgelenken trug sie goldene Armbänder mit Smaragden und Korallen, und in der einen Hand hielt sie das heilige Kreuz des Lebens aus Kristall, in der anderen den goldenen Stab des Königtums. Ihre Brust war entblößt und darunter trug sie ein Gewand, das wie die schuppige Hülle einer Schlange glänzte und überall mit Edelsteinen besetzt war. Unter diesem Gewand befand sich ein Rock aus goldenem Tuch, der in Falten herab zu den mit Perlen besetzten Sandalen fiel, die ihre zarten weißen Füße schmückten.

All dies erkannte ich sozusagen mit einem Blick. Dann blickte ich auf das Gesicht – jenes Gesicht, das Cäsar verführte, Ägypten ruinierte und dazu verdammt war, Octavian das Zepter der Welt an die Hand zu geben. Ich betrachtete die makellosen griechischen Züge, das runde Kinn, die vollen Lippen, die gemeißelten Nasenlöcher und die Ohren, die wie zarte Muscheln geformt waren. Ich sah die liebliche Stirn, das dunkle, in Wellen fallende Haar, das in der Sonne funkelte, die gewölbten Augenbrauen und die langen, gebogenen Wimpern, die Erhabenheit ihrer kaiserlichen Gestalt. All diese Wunder sah ich, auch wenn ich sie nicht zu erzählen weiß. Aber schon damals wusste ich, dass die Macht von Kleopatras Schönheit nicht allein in diesen Reizen lag. Sie lag vielmehr in einer Herrlichkeit und einem Glanz, der durch die Hülle ihres schönen Körpers von der stolzen Seele in ihrem Innern ausstrahlte. Denn sie war eine Flamme, wie es keine Frau je gewesen ist oder jemals sein wird. Selbst wenn sie brütete, leuchtete das Feuer ihres Herzens durch sie hindurch. Doch wenn sie erwachte und die Blitze plötzlich aus ihren Augen sprangen und die leidenschaftliche Musik ihrer Rede auf ihren Lippen erklang, ach!, wer kann dann sagen, wie Kleopatra wirkte? Denn in ihr trafen sich alle Herrlichkeiten, die dem Weibe zu ihrem Ruhm gegeben sind, und alle Genialität, die der Mensch vom Himmel gewinnen kann. Und mit ihnen zusammen wohnte in ihr alles Böse jener höheren Art, die nichts fürchtet und die Gesetze verhöhnt, die Reiche zu ihrem Spielplatz macht und lächelnd das Wachstum ihrer Begierden mit dem reichen Blut der Menschen tränkt. In ihrer Brust versammelten sie sich und formten gemeinsam jene Kleopatra, die kein Mensch zeichnen, und die doch kein Mensch, der sie gesehen hat, jemals vergessen kann. Sie machten sie groß wie den Geist des Sturms, lieblich wie das Licht, grausam wie die Pest, – und was sie tat, ist bekannt.

Einen Augenblick lang begegnete ich Kleopatras Augen, als sie sich müßig beugte, um die Ursache des Tumults zu finden.

Zuerst waren diese Augen düster und dunkel, als ob sie zwar sahen, aber das Gehirn nichts beteiligt war. Dann erwachten sie, und ihre Farbe schien sich zu verändern, wie sich die Farbe des Meeres verändert, wenn das Wasser geschüttelt wird. Zuerst stand Zorn in ihnen geschrieben; dann ein müßiges Bemerken; dann, als sie auf die riesige Masse des Mannes blickte, den ich überwältigt hatte, und ihn als den Gladiator erkannte, zeigte sich etwas, das nicht weit entfernt von Verwunderung war. Zumindest wurden sie weicher, obwohl sich ihr Gesicht in der Tat kein bisschen veränderte. Aber wer Kleopatras Gedanken lesen wollte, musste auf ihre Augen achten, denn ihre Miene veränderte sich nur wenig. Sie drehte sich um und sagte ein Wort zu ihren Wachen. Diese traten vor und führten mich zu ihr, während die ganze Menge schweigend darauf wartete, mich erschlagen zu sehen.

Ich stand vor ihr, die Arme auf meiner Brust verschränkt. Obwohl ich von dem Wunder ihrer Schönheit überwältigt war, hasste ich sie in meinem Herzen, diese Frau, die es wagte, sich in das Kleid der Isis zu kleiden, diese Usurpatorin, die auf meinem Thron saß, diese lüsterne Frau, die den Reichtum Ägyptens in Wagen und Parfüm verprasste. Als sie mich vom Kopf bis zu den Füßen betrachtet hatte, sprach sie mit tiefer, voller Stimme und in der Sprache von Khem, die nur sie von allen Lagiden gelernt hatte: »Und wer und was bist du, Ägypter – denn Ägypter bist du, wie ich sehe –, der du es wagst, meinen Sklaven zu schlagen, während ich durch meine Stadt ziehe?«

»Ich bin Harmachis«, antwortete ich kühn. »Harmachis, der Astrologe, Adoptivsohn des Hohepriesters und Statthalters von Abouthis, der hierher gekommen ist, um sein Glück zu suchen. Ich habe deinen Sklaven geschlagen, o Königin, weil er die Frau dort drüben grundlos niedergeschlagen hat. Frag diejenigen, die es gesehen haben, Königin Ägyptens.«

»Harmachis«, sagte sie, »der Name hat einen guten Klang – und du hast einen stolzen Blick«, und dann wandte sie sich an einen Soldaten, der alles gesehen hatte, und bat ihn, ihr zu erzählen, was geschehen war. Das tat er wahrheitsgemäß und war mir freundlich gesinnt, weil ich den Nubier besiegt hatte. Daraufhin wandte sie sich an das Mädchen, das den Fächer trug und neben ihr stand – eine Frau mit lockigem Haar und schüchternen dunklen Augen, die sehr schön anzusehen war. Das Mädchen antwortete etwas. Dann befahl Kleopatra, den Sklaven zu ihr zu bringen. So führten sie den Riesen vor, der seinen Atem wiedergefunden hatte, und mit ihm die Frau, die er niedergeschlagen hatte.

»Du Hund«, sagte sie mit derselben leisen Stimme, »du Feigling, der du, weil er stark war, dieses Weib geschlagen hast und, weil du ein Feigling bist, von diesem jungen Mann überwältigt wurdest. Sieh, ich will dich Manieren lehren. Von nun an sollst du die Frauen mit dem linken Arm schlagen. Ho, Wachen, ergreift diesen schwarzen Sklaven und schlagt ihm die rechte Hand ab.«

Auf ihren Befehl hin sank sie in ihren goldenen Wagen zurück, und wieder zog die Wolke in ihren Augen auf. Aber die Wachen ergriffen den Riesen und schlugen ihm trotz seiner Schreie und Bitten um Gnade die Hand mit dem Schwert auf dem Holz des Gerüstes ab, und er wurde stöhnend weggetragen. Dann setzte sich die Prozession wieder in Bewegung. Als es weiterging, wandte das schöne Mädchen mit dem Fächer den Kopf, blickte mich an und lächelte und nickte, als ob sie sich freute, worüber ich mich etwas wunderte.

Die Leute jubelten auch und machten Scherze, indem sie sagten, dass ich bald im Palast Astrologie praktizieren würde. Aber sobald wir konnten, entkamen mein Onkel und ich und machten uns auf den Nachhauseweg. Die ganze Zeit über schalt er mich für meine Unbesonnenheit; aber als wir ins Haus kamen, umarmte er mich und freute sich sehr, weil ich den Riesen mit so wenig Schaden für mich selbst überwältigt hatte.

9. Charmions Besuch

An jenem Abend, als wir beim Abendessen im Haus saßen, klopfte es an die Tür. Sie wurde geöffnet, und eine Frau trat ein, die von Kopf bis Fuß in einen großen dunklen Umhang gehüllt war, so dass ihr Gesicht nicht klar zu erkennen war. Mein Onkel erhob sich, und während er das tat, sprach die Frau das geheime Wort aus.

»Ich bin gekommen, mein Vater«, sagte sie mit süßer, klarer Stimme, »obwohl es in Wahrheit nicht leicht war, dem Treiben im Palast dort drüben zu entkommen. Aber ich sagte der Königin, dass die Sonne und der Aufruhr in den Straßen mich krank gemacht hätten, und sie ließ mich gehen.«

»Es ist gut«, antwortete er. »Leg deinen Umhang ab; hier bist du sicher.«

Mit einem kleinen Seufzer der Müdigkeit löste sie das Kleidungsstück, ließ es von sich gleiten und gab meinem Blick das Gesicht und die Gestalt jenes schönen Mädchens preis, das Kleopatra im Wagen zugefächert hatte. Denn sie war sehr schön und angenehm anzuschauen, und ihre griechischen Gewänder schmiegten sich süß um ihre geschmeidigen Glieder und ihre knospende Gestalt. Ihr wallendes Haar, das in hundert kleinen Locken floss, war mit einem goldenen Band zusammengebunden, und an den Füßen trug sie Sandalen, die mit goldenen Knöpfen befestigt waren. Ihre Wangen erröteten wie eine Blume, und ihre dunklen, weichen Augen waren wie vor Bescheidenheit niedergeschlagen, aber Lächeln und Grübchen zitterten um ihre Lippen.

Mein Onkel runzelte die Stirn, als sein Blick auf ihr Kleid fiel. »Warum kommst du in diesem Gewand, Charmion?«, fragte er streng. »Ist die Kleidung deiner Mutter nicht gut genug für dich? Dies ist weder Zeit noch Ort für die Eitelkeiten der Frauen. Du bist nicht hier, um zu erobern, sondern um zu gehorchen.«

»Nein, sei nicht zornig, mein Vater«, antwortete sie leise; »vielleicht weißt du nicht, dass die, der ich diene, keine ägyptischen Kleider um sich haben will; es ist aus der Mode. Es zu tragen, hätte den Verdacht auf sich gezogen – außerdem bin ich in Eile gekommen.« Und während sie sprach, sah ich, dass sie mich die ganze Zeit über heimlich durch die langen Wimpern, die ihre bescheidenen Augen umrahmten, beobachtete.

»Gut, gut«, sagte er scharf und richtete seinen durchdringenden Blick auf ihr Gesicht, »zweifellos sprichst du die Wahrheit, Charmion. Sei stets eingedenk deines Eides, Mädchen, und der Sache, auf die du geschworen hast. Sei nicht leichtsinnig, und ich beschwöre dich, die Schönheit zu vergessen, mit der du gezeichnet wurdest. Denn merke dir dies, Charmion: Versage nur um ein Jota, und die Rache wird über dich hereinbrechen – die Rache der Menschen und die Rache der Götter! Zu diesem Dienst«, fuhr er fort und peitschte sich selbst zum Zorn, bis seine Stimme machtvoll in dem engen Raum widerhallte, »bist du erzogen worden; zu diesem Zweck wurdest du unterrichtet und an diesen Ort gebracht, um dein Ohr an jener sündigen Wollust zu haben, der du zu dienen scheinst. Sieh zu, dass du das nicht vergisst; sieh zu, dass der Luxus des Hofes deine Reinheit nicht verdirbt und dich nicht von deinem Ziel ablenkt, Charmion«, und seine Augen blitzten auf, und seine kleine Gestalt schien zu erhabener Größe zu wachsen.

»Charmion«, fuhr er fort, indem er mit ausgestrecktem Finger auf sie zuging, »ich sage, dass ich dir manchmal nicht traue. Vor zwei Nächten träumte ich, dass ich dich in der Wüste stehen sah. Ich sah dich lachen und deine Hand zum Himmel heben, und von ihr fiel ein Blutregen; dann sank der Himmel auf das Land Khem herab und bedeckte es. Woher kam der Traum, Mädchen, und was ist seine Bedeutung? Ich habe noch nichts gegen dich; aber höre! In dem Augenblick, in dem sich dies ändern sollte, werde ich, obwohl du von meiner Sippe bist, deine schön geformten Glieder, die du so gerne zeigst, dem Drachen und dem Schakal zum Fraß vorwerfen, und deine Seele allen Qualen der Götter! Unbegraben sollst du liegen, und körperlos und verflucht sollst du in Amenti wandern, ja, für immer und ewig!«

Die junge Frau wich erschrocken zurück und begann zu weinen, indem sie die Hände vor ihr süßes Gesicht legte. »Sprich nicht so, mein Vater«, sagte sie zwischen ihrem Schluchzen, »denn was habe ich getan? Ich weiß nichts von der bösen Wanderschaft deiner Träume. Ich bin keine Wahrsagerin, dass ich Träume lesen könnte. Habe ich nicht alles nach Deinem Wunsch getan? Habe ich nicht immer an den furchtbaren Schwur gedacht?« Und sie zitterte. »Habe ich nicht den Spion gespielt und dir alles berichtet? Habe ich nicht das Herz der Königin gewonnen, so dass sie mich wie eine Schwester liebt und mir nichts verweigert – ja, und die Herzen derer, die sie umgeben? Warum erschreckst du mich so mit deinen Worten und Drohungen?« Und sie weinte von neuem und sah in ihrem Kummer noch schöner aus als zuvor.

»Genug, genug«, antwortete er; »was ich gesagt habe, habe ich gesagt. Sei gewarnt, und beleidige unsere Augen nicht mehr mit diesem dürftigen Kleid. Glaubst du, wir würden unsere Augen an deinen schönen Armen weiden – wir, deren Pfahl Ägypten ist und die den Göttern Ägyptens geweiht sind? Mädchen, sieh deinen Cousin und deinen König!«

Sie hörte auf zu weinen, trocknete ihre Augen und wandte sich mir zu.

»Mir scheint, königlicher Harmachis und geliebter Cousin«, sagte sie, während sie sich vor mir verbeugte, »dass wir bereits miteinander bekannt gemacht worden sind.«

»Ja, Cousine«, antwortete ich, nicht ohne Schamgefühl, denn ich hatte noch nie mit einem so schönen Mädchen gesprochen; »du warst heute mit Kleopatra im Wagen, als ich mit dem Nubier kämpfte?«

»Gewiss«, sagte sie mit einem Lächeln und einem plötzlichen Aufleuchten der Augen, »es war ein galanter Kampf, und galant hast du diese schwarze Bestie besiegt. Ich sah den Kampf, und obwohl ich dich nicht kannte, fürchtete ich um dich, den so tapferen Mann. Aber ich wurde für meine Furcht bezahlt, denn ich war es, die Kleopatra auf den Gedanken brachte, den Wachen zu befehlen, dem Mann die Hand abzuschlagen – jetzt, da ich weiß, wer du bist, hätte ich fordern sollen, dass man ihm den Kopf abschlägt.« Und sie sah auf, warf einen Blick auf mich und lächelte dann.

»Genug«, warf mein Onkel Sepa ein, »die Zeit vergeht. Gib mir deinen Bericht, Charmion, und verschwinde.«

Danach änderte sich ihr Verhalten; sie faltete ihre Hände demütig vor sich und sprach: »Der Pharao soll auf seine Magd hören. Ich bin die Tochter des Onkels des Pharao, des Bruders seines Vaters, der nun schon lange tot ist, und deshalb fließt in meinen Adern auch das königliche Blut Ägyptens. Auch bin ich vom alten Glauben und hasse diese Griechen, und dich auf den Thron gesetzt zu sehen, ist nun schon seit vielen Jahren mein sehnlichster Wunsch. Zu diesem Zweck habe ich, Charmion, meinen Rang abgelegt und bin Dienerin der Kleopatra geworden, um eine Kerbe zu schlagen, in die du deinen Fuß setzen kannst, wenn die Stunde gekommen ist, in der du den Thron besteigst. Und, Pharao, die Kerbe ist geschnitten. – Dies also ist unser Plan, königlicher Cousin: Du musst in das Haus eindringen und seine Wege und Geheimnisse kennenlernen, und, soweit es möglich ist, die Eunuchen und Hauptleute unterwerfen, von denen ich schon einige für uns gewonnen habe. Wenn das geschehen ist und alles draußen vorbereitet ist, musst du Kleopatra töten und mit meiner und der Hilfe derer, die ich beherrsche, in der darauffolgenden Verwirrung die Tore weit aufreißen und, indem du die Wartenden einlässt, diejenigen von den Truppen, die ihr treu geblieben sind, mit dem Schwert töten und den Palast einnehmen. Wenn das geschehen ist, sollst du innerhalb von zwei Tagen dieses wankelmütige Alexandria erhalten. Zu gleicher Zeit werden die, die dir in jeder Stadt Ägyptens Treue geschworen haben, die Waffen erheben, und in zehn Tagen nach dem Tod Kleopatras wirst du tatsächlich Pharao sein. Dies ist der Ratschluss, der gefasst worden ist, und du siehst, königlicher Cousin, dass, obwohl unser Onkel dort drüben so schlecht von mir denkt, ich meine Rolle gelernt habe und sie gut spiele.«

»Ich höre dich, Cousine«, antwortete ich und wunderte mich, dass eine so junge Frau – sie war erst zwanzig Jahre alt – ein so kühnes Komplott schmieden konnte, denn in seinem Ursprung war der Plan der ihre. Aber in jenen Tagen kannte ich Charmion kaum. »Weiter; wie soll ich dann in den Palast der Kleopatra gelangen?«

»Nun, Cousin, so wie die Dinge liegen, ist es leicht. Kleopatra liebt es, schöne Männer um sich zu haben, und – verzeih mir – dein Gesicht und deine Gestalt sind sehr schön. Heute bemerkte sie es, und zweimal sagte sie, sie wolle fragen, wo dieser Astrologe zu finden sei, denn sie meinte, dass ein Astrologe, der einen nubischen Gladiator mit bloßen Händen erschlagen könne, in der Tat ein Meister der glücklichen Sterne sein müsse. Ich antwortete ihr, dass ich Erkundigungen einziehen lassen würde. Also höre, königlicher Harmachis. Mittags schläft Kleopatra in ihrem inneren Saal, der über die Gärten auf den Hafen blickt. Morgen um diese Zeit treffe ich dich an den Toren des Palastes, wo du kühn nach der Dame Charmion fragen wirst. Ich will dich mit Kleopatra verabreden, damit sie dich allein sieht, wenn sie erwacht, und das Übrige liegt dann an dir, Harmachis. Denn sie liebt es sehr, mit den Geheimnissen der Magie zu spielen, und ich habe sie ganze Nächte stehen sehen, wie sie die Sterne beobachtete und so tat, als ob sie sie lesen könnte.

Erst kürzlich hat sie den Arzt Dioskurides weggeschickt, weil er, der arme Narr, eine Prophezeiung aus der Konjunktion der Sterne wagte, dass Cassius Mark Anton besiegen würde. Daraufhin schickte Kleopatra Befehle an den General Allienus und befahl ihm, die Legionen, die sie nach Syrien geschickt hatte, um Antonius zu helfen, dem Heer des Cassius hinzuzufügen, dessen Sieg – laut Dioskurides – tatsächlich in den Sternen geschrieben stand. Aber wie es der Zufall wollte, besiegte Antonius zuerst Cassius und danach Brutus, und so ist Dioskurides abgereist, und jetzt hält er im Museum Vorträge über Kräuter und hasst die Sterne. Aber sein Platz ist leer, und du sollst ihn füllen, und dann werden wir im Geheimen und im Schatten des Zepters arbeiten. Ja, wir werden arbeiten wie der Wurm am Herzen einer Frucht, bis die Zeit des Pflückens kommt, und bei der Berührung deines Dolches, königlicher Cousin, zerbröckelt das Gewebe dieses griechischen Thrones zu Nichts, und der Wurm, der ihn verfaulte, sprengt seine unterwürfige Hülle und breitet vor den Augen der Reiche seine königlichen Schwingen über Ägypten aus.«

Ich schaute dieses seltsame Mädchen noch einmal erstaunt an und sah, dass ihr Gesicht von einem solchen Licht erhellt war, wie ich es noch nie in den Augen einer Frau gesehen hatte.

»Ah«, unterbrach mein Onkel, der sie beobachtete, »ich liebe es, dich so zu sehen, Mädchen; das ist die Charmion, die ich kannte und die ich aufzog – nicht das Hofmädchen, das ich nicht mag, drapiert in Seide von Cos und duftend nach Essenzen. Lass dein Herz in dieser Form erstarken – ja, präge es mit dem glühenden Eifer des patriotischen Glaubens, und dein Lohn wird dich finden. Und nun decke dein schamloses Kleid zu und verlasse uns, denn es wird spät. Morgen wird Harmachis kommen, wie du gesagt hast, und so lebe wohl.«

Charmion senkte den Kopf, drehte sich um und legte ihren dunklen Umhang um sich. Dann nahm sie meine Hand, berührte sie mit ihren Lippen und ging ohne ein weiteres Wort hinaus.

»Eine seltsame Frau!«, sagte Sepa, als sie gegangen war; »ein höchst seltsame und beunruhigende Frau!«

»Ich dachte, mein Onkel«, sagte ich, »dass du etwas hart mit ihr umgehst.«

»Ja«, antwortete er, »aber nicht ohne Grund. Sieh dich vor, Harmachis, hüte dich vor dieser Charmion. Sie ist zu eigensinnig, und ich fürchte, sie könnte sich verführen lassen. Sie ist eben eine Frau; und wie ein unruhiges Pferd wird sie den Weg nehmen, der ihr gefällt. Sie hat Verstand und Feuer, und sie liebt unsere Sache; aber ich bete, dass die Sache nicht mit ihren Wünschen in Konflikt gerät, denn was ihr am Herzen liegt, das wird sie tun, um jeden Preis wird sie es tun. Darum habe ich sie jetzt erschreckt, solange ich kann; denn wer kann wissen, ob sie nicht meiner Macht entgleiten wird? Ich sage dir, dass in der Hand dieses Mädchens unser ganzes Leben liegt; und wenn sie falsch spielt, was dann? Weh und wehe, dass wir solche Mittel wie diese gebrauchen müssen! Aber es war notwendig: es gab keinen anderen Weg; und doch bin ich beunruhigt. Ich bete, dass es gut gehen möge; dennoch fürchte ich zuweilen meine Nichte Charmion – sie ist zu schön, und das Blut der Jugend fließt zu heiß in ihren blauen Adern. – Ach, wehe der Sache, die ihre Kraft auf den Glauben einer Frau baut; denn Frauen sind nur dort treu, wo sie lieben. Sie sind nicht fest, wie Männer fest sind: sie steigen höher und sinken tiefer – sie sind stark und wechselhaft wie das Meer. Harmachis, hüte dich vor dieser Charmion: denn wie das Meer kann sie dich nach Hause treiben; oder wie das Meer kann sie dich untergehen lassen und mit dir die Hoffnung Ägyptens!«

10. Die schlafende Kleopatra

So geschah es, dass ich mich am nächsten Tag in ein langes, wallendes Gewand nach der Art eines Magiers oder Astrologen kleidete. Ich setzte mir eine Kappe auf den Kopf, um die herum geflochtene Bilder der Sterne hingen, und in meinem Gürtel trug ich eine Schreiberpalette und eine Papyrusrolle, die mit Zaubersprüchen und Zeichen beschrieben war. In der Hand hielt ich einen Zauberstab aus Ebenholz mit einer Spitze aus Elfenbein, wie ihn Priester und Meister der Magie benutzen.

Unter diesen nahm ich in der Tat einen hohen Rang ein, und mit meinem Wissen über ihre Geheimnisse, das ich in An gelernt hatte, konnte ich ausgleichen, was mir an praktischer Geschicklichkeit fehlte. Und so machte ich mich mit nicht geringer Scham – denn ich liebte solche Spiele nicht und verachtete die gewöhnliche Magie – auf den Weg zum Palast auf dem Lochias, wobei ich von meinem Onkel Sepa auf meinem Weg geführt wurde. Als wir die Sphinxallee hinaufgingen, kamen wir zu dem großen Marmortor und den Bronzetoren, innerhalb derer sich das Wachhaus befand. Hier verließ mich mein Onkel und flüsterte Gebete für meine Sicherheit und meinen Erfolg. Ich aber schritt leichtfüßig zum Tor, wo ich von den gallischen Wächtern grob angesprochen und nach meinem Namen, meinem Gefolge und meinem Beruf gefragt wurde. Ich antwortete, dass ich Harmachis, der Astrologe, sei und mit Charmion, der Dame der Königin, zu tun hätte. Daraufhin machte der Mann Anstalten, mich eintreten zu lassen, doch ein Hauptmann der Wache, ein Römer namens Paulus, trat vor und verbot es. Dieser Paulus war ein großer Mann mit dem Gesicht einer Frau, dessen Hand vom vielen Weintrinken zitterte. Trotzdem erkannte er mich wieder.

»Das ist der Kerl, der gestern mit dem nubischen Gladiator gerungen hat«, rief er in lateinischer Sprache jemandem zu, der mit ihm kam. »Mit demselben, der jetzt unter meinem Fenster nach seiner verlorenen Hand heult. Verflucht sei die schwarze Bestie! Ich hatte eine Wette auf ihn für die Spiele! Ich habe auf ihn gegen Caius gesetzt, und nun wird er nie wieder kämpfen, und ich verliere mein Geld, alles durch diesen Astrologen. Was sagst du da? Hast du Geschäfte mit der Hofdame Charmion? Nein, daraus wird nichts. Ich werde dich nicht durchlassen. Ich verehre Charmion, ja, wir alle verehren sie, obwohl sie uns mehr ohrfeigt als freundliche Worte gewährt. Glaubst du, wir dulden es, dass ein Astrologe mit solchen Augen und solcher Brust wie du uns das Spiel verdirbt? Bei Bacchus, nein! Sie muss herauskommen, um das Stelldichein zu halten, denn hinein lassen wir dich nicht.«

»Herr«, sagte ich demütig und doch mit Würde, »ich bitte darum, dass eine Nachricht an die Hofdame Charmion geschickt wird, denn mein Geschäft duldet keinen Aufschub.«

»Ihr Götter!«, antwortete der Narr, »wen haben wir hier, dass er nicht warten kann? Einen verkleideten Cäsar? Nein, verschwinde, wenn du nicht lernen willst, wie sich ein Speerstich anfühlt.«

»Nein«, warf der andere Mann ein, »er ist ein Astrologe; lass ihn prophezeien – lass ihn seine Künste zeigen.«

»Ja«, riefen die anderen, die herangeschlendert waren, »der Bursche soll seine Kunst zeigen. Wenn er ein Zauberer ist, kann er die Tore passieren, ob Paulus will oder nicht.«

»Sehr gern, gute Herren«, antwortete ich; denn ich sah keine andere Möglichkeit, um hineinzukommen. »Willst du, mein junger und edler Herr« – und ich wandte mich an den, der mit Paulus gekommen war – »dulden, dass ich dir in die Augen sehe; vielleicht kann ich lesen, was dort geschrieben steht?«

»Gern«, antwortete der Jüngling; »aber ich wünschte, dass die Hofdame Charmion die Zauberin wäre. Ich würde sie garantiert aus der Fassung bringen.«

Ich nahm ihn bei der Hand und blickte ihm tief in die Augen. »Ich sehe«, sagte ich, »ein Schlachtfeld in der Nacht, und darüber sind Leichen ausgestreckt – unter ihnen ist dein Körper, und eine Hyäne reißt deine Kehle auf. Edler Herr, du wirst innerhalb eines Jahres durch Schwerthiebe sterben.«

»Bei Bacchus«, sagte der Jüngling und wurde bleich bis zu den Kiemen, »du bist ein übler Zauberer!« Und er schlich sich davon – um nicht lange danach genau dieses Schicksal zu erleiden. Denn er wurde zum Dienst nach Zypern geschickt und dort erschlagen.

»Nun zu dir, großer Hauptmann!«, sagte ich und sprach zu Paulus. »Ich will dir zeigen, wie ich diese Tore ohne deine Erlaubnis durchschreiten werde – ja, wie ich dich hinter mir herziehen werde. Richte deinen fürstlichen Blick auf die Spitze des Stabes in meiner Hand.«

Von seinen Kameraden gedrängt, tat er dies unwillig; und ich ließ ihn starren, bis ich sah, wie seine Augen leer wurden wie die einer Eule in der Sonne. Dann zog ich plötzlich den Zauberstab zurück, und indem ich mein Antlitz an seine Stelle setzte, ergriff ich ihn mit meinem Willen und meinem Blick, und indem ich anfing, mich hin und her zu drehen, zog ich ihn hinter mir her, sein grimmiges Gesicht gleichsam fast an mein eigenes gebunden. Dann bewegte ich mich langsam rückwärts, bis ich die Tore passiert hatte, ihn immer noch hinter mir herziehend, und riss plötzlich den Kopf weg. Er fiel zu Boden, um aufzustehen, wischte sich die Stirn und sah sehr dumm aus.

»Bist du zufrieden, edelster Hauptmann? Du siehst, wir haben die Tore passiert. Würde ein anderer edler Herr wünschen, dass ich mehr von meinem Können zeige?«

»Bei Taranis, dem Herrn des Donners, und allen Göttern des Olymps, nein!«, knurrte ein alter Zenturio, ein Gallier namens Brennus, »du bist mir unheimlich, dass muss ich sagen. Der Mann, der unseren Paulus sozusagen an den

Augen durch diese Tore ziehen konnte, ist kein Mann, mit dem man scherzen darf. Man muss schon ein Weib im einen und einen Weinbecher im andern Auge haben, um unseren Paulus so hinter sich her zu ziehen.«

In diesem Moment wurde das Gespräch unterbrochen, denn Charmion selbst kam den Marmorweg herunter, gefolgt von einem bewaffneten Sklaven. Sie schritt ruhig und sorglos, die Hände hinter sich gefaltet, und ihre Augen blickten gleichsam ins Nichts. Aber wenn Charmion so auf das Nichts blickte, sah sie am meisten. Und als sie kam, machten die Offiziere und Männer der Wache ihr Platz, indem sie sich verbeugten, denn, wie ich später erfuhr, hatte dieses Mädchen nach Kleopatra mehr Macht als jeder andere im Palast.

»Was ist das für ein Getümmel, Brennus?«, fragte sie, und tat dabei so, als sähe sie mich nicht;»weißt du nicht, dass die Königin um diese Stunde schläft, und wenn sie geweckt wird, bist du es, der dafür geradestehen muss, und zwar teuer.«

»Ja, Herrin«, sagte der Zenturio bescheiden,»aber es ist so. Wir haben hier« – und er zuckte mit dem Daumen in meine Richtung –»einen Zauberer von der übelsten Sorte – ähm, ich bitte um Verzeihung – von der allerbesten Sorte, denn er hat soeben, nur indem er seine Augen dicht an die Nase des würdigen Hauptmanns Paulus hielt, ihn, den besagten Paulus, durch die Tore geschleppt, obwohl Paulus befohlen hatte, der Zauberer solle nicht hindurchgehen. Ebenso, meine Dame, sagt der Magier, dass er mit Euch zu tun habe, was mich um Euretwillen betrübt.«

Charmion drehte sich um und sah mich achtlos an.»Ja, ich erinnere mich«, sagte sie;»und das hat er auch – zumindest möchte die Königin seine Tricks sehen; aber wenn er nichts Besseres zu tun vermag, als einen Trottel« – hier warf sie einen verächtlichen Blick auf den staunenden Paulus –»dazu zu bringen, seiner Nase durch die Tore zu folgen, die

101

er bewacht, sollte er besser dorthin gehen, wo er hergekommen ist. Folge mir, Magier; und für dich, Brennus, sage ich, halte deine aufrührerische Bande besser ruhig. Für dich, ehrenwerter Paulus, werde nüchtern, und wenn ich das nächste Mal an den Toren gefragt werde, gib dem, der fragt, Gehör.« Und mit einem königlichen Nicken ihres kleinen Kopfes wandte sie sich um und ging voran, gefolgt von mir und dem bewaffneten Sklaven.

Wir gingen den Marmorweg hinauf, der durch die Gartenanlage führte und auf beiden Seiten mit Marmorstatuen, größtenteils von heidnischen Göttern und Göttinnen, besetzt war, mit denen diese Lagiden sich nicht schämten, ihre königlichen Behausungen zu beschmutzen. Schließlich kamen wir zu einem schönen Portikus mit kannelierten Säulen im griechischen Kunststil, wo wir auf weitere Wachen stießen, die der Hofdame Charmion Platz machten. Wir durchquerten den Säulengang und gelangten in ein marmornes Vestibül, in dem ein Springbrunnen leise plätscherte, und von dort durch ein niedriges Tor in ein zweites Gemach, das als Alabastersaal bekannt und sehr schön anzusehen war. Sein Dach wurde von leichten Säulen aus schwarzem Marmor getragen, aber alle Wände waren mit Alabaster getäfelt, auf denen griechische Inschriften eingraviert waren. Der Fußboden bestand aus reichem und vielfarbigem Mosaik, das die Geschichte der Leidenschaft von Psyche für den griechischen Gott der Liebe erzählte, und darum herum waren Stühle aus Elfenbein und Gold aufgestellt. Charmion befahl dem bewaffneten Sklaven, an der Tür dieses Zimmers stehen zu bleiben, so dass wir allein eintraten. Das Gemach war leer bis auf zwei Eunuchen, die mit gezogenen Schwertern vor dem Vorhang am anderen Ende standen.

»Ich ärgere mich, mein Herr«, sagte sie, sehr leise und schüchtern sprechend, »dass du dich am Tor so beleidigt fühlen musstest; aber die Wache dort war eine doppelte, und ich hatte meine Befehle dem Offizier der Kompanie gegeben, der sie ablösen sollte. Diese römischen Offiziere sind immer unverschämt, denn sie wissen, obwohl sie zu dienen scheinen, dass Ägypten ihr Spielball ist. Doch diese groben Soldaten sind abergläubisch und werden dich fürchten. Nun bleibe hier, während ich in Kleopatras Kammer gehe, wo sie schläft. Ich habe sie soeben in den Schlaf gesungen, und wenn sie wach ist, werde ich dich rufen, denn sie wartet auf dein Kommen.« Und ohne ein weiteres Wort glitt sie von meiner Seite.

Nach kurzer Zeit kehrte sie zurück und kam zu mir und sprach: »Willst du die schönste Frau der ganzen Welt schlafend sehen?«, flüsterte sie; »wenn ja, dann folge mir. Nein, fürchte dich nicht; wenn sie erwacht, wird sie nur lachen, denn sie befahl mir, dich sofort zu bringen, egal, ob sie noch schliefe oder schon wieder erwacht wäre. Sieh, ich habe ihr Siegel.«

So gingen wir weiter, bis wir zu dem Vorhang kamen, vor dem die Eunuchen mit gezogenen Schwertern standen und mir den Zutritt verwehrt hätten. Aber Charmion runzelte die Stirn und zog das Siegel aus ihrem Schoß und hielt es ihnen vor die Augen. Nachdem sie die Schrift auf dem Ring untersucht hatten, verbeugten sie sich, senkten ihre Schwertspitzen, und wir gingen durch die schweren, mit Gold besetzten Vorhänge in das Ruhezimmer der Kleopatra. Es war unvorstellbar schön – schön mit vielfarbigem Marmor, mit Gold und Elfenbein, Edelsteinen und Blumen – alles, was die Kunst einrichten kann und aller Luxus, von dem man träumen kann, war hier vertreten. Es gab Bilder, die so echt waren, dass Vögel an den gemalten Früchten hätten picken können; es gab Statuen von weiblicher Lieblichkeit, die in Stein gefroren waren; es gab Draperien, fein wie weichste Seide, aber aus einem Netz von Gold gewebt; es gab Sofas und Teppiche, wie ich sie nie gesehen hatte. Die Luft war süß von Parfüm, und durch die offenen Fenster drang das ferne Rauschen des Meeres. Und am anderen

Ende des Gemachs, auf einer Couch aus schimmernder Seide und geschützt durch ein Netz aus feinster Gaze, lag Kleopatra schlafend. Da lag sie – das schönste Wesen, das ein Mensch je gesehen hat – schöner als ein Traum, und das Geflecht ihres dunklen Haares floss um sie herum. Ihr Kopf lag auf einem ihrer weißen, wohlgeformten Arme, für den er ein Kissen bildete, der andere hing zum Boden herab. Ihre vollen Lippen waren zu einem Lächeln gescheitelt, das die elfenbeinernen Linien der Zähne zeigte, und ihre rosigen Glieder waren in ein so dünnes, von einem juwelenbesetzten Gürtel gehaltenes Gewand aus der Seide von Cos gehüllt, dass der weiße Schimmer des Fleisches zu sehen war. Ich stand staunend da, und obwohl meine Gedanken wenig in diese Richtung gingen, traf mich der Anblick ihrer Schönheit wie ein Schlag, so dass ich mich einen Augenblick lang gleichsam im Anblick ihrer machtvollen Reize verlor und im Herzen betrübt war, weil ich ein so schönes Geschöpf töten musste.

Als ich mich abrupt von diesem Anblick abwandte, fand ich Charmion, die mich mit ihren schnellen Augen beobachtete, als ob sie mein Herz erforschen wollte. Und in der Tat muss etwas von meinen Gedanken in einer Sprache, die sie lesen konnte, auf mein Gesicht geschrieben gewesen sein, denn sie flüsterte mir ins Ohr: »Ja, es ist schade, nicht wahr? Harmachis, da du nur ein Mensch bist, denke ich, dass du all deine Geisteskraft brauchst, um dich zur Tat zu ermutigen!«

Ich runzelte die Stirn, aber bevor ich eine Antwort formulieren konnte, berührte sie mich leicht am Arm und zeigte auf die Königin. Eine Veränderung war über sie gekommen: ihre Hände waren geballt, und um ihr Gesicht, das vom Schlaf rosig gefärbt war, zog eine Wolke der Angst. Ihr Atem ging schnell, sie hob die Arme, als wollte sie einen Schlag abwehren, dann setzte sie sich mit einem erstickten Stöhnen auf und öffnete ihre Augen. Sie waren dunkel, dunkel wie die Nacht; aber als das Licht sie fand, wurden sie blau, wie der Himmel vor dem Erröten der Morgendämmerung blau wird.

»Cäsarion?«, sagte sie; »wo ist mein Sohn Cäsarion? War es denn ein Traum? Ich träumte, dass Julius – Julius, der tot ist – zu mir kam, eine blutige Toga um sein Gesicht gewickelt, und nachdem er seine Arme um sein Kind geworfen hatte, führte er es fort. Dann träumte ich, ich sei gestorben – gestorben in Blut und Qualen; und einer, den ich nicht sehen konnte, verspottete mich, als ich starb. Ah! Wer ist dieser Mann?«

»Sei beruhigt, Königin!«, sagte Charmion. »Es ist nur der Zauberer Harmachis, den du mich zu dieser Stunde zu dir bringen ließest.«

»Ah! Der Magier – dieser Harmachis, der den Riesen besiegte? Ich erinnere mich jetzt. Er ist willkommen. Sage mir, Magier, kann Euer Zauberspiegel eine Antwort auf diesen Traum herbeirufen? Nein, wie seltsam ist der Schlaf, der das Gemüt in ein Netz von Finsternis hüllt und ihm geradewegs seinen Willen aufzwingt! Woher kommen denn diese Bilder der Angst, die am Horizont der Seele aufsteigen wie ein unzeitiger Mond am Mittagshimmel? Wer gibt ihnen die Macht, so lebendig aus den Hallen der Erinnerung zu schreiten und, auf ihre Wunden deutend, die Gegenwart mit der Vergangenheit zu konfrontieren? Sind sie Boten aus überirdischen Gefilden? Das war Caesar selbst, sage ich dir, der jetzt an meiner Seite stand und durch sein dumpfes Gewand warnende Worte murmelte, deren Erinnerung mir verloren gegangen ist. Löse mir dieses Rätsel, du ägyptischer Sphinx[11], und ich werde dir einen rosigeren Weg zum Glück zeigen, als alle deine Sterne zeigen können. Du hast das Omen gebracht, löse auch sein Rätsel.«

»Ich komme in einer guten Stunde, mächtige Königin«,

---

[11] In Anspielung auf seinen Namen. Harmachis war der griechische Titel der Gottheit der Sphinx, wie Horemkhu der ägyptische war.

antwortete ich, »denn ich bin in den Geheimnissen des Schlafes bewandert, der, wie du richtig vermutet hast, eine Treppe ist, über die diejenigen, die zu Osiris versammelt sind, von Zeit zu Zeit durch die Pforten unseres lebendigen Sinnes eintreten und durch Zeichen und Worte, die von gelehrten Sterblichen gelesen werden können, die Echos jener Halle der Wahrheit wiederholen können, die ihre Wohnstätte ist. Ja, der Schlaf ist eine Treppe, durch die die Boten der Schutzgötter in vielen Formen auf den Geist ihrer Wahl herabsteigen können. Denn, o Königin, für diejenigen, die den Schlüssel besitzen, kann der Wahnsinn unserer Träume eine klarere Absicht zeigen und sicherer sprechen als all die gespielte Weisheit unseres wachen Lebens, das in der Tat ein Traum ist. Du sahst den großen Cäsar in seinem blutigen Gewand, und er warf seine Arme um den Prinzen Cäsarion und führte ihn fort. Höre nun auf das Geheimnis deiner Vision. Es war Caesar selbst, den du von Amenti zu dir kommen sahst, in einer Gestalt, die nicht verwechselt werden konnte. Als er das Kind Cäsarion umarmte, tat er es zum Zeichen, dass ihm, und nur ihm, seine Größe und seine Liebe zugefallen war. Als er ihn von dannen zu führen schien, führte er ihn aus Ägypten heraus, um auf dem Kapitol gekrönt zu werden, gekrönt zum Kaiser von Rom und Herrn aller Länder. Das Übrige weiß ich nicht. Es ist vor mir verborgen.«

So erkärte ich also die Vision, obwohl sie für mein Gefühl eine dunklere Bedeutung hatte. Aber es ist nicht gut, den Königen Böses zu prophezeien.

Inzwischen hatte sich Kleopatra erhoben und saß, nachdem sie das Netz aus Gaze zurückgeworfen hatte, auf dem Rand ihres Diwans, die Augen auf mein Gesicht geheftet, während ihre Finger mit den juwelenbesetzten Enden ihres Gürtels spielten.

»Wahrhaftig«, rief sie, »bist du der beste aller Zauberer, denn du liest mein Herz und ziehst ein verborgenes Juwel aus der rauen Schale des bösen Omens!«

»Ja, o Königin«, sagte Charmion, die mit niedergeschlagenen Augen dastand, und mir war, als ob in ihrem sanften Ton eine bittere Bedeutung lag; »möge kein raueres Wort jemals deine Ohren beleidigen, und keine böse Vorahnung ihren glücklichen Sinn weniger stark treffen.«

Kleopatra legte die Hände hinter den Kopf und sah mich, zurückgelehnt, mit halb geschlossenen Augen an.

»Komm, zeig uns deinen Zauber, Ägypter«, sagte sie. »Es ist noch heiß draußen, und ich bin müde von diesen hebräischen Botschaftern und ihrem Gerede über Herodes und Jerusalem. Ich hasse diesen Herodes, wie er erfahren wird, und will heute nichts von den Botschaftern hören, obwohl ich mich ein wenig danach sehne, mein Hebräisch an ihnen zu versuchen. Was kannst du tun? Hast du einen neuen Trick? Bei Serapis! Wenn du so gut zaubern kannst, wie du prophezeien kannst, sollst du eine Stelle am Hofe haben, mit Gehalt und Vorzügen obendrein, wenn deine erhabene Seele Vorzüge nicht verschmäht.«

»Nein«, antwortete ich, »alle Tricks sind alt; aber es gibt einige Formen der Magie, die selten und mit Diskretion verwendet werden, die für dich neu sein können, o Königin! Hast du Angst, dich an den Zauber zu wagen?«

»Ich fürchte nichts; geh und tu dein Schlimmstes. Komm, Charmion, und setz dich zu mir. Wo sind die Mädchen? Iras und Merira? Auch sie lieben die Magie.«

»Besser ist es, sie nicht zu rufen«, sagte ich; »der Zauber wirkt schlecht vor so vielen. Nun seht«, und während ich die beiden anschaute, warf ich meinen Zauberstab auf den Boden und murmelte einen Zauberspruch. Einen Augenblick lang war es still, und dann, während ich weitersprach, begann sich der Stab langsam zu winden. Er krümmte sich, stand aufrecht und bewegte sich aus eigener Kraft. Als nächstes legte er Schuppen an, und siehe da, er war eine Schlange, die kroch und heftig zischte.

»Pfui!«, rief Kleopatra und klatschte in die Hände; »nennst

du das Zauberei? Das ist doch ein alter Trick, den jeder Zauberer am Wegesrand kennt. Ich habe ihn schon oft gesehen.«

»Warte, o Königin«, antwortete ich, »du hast nicht alles gesehen.« Und während ich sprach, schien die Schlange in Fragmente zu zerbrechen, und aus jedem Fragment wuchs eine neue Schlange. Und auch diese zerbrachen in Fragmente und züchteten andere, bis der Ort für ihren verklärten Blick nach kurzer Zeit ein brodelndes Meer von Schlangen war, die krochen, zischten und sich miteinander verknoteten. Dann machte ich ein Zeichen, und die Schlangen versammelten sich um mich und schienen sich langsam um meinen Körper und meine Glieder zu winden, bis ich, außer meinem Gesicht, dicht mit zischenden Schlangen umwickelt war.

»Oh, wie furchtbar! Wie furchtbar!«, rief Charmion und verbarg ihr Antlitz im Rock der Königin.

»Nein, genug, Magier, genug!«, sagte die Königin. »Deine Magie überzeugt uns.«

Ich winkte mit meinen schlangenumwickelten Armen, und alles war weg. Zu meinen Füßen lag der schwarze, mit Elfenbein besetzte Zauberstab, und sonst nichts.

Die beiden Frauen sahen sich an und keuchten vor Verwunderung. Ich aber nahm den Zauberstab auf und stand mit verschränkten Armen vor ihnen.

»Ist die Königin mit meiner schlechten Kunst zufrieden?«, fragte ich ganz bescheiden.

»Ja, das bin ich, Ägypter; so etwas habe ich noch nie gesehen! Du bist von diesem Tag an Hofastronom und hast das Recht, die Königin zu besuchen. Stehen dir noch mehr von solchen magischen Künsten zur Verfügung?«

»Ja, Königin Ägyptens, dulde, dass die Kammer ein wenig verdunkelt wird, und ich will dir noch etwas zeigen.«

»Halb fürchte ich mich«, antwortete sie; »dennoch tue es so, wie dieser Harmachis sagt, Charmion.«

So wurden die Vorhänge zugezogen und das Gemach so hergerichtet, als ob die Dämmerung nahen würde. Ich trat vor und stellte mich neben Kleopatra. »Blicke dorthin!«, sagte ich streng und deutete mit meinem Zauberstab auf den leeren Raum, wo ich gestanden hatte, »und du sollst das sehen, was in meinem Geiste ist.«

Dann herrschte für eine kleine Weile Stille, während die beiden Frauen starr und halb ängstlich auf die Stelle starrten. Und während sie starrten, sammelte sich eine Wolke vor ihnen. Ganz langsam nahm sie Gestalt und Form an, und die Form, die sie annahm, war die eines Mannes, obwohl er noch nur vage in der Dämmerung abgebildet war und mal zu wachsen und mal zu schmelzen schien.

Dann rief ich mit lauter Stimme: »Geist, ich beschwöre dich, – erscheine!«

Und während ich rief, sprang das Wesen, vollkommen in jedem Teil, plötzlich wie der Blitz vor uns in eine Form. Seine Gestalt war die des königlichen Cäsar, die Toga um sein Gesicht geworfen, und seinen Körper bedeckte ein Untergewand, blutig von hundert Wunden. Einen Augenblick stand er so da, dann schwenkte ich meinen Zauberstab und er war verschwunden.

Ich drehte mich zu den beiden Frauen auf dem Ruhebett um und sah Kleopatras liebliches Gesicht, das ganz in Schrecken gehüllt war. Ihre Lippen waren aschfahl weiß, ihre Augen starrten weit, und alles Fleisch zitterte an ihren Gliedern.

»Mensch!«, keuchte sie; »Mensch! Wer und was bist du, der du die Toten vor unsere Augen bringen kannst?«

»Ich bin der Astronom, Magier und Diener der Königin – alles, was die Königin will«, antwortete ich und lachte. »War das die Gestalt, die der Königin vorschwebte?«

Sie gab keine Antwort, sondern stand auf und verließ die Kammer durch eine andere Tür.

Da erhob sich auch Charmion und nahm die Hände vom Gesicht, denn auch sie war von Furcht ergriffen worden.

»Wie tust du diese Dinge, königlicher Harmachis?«, fragte sie. »Sage es mir, denn ich fürchte dich wirklich.«

»Hab keine Angst«, antwortete ich. »Vielleicht hast du nur gesehen, was in meinem Kopf war. Alle Dinge sind Schatten. Wie kannst du dann ihre Natur wissen und erkennen, oder was sie sind oder nur zu sein scheinen? Doch wie steht es? Vergiss nicht, Charmion, dieses Spiel ist zu einem Ende geführt.«

»Es ist gut«, sagte sie. »Bis zum morgigen Morgengrauen werden diese Geschichten die Runde machen, und du wirst gefürchteter sein als jeder andere Mann in Alexandria. Folge mir, ich bitte dich!«

11. Der König der Liebe

Am folgenden Tag erhielt ich das Schreiben meiner Ernennung zum obersten Astrologen und Magier der Königin, mit dem Gehalt und den Vorzügen dieses Amtes, die nicht gering waren. Es wurden mir auch Zimmer im Palast zugewiesen, durch die ich nachts auf den hohen Wachturm gehen, die Sterne betrachten und meine Vorhersagen machen konnte. Zu dieser Zeit war Kleopatra sehr beunruhigt über politische Angelegenheiten, und da sie nicht wusste, wie der große Kampf zwischen den römischen Parteien ausgehen würde, sie aber sehr darauf bedacht war, sich auf die Seite des Stärkeren zu stellen, beriet sie sich ständig mit mir über die Warnungen der Sterne. Diese las ich ihr so vor, wie es dem hohen Interesse meiner Ziele am besten entsprach. Denn Antonius, der römische Triumvir, war jetzt in Kleinasien und, wie es hieß, sehr zornig, weil man ihm gesagt hatte, Kleopatra sei dem Triumvirat feindlich gesonnen, weil ihr General Serapion dem Cassius geholfen habe. Aber Kleopatra beteuerte mir und anderen gegenüber lautstark, Serapion habe gegen ihren Willen gehandelt. Doch Charmion erzählte mir, dass die Königin selbst aufgrund einer Prophezeiung des unglücklichen Dioskurides dem

Serapion heimlich den Befehl dazu gegeben habe. Doch das rettete Serapion nicht, denn um Antonius zu beweisen, dass sie unschuldig war, ließ sie den General aus dem Heiligtum zerren und ihn töten. Wehe denen, die den Willen von Tyrannen ausführen, wenn sich der Erfolg gegen sie wendet! Und so kam Serapion zu Tode.

In der Zwischenzeit ging alles gut mit uns, denn die Gedanken von Kleopatra und denen Personen um sie herum waren so sehr auf die Angelegenheiten im Ausland gerichtet, dass niemand an einen Aufstand in Ägypten dachte. Aber von Tag zu Tag gewann unsere Partei an Stärke in den Städten Ägyptens, sogar in Alexandria, das für Ägypten wie ein anderes, fremdes Land ist. Immer mehr Zweifler wurden gewonnen und mit dem unbrechbaren Eid auf die Sache eingeschworen, und unsere Pläne wurden verfestigt. Jeden zweiten Tag ging ich aus dem Palast hinaus, um mich mit meinem Onkel Sepa zu beraten, und traf dort in seinem Haus die Adligen und die großen Priester, die für die Partei von Khem waren.

Ich sah Kleopatra sehr oft und war immer mehr erstaunt über den Reichtum und den Scharfsinn ihres Geistes. Sie fürchtete mich ein wenig und wollte sich deshalb mit mir anfreunden, indem sie mich über viele Dinge ausfragte, die über den Bereich meines Amtes hinausgingen. Auch Charmion sah ich häufig – ja, sie war immer an meiner Seite, so dass ich kaum wusste, wann sie kam und wann sie ging. Sie näherte sich mit ihrem sanften Schritt, und wenn ich mich umwandte, fand ich sie bei mir, wie sie mich unter den langen Wimpern ihrer niedergeschlagenen Augen beobachtete. Es gab keine Aufgabe, die zu schwer, und keinen Dienst, der zu langwierig für sie war; Tag und Nacht arbeitete sie für mich und für unsere Sache.

Als ich ihr aber für ihre Treue dankte und sagte, dass die kommende Zeit ihrer gedenken würde, stampfte sie mit dem Fuß auf und schmollte mit den Lippen wie ein wütendes Kind, indem sie sagte, dass ich unter all den Dingen, die ich gelernt hätte, dies nicht gelernt hätte – dass der Dienst der Liebe keine Bezahlung verlange und sein eigener Lohn sei. Und ich, der ich in solchen Dingen unschuldig war und, töricht wie ich war, die Wege der Frauen für unbedeutend hielt, las ihre Reden in dem Sinne, dass ihre Dienste für die Sache von Khem, die sie liebte, ihren eigenen Lohn mit sich brächten. Als ich so ihren feinen Geist lobte, brach sie in wütende Tränen aus und ließ mich verwundert zurück. Denn ich wusste nichts von dem Kummer in ihrem Herzen. Ich wusste damals nicht, dass diese Frau mir ungefragt ihre Liebe geschenkt hatte und dass sie zerrissen war von den Schmerzen der Leidenschaft, die wie Pfeile in ihrer Brust steckten. Ich wußte es nicht, der ich sie nie anders betrachtete als ein Werkzeug unserer gemeinsamen und heiligen Sache. Ihre Schönheit rührte mich nie – nein, auch nicht, wenn sie sich über mich beugte und mein Haar anhauchte, ich dachte nie anders daran, als ein Mann an die Schönheit einer Statue denkt. Was hatte ich mit solchen Freuden zu tun, ich, der ich Isis geschworen und mich der Sache Ägyptens verschrieben hatte? O, ihr Götter, bezeugt mir, dass ich unschuldig bin an dieser Sache, die die Quelle all meines Kummers und des Kummers von Khem wurde!

Wie sonderbar ist doch die Liebe einer Frau, in ihrem Anfang so klein und in ihrem Ende so groß! Am Anfang ist sie wie die kleine Wasserquelle, die aus dem Herzen eines Berges quillt. Und am Ende, was ist sie da? Ein mächtiger Fluss, der Freudensprünge macht und weite Länder zum Lächeln bringt. Oder sie ist ein Strom, der in einer Flut des Verderbens die Felder der Hoffnung überschwemmt, der alle Pläne sprengt und die Wohnstätten der Reinheit des Menschen und die Tempel seines Glaubens in ein trübes Nichts verwandelt. Denn als der Unsichtbare die Ordnung des Universums erdachte, setzte er diesen Samen der Liebe der Frau in seinen Plan, der durch sein höchst ungleiches

112

Wachstum dazu verdammt ist, die Gleichheit des Gesetzes zu bewirken. Denn er hebt die Niedrigen in ungeahnte Höhen und wirft die Edlen auf die Ebene des Staubs. Dreh dich hierhin und wende dich dorthin, sie ist zur Hand, um dich zu treffen. Ihre Schwäche ist deine Stärke, ihre Macht ist dein Verderben. Von ihr kommst du, zu ihr gehst du. Sie ist deine Sklavin und hält dich doch gefangen; bei ihrer Berührung verwelkt die Ehre, Abgründe öffnen sich, die Schranken fallen. Sie ist unendlich wie der Ozean, sie ist veränderlich wie der Himmel, und ihr Name ist das Unvorhersehbare. Mann, strebe nicht danach, der Liebe der Frau zu entfliehen; denn, fliehe, wohin du willst, sie ist doch dein Schicksal, und was immer du baust, du baust es für sie!

Und so geschah es, dass ich, Harmachis, der solche Dinge von sich ferngehalten hatte, dennoch dazu verdammt war, durch das zu Fall zu kommen, was ich für unwichtig hielt. Denn diese Charmion: Sie liebte mich – warum, weiß ich nicht. Aus eigenem Gefühl lernte sie mich lieben, und von ihrer Liebe kam, was erzählt werden soll. Ich aber, der ich nichts davon wusste, behandelte sie wie eine Schwester, ging gleichsam Hand in Hand mit ihr auf unser gemeinsames Ziel zu. Und so verging die Zeit, bis schließlich alles bereit war.

Es war die Nacht vor der Nacht, in der der Schlag fallen sollte, und es herrschte ein Gelage im Palast. Noch am selben Tag hatte ich Sepa gesehen und mit ihm die Hauptleute einer Schar von fünfhundert Mann, die am nächsten Tag um Mitternacht in den Palast eindringen sollten, wenn ich die Königin Kleopatra getötet und die römischen und gallischen Legionäre mit dem Schwert gefällt haben würde. Noch am selben Tag hatte ich den Hauptmann Paulus unterwiesen, der sich, seitdem ich ihn durch die Tore gezogen hatte, meinem Willen unterworfen hatte. Halb durch Furcht, halb durch das Versprechen einer großen Belohnung hatte ich ihn, dem die Wache unterstand, dazu überredet, das kleine Tor, das dem Osten zugewandt war, auf das Signal hin zu öffnen.

Alles war bereit – die Blume der Freiheit, die fünfundzwanzig Jahre lang gewachsen war, stand kurz vor der Blüte. Bewaffnete Kompanien waren in jeder Stadt von Abu bis Athu versammelt, und Spione spähten von ihren Mauern und warteten auf die Ankunft des Boten, der die Nachricht bringen sollte, dass Kleopatra nicht mehr war und dass Harmachis, der königliche Ägypter, den Thron bestiegen hatte.

Alles war vorbereitet, der Triumph hing in meiner Hand wie eine reife Frucht in der Hand des Pflückers. Doch als ich bei dem königlichen Festmahl saß, war mein Herz schwer, und ein Schatten kommenden Unheils lag kalt auf meinem Geist. Ich saß dort auf einem Ehrenplatz, in der Nähe der majestätischen Kleopatra, und blickte auf die Reihen der Gäste, die mit Edelsteinen und Schmuck glänzten und mit Blumen geschmückt waren, wobei ich nach denjenigen Ausschau hielt, die ich zum Tode verurteilt hatte. Vor mir lag Kleopatra in ihrer ganzen Schönheit, die den Betrachter erregte, wie ihn das Rauschen des Mitternachtssturms oder der Anblick stürmischer Gewässer erregt. Ich starrte sie an, während sie ihre Lippen mit Wein berührte und mit dem Rosenkranz auf ihrer Stirn spielte, und dachte an den Dolch unter meinem Gewand, den ich geschworen hatte, in ihrer Brust zu vergraben. Wieder und wieder starrte ich sie an und bemühte mich, sie zu hassen, bemühte mich, Freude zu empfinden, dass sie sterben musste – und konnte es nicht. Und dort, hinter ihr – und mich jetzt wie immer mit ihren tief gesäumten Augen beobachtend – war die schöne Charmion. Wer, wenn er ihr unschuldiges Gesicht ansah, würde glauben, dass sie die Urheberin jener Schlinge war, in der die Königin, die sie liebte, elend zugrunde gehen sollte? Wer würde träumen, dass das Geheimnis von so viel Tod in ihrer mädchenhaften Brust verborgen war? Ich starrte sie an

114

und mir wurde schlecht ums Herz, denn ich musste meinen Thron mit Blut salben, um das Böse im Lande wegzufegen. In jener Stunde wünschte ich, dass ich nichts anderes als ein bescheidener Landmann wäre, der zur rechten Zeit sät und das goldene Korn erntet! Ach! Die Saat, die ich zu säen verdammt war, war die Saat des Todes, und nun musste ich die rote Frucht ernten.

»Nun, Harmachis, was plagt dich?«, fragte Kleopatra und lächelte ihr entzückendes Lächeln. »Hat sich der goldene Strang der Sterne verheddert, mein Astronom? Oder planst du ein neues Zauberkunststück? Sag, was ist es, dass dir an unserem Fest nicht gefällt? Nein, wüsste ich nicht, nachdem ich mich erkundigt habe, dass so niedrige Dinge wie wir armen Frauen weit unter deinem Blick liegen, so würde ich schwören, dass Eros dich ertappt hat, Harmachis!«

»Nein, davon bin ich verschont geblieben, o Königin«, antwortete ich. »Der Diener der Sterne bemerkt nicht das geringere Licht der Augen der Frau, und ist glücklich!«

Kleopatra beugte sich zu mir und schaute mich so lange und fest an, dass mir, trotz meines Willens, das Blut im Herzen wallte.

»Prahle nicht, du stolzer Ägypter«, sagte sie mit leiser Stimme, die niemand außer mir und Charmion hören konnte, »damit du mich nicht in Versuchung führst, meine Magie mit deiner zu messen. Welche Frau kann es verzeihen, dass ein Mann uns wie etwas Unwichtiges beiseite schiebt? Es ist eine Beleidigung für unser Geschlecht, die die Natur selbst verabscheut«, und sie lehnte sich wieder zurück und lachte sehr musikalisch. Aber als ich aufblickte, sah ich Charmion, die mit den Zähnen auf ihre Lippe biss und deren Stirn Ärger zeigte.

»Entschuldige, Königin Ägyptens«, antwortete ich mit so viel Witz, wie ich aufbringen konnte, »vor der Himmelskönigin werden sogar die Sterne blass!«

»Glücklich gesagt«, antwortete sie und klatschte in die

Hände. »Das ist ein Astronom, der Witz hat und ein Kompliment formulieren kann! Nein, ein solches Wunder darf nicht unbemerkt bleiben, damit die Götter es nicht übel nehmen. Charmion, nimm dieses Rosenkränzchen aus meinem Haar und lege es auf die gelehrte Stirn unseres Harmachis. Er soll zum König der Liebe gekrönt werden, ob er es will oder nicht.«

Charmion hob den Kranz von Kleopatras Stirn und trug ihn zu mir, und setzte ihn lächelnd auf mein Haupt, aber so grob, dass sie mir etwas weh tat. Sie tat dies, weil sie zornig war oder Eifersucht litt, obwohl sie mit ihren Lippen lächelte und mir zuflüsterte: »Ein Omen, königlicher Harmachis.«

Nachdem sie den Kranz befestigt hatte, verbeugte sie sich tief vor mir und nannte mich mit dem leisen Ton des Spottes in griechischer Sprache »Harmachis, König der Liebe«.

Daraufhin lachte Kleopatra und lobte mich als »König der Liebe«, und so tat es die ganze Gesellschaft, die den Scherz lustig fand. In Alexandria liebt man diejenigen nicht, die streng leben und sich von den Frauen abwenden.

Ich aber saß da, ein Lächeln auf den Lippen und schwarzen Zorn im Herzen. Da ich wusste, wer und was ich war, ärgerte es mich, der Belustigung für die frivolen Adligen und leichten Schönheiten von Kleopatras Hof zu dienen. Aber am meisten ärgerte ich mich über Charmion, weil sie am lautesten lachte, und ich wusste damals noch nicht, dass Lachen und Bitterkeit oft die Schleier sind, mit denen ein wundes Herz seine Schwäche vor der Welt verhüllt. »Ein Omen«, hatte sie die Blumenkrone genannt – und so war es auch. Ich war dazu bestimmt, das doppelte Diadem des Oberen und des Unteren Landes gegen einen Kranz von Rosen der Leidenschaft einzutauschen, die verwelkten, bevor sie voll erblüht waren.

Zum König der Liebe, krönten sie mich in ihrem Spott; ja, und zugleich zum König der Schande! Und ich, mit den duftenden Rosen auf meiner Stirn – ich, durch Abstammung und Weihe der Pharao von Ägypten – dachte an die unvergänglichen Hallen von Abouthis und an jene andere Krönung, die am nächsten Tag vollendet werden sollte.

Noch immer lächelnd trank ich ihnen zu und antwortete mit einem Scherz. Dann erhob ich mich, verbeugte mich vor Kleopatra und bat um Erlaubnis, gehen zu dürfen. »Venus«, sagte ich und sprach von dem Planeten, »war im Aszendenten. Deshalb muss ich als neu gekrönter König der Liebe meiner Königin meine Aufwartung machen.« Denn diese Barbaren nennen Venus die Königin der Liebe.

Und so zog ich mich inmitten ihres Gelächters auf meinen Wachturm zurück, riss das schändliche Rosenkränzchen von meinem Haupt und warf es fort und tat so, als würde ich das Wandern der Sterne beobachten. So wartete ich und dachte über viele Dinge nach, die sein sollten, bis Charmion mit den letzten Listen der Verdammten und den Nachrichten meines Onkels Sepa, den sie an diesem Abend gesehen hatte, kommen würde.

Endlich öffnete sich leise die Tür und sie kam geschmückt und in ihrem weißen Gewand, das sie auf dem Fest getragen hatte.

»Endlich bist du gekommen, Charmion«, sagte ich. »Es ist sehr spät.«

»Ja, mein Herr; aber ich konnte Kleopatra nicht entkommen. Ihre Stimmung ist heute Abend seltsam durcheinander. Ich weiß nicht, was es bedeuten mag. Seltsame Launen und Phantasien wehen über sie hinweg wie leichte und gegensätzliche Lüfte auf einem Sommermeer, und ich kann ihre Absicht nicht erkennen.«

»So, gut; genug von Kleopatra. Hast du unseren Onkel gesehen?«

»Ja, königlicher Harmachis.«

»Und hast du die letzten Listen?«

»Ja; hier sind sie«, und sie zog sie aus ihrem Busen. »Hier ist die Liste derer, die nach der Königin sicher dem Schwert zum Opfer fallen werden. Unter ihnen wirst du den Namen des alten Galliers Brennus finden. Ich trauere um ihn, denn wir sind Freunde, aber es muss sein. Es ist eine umfangreiche Liste.«

»Ja, so ist es«, antwortete ich, »wenn Männer ihre Rechnung aufschreiben, vergessen sie keinen Posten, und unsere Rechnung ist lang. Was sein muss, muss geschehen. Nun zum nächsten.«

»Hier ist die Liste derer, die verschont werden sollen, als freundlich oder unsicher; und hier die der Städte, die sich sicher erheben werden, sobald der Bote mit der Nachricht vom Tod Kleopatras ihre Tore erreicht.«

»Gut. Und nun« – und ich hielt inne – »und nun zu der Art und Weise, wie Kleopatras sterben soll. Wie hast du es vorgesehen? Muss es durch meine eigene Hand geschehen?«

»Ja, mein Herr«, antwortete sie, und wieder vernahm ich diesen Ton der Bitterkeit in ihrer Stimme. »Zweifellos wird der Pharao sich freuen, dass seine Hand diejenige ist, die das Land von dieser falschen Königin und lüsternen Frau befreit und mit einem Schlag die Ketten zerreißt, die den Hals Ägyptens strangulieren.«

»Sprich nicht so, Mädchen«, sagte ich; »du weißt wohl, dass ich mich nicht darüber freue, da ich nur durch tiefe Notwendigkeit und den Druck meiner Gelübde zu dieser Tat getrieben werde. Kann sie denn nicht vergiftet werden? Oder kann nicht einer der Eunuchen dazu angestiftet werden, sie zu töten? Meine Seele wendet sich von diesem blutigen Werk ab! In der Tat wundere ich mich, dass du so leichtfertig von dem Tod durch Verrat einer, die dich liebt, sprechen kannst, wie schwer ihre Verbrechen auch sein mögen!«

»Sicherlich ist der Pharao überempfindlich und vergisst die Größe des Augenblicks und alles, was an diesem Dolchstich hängt, der den Lebensfaden Kleopatras durchschneiden soll. Hör zu, Harmachis. *Du* musst die Tat vollbringen, und *du* allein! Ich selbst würde es tun, hätte mein Arm die Kraft dazu, aber er hat sie nicht. Es kann nicht durch Gift geschehen, denn jeder Tropfen, den sie trinkt, und jeder Bissen, der ihre Lippen berührt, wird streng von drei verschiedenen Vorkostern geprüft, die nicht überlistet werden können. Auch den Eunuchen der Wache kann nicht getraut werden. Zwei sind zwar auf uns eingeschworen, aber an den dritten kommt man nicht heran. Er muss nachher niedergemacht werden; und wenn so viele Männer fallen müssen, was macht dann ein Eunuch mehr oder weniger? So soll es sein! Morgen Nacht, drei Stunden vor Mitternacht, gibst du die letzte Vorhersage über den Ausgang des Krieges. Dann wirst du, wie vereinbart, mit mir allein von deinem Turm heruntersteigen und, da du das Siegel hast, dich in das Gemach der Königin begeben. Das Schiff mit den Befehlen für die Legionen segelt in der Morgendämmerung von Alexandria ab; und allein mit Kleopatra, da sie will, dass die Sache geheimnisvoll bleibe wie das Meer, wirst du ihr die Botschaft der Sterne vorlesen. Und während sie den Papyrus durchblättert, musst du ihr den Dolch in den Rücken stoßen, so dass sie stirbt; und sieh zu, dass dein Wille und dein Arm dich nicht im Stich lassen! Nachdem die Tat vollbracht ist – und es wird in der Tat leicht sein –, nimmst du das Siegel und gehst hinaus, wo der Eunuch ist, denn die anderen werden fehlen. Wenn es zufällig Ärger mit ihm gibt – aber es wird keinen Ärger geben, denn er wagt es nicht, die Privaträume zu betreten, und die Geräusche des Todes können nicht so weit reichen –, musst du ihn niederschlagen. Dann will ich dir entgegenkommen; und wenn wir weitergehen, werden wir zu Paulus kommen, und es wird meine Sorge sein, dafür zu sorgen, dass er weder betrunken ist noch Schwierigkeiten macht, denn ich weiß, wie ich ihn bei der Stange halten kann. Und er und die, die bei ihm sind, sollen das Seitentor aufstoßen, wenn Sepa und die fünfhundert auserwählten Männer, die dort warten, hereinstürmen und sich auf die schlafenden Legionäre stürzen und sie mit dem Schwert erschlagen. Nun, die Sache ist leicht, so bleibe dir treu, und lass keine weibischen Ängste in dein Herz kriechen. Was ist der Stoß dieses Dolches? Er ist nichts, und doch hängt an ihm das Schicksal Ägyptens und der Welt.«

12. Kleopatra in Harmachis' Gemach

»Still!«, sagte ich. »Was ist das? Ich höre ein Geräusch.«

Charmion lief zur Tür und lauschte, den langen, dunklen Gang hinunterblickend. In einem Augenblick kam sie zurück, den Finger auf den Lippen. »Es ist die Königin«, flüsterte sie eilig; »die Königin, die allein die Treppe hinaufsteigt. Ich hörte, wie sie Iras aufforderte, sie zu verlassen. Man darf mich um diese Stunde nicht allein mit dir finden; sie hat einen seltsamen Blick, und sie könnte Verdacht schöpfen. Was will sie hier? Wo kann ich mich verstecken?«

Ich blickte mich um. Am anderen Ende der Kammer befand sich ein schwerer Vorhang, der eine kleine Vertiefung in der dicken Wand verbarg, die ich zur Aufbewahrung von Rollen und Instrumenten nutzte.

»Eile, eile!«, sagte ich, und sie glitt hinter den Vorhang, der zurückschwang und sie verdeckte. Dann steckte ich die verhängnisvolle Liste des Todes in mein Gewand und beugte mich über einen mystischen Papyrus. In diesem Moment hörte ich das Rauschen von Frauenkleidern und ein leises Klopfen an der Tür.

»Tritt ein, wer immer du bist«, sagte ich.

Der Riegel hob sich, und Kleopatra kam herein, königlich gekleidet, das dunkle Haar um den Kopf geschlungen und die heilige Schlange des Königtums glitzernd auf ihrer Stirn.

»In der Tat, Harmachis«, sagte sie mit einem Seufzer, als

sie in einen Sitz sank, »der Weg zum Himmel ist schwer zu erklimmen! Ah! Ich bin müde, denn diese Stufen sind viele. Aber ich hatte vor, mein Astronom, dich bei deiner Arbeit zu sehen.«

»Ich fühle mich über alle Maßen geehrt, o Königin!«, sagte ich und verbeugte mich tief vor ihr.

»Bist du es wirklich? Dein dunkles Gesicht hat einen etwas zornigen Ausdruck – du bist zu jung und zu schön für dieses trockene Gewerbe, Harmachis. Was sehe ich? Du hast meinen Rosenkranz mitten unter dein rostiges Werkzeug geworfen! Könige hätten diesen Kranz um ihre erlesensten Diademe gewunden, Harmachis, und du wirfst ihn weg wie etwas Unwichtiges! Was bist du doch für ein Mann! – Aber halt, was ist das? Das Tuch einer Dame! Bei Isis! Nein, mein Harmachis, wie kommt das hierher? Sind unsere armen Tücher auch Instrumente deiner hohen Kunst? Oh, pfui, pfui! Hab' ich dich ertappt? Bist du ein falscher Heiliger?«

»Nein, königlichste Kleopatra, nein!«, sagte ich, indem ich mich umdrehte, da ich den Anblick des Tuches, das von Charmions Hals gefallen war, nicht ertragen konnte. »Ich weiß in der Tat nicht, wie das Tuch hierher gekommen ist. Vielleicht hat es eine der Frauen, die das Gemach pflegen, fallen lassen.«

»Ah so!«, sagte sie trocken. »Ja, gewiss, die Sklavinnen, die Kammern in Ordnung halten, besitzen solche Tücher von der allerfeinsten Seide, doppelt so viel wert wie Gold, und auch noch bunt bestickt. Ich selbst würde mich nicht schämen, es zu tragen. Es scheint mir in der Tat vertraut zu sein.« Und sie warf es sich um den Hals und glättete die Enden mit den Fingern. »Aber da; zweifellos ist es eine unheilige Sache in deinen Augen, dass das Tuch deiner Geliebten auf meiner armen Brust ruht. Nimm es, Harmachis; nimm es und verstecke es an deiner Brust – ja, in der Nähe deines Herzens!«

Ich nahm das verfluchte Ding, murmelte, was ich nicht

schreiben darf, eilte auf die hohe Plattform, von der aus ich die Sterne betrachtete. Dann drückte ich das Tuch zu einem Knäuel zusammen und warf es in die Winde des Himmels hinaus.

Daraufhin lachte die schöne Königin hinter mir. »Nein, überlege doch«, rief sie, »was würde die Dame sagen, wenn sie ihren Liebesbeweis so in alle Welt geworfen sähe? Vielleicht, Harmachis, würdest du auch mit meinem Kranz so verfahren?« Sie trat beiseite, bückte sich, hob den Kranz auf und gab ihn mir. »Sieh, die Rosen verwelken; wirf ihn fort.«

Einen Moment lang war ich so verärgert, dass ich sie beim Wort nehmen und den Kranz dem Tuch hinterherwerfen wollte. Aber ich überlegte es mir anders.

»Nein«, sagte ich leiser, »es ist ein Geschenk der Königin, und ich werde ihn behalten«, und während ich sprach, sah ich den Vorhang sich bewegen.

Seit jener Nacht habe ich diese einfachen Worte oft bedauert.

»Dem König der Liebe sei Dank für diese kleine Gnade«, antwortete sie und sah mich seltsam an. »Nun, genug der Scherze; komm weg von dem Balkon und erzähle mir vom Geheimnis der Sterne. Ich habe die Sterne immer geliebt, die so rein und hell und kalt sind, und so weit weg von unserem fiebrigen Trubel. Dort würde ich gerne verweilen, geschaukelt auf dem dunklen Schoß der Nacht, und das Bewusstsein für mich selbst verlieren, während ich für immer auf das Antlitz dieser süßen Weite blicke. Vielleicht haben diese Sterne Teil an unserer Substanz, wer kann es sagen, Harmachis? Und sind mit uns verbunden durch die unsichtbare Kette der Natur und ziehen unser Schicksal mit sich, während sie ihre Bahn ziehen. Was sagt die griechische Fabel von dem, der ein Stern wurde? Vielleicht ist sie wahr, denn die winzigen Funken dort mögen die Seelen der Menschen sein, aber reiner und heller geworden und in glückliche Ruhe gesetzt, um das Getümmel ihrer

122

Mutter Erde zu erhellen. Oder sind es Lampen, die hoch im Himmelsgewölbe hängen, die Nacht für Nacht von einer Gottheit, deren Flügel die Dunkelheit sind, mit ihrem unsterblichen Feuer berührt werden, so dass sie in antwortender Flamme hervorspringen? Gib mir Anteil an deiner Weisheit, mein Diener, und enthülle mir diese Wunder, denn ich weiß so wenig. Doch mein Herz ist weit, und ich würde gern es füllen, könnte ich nur einen Lehrer finden.«

Ich war froh, an einem sichereren Ufer wieder Fuß fassen zu können, und bereitwillig erzählte ich ihr, wovon ich sprechen durfte, ein wenig verwundert, dass Kleopatra Sinn für so hohe Gedanken hatte. Ich erzählte ihr, dass der Himmel eine flüssige Masse sei, die die Erde umschlösse und auf den elastischen Säulen der Luft ruhe, und sich darüber der himmlische Ozean Nout befände, in dem die Planeten wie Schiffe trieben, während sie über ihre strahlenden Wege eilten. Ich erzählte ihr vieles, unter anderem, wie durch die gewisse unaufhörliche Bewegung der Planet Venus, der Donaou genannt wurde, sich als Morgenstern zeigte, und dann zum Planeten Bonou wurde, dem süßen Abendstern Evas. Und während ich dastand und sprach und die Sterne betrachtete, saß sie vor mir, die Hände auf ihrem Knie gefaltet, und betrachtete mein Gesicht.

»Ah!«, unterbrach sie mich schließlich, »und so ist die Venus sowohl am Morgen- als auch am Abendhimmel zu sehen. Nun, in Wahrheit ist sie überall, obwohl sie die Nacht am meisten liebt. Aber du liebst es nicht, dass ich zu dir mit diesen lateinischen Namen spreche. Komm, wir wollen uns in der alten Sprache von Khem unterhalten, die ich gut kenne; ich bin die erste, wohlgemerkt, von allen Lagiden, die sie beherrscht. Und nun«, fuhr sie fort, indem sie in meiner eigenen Sprache sprach, aber mit einem kleinen fremden Akzent, der ihre Rede nur noch süßer machte, »genug von den Sternen, denn schließlich sind sie nur wankelmütige Dinge, die vielleicht schon jetzt eine böse Stunde für dich oder mich, oder für uns beide zusammen, vorbereiten. Ich liebe es nur, dich von ihnen sprechen zu hören, denn dann verliert dein Gesicht die düstere Wolke des Gedankens, die es trübt, und wird menschlich. Harmachis, du bist zu jung für solch einen feierlichen Beruf; ich denke, ich muss einen besseren für dich finden. Die Jugend kommt nur einmal; warum sie mit solchen Grübeleien vergeuden? Es ist noch Zeit zu denken, wenn wir nicht mehr handeln können. Sag mir, wie alt bist du, Harmachis?«

»Ich habe sechsundzwanzig Jahre, o Königin«, antwortete ich, »denn ich wurde im ersten Monat des Shomou geboren, in der Sommerzeit und am dritten Tag des Monats.«

»Nun denn, wir sind sogar auf den Tag genau gleich alt«, rief sie, »denn auch ich bin sechsundzwanzig Jahre alt, und auch ich wurde am dritten Tag des ersten Monats von Shomou geboren. Nun, das können wir sagen: Diejenigen, die uns gezeugt haben, brauchen sich dessen nicht zu schämen. Denn wenn ich die schönste Frau in Ägypten bin, so denke ich, Harmachis, dass es in Ägypten keinen Mann gibt, der schöner und stärker ist als du es bist. Geboren am selben Tag, ist es offensichtlich, dass wir dazu bestimmt sind, zusammen zu stehen, ich als die Königin und du, Harmachis, vielleicht als eine der Hauptsäulen meines Throns, und so zum gegenseitigen Wohl zu wirken.«

»Oder uns vielleicht gegenseitiges Leid zuzufügen«, antwortete ich und blickte auf; denn ihre süßen Reden stachen mir in den Ohren und brachten mehr Farbe in mein Gesicht, als mir lieb war.

»Nein, sprich nicht von Leid! Setz dich zu mir, Harmachis, und lass uns reden, nicht als Königin und Untertan, sondern als Freundin und Freund. Du warst heute Abend auf dem Fest zornig auf mich, weil ich dich mit diesem Kranz verspottete – war es nicht so? Nun, es war nur ein Scherz. Wüsstest du, wie schwer die Aufgabe der Königin ist und wie ermüdend ihre Stunden, du würdest nicht zornig sein, weil ich meine Trägheit mit einem Scherz aufzulockern suchte. Oh, sie ermüden mich, diese Fürsten und Edelleute, und diese halsstarrigen, pompösen Römer. Vor meinem Angesicht geloben sie, meine Sklaven zu sein, und hinter meinem Rücken verspotten sie mich und erklären mich zum Diener ihres Triumvirats oder ihres Imperiums oder ihrer Republik, wohin sich das Glücksrad auch immer drehen mag! Es gibt keinen Mann unter ihnen – nichts als Narren, Parasiten und Marionetten – keinen Mann, seit sie mit ihren feigen Dolchen jenen Cäsar erschlugen, den alle Welt mit ihren Waffen nicht zu zähmen vermochte. Und ich muss den einen gegen den anderen ausspielen, wenn ich dadurch vielleicht Ägypten vor ihrem Zugriff bewahren kann. Was aber erhalte ich als Belohnung? Dass alle schlecht von mir reden und meine Untertanen mich hassen. Ja, ich glaube, dass sie mich, obwohl ich eine Frau bin, ermorden würden, wenn sie ein Mittel dazu fänden!«

Sie hielt inne und bedeckte ihre Augen mit der Hand, und das war gut so, denn ihre Worte durchdrangen mich so, dass ich auf dem Sitz neben ihr zusammenzuckte.

»Sie denken schlecht von mir, ich weiß es; und nennen mich mutwillig, obwohl ich nie gefehlt habe, außer einmal, als ich den größten Mann der Welt liebte, und bei der Berührung der Liebe meine Leidenschaft emporflammte, eine heilige Flamme. Diese rüpelhaften Alexandriner schwören, dass ich Ptolemäus, meinen Bruder, vergiftet habe – den der römische Senat auf höchst unnatürliche Weise mir, seiner Schwester, als Ehemann aufgezwungen hätte! Aber es ist falsch: Er erkrankte und starb am Fieber. Und sie sagen, ich würde Arsinoë, meine Schwester, töten wollen – aber auch das ist falsch! Sie will nichts von mir wissen, aber ich liebe meine Schwester. Ja, sie alle denken schlecht von mir ohne Grund; auch du denkst schlecht von mir, Harmachis. – O Harmachis, ehe du urteilst, bedenke, was für ein Ding Neid ist! – Diese üble Krankheit des Geistes, die das verbitterte

Auge der Kleinlichkeit dazu bringt, alle Dinge verdorben zu sehen – das Böse auf dem offenen Antlitz des Guten geschrieben zu lesen und Unreinheit in der weißesten Jungfrauenseele zu finden! Bedenke, was für ein Ding es ist, Harmachis, hoch über der gaffenden Menge von Schurken zu stehen, die dich für deine Macht und deinen Geist hassen; die mit den Zähnen knirschen und die Pfeile ihrer Lügen aus der Deckung ihrer eigenen Bedeutungslosigkeit abschießen, von der aus sie keine Flügel haben, um aufzusteigen; und deren Herzenswunsch es ist, deinen Adel auf das Niveau ihrer Niedrigkeit herabzuziehen! –

Sei also nicht so schnell dabei, schlecht über die Großen zu denken, deren jedes Wort und jede Tat von einer Million zorniger Augen auf Fehler untersucht und deren kleinster Fehler von tausend Kehlen hinaustrompetet wird, bis die Welt von den Echos ihrer Sünden bebt! Sage nicht: ›So ist es, so ist es gewiss!‹, frage vielmehr: ›Kann es nicht anders sein? Haben wir richtig gehört? Hat sie dies aus eigenem Willen getan?‹ Richte sanft, Harmachis, wie ich es möchte, dass man über dich urteilt. Bedenke, dass eine Königin niemals frei ist. Sie ist in der Tat nur die Spitze und das Instrument jener politischen Kräfte, die die eisernen Bücher der Geschichte schreiben. – O Harmachis, sei du mein Freund, mein Freund und Ratgeber, mein Freund, dem ich trauen kann, denn hier am überfüllten Hofe bin ich einsamer als jede Seele, die in seinen Gängen atmet. Dir aber vertraue ich; in diesen stillen Augen steht die Ehrlichkeit geschrieben, und ich will dich hoch erheben, Harmachis. Ich kann meine geistige Einsamkeit nicht länger ertragen – ich muss jemanden finden, mit dem ich mich austausche und dem ich das sagen kann, was mir auf dem Herzen liegt. Ich habe Fehler, ich weiß es; aber ich bin nicht ganz unwürdig deines Vertrauens, denn es ist gutes Korn unter der bösen Saat. Sag, Harmachis, willst du dich meiner Einsamkeit erbarmen und dich mit mir anfreunden, die ich Geliebte, Höflinge, Sklaven, Abhängige mehr habe als ich zählen kann, aber keinen einzigen Freund?« Und sie beugte sich zu mir, berührte mich leicht und sah mich mit ihren wunderbaren blauen Augen an.

Ich war überwältigt; und wenn ich an die morgige Nacht dachte, überwältigten mich Kummer und Scham. Ich, ihr Freund! Ich, dessen Mörderdolch an meiner Brust lag! Ich beugte mein Haupt, und ein Schluchzen oder ein Stöhnen, ich weiß nicht was, brach aus der Agonie meines Herzens.

Aber Kleopatra, die nur dachte, dass ich durch die Überraschung ihrer Gnade über mich hinausgewachsen war, lächelte süß und sagte: »Es wird spät; morgen Abend, wenn du die Weissagungen bringst, werden wir wieder sprechen, mein Freund Harmachis, und du sollst mir antworten.« Und sie gab mir ihre Hand zum Kuss. Ich wusste kaum, was ich tat, küsste sie, und im nächsten Augenblick war sie verschwunden.

Ich aber stand in der Kammer und starrte ihr nach wie ein Träumender.

13. Die Vorbereitung zu der Bluttat

Ich blieb still, in Gedanken versunken. Dann, gleichsam zufällig, nahm ich den Rosenkranz auf und betrachtete ihn. Wie lange ich so dastand, weiß ich nicht, aber als ich den Blick hob, fiel er auf Charmion, deren Anwesenheit ich ganz vergessen hatte. Und da bemerkte ich, dass sie wie vor Wut errötet war und mit dem Fuß auf den Boden stampfte.

»Oh, du bist es, Charmion!«, sagte ich. »Was plagt dich? Bist du verkrampft vom langen Stehen in deinem Versteck? Warum bist du nicht fortgeschlichen, als Kleopatra mir auf den Balkon folgte?«

»Wo ist mein Tuch?«, fragte sie und warf mir einen wütenden Blick zu. »Ich habe mein besticktes Tuch fallen lassen.«

»Dein Tuch! Warum hast du es nicht gesehen? Kleopatra hielt es mir vor und ich warf es vom Balkon.«

»Ja, ich sah es«, antwortete das Mädchen, »ich sah es nur zu gut. Du hast mein Tuch weggeschleudert, aber den Rosenkranz – den würdest du nicht wegschleudern. Es war ja ein Geschenk der Königin, und deshalb hat der königliche Harmachis, der Priester der Isis, der Auserwählte der Götter, der gekrönte Pharao, der sein Leben dem Wohl von Khem weihte, es bewahrt. Aber mein Tuch, verstimmt vom Lachen der leichtsinnigen Königin, warf er fort!«

»Was meinst du damit?«, fragte ich, erstaunt über ihren bitteren Ton. »Ich verstehe dein Reden nicht.«

»Was ich meine?«, antwortete sie, warf den Kopf hoch und zeigte die weißen Linien ihres Halses. »Nein, ich meine gar nichts, oder alles; nimm es, wie du willst. Willst du wissen, was ich meine, Harmachis, mein Cousin und mein Herr?«, fuhr sie mit harter, tiefer Stimme fort. »Dann will ich es dir sagen – du bist in großer Gefahr. Kleopatra hat ihr listiges Netz um dich gewoben, und du bist nahe daran, sie zu lieben, Harmachis – die zu lieben, die du morgen töten musst! Ja, starre weiter auf den Kranz in deiner Hand – den Kranz, den du nicht meinem Tuch hinterherschleudern konntest – weil Kleopatra ihn heute Nacht trug! Der Duft des Haares von Caesars Geliebter vermischt sich noch mit dem Duft seiner Rosen! Nun, gestehe, Harmachis, wie weit triebst du die Sache dort auf dem Balkon? In jenem Loch, wo ich versteckt war, konnte ich weder hören noch sehen. Es ist ein süßer Ort für Verliebte, nicht wahr? Ja, und auch eine süße Stunde? Venus regiert doch die Sterne in der Nacht?«

Dies alles sagte sie leise und in sanfter und bescheidener Weise, obwohl ihre Worte nicht bescheiden waren, sondern so bitter, dass mir jede Silbe ins Herz schnitt und mich erzürnte, bis ich keine Sprache mehr fand.

»In Wahrheit hast du eine weise und sparsame Art«, fuhr

sie fort, da sie ihren Vorteil sah; »heute Nacht küsst du die Lippen, die du morgen für immer still machen sollst! Es ist ein würdiger und ehrenvoller Umgang mit der Gelegenheit des Augenblicks.«

Da endlich brach es aus mir heraus. »Mädchen«, rief ich, »wie kannst du es wagen, so mit mir zu sprechen? Ist es dir egal, wer und was ich bin, dass du deine mürrischen Sticheleien auf mich loslässt?«

»Es ist mir egal, was du bist«, antwortete sie schnell. »Was du bist, das kümmert mich jetzt nicht. Sicherlich weißt du es allein – du und Kleopatra!«

»Was meinst du damit?«, sagte ich. »Bin ich schuld, wenn die Königin ...«

»Die Königin! Was haben wir denn da? Der Pharao besitzt eine Königin!«

»Wenn Kleopatra in der Nacht hierher kommen und reden will ...«

»Von Sternen, Harmachis – gewiss von Sternen und Rosen, und nichts anderem!«

Was ich danach sagte, weiß ich nicht; denn die bitteren Worte und die ruhige Art des Mädchens trieben mich fast in den Wahnsinn, so verärgert ich auch war. Aber dies weiß ich: Ich sprach so heftig, dass sie vor mir kauerte, wie sie vor meinem Onkel Sepa gekauert hatte, als er sie wegen ihres griechischen Kleides schalt. Und wie sie damals weinte, so weinte sie auch jetzt, nur noch leidenschaftlicher und mit großen Schluchzern.

Schließlich hörte ich auf, halb beschämt, aber immer noch wütend und auf schmerzhafte Weise betroffen. Denn selbst während sie weinte, konnte sie Worte finden, mit denen sie mir entgegentrat – und die Stacheln einer Frau sind scharf.

»Du solltest nicht so mit mir sprechen«, schluchzte sie, »es ist grausam – es gehört sich nicht für einen Mann! Aber ich vergesse, dass du nur ein Priester bist, kein Mann – außer vielleicht für Kleopatra!«

»Welches Recht hast du, so zu sprechen?«

»Welches Recht ich habe?«, fragte sie und blickte auf, ihre dunklen Augen fluteten sich mit Tränen, die über ihr süßes Gesicht liefen wie der Morgentau über das Herz einer Lilie. »Welches Recht habe ich? O Harmachis! Bist du blind? Wußtest du nicht, mit welchem Recht ich so zu dir spreche? Dann muss ich es dir sagen: Nun, es ist Brauch in Alexandria! Bei dem ersten und heiligen Recht der Frau, bei dem Recht der großen Liebe, die ich dir entgegenbringe, und die du nicht zu sehen scheinst, bei dem Recht meines Ruhmes und meiner Schande. Ach, sei nicht zornig mit mir, Harmachis, und setze mich nicht als leichtfertig herab, weil die Wahrheit endlich aus mir herausgebrochen ist; denn ich bin nicht so. Ich bin, was du aus mir machen willst. Ich bin das Wachs in den Händen des Formers, und wie du mich formst, so werde ich sein. In mir atmet jetzt ein Hauch von Herrlichkeit, der über die Wasser meiner Seele weht, der mich zu edleren Zielen tragen kann, als ich je zuvor geträumt habe, wenn du mein Lotse und mein Führer sein willst. Doch verliere ich dich, so verliere ich alles, was mich vor dem schlechteren Teil meines Selbst bewahrt, und dann mag der Schiffbruch kommen! Du kennst mich nicht, Harmachis! Du kannst nicht sehen, wie ein großer Geist in meiner schwachen Gestalt kämpft! Für dich bin ich ein Mädchen, klug, eigensinnig, oberflächlich. Doch ich bin mehr! Zeig mir deinen höchsten Gedanken, und ich werde ihm entsprechen, das tiefste Rätsel deines Geistes, und ich werde es klar machen. Von einem Blute sind wir, und Liebe kann unseren kleinen Unterschied auflösen und uns wirklich eins werden lassen. Ein Ziel haben wir, ein Land lieben wir, ein Schwur bindet uns beide. Nimm mich in dein Herz, Harmachis, setze mich neben dich auf den Doppelthron, und ich schwöre, dass ich dich höher heben werde, als je ein Mensch gestiegen ist. Lehne mich ab, und hüte dich, dass ich dich nicht herunterziehe! Und nun, die kalte Zartheit der Sitte beiseitelegend, verletzt von dem, was ich von den Künsten jener schönen lebenden Falschheit mit Namen Kleopatra mitbekam, die sich zum Zeitvertreib an deiner Torheit übt, habe ich mein Herz sprechen lassen, und nun antworte du mir!« Und sie faltete die Hände, trat einen Schritt näher und blickte mir weiß und zitternd ins Gesicht.

Einen Augenblick lang stand ich stumm, denn der Zauber ihrer Stimme und die Kraft ihrer Rede rührten mich trotz meiner selbst wie das Rauschen der Musik. Hätte ich die Frau geliebt, hätte sie mich zweifellos mit ihrer Flamme entzündet; aber ich liebte sie nicht, und ich konnte nicht mit der Leidenschaft spielen. Und so kam mir ein Gedanke, und mit dem Gedanken jene lachende Stimmung, die immer dazu neigt, auf Nerven zu wirken, die bis zum Zerreißen gespannt sind. Gleichsam blitzartig dachte ich an die Art und Weise, wie sie mir den Rosenkranz auf den Kopf gedrückt hatte, ich dachte an das Tuch und wie ich es fortgeschleudert hatte. Ich dachte an Charmion, wie sie die Künste der Kleopatra beobachtete, und an ihre bitteren Reden. Und schließlich dachte ich daran, was mein Onkel Sepa von ihr sagen würde, wenn er sie jetzt sehen könnte, und an den seltsamen und verworrenen Strang, in den ich verstrickt war. Und ich lachte laut – das Lachen eines Narren, das mein Verderben einläutete!

Sie wurde noch weißer – weiß wie der Tod – und ein Ausdruck wuchs auf ihrem Gesicht, der meine törichte Heiterkeit unterdrückte. »Du findest also, Harmachis«, sagte sie mit leiser, erstickter Stimme und ließ den Blick sinken, »du findest Grund zur Heiterkeit in dem, was ich gesagt habe?«

»Nein«, antwortete ich; »nein, Charmion; vergib mir, wenn ich gelacht habe. Es war eher ein Lachen der Verzweiflung; denn was soll ich dir sagen? Du hast hohe Worte von allem, was du sein könntest, gesprochen; ist es mir überlassen, dir zu sagen, was du bist?«

Sie wich zurück, und ich hielt inne.

»Sprich«, sagte sie.

»Du weißt am besten, wer ich bin und was meine Mission ist; du weißt am besten, dass ich mich der Isis verschworen habe und nach göttlichem Gesetz nichts mit dir zu tun haben darf.«

»Ja«, sagte sie mit leiser Stimme und den Blick immer noch auf den Boden gerichtet, »ja, aber ich weiß auch, dass du dein Gelübde im Geiste, wenn sogar nicht in der Wirklichkeit, schon gebrochen hast; denn, Harmachis – du liebst Kleopatra!«

»Es ist eine Lüge!«, rief ich. »Du lüsternes Mädchen, das mich von meiner Pflicht abbringen und in offene Schande stürzen will, das sich nicht schämt, die Schranken des eigenen Geschlechts zu überschreiten und so zu sprechen, wie du es getan hast, hüte dich, zu weit zu gehen, wenn du von Leidenschaft oder Ehrgeiz oder der Liebe zum Bösen geleitet wirst. Und wenn du eine Antwort haben willst, hier ist sie, geradeheraus gesagt wie deine Frage: Charmion, außerhalb meiner Pflicht und meines Gelübdes bist du mir nichts! Und für alle deine zärtlichen Blicke schlägt mein Herz keinen Puls schneller! Kaum bist du jetzt noch eine Freundin, der ich trauen kann. Doch, noch einmal: Nimm dich in acht! Mir magst du das Schlimmste antun; aber wenn du es wagst, einen Finger gegen unsere Sache zu rühren, so stirbst du an diesem Tage! Und nun ist das Spiel wohl zu Ende?«

Während ich so, wild vor Zorn, sprach, wich sie noch weiter zurück, bis sie schließlich an der Wand lehnte, ihre Augen mit der Hand bedeckt. Als ich aufhörte, ließ sie die Hand fallen, blickte auf, und ihr Gesicht war wie das einer Statue, in der die großen Augen wie dunkle Feuer glühten, und um sie herum war ein Ring aus purpurnem Schatten.

»Noch nicht ganz zu Ende«, antwortete sie sanft, »die Arena muss noch mit Sand bestreut werden!« Dies sagte sie in Anspielung auf das Abdecken der Blutflecken nach den

Gladiatorenspielen mit feinem Sand. »Nun«, fuhr sie fort, »vergeude deinen Zorn nicht an einer so abscheulichen Sache. Ich habe meinen Wurf gemacht und ich habe verloren. Vae victis! Ah! Vae victis! Willst du mir nicht den Dolch in deinem Gewand leihen, damit ich hier und jetzt meine Schande beenden kann? Nein? Dann noch ein Wort, königlichster Harmachis: wenn du kannst, vergiss meine Torheit; aber fürchte dich wenigstens nicht vor mir. Ich bin jetzt, wie immer, deine Dienerin und die Dienerin unserer Sache. – Lebe wohl!«

Und sie ging und tastete sich dabei mit der Hand an der Wand entlang. Ich aber begab mich in meine Kammer, warf mich auf das Bett und stöhnte in der Bitterkeit meiner Seele.

Wir schmieden unsere Pläne und bauen das Haus unserer Hoffnung darauf, ohne mit den Gästen zu rechnen, die die Zeit mit sich bringt, um darin zu wohnen. Wer kann sich gegen das Unvorhergesehene schützen?

Schließlich schlief ich ein, und meine Träume waren schrecklich. Als ich erwachte, strömte das Licht des Tages, der die rote Erfüllung des Komplotts sehen sollte, durch das Fenster und die Vögel sangen fröhlich unter den Gartenpalmen. Auf mir lag drückend die Last des Kummers und der Sorge, und ich dachte daran, dass ich meine Hände in Blut tauchen musste, bevor dieser Tag der Vergangenheit angehörte, – ja, in das Blut von Kleopatra, die sich mir anvertraut hatte! Warum konnte ich sie nicht hassen, wie ich es sollte? Es gab eine Zeit, da hatte ich diesem Racheakt mit einer Art gerechten Eifers entgegengesehen. Und jetzt ... würde ich mein königliches Geburtsrecht hingeben, um von dieser Notwendigkeit befreit zu sein. Aber leider wusste ich, dass es kein Entkommen gab. Ich musste diesen Kelch leeren oder war für immer verloren. Ich fühlte, dass die Augen Ägyptens und die Augen der ägyptischen Götter mich beobachteten. Ich betete zu meiner Mutter Isis, mir die Kraft zu geben, diese Tat zu vollbringen, und betete, wie ich noch nie zuvor gebetet hatte; – aber o Wunder, es kam keine Antwort. Nein, wie war das möglich? Was hatte denn das Band zwischen uns gelöst, sodass die Göttin ihrem Sohn und auserwählten Diener zum ersten Mal keine Antwort gab? Könnte es sein, dass ich mich im Herzen gegen sie versündigt hatte? Was hatte Charmion gesagt – dass ich Kleopatra liebte? War das kranke Liebe? Nein! Tausendmal nein! Es war nur der Aufstand der Natur gegen eine Tat des Verrats und des Blutes. Die Göttin prüfte nur meine Kraft, – oder wendete sie vielleicht auch ihr heiliges Antlitz von dem Mord ab?

Ich stand auf, erfüllt von Schrecken und Verzweiflung, und ging an meine Aufgabe wie ein Mann ohne Seele. Ich schaute noch einmal die verhängnisvollen Listen und alle Pläne durch – ja, in meinen Gedanken stellte ich sogar die Worte jener Proklamation meines Königtums zusammen, die ich am nächsten Tag an die erstaunte Welt richten sollte.

»Bürger von Alexandria und Bewohner des Landes Ägypten«, so begann es, »Kleopatra, die Makedonierin, hat auf Geheiß der Götter Gerechtigkeit für ihre Verbrechen erfahren ...« All diese und andere Dinge tat ich, aber ich tat sie wie ein Mann, der von einer Kraft bewegt wurde, die von außen und nicht von innen kam. Und so verstrich die Zeit.

In der dritten Stunde des Nachmittags ging ich wie verabredet zu dem Haus, in dem mein Onkel Sepa wohnte, zu demselben Haus, in das ich vor etwa drei Monaten gebracht worden war, als ich Alexandria zum ersten Mal betrat. Und hier fand ich die Anführer des Aufstandes in der Stadt in geheimer Konklave versammelt, sieben an der Zahl. Als ich eintrat und die Türen verriegelt waren, warfen sie sich nieder und riefen: »Ave, Pharao!« Aber ich ließ sie aufstehen und sagte, ich sei noch nicht Pharao, denn das Huhn sei noch im Ei.

»Ja, Prinz«, sagte mein Onkel, »aber sein Schnabel zeigt schon durch. Nicht umsonst hat Ägypten all die Jahre gebrütet, so du nicht mit deinem Dolchstich heute Nacht versagst; – und wie könntest du versagen? Nichts kann jetzt unseren Sieg aufhalten!«

»Es liegt in der Hand der Götter«, antwortete ich.

»Nein«, sagte er, »die Götter haben die Sache in die Hände eines Sterblichen gelegt – in deine Hände, Harmachis – und dort ist sie sicher. Seht: hier sind die letzten Listen. Einunddreißigtausend Männer, die Waffen tragen, haben geschworen, sich zu erheben, wenn die Nachricht sie erreicht. In fünf Tagen ist jede Zitadelle Ägyptens in unserer Hand, und was haben wir dann zu fürchten? Von Rom nur wenig, denn sie haben alle Hände voll zu tun; und außerdem werden wir uns mit dem Triumvirat verbünden und es kaufen, wenn es sein muss. Denn Geld gibt es reichlich im Lande, und wenn mehr gebraucht wird, so weißt du, Harmachis, wo es gelagert ist für den Bedarf von Khem, und außerhalb der Reichweite der römischen Waffen. Wer kann uns schaden? Es gibt niemanden. Vielleicht kommt es in dieser unruhigen Stadt zu einem Kampf und einen Gegenplan, um Arsinoë nach Ägypten zu bringen und sie auf den Thron zu setzen. Deshalb muss Alexandria hart angegangen werden – bis hin zur Zerstörung, wenn es sein muss. Was Arsinoë betrifft, so werden morgen auf die Nachricht vom Tode der Königin hin diejenigen ausziehen, die den Auftrag haben, sie heimlich zu töten.«

»Es bleibt der Knabe Cäsarion«, sagte ich. »Rom könnte durch Cäsars Sohn Ansprüche stellen, und das Kind der Kleopatra erbt Kleopatras Rechte. Hier besteht eine doppelte Gefahr.«

»Fürchte dich nicht«, sagte mein Onkel, »morgen kommt Cäsarion zu denen, die ihn gezeugt haben, nach Amenti. Ich habe Vorkehrungen getroffen. Die Ptolemäer müssen ausgerottet werden, damit kein Spross mehr aus der Wurzel entspringt, die von der Rache des Himmels zerstört wurde.«

»Gibt es kein anderes Mittel?«, fragte ich traurig. »Mein

Herz ist krank bei der Aussicht auf diesen roten Blutregen. Ich kenne das Kind gut; es hat das Feuer und die Schönheit Kleopatras und den Witz des großen Cäsar. Es wäre eine Schande, ihn zu ermorden.«

»Nein, sei nicht so feige, Harmachis«, sagte mein Onkel mit strenger Stimme. »Was ist denn los mit dir? Wenn der Junge so ist, sollte er erst recht sterben. Willst du einen jungen Löwen aufziehen, der dich vom Thron reißt?«

»So sei es«, antwortete ich und seufzte. »Wenigstens bleibt ihm viel Böses erspart, und er wird unschuldig dahingehen. Nun zu den Plänen.«

Wir saßen lange zusammen und berieten uns, bis ich schließlich angesichts der großen Notlage und unseres hohen Vorhabens etwas von dem Geist früherer Tage in mein Herz zurückfließen fühlte. Endlich wurde alles geordnet, und zwar so geordnet, dass es kaum schiefgehen konnte, denn es wurde festgelegt, dass, wenn ich durch irgendeinen Zufall nicht kommen könnte, um Kleopatra in dieser Nacht zu erschlagen, der Plan bis zum nächsten Tag in der Schwebe bleiben sollte, um die Tat bei passender Gelegenheit auszuführen. Der Tod der Kleopatra war das Signal.

Als diese Dinge vollendet waren, standen wir noch einmal auf und schworen, die Hände auf das heilige Symbol gelegt, den Eid, der nicht geschrieben werden darf. Und dann küsste mich mein Onkel mit Tränen der Hoffnung und Freude, die in seinen scharfen schwarzen Augen standen. Er segnete mich und sagte, dass er gerne sein Leben geben würde, ja, hundert Leben, wenn er sie hätte, um Ägypten wieder als Nation und mich, Harmachis, den Nachkommen seines königlichen und alten Blutes, auf dem Thron sitzen zu sehen. Denn er war in der Tat ein Patriot, der nichts für sich selbst verlangte und alles für seine Sache gab. Und ich küsste ihn, und so trennten wir uns. Ich sah ihn niemals lebend wieder, er fand die Ruhe, die mir verwehrt blieb.

So ging ich denn hin, und da noch Zeit war, begab ich mich schnell von Ort zu Ort in der großen Stadt und notierte die Positionen der Tore und der Orte, an denen unsere Truppen versammelt werden mussten. Schließlich kam ich zu dem Kai, an dem ich gelandet war, und sah ein Schiff, das auf das offene Meer hinausfuhr. Ich sah es und sehnte mich mit schwerem Herzen danach, an Bord dieses Schiffes zu sein, um von seinen weißen Flügeln an ein fernes Ufer getragen zu werden, wo ich im Verborgenen leben und vergessen sterben könnte. Ich sah auch ein anderes Schiff, das den Nil hinuntergefahren war und von dessen Deck die Passagiere strömten. Einen Moment lang stand ich da und beobachtete sie und fragte mich, ob sie aus Abouthis kämen, als ich plötzlich eine vertraute Stimme neben mir hörte.

»La, la!«, sagte die Stimme. »Was ist das für eine Stadt, in der eine alte Frau ihr Glück suchen muss! Und wie soll ich diejenigen finden, denen ich bekannt bin? Ebenso gut könnte ich die Binsen in der Papyrusrolle suchen[12]. Fort, du Schelm, und lass meinen Kräuterkorb liegen; oder, bei den Göttern, ich werde dich damit verarzten!«

Ich drehte mich verwundert um und fand mich von Angesicht zu Angesicht mit meiner Amme Atoua. Sie erkannte mich sofort, denn ich sah, wie sie aufschreckte, aber in der Gegenwart der Menschen zügelte sie ihre Überraschung.

»Guter Herr«, jammerte sie, hob ihr welkes Antlitz zu mir und machte gleichzeitig das geheime Zeichen. »Nach deiner Kleidung müsstest du ein Astronom sein, und man hat mir ausdrücklich geraten, ich solle die Astronomen meiden, da sie ein Haufen verlogener Schwindler sind, die nur ihren eigenen Stern anbeten; und deshalb spreche ich zu dir nach dem Prinzip des Gegenteils, das für uns Frauen Gesetz ist. Denn in diesem Alexandria, wo alles auf dem Kopf steht, mögen die Astronomen die ehrlichen Männer sein, da die

---

[12] Papyrus wurde aus dem Mark von Binsen hergestellt.

übrigen eindeutig Schurken sind.« Und dann, inzwischen außer Hörweite der Menge, »königlicher Harmachis, ich komme mit einer Botschaft an dich von deinem Vater A-menemhat.«

»Geht es ihm gut?«, fragte ich.

»Ja, es geht ihm gut, obwohl ihn das Warten auf den gro-ßen Moment sehr anstrengt.«

»Und seine Botschaft?«

»Es ist diese: Er schickt dir einen Gruß und mit ihm die Warnung, dass dir eine große Gefahr droht, obwohl er sie nicht genau erkennen kann. Dies sind seine Worte: ›Sei standhaft und gedeihe‹.«

Ich senkte den Kopf und die Worte lösten einen neuen Schauer der Angst in meiner Seele aus.

»Wann ist es so weit?«, fragte sie.

»Noch in dieser Nacht. – Wo gehst du hin?«

»Zum Haus des ehrenwerten Sepa, Priester von An. Kannst du mich dorthin führen?«

»Nein, ich darf nicht länger warten; es ist auch nicht klug, dass ich mit dir gesehen werde. – Halt!«, rief ich einem Las-tenträger zu, der am Kai herumlungerte, gab ihm ein Geld-stück und bat ihn, die alte Frau ins Haus von Sepa zu füh-ren.

»Lebe wohl«, flüsterte sie; »lebe wohl bis morgen. Sei standhaft und gedeihe.«

Dann drehte ich mich um und ging meinen Weg durch die überfüllten Straßen, wo die Menschen Platz für mich, den Astronomen der Kleopatra, machten, denn mein Ruhm hatte sich überall verbreitet.

Und selbst als ich ging, schienen mir eine Stimme zuzu-flüstern: *Sei standhaft, sei standhaft, sei standhaft,* bis es schließlich so war, als ob der Erdboden selbst mir seine Warnung entgegenschrie.

14. Charmions geheminisvolle Worte

Es war Nacht, und ich saß allein in meiner Kammer und wartete auf den Augenblick, in dem, wie vereinbart, Charmion mich herbeirufen sollte, um zu Kleopatra hinunterzugehen. Ich saß allein, und vor mir lag der Dolch, der sie durchbohren sollte. Er war lang und scharf, und der Griff war aus einem Sphinx aus massivem Gold geformt. Ich befragte die Zukunft, aber es kam keine Antwort. Endlich blickte ich auf, und Charmion stand vor mir – Charmion, nicht mehr fröhlich und hell, sondern blass im Gesicht und mit hohlen Augen.

»Königlicher Harmachis«, sagte sie, »Kleopatra ruft dich herbei, um ihr die Meinung der Sterne zu verkünden.«

Die Stunde hatte also geschlagen!

»Es ist gut, Charmion«, antwortete ich. »Sind alle Dinge in Ordnung?«

»Ja, mein Herr; alles ist in Ordnung: gut mit Wein versorgt bewacht Paulus die Tore, die Eunuchen sind abgezogen bis auf einen, die Legionäre schlafen, und schon liegen Sepa und seine Truppe draußen versteckt. Nichts ist vernachlässigt worden, und kein Lamm, das vor der Tür des Schlachthauses hüpft, kann ahnungsloser von dem ihm drohenden Verhängnis sein als die Königin Kleopatra.«

»Es ist gut«, sagte ich wieder; »lass uns gehen«, und ich stand auf und steckte den Dolch in den Schoß meines Gewandes. Ich nahm einen Becher mit Wein, der in der Nähe stand, und trank davon, denn ich hatte den ganzen Tag kaum etwas zu mir genommen.

»Ein Wort«, sagte Charmion eilig, »denn es ist noch Zeit: letzte Nacht – ach, letzte Nacht –« und ihr Busen hob sich, »träumte ich einen Traum, der mich seltsam verfolgt, und vielleicht hast auch du einen solchen Traum geträumt. Es war alles ein Traum, und er ist vergessen, nicht wahr, mein Herr?«

»Ja, ja«, sagte ich; »warum beunruhigst du mich so zu einer solchen Stunde?«

»Nein, ich weiß es nicht; aber heute Nacht, Harmachis, ist das Schicksal in den Wehen eines großen Ereignisses, und in seinen schmerzhaften Wehen wird es mich vielleicht in seinem Griff zermalmen – mich oder dich, oder uns beide, Harmachis. Und wenn das so ist, so möchte ich von dir hören, ehe es geschieht, dass es nur ein Traum war, und dieser Traum vergessen ist ...«

»Ja, es ist alles ein Traum,« sagte ich; »du und ich, und die feste Erde und diese schwere Nacht des Schreckens, ja, und dieses scharfe Messer – es sind das alles nur Träume, und mit welchem Gesicht wird das Erwachen kommen?«

»So bist du in derselben Stimmung wie ich, königlicher Harmachis. Wie du sagst, wir träumen; und während wir träumen, kann die Vision noch wechseln. Denn die Phantasien der Träume sind wunderbar, da sie keine Beständigkeit haben, sondern wechseln wie der dunstige Rand der Abendwolken, die mal dies, mal jenes Gebilde annehmen; die mal dunkel und schwer, mal leuchtend und voller Glanz sind. Darum, ehe wir morgen erwachen, sage mir ein Wort: Ist diese Vision der letzten Nacht, in der ich ganz beschämt zu sein schien, und du über meine Schande zu lachen schienst, eine feste Phantasie, oder kann sie vielleicht noch ihr Antlitz ändern? Denn bedenke, wenn jenes Erwachen kommt, werden die Launen unseres Schlafes unveränderlicher und beständiger sein als die Pyramiden.«

»Nein, Charmion«, erwiderte ich, »es tut mir leid, wenn ich dir wehgetan habe; aber über diese Vision kommt keine Änderung. Ich habe gesagt, wie es um mein Herz bestellt ist. Du bist meine Cousine und meine Freundin, mehr kann ich nicht für dich sein.«

»Es ist gut, es ist sehr gut«, sagte sie; »lass es vergessen sein. Und nun weiter von Traum zu Traum«, und sie lächelte mit einem solchen Lächeln, wie ich sie nie zuvor gesehen hatte; es war trauriger und schicksalhafter als jeder Stempel, den der Kummer auf die Stirn setzen kann.

Obwohl ich durch meine eigene Torheit und den Ärger in meinem Herzen geblendet war, wusste ich nicht, dass mit diesem Lächeln das Glück der Jugend für Charmion starb; die Hoffnung der Liebe floh, und die heiligen Bande der Pflicht zerbrachen. Mit diesem Lächeln weihte sie sich dem Bösen, sie verleugnete ihr Land und ihre Götter und trat ihren Schwur mit Füßen. Ja, dieses Lächeln markierte den Moment, in dem der Strom der Geschichte seinen Lauf änderte. Hätte ich es nicht auf ihrem Gesicht gesehen, hätte Octavianus nicht die Welt erobert, und Ägypten wäre wieder frei und groß geworden.

Und doch war es nur das Lächeln einer Frau!

»Warum schaust du so seltsam, Mädchen?«, fragte ich.

»Im Traum lächeln wir«, antwortete sie. »Und nun ist es an der Zeit; folge mir. Sei standhaft und gedeihe, königlicher Harmachis!« Und sie beugte sich vor, nahm meine Hand und küsste sie. Dann drehte sie sich mit einem seltsamen letzten Blick um und ging mir voraus die Treppe hinunter und durch die leeren Hallen hindurch.

In der Kammer, die Alabasterhalle genannt wird, deren Dach von Säulen aus schwarzem Marmor getragen wird, blieben wir stehen. Jenseits davon lag das Privatgemach Kleopatras, dasselbe, in dem ich sie schlafend gesehen hatte.

»Bleib hier«, sagte sie, »während ich Kleopatra von deinem Kommen unterrichte«, und sie glitt von meiner Seite.

Ich stand lange da, vielleicht eine ganze halbe Stunde, zählte meine eigenen Herzschläge und bemühte mich wie im Traum, meine Kräfte für das, was vor mir lag, zu sammeln.

Schließlich kam Charmion zurück, mit gesenktem Kopf und schwerem Gang.

»Kleopatra erwartet dich«, sagte sie. »Geh weiter, es gibt keine Wache.«

»Wo treffe ich dich, wenn das, was getan werden muss, getan ist?«, fragte ich heiser.

»Du triffst mich hier, und dann gehen wir zu Paulus. Sei fest und gedeihe, Harmachis! Lebe wohl!«

Und so ging ich; aber am Vorhang drehte ich mich plötzlich um, und da sah ich mitten in dem einsamen, lamellenbeleuchteten Saal einen seltsamen Anblick. Weit weg, so dass das Licht voll auf sie fiel, stand Charmion, den Kopf zurückgeworfen, die weißen Arme ausgestreckt, als wollte sie jemanden umarmen, und auf ihrem mädchenhaften Gesicht lag ein Ausdruck qualvoller Leidenschaft, so furchtbar anzusehen, dass ich es nicht in Worte fassen kann! Denn sie glaubte, dass ich, den sie liebte, in den Tod ginge, und dies war ihr letztes Lebewohl an mich.

Aber ich wußte nichts davon, und so zog ich mit einem weiteren Anflug von Verwunderung die Vorhänge beiseite, trat durch die Tür und stand in Kleopatras Gemach. Und dort, auf einer seidenen Couch am anderen Ende des duftenden Gemachs, ruhte Kleopatra, gekleidet in ein wunderbares weißes Gewand. In der Hand hielt sie einen juwelenbesetzten Fächer aus Straußenfedern, mit dem sie sich sanft Luft zufächelte, und neben ihr stand ihre Harfe aus Elfenbein und ein kleines Tischchen, auf dem Feigen und Kelche und eine Flasche mit rubinrotem Wein standen. Langsam näherte ich mich durch das sanfte Dämmerlicht dem Ort, wo das Weltwunder in seiner ganzen glühenden Schönheit lag. Und in der Tat, ich habe sie nie so schön gesehen wie in dieser verhängnisvollen Nacht. In ihren bernsteinfarbenen Kissen liegend, schien sie zu leuchten wie ein Stern in der Dämmerung. Parfüm kam von ihren Haaren und Gewändern, Musik fiel von ihren Lippen, und in ihren himmlischen Augen hatten sich Lichter wie von einer Opalscheibe versammelt.

Und das war die Frau, die ich bald töten musste!

Langsam näherte ich mich und verbeugte mich, aber sie

beachtete mich nicht. Sie lag da, und der Juwelenfächer schwebte hin und her wie der helle Flügel eines schwebenden Vogels.

Endlich stand ich vor ihr, und sie blickte auf, das Straußengefieder an ihre Brust gepresst, als wollte sie ihre Schönheit verbergen.

»Nun, Freund; bist du gekommen?«, sagte sie. »Es ist gut; denn ich bin hier sehr einsam geworden. Nein, es ist eine ermüdende Welt! Wir kennen so viele Gesichter, und es sind so wenige, die wir gern sehen. Nun, steh nicht so stumm da, sondern setz dich.« Und sie wies mit ihrem Fächer auf einen geschnitzten Stuhl, der neben ihren Füßen stand.

Noch einmal verbeugte ich mich und nahm den Platz ein.

»Ich habe dem Wunsch der Königin gehorcht«, sagte ich, »und mit viel Sorgfalt und Geschick die Lektionen der Sterne ausgearbeitet; und hier ist die Aufzeichnung meiner Arbeit. Wenn die Königin es erlaubt, werde ich es ihr erläutern.« Und ich erhob mich, um um die Couch herumzugehen und ihr, während sie las, in den Rücken zu stechen.

»Nein, Harmachis«, sagte sie leise, und mit einem langsamen und lieblichen Lächeln. »Bleib, wo du bist, und gib mir die Schrift. Bei Serapis, dein Gesicht ist zu schön, als dass ich es aus den Augen verlieren möchte!«

Um meinen Plan gebracht, konnte ich nichts anderes tun, als ihr den Papyrus zu reichen, wobei ich mir dachte, dass ich, während sie las, plötzlich aufstehen und den Dolch in ihr Herz stoßen würde. Sie nahm den Papyrus und berührte dabei meine Hand. Dann tat sie so, als würde sie lesen. Aber sie las kein Wort, denn ich sah, dass ihre Augen über den Rand der Schriftrolle auf mich gerichtet waren.

»Warum steckst du deine Hand in dein Gewand?«, fragte sie gleich darauf; denn in der Tat umklammerte ich den Griff des Dolches. »Ist dein Herz aufgewühlt?«

»Ja, o Königin«, sagte ich, »es schlägt heftig.«

Sie gab keine Antwort, sondern tat wieder so, als ob sie lesen würde, beobachtete mich aber die ganze Zeit.

Ich beriet mich mit mir selbst. Wie sollte ich die abscheuliche Tat vollbringen? Wenn ich mich jetzt auf sie stürzte, würde sie mich sehen und schreien und kämpfen. Nein, ich musste eine andere Gelegenheit abwarten.

»Die Vorhersagen sind also günstig, Harmachis?«, fragte sie schließlich, obwohl sie es bereits wissen musste.

»Ja, o Königin«, antwortete ich.

»Es ist gut«, sagte sie und warf die Schrift auf den Marmorboden. »Die Schiffe sollen segeln. Denn, ob gut oder schlecht, ich bin es leid, Chancen abzuwägen.«

»Es ist eine ernste Sache, o Königin«, sagte ich. »Ich wil zeigen, auf welchen Umstand ich meine Prognose stütze.«

»Nein, nicht so, Harmachis; ich bin der Wege der Sterne überdrüssig geworden. Du hast geweissagt; das ist mir genug; denn, da du zweifellos ehrlich bist, hast du auch ehrliche Worte geschrieben. Darum erspar dir deine Gründe, und lass uns fröhlich sein. Was sollen wir tun? Ich könnte vor dir tanzen – es gibt keine, die so gut tanzen kann wie ich –, aber es wäre kaum königlich. Nein, ich hab's. Ich werde singen.« Und sie beugte sich vor, erhob sich und schlug mit der Harfe, die sie zu sich neigte, einige Akkorde an. Dann brach ihre tiefe Stimme in ein perfektes und sehr süßes Lied aus.

Und so sang sie:

»Nacht auf dem Meer und Nacht am Himmel, und Musik in unseren Herzen, wir schwebten dort, umgeben von den leisen Meeresstimmen, du und ich, mit den Küssen des Windes in meinem wolkenverhangenen Haar, und du sahst mich an und nanntest mich schön, umhüllt von dem sternenklaren Gewand der Nacht, und dann erklang dein Gesang in der Luft, Stimme der Herzenslust und der Liebesfreude.

Wir bewegen uns mit allen Sonnen, mit allen Meeren, gebunden oder frei, Erde, Himmel und Meer, und dein Herz treibt wei-

ter zu mir, und nur die Zeit steht still. Zwischen zwei Ufern des Todes treiben wir dahin, zurück bleiben Dinge, die vergessen sind, während die schnelle Flut uns zu Ländern treibt, die man nicht kennt. Oben ist der Himmel weit und kalt, unten spült das stöhnende Meer über die alte Liebe hinweg, aber du, o Liebster, jetzt küsse mich.

Ach, einsam sind die Wege des Ozeans, gefährlich die Tiefen, zerbrechlich das Boot, wenn es über die Meere streibt. Ach, müh dich nicht mehr an Segel und Ruder, wir treiben dahin, gebunden oder frei. Am fernen Ufer die Brandung tobt, aber du, o Liebster, jetzt küsse mich.

Und immer, wenn du sangst, näherte ich mich, und hörte dein Herz in plötzlicher Stille schlagen, nun war ein Ende des Zweifels und der Angst, nun erfüllte die Leidenschaft meine Seele und führte mich, und still erhobst du dich, um mir deine Liebe zu geben, mir, die ich, an deine Brust gesunken, nichts außer dir kannte, und in der glücklichen Nacht küsste ich dich, Süßer, ach, Süßer, küsste ich dich zwischen dem Sternenlicht und dem Meer.«

Die letzten Echos ihrer reichen Töne schwebten durch die Kammer und verklangen langsam; aber in meinem Herzen rollten sie weiter und weiter. Ich hatte unter den Sängerinnen in Abouthis Stimmen gehört, die vollkommener waren als die Stimme von Kleopatra, aber nie hörte ich eine, die so ergreifend und süß in den Honigtönen der Leidenschaft war. Und in der Tat war es nicht die Stimme allein, es war die überragende Anmut und Lieblichkeit dieser königlichen Frau, die sie sang. Denn während sie sang, schien es mir, als würden wir beide tatsächlich allein mit der Nacht auf dem sternenklaren Sommermeer treiben. Und als sie aufhörte, die Harfe zu berühren, und, sich erhebend, plötzlich die Arme nach mir ausstreckte, und mit den letzten tiefen Tönen des Liedes, die noch auf ihren Lippen bebten, das Wunder ihrer Augen auf meine Augen fallen ließ, zog sie mich fast zu sich. Aber ich besann mich, und hielt an mich.

»Hast du denn kein Wort des Dankes für meinen armen Gesang, Harmachis?«, fragte sie schließlich.

»Ja, o Königin«, antwortete ich, sehr leise sprechend, denn meine Stimme war erstickt; »aber deine Lieder sind nicht gut für die Söhne der Menschen zu hören – wahrlich, sie überwältigen mich!«

»Nein, Harmachis, du brauchst keine Angst zu haben«, sagte sie leise lachend, »denn ich weiß, wie weit deine Gedanken von der Schönheit der Frau und der allgemeinen Schwäche deines Geschlechts entfernt sind. Mit kaltem Eisen können wir sicher spielen.«

Ich dachte bei mir, dass das kälteste Eisen zur weißesten Hitze gebracht werden konnte, wenn das Feuer heftig genug war. Aber ich sagte nichts, und obwohl meine Hand zitterte, griff ich noch einmal nach dem Dolch. In wilder Angst vor meiner eigenen Schwäche machte ich mich daran, ein Mittel zu finden, sie zu töten, solange ich noch bei Sinnen war.

»Komm hierher, Harmachis«, fuhr sie mit ihrer sanften Stimme fort. »Komm, setz dich zu mir, und wir wollen miteinander reden; denn ich habe dir viel zu erzählen«, und sie machte mir auf dem seidenen Sitz neben ihr Platz.

Und ich, der ich glaubte, so schneller zuschlagen zu können, erhob mich und setzte mich ein wenig entfernt von ihr auf das Ruhelager, während sie den Kopf zurückwarf und mich mit ihren umschleierten Augen anschaute.

Jetzt war meine Gelegenheit, denn ihre Kehle und ihre Brust waren entblößt, und mit einer gewaltigen Anstrengung hob ich noch einmal meine Hand, um den Dolchgriff zu ergreifen. Aber, schneller als gedacht, fing sie meine Finger mit ihren eigenen und hielt sie sanft fest.

»Warum schaust du so wild, Harmachis?«, fragte sie. »Bist du krank?«

»Ja, in der Tat bin ich krank!«, keuchte ich.

»Dann lehne dich an die Kissen und ruhe dich aus«, antwortete sie, immer noch meine Hand haltend, aus der die Kraft geflohen war. »Der Anfall wird sicher vorübergehen. Zu lange hast du dich mit deinen Sternen abgemüht. Wie herrlich weich ist die Nachtluft, die aus dem Fenster dort drüben strömt, schwer vom Hauch der Lilien! Horch auf das Flüstern des Meeres, das gegen die Felsen plätschert, das, obwohl schwach, doch so stark ist, dass es das schnelle, kühle Fallen des Wassers im Brunnen fast übertönt. Höre die Nachtigall; wie süß singt sie aus vollem Herzen der Liebe ihre Botschaft an ihren Liebsten! Wahrlich, es ist eine schöne Nacht, und am schönsten ist die Musik der Natur, gesungen mit hundert Stimmen von Wind und Bäumen und Vögeln und des Meeres raunenden Lippen, und alles im Einklang miteinander. Höre zu, Harmachis: Ich habe etwas über dich erfahren. Auch du bist aus einem königlichen Geschlecht; kein gemeines Blut fließt in deinen Adern. Ein solcher Spross kann nur aus dem Stamm der Fürsten entspringen. – Was siehst du auf das Blatt auf meiner Brust? Es wurde dort eingestochen zu Ehren des großen Osiris, den ich wie du verehre. – Sieh her!«

»Lass mich fort«, stöhnte ich und bemühte mich, aufzustehen; aber meine ganze Kraft war dahin.

»Nein, noch ein Weilchen. Du willst mich noch nicht verlassen? Harmachis, hast du nie geliebt?«

»Nein, nein, o Königin! Was habe ich mit der Liebe zu schaffen? Lass mich von hinnen! Ich bin ohnmächtig, ich bin verloren!«

»Niemals geliebt zu haben – das ist seltsam! Niemals ein Frauenherz kennengelernt zu haben, das ganz im Einklang mit dir schlug – niemals die Augen deiner Angebeteten gesehen zu haben, die von Tränen der Leidenschaft durchflutet waren, als sie ihr Gelübde an deiner Brust seufzte! Niemals geliebt zu haben, heißt niemals gelebt zu haben, Harmachis!«

Und während sie diese Worte flüsterte, kam sie mir immer näher, bis sie schließlich mit einem langen, süßen Seufzer einen Arm um meinen Hals schlang und mich mit blauen, unergründlichen Augen ansah und ihr dunkles, leises Lächeln lächelte, das, wie eine sich öffnende Blume, eine hinter Schönheit verborgene Schönheit offenbarte. Näher beugte sie ihre königliche Gestalt, und noch näher – jetzt spielte ihr duftender Atem auf meinem Haar, und jetzt trafen ihre Lippen die meinen.

Und wehe mir! In diesem Kuss, tödlicher und stärker als die Umarmung des Todes, waren vergessen Isis, meine himmlische Hoffnung, Eide, Ehre, Land, Freunde, alle Dinge – alle Dinge außer Kleopatra, die mich mit ihren Armen umfing und mich ihren Herrn und Liebhaber nannte.

»Nun versprich mir«, seufzte sie, »versprich mir einen Becher Wein als Zeichen deiner Liebe.«

Ich nahm den Becher und tat einen tiefen Zug, – und ich bemerkte zu spät, dass der Wein vergiftet war!

Ich fiel auf das Ruhebett, und obwohl ich noch im Besitz meiner Sinne war, konnte ich weder sprechen noch aufstehen.

Aber Kleopatra beugte sich über mich und zog den Dolch aus meinem Gewand.

»Ich habe gewonnen!«, rief sie und warf ihr Haar zurück.

»Ich habe gewonnen, und für den Einsatz von Ägypten war es ein Spiel, das es wert war, gespielt zu werden! Mit diesem Dolch wolltest du mich also töten, o mein königlicher Rivale, dessen Myrmidonen sich schon vor meinem Palasttor versammelt haben? Bist du noch wach? Nun, was hindert mich, ihn dir in dein Herz zu stoßen?«

Ich hörte es und deutete schwach auf meine Brust, denn ich wollte gerne sterben. Sie richtete sich zu ihrer ganzen königlichen Größe auf, und das große Messer glitzerte in ihrer Hand. Es kam herunter, bis seine Schneide in mein Fleisch stach.

»Nein«, rief sie dann und warf den Dolch von sich, »zu

148

sehr mag ich dich! Es wäre schade, einen solchen Mann zu töten! Ich schenke dir dein Leben. Lebe weiter, verlorener Pharao! Lebe weiter, armer gefallener Prinz, der durch den Witz eines Weibes verdammt wurde! Lebe weiter, Harmachis – um meinen Triumph zu schmücken!«

Dann wurde es dunkel um mich, und in meinen Ohren hörte ich nur den Gesang der Nachtigall, das Rauschen des Meeres und die Musik von Kleopatras Siegeslachen. Und als ich versank, folgte mir der Klang dieses leisen Lachens in das Land des Schlafes, und es verfolgte mich durch das Leben und es verfolgt mich noch bis in den Tod.

15. Das Antlitz des Todes

Endlich erwachte ich wieder und fand mich in meinem eigenen Gemach. Ich richtete mich auf. Sicherlich hatte ich nur geträumt? Es konnte nur ein Traum gewesen sein? Es konnte nicht sein, dass ich erwachte, um mich als Verräter zu erkennen! Dass die Gelegenheit für immer vorbei war! Dass ich die Sache verraten hatte und dass diese tapferen Männer, angeführt von meinem Onkel, letzte Nacht vergeblich am äußeren Tor gewartet hatten! Dass Ägypten von Abu bis Athu auch jetzt noch wartete – vergeblich wartete! Nein, was auch immer sonst sein mochte, das konnte nicht sein! Oh, es war nur ein furchtbarer Traum, den ich geträumt hatte! Ein zweiter solcher Traum würde einen Mann umbringen. Es wäre besser zu sterben, als eine weitere Vision aus der Hölle zu erleben. Doch wenn es auch nur eine hässliche Phantasie eines überanstrengten Geistes war, – wo war ich jetzt? Ich sollte in der Alabasterhalle sein und warten, bis Charmion kam.

Wo war ich? Und o ihr Götter, was war das schreckliche Ding, dessen Gestalt die eines Menschen war? Das Ding, das in blutbeflecktes Weiß gehüllt war und in einem scheußlichen Haufen am Fuße des Ruhebettes kauerte, auf dem ich zu liegen schien?

Ich sprang mit einem Schrei darauf zu, wie ein Löwe springt, und schlug mit all meiner Kraft zu. Der Schlag traf schwer, und unter seinem Gewicht rollte das Ding auf die Seite. Halb wahnsinnig vor Schrecken riss ich die weiße Decke weg, und da lag der nackte Körper eines Mannes, mit gefesselten Knien unter dem hängenden Kiefer, und dieser Mann war der römische Hauptmann Paulus! Da lag er, mit einem Dolch im Herzen – meinen Dolch, dessen Griff die Form eines goldenen Sphinx hatte – und mit der Klinge war an seine breite Brust eine Schriftrolle geheftet, und auf der Schriftrolle stand etwas in römischer Schrift. Ich näherte mich und las, was dort stand: »Harmachis sei gegrüßt! Ich bin der, den du bestechen wolltest. Lerne daraus, was mit Verrätern geschieht!«

Krank und ohnmächtig taumelte ich vor dem Anblick des Leichnams zurück; taumelte zurück, bis ich gegen die Mauer stieß, während draußen die Vögel dem Tag einen fröhlichen Gruß sangen. Es war also kein Traum, und ich war verloren! Verloren!

Ich dachte an meinen alten Vater, Amenemhat. Ja, die Vision von ihm blitzte in meinem Geist auf, wie er sein würde, wenn sie kamen, um ihm von der Schande seines Sohnes und dem Ruin all seiner Hoffnungen zu berichten. Ich dachte an den patriotischen Priester, meinen Onkel Sepa, der die ganze lange Nacht auf das Signal gewartet hatte, das nie kam. Ah, und ein anderer Gedanke folgte schnell! Wie würde es mit ihnen weitergehen? Ich war nicht der einzige Verräter. Auch ich war verraten worden. Von wem? Von jenem Paulus vielleicht? Wenn es Paulus war, wusste er nur wenig von denen, die sich mit mir verschworen hatten. Aber die geheimen Listen waren in meinem Gewand gewesen. O Osiris, sie waren fort, und das Schicksal von Paulus würde das Schicksal aller Patrioten in Ägypten sein! Und bei diesem Gedanken schwand mir die Besinnung. Ich sank ohnmächtig zu Boden.

Als meine Sinne zurückkehrten, sagten mir die länger werdenden Schatten, dass es Nachmittag geworden war. Ich taumelte auf die Füße; der Leichnam von Paulus lag noch immer da und hielt eine schreckliche Wache über mich. Ich rannte verzweifelt zur Tür. Sie war vergittert, und von draußen hörte ich die Schritte der Wächter. Während ich noch lauschend dastand, wurden die Riegel zurückgeschoben, die Tür öffnete sich, und strahlend schön, in königlichem Gewand, erschien Kleopatra. Sie war allein, und die Tür wurde hinter ihr geschlossen. Ich stand da in meiner Verzweiflung; aber sie trat näher, bis sie mir gegenüberstand.

»Sei gegrüßt, Harmachis«, sagte sie lieblich lächelnd. »So, mein Bote hat dich also gefunden!« Und sie zeigte auf den Leichnam des Paulus. »Pah! Er hat ein hässliches Aussehen. He! Wachen!«

Die Tür wurde geöffnet, und zwei bewaffnete Gallier traten über die Schwelle.

»Nehmt dieses Aas weg«, sagte Kleopatra, »und werft es den Vögeln zum Fraß vor. Halt, zieht zuerst den Dolch aus seiner Verräterbrust!« Die Männer verneigten sich tief, und das Messer, rostrot vom Blut, wurde aus dem Herzen des Paulus gezogen und auf den Tisch gelegt. Dann packten sie ihn bei Kopf und Körper und trugen ihn von dannen, und ich hörte ihre schweren Schritte, als sie ihn die Treppe hinunterschleppten.

»Mir scheint, Harmachis, du bist in einer schlimmen Lage«, sagte Kleopatra, als der Klang der Schritte verklungen war. »Wie seltsam sich doch das Rad des Schicksals dreht! Ohne diesen Verräter«, und sie nickte in Richtung der Tür, durch die der Leichnam des Paulus fortgetragen worden war, »würde ich jetzt so schlecht anzusehen sein wie er, und der rote Rost auf dem Messer dort wäre aus *meinem* Herzen gerissen worden sein.«

Es war also Paulus, der mich verraten hatte.

»Ja«, fuhr sie fort, »als du letzte Nacht zu mir kamst, wusste ich, dass du gekommen bist, um mich zu töten. Als du deine Hand immer wieder in dein Gewand stecktest, wußte ich, dass sie einen Dolchgriff umfasste, und dass du deinen Mut zu der Tat sammeltest, die zu tun du wenig Freude hattest. Oh, es war eine seltsame, wilde Stunde, die es wert war, gelebt zu werden, und ich fragte mich von Augenblick zu Augenblick, wer von uns beiden siegen würde, während wir List mit List und Kraft mit Kraft maßen! Ja, Harmachis, die Wachen gehen vor deiner Tür auf und ab, aber lass dich nicht täuschen. Wüsste ich nicht, dass ich dich mit Fesseln an mich binde, die stärker sind als Gefängnisketten – wüsste ich nicht, dass ich durch einen Ehrenzaun, der für dich schwerer zu überwinden ist als alle Speere meiner Legionen, vor Unheil durch deine Hände geschützt bin, wärst du schon tot, Harmachis. Siehst du, hier ist dein Messer«, und sie reichte mir den Dolch; »nun töte mich, wenn du kannst«, und sie trat heran, riss ihr Kleid über der Brust auf und stand mit ruhigen Augen da und wartete.

»Du kannst mich nicht töten«, fuhr sie fort; »denn es gibt Dinge, die, wie ich wohl weiß, kein Mann – kein Mann, wie du es bist – tun kann; und das Ummöglichste davon ist – die Frau zu erschlagen, die ihm ganz gehört. Nein, zügle deine Hand! Wende den Dolch nicht gegen deine Brust, denn wenn du mich nicht töten kannst, um wieviel mehr kannst du dich selbst nicht töten, du geweihter Priester der Isis! Hast du es so eilig, der empörten Majestät in Amenti gegenüberzutreten? Mit welchen Augen, denkst du, wird die himmlische Mutter auf ihren Sohn schauen, der, in allen Dingen beschämt und sein heiligstes Gelübde verleugnend, mit seinem Lebensblut an den Händen kommt, um sie zu begrüßen? Wo wird dann der Ort für deine Sühne sein – wenn du überhaupt sühnen kannst!«

Da konnte ich nicht mehr es ertragen, denn mein Herz

war gebrochen. Ach, es war zu wahr – ich konnte nicht sterben! Ich war so weit gekommen, dass ich nicht einmal zu sterben wagte! Ich warf mich auf das Lager und weinte – weinte Tränen des Blutes und der Qualen.

Aber Kleopatra kam zu mir, setzte sich neben mich und versuchte, mich zu trösten, indem sie ihre Arme um meinen Hals warf.

»Nein, Lieber, sieh auf«, sagte sie, »es ist nicht alles für dich verloren, und ich bin nicht zornig auf dich. Wir haben ein mächtiges Spiel gespielt; aber, wie ich dich gewarnt habe, musste ich die Magie einer Frau gegen die deinige stellen, und ich habe gesiegt. Aber ich will offen zu dir sein. Sowohl als Königin als auch als Frau hast du mein Mitleid – ja, und mehr; ich will dich nicht im Kummer versinken sehen. Es war gut und richtig, dass du danach gestrebt hast, den Thron deiner Väter und die alte Freiheit Ägyptens zurückzugewinnen. Ich selbst habe als rechtmäßige Königin das Gleiche getan und bin auch nicht vor der Tat zurückgeschreckt, auf die ich vereidigt wurde. Darin also hast du mein Mitgefühl, das stets dem Großen und Kühnen gehört. Es ist auch gut, dass du über die Größe deines Falles trauerst. Darin hast du meine Mitgefühl als Frau – als liebende Frau. Noch ist nicht alles verloren. Dein Plan war töricht – denn Ägypten kann niemals allein bestehen; – auch wenn du die Krone und das Land gewonnen hättest – was dir zweifelsohne hätte gelingen können –, so war doch mit den Römern zu rechnen. Und was deine Hoffnung angeht, so lerne dies: Ich bin wenig gekannt. Es gibt kein Herz in diesem weiten Land, das mit einer wahrhaftigeren Liebe für das alte Khem schlägt, als das meine – nein, nicht dein eigenes, Harmachis. Dennoch war ich nicht Herrin meines Willens – Kriege, Rebellionen, Neid, Intrigen haben mich von allen Seiten eingeengt, so dass ich meinem Volk nicht so dienen konnte, wie ich es wollte. Aber du, Harmachis, sollst mir zeigen, wie ich es tun kann. Du sollst mein Ratgeber sein und mein Geliebter. Ist es eine Kleinigkeit, Harmachis, das Herz der Kleopatra gewonnen zu haben, das Herz – pfui –, das du gerne zum Schweigen gebracht hättest? Ja, du wirst mich mit meinem Volk vereinen, und wir werden gemeinsam regieren und so das neue Reich und das alte und den neuen Gedanken und den alten in einem verbinden. So wirken alle Dinge zum Guten – ja, zum Besten: und so sollst du auf einem anderen und sanfteren Weg zum Thron des Pharao aufsteigen.

Sieh dies, Harmachis: Dein Verrat soll so gut wie möglich verhüllt werden. War es denn deine Schuld, dass ein römischer Schurke deine Pläne verriet? Dass du darauf betäubt wurdest, deine geheimen Papiere gestohlen und ihr Schlüssel erraten wurden? Ist es denn deine Schuld, dass das große Komplott zerbrochen ist und die, die es schmiedeten, zerstreut wurden, dass du, immer noch deinem Vertrauen treu, mit den Mitteln, die die Natur dir gab, gedient und das Herz der ägyptischen Königin gewonnen hast, damit du durch ihre sanfte Liebe doch noch dein Ziel erreichen und deine Flügel der Macht über das Land des Nils ausbreiten kannst? Bin ich eine schlechte Ratgeberin, was denkst du, Harmachis?«

Ich hob den Kopf, und ein Hoffnungsschimmer kroch in die Dunkelheit meines Herzens; denn wenn Menschen fallen, greifen sie nach Strohhalmen. Dann sprach ich zum ersten Mal: »Und die, die bei mir waren – die, die mir vertraut haben – was ist mit denen?«

»Du denkst an Amenemhat, deinen Vater, den greisen Priester von Abouthis; und an Sepa, deinen Onkel, diesen feurigen Patrioten, dessen großes Herz sich unter einer so gewöhnlichen Hülle verbirgt; und –«

Ich dachte, sie würde Charmion erwähnen, aber sie tat es nicht.

»– und viele andere – oh, ich kenne sie alle!«

»Ja! Was ist mit ihnen?«, fragte ich.

»Höre, Harmachis«, antwortete sie, stand auf und legte ihre Hand auf meinen Arm, »um deinetwillen will ich ihnen Barmherzigkeit erweisen. Ich werde nicht mehr tun, als getan werden muss. Ich schwöre bei meinem Thron und bei allen Göttern Ägyptens, dass ich deinem alten Vater kein einziges Haar krümmen werde; und wenn es nicht zu spät ist, werde ich auch deinen Onkel Sepa und die anderen verschonen. Ich will sie alle verschonen, außer die Hebräer, denn die hasse ich.«

»Es gibt keine Hebräer«, sagte ich.

»Das ist gut«, sagte sie, »nie jemals werde ich einen Hebräer schonen. Bin ich also wirklich ein so grausames Weib, wie man sagt? In deiner Liste, Harmachis, waren viele zum Tode verurteilt; und ich habe nur das Leben eines römischen Schurken genommen, eines doppelten Verräters, denn er hat sowohl mich als auch dich verraten. Bist du nicht überwältigt, Harmachis, von dem Gewicht der Barmherzigkeit, die ich dir schenke, weil – so sind die Gründe einer Frau – du mir gefällst, Harmachis? Nein, bei Serapis!«, fügte sie mit einem kleinen Lachen hinzu, »ich werde meine Meinung ändern; ich werde dir nicht so viel umsonst geben. Du sollst es mir abkaufen, und der Preis soll sein – dass du mich küsst, Harmachis.«

»Nein«, sagte ich und wandte mich von der schönen Verführerin ab, »der Preis ist zu hoch; ich küsse nicht mehr.«

»Denk an dich«, antwortete sie mit einem schweren Stirnrunzeln. »Bedenke dich und wähle. Ich bin nur eine Frau, Harmachis, und eine, die nicht gewohnt ist, vor Männern zu klagen. Tu, was du willst; aber dies sage ich dir – wenn du mich verschmähst, werde ich die Barmherzigkeit, die ich erteilt habe, wieder zurücknehmen. Darum, tugendhaftester Priester, wähle zwischen der schweren Last meiner Liebe und dem schnellen Tod deines alten Vaters und all derer, die sich mit ihm verschworen haben.«

Ich blickte sie an und sah, dass sie wütend war, denn ihre

Augen leuchteten und ihr Busen hob sich. Da seufzte ich und küsste sie und besiegelte damit meine Schande.

Danach lächelte sie wie die triumphierende Aphrodite der Griechen und ging von dannen, den Dolch mit sich tragend.

Ich wußte damals noch nicht, wie sehr ich verraten worden war, und warum ich noch den Atem des Lebens schöpfen durfte; warum also Kleopatra, die Tigerherzige, gnädig gewesen war. Ich wusste nicht, dass sie sich fürchtete, mich zu töten, damit – denn so stark war das Komplott und so schwach ihr Halt auf dem Throne – der Tumult, der auf die Nachricht von meiner Ermordung eintreten könnte, sie nicht vom Thron stürzen würde – selbst dann, wenn ich nicht mehr lebte. Ich wußte nicht, dass sie nur aus Furcht denjenigen, die ich verraten hatte, Gnade erwies, und dass sie nur aus Berechnung und nicht um der Liebe willen – obwohl sie mich in Wahrheit durchaus mochte – mich mit allen Fasern meines Herzens an sich binden wollte. Und doch will ich dies zu ihren Gunsten sagen, dass sie selbst dann, als sich die Gefahrenwolken von ihrem Haupt verzogen hatten, ihrem Versprechen treu blieb; denn außer Paulus und einem anderen erlitt keiner die Todesstrafe für seinen Beteiligung an dem großen Komplott gegen Kleopatras Krone und Dynastie. Aber sie erlitten viele andere Dinge.

Und so ging sie davon und ließ die Vision ihrer Herrlichkeit zurück, die mit der Scham und dem Kummer in meinem Herzen rangen. Oh, bitter waren die Stunden, die kein Gebet mehr erhellte. Denn die Verbindung zwischen mir und dem Göttlichen war zerrissen, und Isis sprach nicht mehr mit ihrem Priester. Bitter waren die Stunden und dunkel, doch durch ihre Dunkelheit leuchteten immer die sternenklaren Augen Kleopatras und erklang das Echo ihrer Liebesworte, die sie mir zuflüsterte. Denn noch war der Kelch des Kummers nicht voll. Die Hoffnung verweilte noch in meinem Herzen, und ich konnte fast glauben, dass ich nur an einem höheren Ziel gescheitert war, aber in den Tiefen des Ruins einen anderen und blumigeren Weg zum Triumph finden würde.

Denn so betrügen sich die Sünder selbst, indem sie versuchen, die Last ihrer bösen Taten auf den Rücken des Schicksals zu legen, und glauben, aus ihrer Schlechtigkeit könne Gutes entstehen, und ihr Gewissen mit dem Vorwand der Notwendigkeit betäuben. Aber es kann nichts nützen, denn Hand in Hand stürzen Reue und Ruin den Pfad der Sünde hinunter, und wehe dem, dem sie folgen! Ja, und wehe mir, der ich von allen Sündern der Schlimmste bin!

16. Der Hohn der Charmion

Elf Tage lang war ich in meiner Kammer gefangen; ich sah niemanden außer den Wachen an meinen Türen, den Sklaven, die mir schweigend Essen und Trinken brachten, und Kleopatra selbst, die ständig kam. Aber obwohl ihre Worte der Liebe viele waren, wollte sie mir nichts davon erzählen, wie es draußen stand. Ihre Stimmungen waren wechselnd – mal fröhlich und lachend, mal voll weiser Gedanken und Reden, mal eine leidenschaftliche, feinfühlende Frau; und in jeder Stimmung entdeckte ich neue Reize an ihr. Oft sprach sie darüber, wie ich ihr helfen sollte, Ägypten groß zu machen, die Bürde des Volkes erträglicher zu machen und die römischen Adler zu verscheuchen. Und obwohl ich anfangs kaum zuhörte, wenn sie so sprach, folgte mein Geist langsam, während sie mich immer enger in ihr Netz einwickelte, dem ihren. Dann öffnete auch ich mein Herz ein wenig und erzählte ihr auch etwas von den Plänen, die ich für Ägypten geschmiedet hatte. Sie schien freudig zuzuhören, wog alles ab und sprach von Mitteln und Methoden, wie sie den Glauben reinigen, die alten Tempel befestigen und den Göttern neue errichten würde. Und immer tiefer schlich sie sich so in mein Herz, bis ich sie schließlich, nachdem alles andere von mir gewichen war, mit der ganzen unverbrauchten Leidenschaft meiner schmerzenden Seele lieben lernte. Mir blieb nichts als Kleopatras Liebe, und ich wickelte mein Leben um sie und brütete über sie wie eine Witwe über ihr einziges Kind. Und so wurde die Urheberin meiner Schande mein Ein und Alles, meine Geliebte, und ich liebte sie mit einer verzehrenden Liebe, die wuchs und wuchs, bis sie die Vergangenheit zu verschlingen und die Gegenwart zu einem Traum zu machen schien. Denn sie hatte mich erobert, sie hatte mich meiner Ehre beraubt und mich bis zu den Lippen in Schande getaucht, und ich, armer gefallener, verblendeter Wicht, ich küsste die Rute, die mich schlug, und war ihr hingegebener Sklave.

Selbst jetzt, in Träumen, die immer noch kommen, wenn der Schlaf das geheime Herz aufschließt und seine Schrecken frei durch die geöffneten Hallen der Gedanken streifen lässt, sehe ich ihre königliche Gestalt, wie ich sie einst sah, ihre ausgestreckten Arme, die mich umfingen, das leuchtende Licht der Liebe in ihren Augen, die geöffneten Lippen und die fließenden Locken, und auf ihrem Gesicht den Ausdruck äußerster Zärtlichkeit, wie nur sie ihn tragen konnte. Ja, noch immer, nach all den Jahren, sehe ich sie kommen, wie sie einst kam, und noch immer erwache ich und erkenne – die unaussprechliche Lüge!

Und so kam sie eines Tages. Sie sei zu mir geeilt, sagte sie, von dem großen Rat, der wegen der Kriege des Antonius in Syrien einberufen worden war, und sie kam, wie sie den Rat verlassen hatte, in all ihren Staatsgewändern, das Zepter in der Hand und auf der Stirn das Uräus-Diadem aus Gold. Da saß sie vor mir und lachte; denn sie hatte den Gesandten, denen sie im Rat Audienz gewährte, gesagt, sie sei durch eine plötzliche Botschaft aus Rom von ihnen abberufen worden; und der Scherz schien sie zu belustigen. Plötzlich erhob sie sich, nahm das Diadem von ihrer Stirn und setzte es auf mein Haar, legte ihren königlichen Mantel um meine Schultern, und in meine Hand das Zepter, und beugte das Knie vor mir. Dann lachte sie wieder, küsste mich auf die Lippen und sagte, ich sei wirklich ihr König. Aber ich erinnerte mich daran, wie ich in den Hallen von Abouthis gekrönt worden war, und ich erinnerte mich auch an den Rosenkranz, dessen Geruch mich noch immer verfolgte, stand auf, bleich vor Zorn, warf den Schmuck von mir und fragte, wie sie es wagen könnte, mich zu verspotten – ihren eingesperrten Vogel. Und ich glaube, das war es, was sie an mir erschreckte, denn sie wich zurück.

»Nein, Harmachis«, sagte sie, »sei nicht zornig! Warum denkst du, dass ich dich verspotte? Warum denkst du, dass du nicht in Tat und Wahrheit Pharao sein sollst?«

»Was meinst du?«, sagte ich. »Willst du mich denn vor den Augen ganz Ägyptens heiraten? Wie sonst könnte ich Pharao werden?«

Sie schlug die Augen nieder. »Vielleicht, mein Lieber, habe ich die Absicht, dich zu heiraten«, sagte sie sanft. »Hör zu«, fuhr sie fort: »Du wirst blass hier in diesem Gefängnis, und du isst zu wenig. Sei mir nicht böse! Ich weiß es von den Sklaven. Ich habe dich hier behalten, Harmachis, weil du mir so teuer bist; und um deiner selbst willen und deiner Ehre wegen musst du immer noch als mein Gefangener erscheinen. Sonst würdest du entehrt und ermordet werden. Aber ich kann dich hier nicht mehr treffen! Darum werde ich dich morgen frei lassen, und du sollst wieder am Hofe als mein Astronom erscheinen. Als Grund werde ich angeben, dass du dich selbst von allem Verdacht gereinigt hast, und außerdem, dass deine Weissagungen über den Krieg eingetroffen sind – was tatsächlich der Fall ist, obwohl ich keinen Grund habe, dir dafür zu danken, da du deine Prophezeiungen deinen Plänen angepasst hast. Nun lebe wohl; denn ich muss zu den finsteren Gesandten zurückkehren;

und werde nicht so plötzlich zornig, Harmachis, denn wer weiß, was zwischen dir und mir geschehen mag?«

Und mit einem kleinen Nicken ging sie, wobei sie mir den Eindruck hinterließ, dass sie sich in ihrem Herzen mit der Absicht trug, mich öffentlich zu heiraten. Das war zu dieser Stunde ihr Gedanke, denn wenn sie mich auch nicht liebte, so begehrte sie mich doch, und noch war sie meiner nicht überdrüssig geworden.

Am nächsten Morgen kam nicht Kleopatra, sondern Charmion, die ich seit jener verhängnisvollen Nacht des Verderbens nicht mehr gesehen hatte. Sie trat ein und stand vor mir, mit bleichem Gesicht und niedergeschlagenen Augen, und ihre ersten Worte waren solche der Bitterkeit.

»Verzeih mir«, sagte sie mit ihrer sanften Stimme, »dass ich es wage, an Kleopatras Stelle zu dir zu kommen. Deine Freude wird nicht lange auf sich warten lassen, denn du sollst sie bald sehen.«

Ich erschrak bei ihren Worten und konnte es nicht verbergen, und da sie ihren Vorteil wahrnahm, ergriff sie ihn.

»Ich komme, Harmachis, der du nicht mehr königlich bist – ich komme, um zu sagen, dass du frei bist! Du bist frei, dich deiner eigenen Schande zu stellen und sie im Auge eines jeden, der dir vertraut hat, zurückgespiegelt zu sehen, wie Schatten vom Wasser. Ich komme, dir zu sagen, dass die große Verschwörung – die Verschwörung von zwanzig Jahren und mehr – zu ihrem Ende gekommen ist. Niemand wurde getötet, es sei denn vielleicht Sepa, der verschwunden ist. Aber alle Anführer wurden ergriffen und in Ketten gelegt oder aus dem Land vertrieben, und ihre Gruppe ist zersplittert und verstreut. Der Sturm hat sich verzogen, bevor er losbrach. Ägypten ist verloren, und zwar für immer, denn seine letzte Hoffnung ist dahin! Es kann sich nicht länger wehren – jetzt muss es für alle Zeiten seinen Hals unter das Joch beugen und seinen Rücken der Rute des Unterdrückers ausliefern!«

Ich stöhnte laut auf. »Ach, ich wurde betrogen!«, sagte ich. »Paulus verriet uns.«

»Du wurdest verraten? Nein, du selbst warst der Verräter! Wie kam es, dass du Kleopatra nicht erdolchtest, als du allein mit ihr warst? Sprich, du Verräter!«

»Sie hat mich betäubt«, sagte ich wieder.

»O Harmachis«, antwortete das erbarmungslose Mädchen, »wie tief bist du gefallen von jenem Prinzen, den ich einst kannte – du, der du dich nicht schämst, ein Lügner zu sein! Ja, du warst betäubt – betäubt durch einen Liebestrank! Ja, du hast Ägypten und deine Sache für den Preis der Küsse einer lüsternen Hure verkauft! – Du elender Schänder!«, fuhr sie fort, indem sie mit dem Finger auf mich zeigte und ihre Augen auf mein Gesicht richtete, »du Verachteter! Du Ausgestoßener! Leugne es, wenn du kannst. Ja, schrecke vor mir zurück – da du nun weißt, was du bist! Krieche zu Kleopatras Füßen und küsse ihre Sandalen, bis es ihr gefällt, dich in dem mit dir verwandten Schmutz zu zertreten; – aber vor allen ehrlichen Leuten schrecke zurück!«

Meine Seele bebte unter der Peitsche ihres bitteren Spottes und Hasses, aber ich fand keine Worte, ihr zu antworten.

»Wie kommt es«, sagte ich endlich mit schwerer Stimme, »dass auch du nicht verraten wurdest, sondern immer noch hier bist, um mich zu verspotten, du, die du einst geschworen hast, mich zu lieben? Hast du als Frau kein Mitleid mit der Verletzlichkeit des Menschen?«

»Mein Name stand nicht auf den Listen«, sagte sie und senkte ihre dunklen Augen. »Hier bietet sich dir eine Gelegenheit! Verrate auch mich, Harmachis! Ja, weil ich dich einst geliebt habe – erinnerst du dich wirklich daran? – fühle ich deinen Fall um so stärker. Die Schande eines Menschen, den wir geliebt haben, muss in gewisser Weise unsere eigene Schande werden und uns immer anhaften, weil wir etwas so Niederes blindlings an unser innerstes Herz gedrückt haben. Bist du denn auch ein Narr? Würdest du, frisch aus den Armen deiner königlichen Dirne, zu mir kommen, um Trost zu finden – zu *mir* auf der ganzen Welt?«

»Woher weiß ich«, sagte ich, »dass nicht du es warst, die in ihrem eifersüchtigen Zorn unsere Pläne verraten hat? Charmion, vor langer Zeit hat mich Sepa vor dir gewarnt, und wahrhaftig, jetzt erinnere ich mich ...«

»So denkt ein Verräter«, brach es aus ihr heraus, während sie sich bis zur Stirn rötete, »dass alle von seiner Familie eines solchen Geistes sind! Nein, ich habe dich nicht verraten; es war der arme Schurke Paulus, dessen Herz ihn zuletzt im Stich ließ, und der seine Strafe erhielt. Ich bin nicht hier, um mir so gemeine Gedanken anzuhören. Kleopatra, die Königin von Ägypten, lässt dir sagen, dass du frei bist und dass sie dich im Alabaster-Saal erwartet.«

Und mit einem schnellen Blick durch ihre langen Wimpern wandte sie sich um und eilte fort.

So kam ich wieder an den Hof; das Herz voller Scham und Schrecken, und auf jedem Gesicht fürchtete ich, den Spott derer zu sehen, die mich als den erkannten, der ich war. Aber ich sah nichts, denn alle, die von dem Komplott wussten, waren geflohen, und Charmion hatte um ihrer selbst willen kein Wort geredet. Außerdem hatte Kleopatra behauptet, ich sei unschuldig. Aber meine Schuld lastete schwer auf mir und machte mich krank und die Schönheit meines Gesichtes schwand dahin. Und obgleich ich dem Namen nach frei war, wurde ich doch ständig bewacht, und ich durfte mich nicht über das Gelände des Palastes hinaus bewegen.

Und schließlich kam der Tag, der Quintus Dellius mit sich führte, jenen falschen römischen Ritter, der stets dem aufgehenden Stern diente. Er überbrachte Kleopatra Briefe von Marcus Antonius, dem Triumvir, der, vom Sieg bei Philippi gestärkt, nun in Asien war, um den unterworfenen Königen Gold abzuringen, mit dem er die Gier seiner Legionäre befriedigen wollte.

Ich erinnere mich noch gut an den Tag. Kleopatra, gekleidet in ihr Staatsgewand, begleitet von den Offizieren ihres Hofes, unter denen auch ich war, saß in der großen Halle auf ihrem goldenen Thron und befahl den Herolden, den Botschafter des Antonius, den Triumvir, einzulassen. Die großen Türen wurden weit aufgestoßen, und unter Trompetenschall und Salutschüssen der gallischen Garde trat der Römer ein, gekleidet in eine glitzernde goldene Rüstung und einen scharlachroten Seidenmantel, gefolgt von einem Tross von Offizieren. Er hatte ein glattes, schönes Gesicht und eine geschmeidige Gestalt; aber sein Mund war kalt, und seine glitzernden Augen waren falsch. Und während die Herolde seinen Namen, seine Titel und Ämter ausriefen, starrte er wie geblendet auf Kleopatra, die müßig auf ihrem Thron saß und vor Schönheit strahlte. Als die Herolde fertig waren, stand er immer noch da und rührte sich nicht, und Kleopatra sprach in lateinischer Sprache zu ihm: »Sei gegrüßt, edler Dellius, Abgesandter des mächtigen Antonius, dessen Schatten über der Welt liegt, als ob Mars selbst sich jetzt über uns kleine Fürsten erheben würde – sei gegrüßt und willkommen in unserer armen Stadt Alexandria. Schildere uns, darum bitten wir dich, den Grund deines Besuchs.«

Doch der schlaue Dellius gab keine Antwort, sondern stand immer noch da wie ein verblüffter Mann.

»Was ist mit dir los, edler Dellius, dass du nicht sprichst?«, fragte Kleopatra. »Bist du denn so lange in Asien gewandert, dass dir die Türen der römischen Sprache verschlossen sind? Welche Sprache sprichst du? Nenne sie, und wir werden uns in ihr unterhalten – alle Sprachen sind mir bekannt.«

Dann endlich sprach er mit leiser, voller Stimme: »Oh, verzeih mir, lieblichste der Ägypterinnen, wenn ich so stumm vor dir stand, aber zu große Schönheit lähmt, wie der Tod selbst, die Zunge und raubt uns den Sinn. Die Augen desjenigen, der auf die Feuer der Mittagssonne blickt, sind blind für alles andere, und so überwältigte diese plötzliche Vision deiner Herrlichkeit, königliche Ägypterin, meinen Verstand und ließ mich hilflos und unwissend von allen anderen Dingen zurück.«

»In der Tat, edler Dellius«, antwortete Kleopatra, »lehren sie dort drüben in Cilicien eine schöne Schule der Schmeichelei.«

»Wie geht das Sprichwort hier in Alexandria?«, antwortete der gewandte Römer: »›Der Atem der Schmeichelei kann keine Wolke verwehen‹, nicht wahr? Doch nun zu meiner Aufgabe. Hier, königliche Ägypterin, sind Briefe von der Hand und mit dem Siegel des edlen Antonius, die gewisse Angelegenheiten des Staates behandeln. Ist es dein Wunsch, dass ich sie öffentlich verlese?«

»Brich die Siegel und lies!«, antwortete sie.

Darauf verbeugte er sich, brach die Siegel und las: »Die Triumviri der Republik von Rom senden dir, Kleopatra, Königin von Ober- und Unterägypten, von Gnaden des römischen Volkes durch den Mund des Marcus Antonius ihren Gruß! Es ist uns zu Ohren gekommen, dass du, Kleopatra, entgegen deinem Versprechen und deiner Pflicht sowohl durch deinen Diener Allienus als auch durch deinen Diener Serapion, den Statthalter von Zypern, dem rebellischen Mörder Cassius, gegen die Armee des edlen Triumvirats geholfen hast. Und da wir erfahren haben, dass du selbst erst vor kurzem eine große Flotte zu diesem Zweck zusammengestellt hast, beschwören wir dich, dass du unverzüglich nach Cilicien reist, um dort den edlen Antonius zu treffen und dich persönlich zu den Anschuldigungen, die gegen dich erhoben werden, zu äußern. Und wir warnen dich im voraus, wenn du unserer Aufforderung nicht gehorchst, so geschieht es auf deine Gefahr hin. Lebe wohl.«

Die Augen Kleopatras blitzten auf, als sie diese stolzen Worte hörte, und ich sah, wie sich ihre Hände an den goldenen Löwenköpfen festhielten, auf denen sie ruhten.

»Wir haben Schmeicheleien gehört«, sagte sie; »und jetzt, damit wir nicht mit Süßigkeiten überhäuft werden, bekommen wir ihre Gegenmittel! So höre denn, Dellius! Die Anschuldigungen in diesem Brief, oder besser gesagt, in dieser Vorladung, sind falsch, wie alle Welt bezeugen kann. Aber es ist nicht an der Zeit, und nicht an mir, uns für unsere Taten zu rechtfertigen. Auch werden wir unser Königreich nicht verlassen, um ins ferne Cilicien zu reisen, und dort, wie arme Bittsteller vor Gericht, unsere Sache vor dem Hof des edlen Antonius zu vertreten. Wenn Antonius mit uns sprechen will, und sich über diese hohen Angelegenheiten erkundigen will, steht ihm das Meer offen, und seine Begrüßung wird königlich sein. Er mag hierher kommen! – Das ist unsere Antwort an dich und an das Triumvirat, o Dellius!«

Aber Dellius lächelte wie einer, der seinen Zorn zu verbergen versteht. »Königin Ägyptens«, sagte er, »du kennst den edlen Antonius nicht. Er ist streng auf dem Papier, und immer schreibt er seine Gedanken nieder, als wäre sein Griffel ein Speer, getaucht in das Blut von Menschen. Aber wenn du ihm von Angesicht zu Angesicht gegenüberstehst, wirst du ihn als den sanftmütigsten Krieger finden, der jemals eine Schlacht gewonnen hat. Sei klug, o Ägypterin, und komm! Schick mich nicht mit solch zornigen Worten fort, denn wenn du Antonius nach Alexandria lockst, dann wehe Alexandria, dem Volk am Nil und dir, großes Ägypten! Denn dann wird er bewaffnet und kriegslüstern kommen, und es wird übel für dich werden, die du dich der Macht Roms widersetztest. Ich bitte dich also, folge dieser Aufforderung. Komm nach Cilicien, komm mit friedlichen Gaben und nicht mit Waffen! Komm in deiner Schönheit und in deinem besten Gewand, und du hast nichts zu fürchten von dem edlen Antonius.«

Er hielt inne und schaute sie aufmerksam an, während ich fühlte, wie mir das wütende Blut in das Gesicht stieg.

Auch Kleopatra verstand ihn, denn ich sah, wie sie ihr Kinn auf die Hand stützte und eine gedankenschwere Wolke sich über ihrer Stirn sammelte. Eine Zeit lang saß sie so da, während der listige Dellius sie neugierig beobachtete. Und Charmion, die mit den anderen Damen beim Thron stand, verstand auch, was er meinte, denn ihr Gesicht leuchtete auf wie eine Sommerwolke am Abend, wenn der breite Blitz hinter ihr aufflackert. Dann wurde sie wieder blass und still.

Endlich sprach Kleopatra. »Dies ist eine schwierige Sache«, sagte sie, »und deshalb, edler Dellius, müssen wir Zeit haben, um unsere Entscheidung reifen zu lassen. Ruh dich hier aus, und mach es dir so bequem, wie es unsere bescheidenen Umstände erlauben. Du sollst deine Antwort innerhalb von zehn Tagen bekommen.«

Der Gesandte dachte eine Weile nach, dann antwortete er lächelnd: »Es ist gut, o Ägypterin; am zehnten Tag von jetzt an werde ich auf meine Antwort warten, und am elften segle ich fort, um meinen Herrn Antonius zu treffen.«

Noch einmal, auf ein Zeichen von Kleopatra, schmetterten die Trompeten, und unter Verbeugungen zog sich Dellius zurück.

17. Das Geheimnis des Pyramidenschatzes

In derselben Nacht ließ mich Kleopatra in ihr Privatgemach rufen. Ich ging hin und fand sie sehr aufgewühlt; nie zuvor hatte ich sie so tief bewegt gesehen. Sie war allein, und wie eine gefangene Löwin wanderte sie auf dem Marmorboden hin und her, während Gedanken durch ihren Geist jagten und jeder von ihnen, wie Wolken, die über das Meer zogen, für einen Moment einen Schatten in ihre tiefen Augen warf.

»Du bist also gekommen, Harmachis«, sagte sie und hielt eine Weile inne, während sie meine Hand nahm. »Rate mir, nie brauchte ich mehr Rat als jetzt. Oh, was für Tage haben die Götter mir zugemessen – Tage, unruhig wie der Ozean! Ich habe von Kindheit an keinen Frieden gekannt, und es scheint, ich werde auch keinen kennenlernen. Kaum bin ich der Spitze deines Dolches entronnen, Harmachis, da bricht plötzlich diese neue Not über mich herein, die sich wie ein Sturm unter dem Rande des Horizonts gesammelt hat. Hast du den tigerhaften Burschen gesehen? Wie gern würde ich ihm eine Falle stellen! Wie sanft er sprach! Ja, er schnurrte wie eine Katze, und immerzu streckte er die Krallen aus. Hast du den Brief gehört? Er hat einen hässlichen Klang. Ich kenne diesen Antonius. Als ich eben zur Frau heranreifte, sah ich ihn zum ersten Mal; doch meine Augen waren immer schnell, und ich nahm Maß von ihm. Halb Herkules und halb ein Narr, mit einem Spritzer Genie, der seine Torheit durchzieht. Leicht zu führen von denen, die an den Pforten seiner wollüstigen Sinne kratzen; aber dem, der sich ihm widersetzt, ein eiserner Feind. Treu zu seinen Freunden, wenn er sie wirklich liebt, handelt er oft gegen seine eigenen Interessen. Großzügig, hart, und in der Not ein Mann der Tugend; im Wohlstand ein Säufer und ein Sklave der Frauen. Das ist Antonius. Wie soll man mit einem solchen Mann umgehen, den das Schicksal und die Gelegenheit trotz seiner Fehler auf den Kamm der Welle des Glücks gespült hat? Eines Tages wird es ihn überwältigen; aber bis zu diesem Tag fegt er über die Welt und lacht über die, die ertrinken.«

»Antonius ist nur ein Mann«, antwortete ich, »ein Mann mit vielen Feinden, und da er nur ein Mann ist, kann er auch gestürzt werden.«

»Ja, er kann gestürzt werden; aber er ist nur einer von vielen, Harmachis. Nun, da Cassius dorthin ging, wohin alle Narren gehen, hat Rom einen Hydrakopf aufgesetzt. Zerquetsche einen, und ein anderer zischt dir ins Gesicht. Wenn ich nicht nach Cilicien gehe, wird Antonius mit all seiner Macht über Ägypten herfallen. Und was dann?«

»Was dann? Na, dann jagen wir ihn zurück nach Rom.«

»Ah, das sagst du, und vielleicht, Harmachis, wenn ich nicht das Spiel gewonnen hätte, das wir vor einer Reihe von Tagen zusammen gespielt haben, hättest du als Pharao diese Sache vielleicht getan, denn um deinen Thron hätte sich das alte Ägypten versammelt. Aber Ägypten liebt weder mich noch mein griechisches Blut; und ich habe erst jetzt deinen großen Plan zerstört, in den das halbe Land verstrickt war. Werden sich diese Männer denn erheben, um mir beizustehen? Wäre Ägypten mir treu, könnte ich in der Tat meine Kraft der von Rom entgegenhalten; aber Ägypten hasst mich und möchte lieber von den Römern als von den Griechen beherrscht werden. Dennoch könnte ich mich verteidigen, wenn ich das Geld hätte, denn mit Geld kann man Soldaten kaufen, um den Schlund der Söldnerschlacht zu füllen. Aber ich habe keins; meine Schatzkammern sind leer, und obwohl es Reichtum im Land gibt, machen mir die Schulden zu schaffen. Diese Kriege haben mich in den Ruin getrieben, und ich weiß nicht, wie ich an Geld kommen soll. Vielleicht kannst du, Harmachis, der du von Rechts wegen Priester der Pyramiden bist«, und sie trat näher und sah mir in die Augen, »mir sagen, wo ich das Gold finden kann, um dein Land vor dem Ruin und mich, deine Geliebte, vor dem Zugriff des Antonius zu retten, wenn das Gerücht nicht lügt? – Sage, ist es so?«

Ich dachte eine Weile nach, dann antwortete ich: »Und wenn eine solche Geschichte wahr wäre, und wenn ich dir einen Schatz zeigen könnte, den die mächtigen Pharaonen des fernsten Zeitalters für die Bedürfnisse von Khem aufbewahrt haben, wie kann ich wissen, dass du diesen Reichtum tatsächlich für diese guten Zwecke verwenden würdest?«

»Gibt es denn einen Schatz?«, fragte sie neugierig. »O

Harmachis, beunruhige mich nicht, denn allein der Name Gold ist in dieser Zeit der Not wie der Anblick von Wasser in der Wüste.«

»Ich glaube«, sagte ich, »dass es einen solchen Schatz gibt, obwohl ich ihn selbst nie gesehen habe. Aber ich weiß, dass, wenn er immer noch an dem Ort liegt, an dem er verborgen war, es deshalb ist, weil ein so schwerer Fluch auf demjenigen ruht, der die Hände auf böse und selbstsüchtige Weise an ihn legen wird, dass keiner der Pharaonen, denen er gezeigt wurde, es gewagt hat, ihn zu berühren, so groß die Not auch war.«

»Also«, sagte sie, »dann waren sie früher entweder feige oder ihre Not war nicht groß. Willst du mir diesen Schatz zeigen, Harmachis?«

»Vielleicht«, antwortete ich, »werde ich ihn dir zeigen, wenn er noch da ist, aber nur, wenn du mir schwörst, dass du ihn zur Verteidigung Ägyptens gegen diesen römischen Antonius und zum Wohle meines Volkes benutzen wirst.«

»Ich schwöre es!«, sagte sie ernsthaft. »Oh, ich schwöre bei jedem Gott in Khem, wenn du mir diesen großen Schatz zeigst, werde ich Antonius trotzen und Dellius mit schärferen Worten als denen, die er mitbrachte, nach Cilicien zurückschicken. Ja, ich werde noch mehr tun, Harmachis: sobald es möglich ist, werde ich dich vor aller Welt zum Manne nehmen, und du selbst sollst deine Pläne ausführen und die römischen Adler zurückschlagen.«

So sprach sie und blickte mich mit wahrhaftigen, ernsten Augen an. Ich glaubte ihr, und zum ersten Mal seit meinem Sturz war ich für einen Augenblick glücklich, weil ich dachte, dass nicht alles für mich verloren war, und dass ich mit Kleopatra, die ich so wahnsinnig liebte, noch meinen Platz und meine Macht zurückgewinnen könnte.

»Schwöre es, Kleopatra!«, sagte ich.

»Ich schwöre, Geliebter! Und so besiegle ich meinen Schwur!« Sie küsste mich auf die Stirn und auch ich küsste

169

sie, und wir sprachen darüber, was wir tun würden, wenn wir verheiratet wären, und wie wir die Römer überwinden könnten.

Und so wurde ich wieder betört; obwohl ich glaube, dass Kleopatra, wäre da nicht der eifersüchtige Zorn Charmions gewesen, der sie, wie wir sehen werden, immer wieder zu neuen Schandtaten anspornte, mich geheiratet und mit dem Römer gebrochen hätte – und es wäre am Ende besser gewesen für sie und für Ägypten.

Wir saßen bis tief in die Nacht hinein zusammen, und ich offenbarte ihr etwas von dem alten Geheimnis des großen Schatzes, der unter der Masse der Pyramide von Her[13] verborgen war. Wir kamen überein, am nächsten Tag dorthin zu fahren und in der zweiten Nacht von jetzt an die Suche zu beginnen. So wurde am nächsten Tag in aller Frühe heimlich ein Boot bereit gemacht, und Kleopatra bestieg es, verschleiert wie eine ägyptische Dame, die eine Pilgerfahrt zum Tempel des Horemkhu machen wollte. Auch ich stieg ein, als Pilger verkleidet, und mit uns zehn ihrer vertrautesten Diener, die als Seeleute verkleidet waren. Charmion ging nicht mit uns.

Wir segelten mit günstigem Wind von der kanopischen Mündung des Nils ab und erreichten um Mitternacht Sais und ruhten hier eine Weile aus. In der Morgendämmerung machten wir unser Boot wieder los und segelten den ganzen Tag hindurch weiter, bis wir endlich in der dritten Stunde nach Sonnenuntergang in Sichtweite der Lichter der Festung kamen, die Babylon genannt wird. Hier, am gegenüberliegenden Ufer des Flusses, vertäuten wir unser Schiff sicher im Schilfbett.

Dann machten wir uns zu Fuß und heimlich auf den Weg zu den Pyramiden, die zwei Meilen entfernt lagen, Kleopatra, ich und ein vertrauter Eunuch, die anderen Diener ließen

---

[13] Die »Obere«, jetzt bekannt als die dritte Pyramide.

wir bei dem Boot zurück. Ich fing für Kleopatra einen Esel ein, der auf einem Feld umherirrte. Sie setzte sich darauf, und ich führte den Esel auf Wegen, die ich kannte, während der Eunuch uns zu Fuß folgte. Und nach kaum mehr als einer Stunde, als wir den großen Damm erreicht hatten, sahen wir die mächtigen mondbeschienenen Pyramiden, die uns in Ehrfurcht erstarren ließen. Wir gingen weiter in völliger Stille, durch die geisterhafte Stadt der Toten, denn überall um uns herum erhoben sich Gräber, bis wir schließlich den felsigen Hügel erklommen und im tiefen Schatten des Khufu Khut standen, dem prächtigen Thron des Khufu.

»In Wahrheit«, flüsterte Kleopatra, während sie den schillernden Marmorhang über sich hinaufblickte, der überall mit einer Million mystischer Schriftzeichen übersät war – »herrschten damals in Khem Götter und keine Menschen. Dieser Ort ist so traurig wie der Tod und so mächtig und hoch erhaben über die Menschen. Ist es hier der Ort, wo wir eintreten müssen?«

»Nein«, antwortete ich, »hier ist es nicht. Gehen wir weiter.«

Ich führte sie den Weg durch tausend alte Gräber, bis wir im Schatten der Pyramide von Ur, der Großen, standen und ihre rote, himmelsstarrende Masse bestaunten.

»Ist es hier, wo wir eintreten müssen?«, flüsterte sie erneut.

»Nein«, antwortete ich, »hier ist es nicht. Komm weiter.«

Wir schritten voran durch viele weitere Gräber, bis wir im Schatten der Her standen, und Kleopatra staunte über ihre polierte Schönheit, die seit Tausenden von Jahren, Nacht für Nacht, den Mond zurückgespiegelt hatte, und über den schwarzen Gürtel aus äthiopischem Stein, der ihre Basis umgab. Denn dies ist die schönste aller Pyramiden.

»Müssen wir hier eintreten?«, fragte sie.

Ich antwortete: »Ja, hier ist es.«

Wir gingen zwischen dem Tempel der Anbetung seiner

göttlichen Majestät, Menkau-ra, dem Osirianer, und um die Basis der Pyramide herum, bis wir zur Nordseite kamen, wo in der Mitte der Name des Pharaos Menkau-ra eingraviert war, der die Pyramide als sein Grab baute und seinen Schatz darin für die Zeit der Not von Khem aufbewahrte.

»Wenn der Schatz noch vorhanden ist«, sagte ich zu Kleopatra, »wie zu Zeiten meines Ururgroßvaters, der vor mir Priester dieser Pyramide war, so ist er tief im Schoße der gewaltigen Masse verborgen; man kann nicht ohne Mühsal, Gefahr und Schrecken zu ihm gelangen. Bist du bereit, die Pyramide zu betreten?«

»Kannst du nicht mit dem Eunuchen hineingehen und den Schatz holen?«, fragte sie, nachdem der Mut sie ein wenig zu verlassen begann.

»Nein, Kleopatra«, antwortete ich, »nicht einmal für dich und für das Wohl Ägyptens kann ich das tun, denn von allen Sünden wäre es die größte Sünde. Aber es ist mir erlaubt, Folgendes zu tun: Ich, als erblicher Inhaber des Geheimnisses, darf auf Verlangen dem herrschenden Monarchen von Khem den Ort zeigen, wo der Schatz liegt, und auch die Warnung zeigen, die geschrieben steht. Und wenn der Pharao, nachdem er dies gesehen und gelesen hat, der Meinung ist, dass die Not von Khem so groß ist, dass es ihm erlaubt ist, dem Fluch der Toten zu trotzen und den Schatz zu bergen, dann ist es gut, denn auf seinem Haupte muss die Last dieser schrecklichen Tat ruhen. Drei Monarchen – so sagen die Aufzeichnungen, die ich gelesen habe – haben es so gewagt, in der Zeit der Not einzutreten. Es waren die göttliche Königin Hatschepsu, ihr göttlicher Bruder Tahutimes Men-Kheper-ra und der göttliche Ramses Mi-amen. Aber von diesen drei Majestäten wagte keiner, den Schatz zu berühren; denn so groß ihr Bedürfnis auch war, es war doch nicht groß genug, um diese Handlung zu rechtfertigen. Und da sie fürchteten, dass der Fluch auf sie fallen könnte, gingen sie traurig von dannen.«

Sie dachte ein wenig nach, bis endlich ihr Mut ihre Angst besiegte.

»Wenigstens will ich ihn mit eigenen Augen sehen«, sagte sie.

»Es ist gut«, antwortete ich.

Dann wurden von mir und dem Eunuchen, der bei uns war, an einer bestimmten Stelle am Fuß der Pyramide Steine aufgetürmt, etwas mehr als mannshoch. Ich kletterte darauf und suchte das geheime Zeichen, es war nicht größer als ein Blatt. Ich fand es mit einiger Mühe, denn die Witterung und das Reiben des vom Wind aufgewirbelten Sandes hatten sogar den äthiopischen Stein abgenutzt. Ich drückte mit aller Kraft auf eine bestimmte Art und Weise darauf. Selbst nach dem Ablauf vieler Jahre schwang der Stein herum und legte eine kleine Öffnung frei, durch die ein Mensch kaum hindurchkriechen konnte. Als der Stein sich drehte, flog eine mächtige Fledermaus hervor, von weißer Farbe, als ob sie schon sehr alt wäre, und von einer Größe, wie ich sie noch nie gesehen hatte, denn ihr Maß war das eines Falken, und sie schwebte einen Augenblick lang über Kleopatra, dann segelte sie langsam in Kreisen auf und ab, bis sie endlich im hellen Licht des Mondes verschwand.

Kleopatra stieß einen Schreckensschrei aus, und der Eunuch fiel vor Angst auf die Knie, weil er glaubte, es sei der Schutzgeist der Pyramide. Auch ich fürchtete mich, obwohl ich nichts sagte. Denn selbst jetzt glaube ich, dass es der Geist von Menkau-ra, dem Osirianer, war, der in Form einer Fledermaus aus seinem heiligen Haus zur Warnung herausflog.

Ich wartete eine Weile, bis die verdorbene Luft aus dem Gang entwichen war. Dann holte ich die Lampen heraus, zündete sie an und stellte sie, drei an der Zahl, in den Eingang der Öffnung. Dann ging ich zu dem Eunuchen, nahm ihn beiseite und ließ ihn bei dem lebendigen Geist dessen, der in Abouthis schläft, schwören, dass er das, was er sehen sollte, nicht verraten würde. Er zitterte sehr, denn er hatte große Angst. Aber in der Tat verriet er später nichts.

Unter Mitnahme eines Seils, das ich mir um meine Mitte wickelte, kletterte ich durch die Öffnung und winkte Kleopatra zu kommen. Sie kam, indem sie den Saum ihres Rocks unter den Gürtel band, und ich zog sie durch die Öffnung, so dass sie schließlich hinter mir im Gang stand, der mit Granitplatten ausgekleidet war, und ihr folgte der Eunuch. Nachdem ich den Plan des Ganges, den ich mitgebracht hatte, zu Rate gezogen hatte und der in Zeichen, die nur Eingeweihte lesen können, aus jenen alten Schriften kopiert worden war, die durch einundvierzig Generationen meiner Vorfahren, der Priester dieser Pyramide, auf mich gekommen waren, nahm ich den Weg durch diesen dunklen Ort in die völlige Stille des Grabes hinab. Geleitet vom schwachen Licht unserer Lampen gingen wir einen steilen Abhang hinunter, keuchend in der Hitze und der dicken, abgestandenen Luft. Bald hatten wir den Bereich des Mauerwerks verlassen und glitten in eine in den lebendigen Fels gehauene Galerie hinein. Für zwanzig Schritte oder mehr verlief sie steil nach unten. Dann verringerte sich die Neigung, und bald befanden wir uns in einer weiß gestrichenen Kammer, die so niedrig war, dass ich, der ich groß war, kaum Platz hatte, um zu stehen; aber sie war vier Schritte lang und drei Schritte breit und überall mit skulptierten Tafeln verkleidet. Hier ließ sich Kleopatra auf den Boden sinken und ruhte eine Weile aus, überwältigt von der Hitze und der völligen Dunkelheit.

»Aufstehen!«, sagte ich. »Wir dürfen hier nicht verweilen, sonst werden wir ohnmächtig.«

Sie erhob sich, und nachdem wir den Gang Hand in Hand durchschritten hatten, standen wir vor einer mächtigen Tür aus Granit, die in Rillen vom Dach herabgelassen war. Ich zog noch einmal den Plan zu Rate, drückte dann mit dem Fuß auf einen bestimmten Stein und wartete. Plötzlich und leise, ich weiß nicht, wie, hob sich die Masse aus ihrem Bett aus lebendigem Fels. Wir gingen darunter hindurch und fanden uns vor einer zweiten Tür aus Granit wieder. Erneut drückte ich auf eine bestimmte Stelle, und auch diese Tür schwang von selbst auf, und bald, nachdem wir hindurchgegangen waren, fanden wir uns vor einer dritten Tür wieder, die noch mächtiger als die beiden anderen war.

Dem geheimen Plan folgend, stieß ich diese Tür mit meinem Fuß an der bestimmten Stelle an, und sie senkte sich langsam, wie auf ein magisches Wort in den Felsenboden. Wir gelangten in einen anderen Gang, der über eine Länge von vierzehn Schritten sanft abwärts führte und uns in eine große, mit schwarzem Marmor gepflasterte Kammer brachte, die mehr als neun Ellen hoch, neun Ellen breit und dreißig Ellen lang war. In diesen Marmorboden war ein großer Sarkophag aus Granit eingelassen, und auf seinem Deckel standen der Name und die Titel der königlichen Gattin von Menkau-ra eingraviert. In dieser Kammer war die Luft reiner, obwohl ich nicht weiß, wie sie hereingekommen war.

»Ist der Schatz hier?«, brachte Kleopatra heraus.

»Nein«, antwortete ich; »folge mir«, und ich führte sie den Weg zu einer Galerie, die wir durch eine Öffnung im Boden der großen Kammer betraten. Sie war durch eine Falltür aus Stein verschlossen worden, aber die Tür war offen. Wir schlichen etwa zehn Schritte entlang dieses Schachts oder Gangs und kamen schließlich zu einem Brunnen, der sieben Ellen in die Tiefe reichte. Ich befestigte ein Ende des Seils an meinem Körper und das andere an einem Ring im Felsen und ließ mich mit der Lampe in der Hand hinunter, bis ich an der letzten Ruhestätte des göttlichen Menkau-ra stand. Dann wurde das Seil hochgezogen, und Kleopatra, die es umband, wurde von dem Eunuchen heruntergelassen, und ich nahm sie in meine Arme. Dem Eunuchen aber befahl ich – gegen seinen Willen, da er fürchtete, allein gelassen zu werden – an der Mündung des Schachtes auf unsere Rückkehr zu warten. Denn es war nicht erlaubt, dass er dort hineinging, wohin wir uns begeben hatten.

18. Das Grab des göttlichen Menkau-ra

Es war eine kleine gewölbte Kammer, in der wir uns befanden, gepflastert und ausgekleidet mit großen Blöcken aus dem Granitstein von Syene. Vor uns – gehauen aus einer einzigen Basaltmasse, die wie ein Holzhaus geformt war, und auf einem Sphinx mit einem Gesicht aus Gold ruhend – stand der Sarkophag des göttlichen Menkau-ra.

Wir standen und starrten in Ehrfurcht darauf, denn das Gewicht der Stille und der Feierlichkeit dieses heiligen Ortes schien uns zu erdrücken. Über uns, Elle über Elle in ihrem mächtigen Maß, ragte die Pyramide in den Himmel und wurde von der Nachtluft geküsst. Aber wir waren tief in den Eingeweiden des Felsens unter ihrem Grund. Wir waren allein mit den Toten, deren Ruhe wir im Begriff waren zu stören, und kein Geräusch der wehenden Luft und kein Laut des Lebens drang herein, um den Schrecken der Einsamkeit zu trüben. Ich starrte auf den Sarkophag; sein schwerer Deckel war angehoben worden und lag auf der Seite, und um ihn herum hatte sich der Staub der Jahrhunderte gelagert.

»Siehst du es«, flüsterte ich und deutete auf eine Schrift, die mit Pigmenten an die Wand gemalt war, in den heiligen Symbolen der alten Zeit.

»Lies du es, Harmachis«, antwortete Kleopatra mit leiser Stimme, »denn ich kann es nicht.«

Dann las ich: »Ich, Ramses Mi-amen, besuchte zu meiner Zeit und in meiner Stunde der Not diese Grabstätte. Aber obwohl meine Not groß und mein Herz kühn war, wagte ich es nicht, mich dem Fluch von Menkau-ra zu stellen. Entscheide du, der du nach mir kommst, und wenn deine Seele rein ist und Khem in äußerster Not, so nimm das, was ich unberührt gelassen habe.«

»Wo ist denn der Schatz?«, flüsterte sie. »Ist er das Sphinx-Gesicht aus Gold?«

»Er liegt auch dort«, antwortete ich und deutete auf den Sarkophag. »Tritt näher und siehe.«

Sie griff nach meiner Hand und näherte sich.

Der Deckel war fort, aber der bemalte Sarg des Pharaos lag in den Tiefen des Sarkophags. Wir stiegen auf den Sphinx, dann blies ich mit meinem Atem den Staub vom Sarg und las das, was auf seinem Deckel geschrieben stand.

»Pharao Menkau-ra, das Kind des Himmels. Pharao Menkau-ra, königlicher Sohn der Sonne. Pharao Menkau-ra, der du unter dem Herzen von Nout lagst. Nout, deine Mutter, hüllt dich in den Bann ihres heiligen Namens. Der Name deiner Mutter, Nout, ist das Geheimnis des Himmels. Nout, deine Mutter, nimmt dich in die Reihe der Götter auf. Nout, deine Mutter, haucht deine Feinde an und vernichtet sie vollständig. O Pharao Menkau-ra, der du ewig lebst!«

»Wo ist denn der Schatz?«, fragte Kleopatra wieder. »Hier ist in der Tat der Körper des göttlichen Menkau-ra; aber das Fleisch selbst der Pharaonen ist nicht aus Gold, und wenn das Gesicht dieses Sphinx aus Gold ist, wie können wir es bewegen?«

Als Antwort bat ich sie, sich auf den Sphinx zu stellen und den oberen Teil des Sarges zu ergreifen, während ich den Fuß festhielt. Dann, auf mein Wort hin, hoben wir den Deckel, der nicht befestigt war, an und legten ihn auf den Boden. Und dort in der Kiste lag die Mumie des Pharao, wie sie dreitausend Jahre zuvor hineingelegt worden war. Es war eine große Mumie. Sie war nicht mit einer vergoldeten Maske geschmückt, wie es heute Mode ist, denn der Kopf war in ein altersvergilbtes Gewand gehüllt, das mit rosafarbenen Flachsbinden befestigt war, unter die man die Stiele von Lotusblüten geschoben hatte. Auf der Brust, die mit

Lotusblüten umkränzt war, lag eine große goldene Platte, die dicht mit heiliger Schrift überzogen war. Ich hob die Platte auf, hielt sie gegen das Licht und las:

»Ich, Menkau-ra, der Osirianer, früherer Pharao des Landes Khem, der gerecht lebte und immer auf dem Pfad wandelte, der für meine Füße durch den Erlass des Unsichtbaren markiert wurde, der der Anfang war und das Ende ist, spreche aus meinem Grab zu denen, die nach mir auf meinem Thron sitzen werden. Siehe, ich, Menkau-ra, der Osirianer, bin in den Tagen meines Lebens durch einen Traum gewarnt worden, dass eine Zeit kommen wird, in der Khem fürchten wird, in die Hände von Fremden zu fallen, und ihr Monarch großen Bedarf an Schätzen haben wird, mit denen er Armeen ausstatten kann, um die Barbaren zurückzutreiben, und habe aus meiner Weisheit heraus dies getan. Denn es hat den Schutzgöttern gefallen, mir einen Reichtum zu geben, der größer ist als der jedes Pharaos, der seit den Tagen des Horus gewesen ist – Tausende von Rindern und Gänsen, Tausende von Kälbern und Eseln, Tausende von Maßen Getreide und Hunderte von Maßen Gold und Edelsteinen; diesen Reichtum habe ich sparsam verwendet, und das, was übrig blieb, habe ich gegen Edelsteine eingetauscht – sogar gegen Smaragde, die schönsten und größten, die es auf der Welt gibt. Diese Steine habe ich also aufbewahrt für den Tag der Not von Khem. Aber weil es solche gab und geben wird, die auf der Erde Böses tun, und die in ihrer Gewinnsucht diesen Reichtum an sich reißen und ihn für ihre Zwecke verwenden könnten, wisse, du Ungeborener, der du dieses lesen wirst, dass ich den Schatz unter meinen Knochen aufbewahrt habe. Deshalb, o du Ungeborener, der du im Schoß von Nout schläfst, sage ich dir dies! Wenn du wirklich Reichtümer brauchst, um Khem vor den Feinden von Khem zu retten, dann fürchte dich nicht und zögere nicht, sondern reiße mich, den Osirianer, aus meinem Grab, löse meine Hüllen und reiße den Schatz aus meiner Brust, und alles wird gut für dich sein; denn dies allein befehle ich, dass du meine Knochen wieder in denen Sarg legst. Aber wenn die Not nur vorübergehend und nicht groß ist, oder wenn Arglist in deinem Herzen ist, dann sei der Fluch von Menkau-ra auf dir! Auf dir lastet der Fluch, der denjenigen treffen wird, der in das Haus der Toten einbricht! Auf dir sei der Fluch, der den Verräter verfolgt! Auf dir sei der Fluch, der den trifft, der die Majestät der Götter beleidigt! Unglücklich sollst du leben, in Blut und Elend sollst du sterben, und in Elend sollst du gequält werden für immer und ewig! Denn, Böser, dort in Amenti werden wir uns gegenüberstehen! Und um dieses Geheimnis zu bewahren, habe ich, Menkau-ra, einen Tempel meiner Anbetung errichtet, den ich an der Ostseite dieses meines Hauses des Todes gebaut habe. Es soll von Zeit zu Zeit dem Erbpriester dieses meines Tempels bekannt gemacht werden. Und wenn irgendein Hoher Priester dieses Geheimnis einem anderen als dem Pharao oder dem, der die Krone des Pharaos trägt und auf dem Thron von Khem sitzt, offenbart, so sei auch er verflucht. So habe ich, Menkau-ra, der Osirianer, geschrieben. Nun sage ich zu dir, der du im Schoß von Nout schläfst und doch eines Tages über mir stehen und dies lesen wirst: Entscheide dich! Und wenn du böse entscheidest, soll auf dich der Fluch des Menkau-ra fallen, aus dem es kein Entrinnen gibt. Sei gegrüßt und lebe wohl!«

»Du hast es gehört, Kleopatra«, sagte ich feierlich; »nun erforsche dein Herz; entscheide du, und entscheide um deinetwillen gerecht.«

Sie neigte gedankenvoll das Haupt.

»Ich fürchte mich davor, diese Sache zu tun«, sagte sie. »Lass uns fortgehen.«

»Es ist gut«, sagte ich mit einer Erleichterung des Herzens und bückte mich, um den Holzdeckel aufzuheben. Denn auch ich fürchtete mich.

»Und doch, was sagte die Schrift des göttlichen Menkau-ra? Es waren Smaragde, nicht wahr? Und Smaragde sind jetzt so selten und schwer zu bekommen. Ich habe Smaragde immer geliebt, und ich kann nie welche ohne Makel finden.«

»Es geht nicht darum, was du liebst, Kleopatra«, sagte ich, »es geht um die Not von Khem und um den geheimen Sinn deines Herzens, den du allein kennen kannst.«

»Ja, sicher, Harmachis; sicher! Und ist die Not in Ägypten nicht groß? Es ist kein Gold in der Schatzkammer, und wie kann ich dem Römer trotzen, wenn ich kein Gold habe? Und habe ich dir nicht geschworen, dass ich dich heiraten und dem Römer trotzen werde; und schwöre ich es nicht wieder – ja, sogar in dieser feierlichen Stunde, mit meiner Hand auf dem Herzen des toten Pharao? Nun, hier ist die Gelegenheit, von der der göttliche Menkau-ra träumte. Du siehst, dass es so ist, denn sonst hätte Hatschepsu oder Ramses oder ein anderer Pharao die Edelsteine herausgezogen. Aber nein; sie ließen sie bis zu dieser Stunde liegen, weil die Zeit noch nicht gekommen war. Jetzt muss sie gekommen sein, denn wenn ich die Edelsteine nicht hole, wird der Römer Ägypten überfallen, und dann gibt es keinen Pharao mehr, dem man das Geheimnis verraten könnte. Nein, lass uns die Angst ablegen und an die Arbeit gehen. Warum schaust du so ängstlich? Wer ein reines Herz hat, hat nichts zu befürchten, Harmachis.«

»Wie du willst«, sagte ich wieder; »es ist an dir, zu entscheiden, denn wenn du falsch entscheidest, wird mit Gewissheit der Fluch auf dich fallen, aus dem es kein Entrinnen gibt.«

»So sei es, Harmachis, nimm du den Kopf des Pharaos, und ich werde seine –, oh, was ist das für ein schrecklicher Ort!« Plötzlich klammerte sie sich an mich. »Mir war, als sähe ich einen Schatten dort in der Finsternis! Mir war, als ob er sich auf uns zubewegte und dann sofort wieder verschwand! Lass uns gehen! Hast du denn gar nichts gesehen?«

»Ich habe nichts gesehen, Kleopatra; aber vielleicht war es der Geist des göttlichen Menkau-ra, denn der Geist schwebt immer um seine sterbliche Behausung. So lass uns denn gehen; ich gehe gern.«

Sie machte, als wolle sie aufbrechen, dann drehte sie sich wieder um und sprach noch einmal.

»Es war nichts – nichts als der Verstand, der in einem solchen Haus des Schreckens jene schattenhaften Formen der Angst hervorbringt, die zu sehen er sich fürchtet. Nein, ich muss diese Smaragde sehen; ja, selbst wenn ich sterbe, muss ich sie sehen!«

Sie bückte sich und hob mit den eigenen Händen einen der vier Alabasterkrüge aus der Gruft, von denen jeder mit dem eingravierten Abbild der Köpfe der Schutzgötter versiegelt war und die das heilige Herz und die Eingeweide des göttlichen Menkau-ra enthielten. Aber nichts als das, was darin sein musste, wurde in diesen Krügen gefunden.

Darauf stiegen wir gemeinsam auf den Sphinx und zogen den Körper des göttlichen Pharaos mühsam heraus und legten ihn auf den Boden. Nun nahm Kleopatra meinen Dolch und schnitt damit die Binden ab, die die Umhüllungen an ihrem Platz hielten, und die Lotusblumen, die von liebenden Händen dreitausend Jahre zuvor in sie gesteckt worden waren, fielen auf das Pflaster. Dann suchten wir und fanden das Ende der äußeren Binde, die am hinteren Teil des Halses befestigt war. Diese schnitten wir ab, denn sie war fest geklebt. Nachdem dies geschehen war, begannen wir, die Umhüllung des heiligen Leichnams abzurollen. Ich lehnte mich mit den Schultern an den Sarkophag und setzte mich auf den felsigen Boden, der Körper ruhte auf meinen Knien, und während ich ihn drehte, wickelte Kleopatra die Tücher ab; es war eine grauenhafte Arbeit. Bald fiel etwas heraus; es war das Zepter des Pharaos, das aus Gold gefertigt war, und an seinem Ende befand sich ein Granatapfel, der aus einem einzigen Smaragd geschnitten war.

Kleopatra ergriff das Zepter und betrachtete es schweigend. Dann fuhren wir mit unserer schrecklichen Tätigkeit fort, und immer, während wir die Binden abwickelten, fielen andere goldene Ornamente, wie sie mit den Pharaonen begraben werden, heraus – Halsketten und Armbänder, Modelle von Sistren, eine eingelegte Axt und ein Bild des heiligen Osiris und des heiligen Khem.

Schließlich waren alle Binden abgewickelt, und darunter fanden wir eine Decke aus gröbstem Leinen; denn in jenen sehr alten Tagen waren die Handwerker nicht so geschickt in Sachen Einbalsamierung des Körpers wie heute. Und auf dem Leinen stand in einem Oval geschrieben: »Menkau-ra, Königlicher Sohn der Sonne«. Wir konnten das Leinen auf keinen Fall lösen, so fest hielt es am Körper. Deshalb legten wir den Leichnam hin, erschöpft von der großen Hitze, fast erstickt vom Mumienstaub und dem Geruch der Gewürze, und zitternd vor Angst vor unserer unheiligen Aufgabe, die wir an diesem einsamen und heiligen Ort verrichteten.

Wir rissen die letzte Hülle mit dem Messer ab und legten zuerst den Kopf des Pharaos frei, und nun war das Gesicht, das seit dreitausend Jahren kein Mensch mehr geschaut hatte, für unseren Blick offen. Es war ein großes Gesicht, mit einer kühnen Stirn, doch gekrönt mit dem königlichen Uräus, unter dem die weißen, von den Gewürzen gelb gefärbten Locken in langen, geraden Strähnen herabfielen. Nicht der kalte Stempel des Todes und nicht das langsame Vergehen von dreitausenden Jahren hatten Kraft gefunden, die Würde dieser geschrumpften Züge zu trüben. Wir betrachteten sie und zogen dann, von Furcht ergriffen, die Decke von dem Körper ab. Da lag er endlich vor uns, steif, gelb und schrecklich anzuschauen; und auf der linken Seite, oberhalb des Oberschenkels, war der Schnitt, durch den die Einbalsamierer ihre Arbeit getan hatten, aber er war so geschickt zugenäht, dass wir die Stelle kaum finden konnten.

»Die Edelsteine sind im Inneren«, flüsterte ich, denn ich

spürte, dass der Körper sehr schwer war. »Nun, wenn dein Herz dich nicht im Stich lässt, musst du in dieses arme Haus aus Staub, das einst der Pharao war, eindringen«, sagte ich und gab ihr den Dolch – denselben Dolch, der das Blut von Paulus vergossen hatte.

»Es ist zu spät, umzukehren«, antwortete sie, hob ihr weißes, schönes Gesicht und fixierte ihre blauen Augen, die ganz groß vor Schrecken waren, auf die meinigen. Sie nahm den Dolch, und mit gefletschten Zähnen stieß die Königin von heute ihn in die tote Brust des Pharaos von vor dreitausend Jahren. Und noch während sie das tat, kam ein ächzender Laut aus der Öffnung des Schachtes, wo wir den Eunuchen zurückgelassen hatten! Wir sprangen auf, hörten aber nichts mehr, und das Lampenlicht strömte immer noch durch die Öffnung herein.

»Es ist nichts«, sagte ich, »lass es uns zu Ende bringen.«

Darauf hackten und rissen wir mit viel Mühe das harte Fleisch auf, und dabei hörte ich die Messerspitze an den Edelsteinen im Inneren reiben.

Kleopatra tauchte ihre Hand in die tote Brust und zog etwas heraus. Sie hielt es ans Licht und stieß einen kleinen Schrei aus, denn aus der Dunkelheit des Herzens des Pharaos blitzte der schönste Smaragd, den je ein Mensch gesehen hat, ins Licht und ins Leben. Er war perfekt in der Farbe, sehr groß, ohne einen Makel, und in Form eines Skarabäus geformt, und auf der Unterseite war ein Oval, das mit dem göttlichen Namen Menkau-ra, Sohn der Sonne, beschriftet war.

Wieder und wieder tauchte sie in ihre Hand in den Körper und zog Smaragde aus der Brust des Pharaos, die dort in Gewürzen gebettet waren. Einige waren bearbeitet, andere nicht; aber alle waren perfekt in der Farbe, ohne einen Makel, und im Wert unbezahlbar. Und immer wieder aufs Neue tauchte sie ihre Hand in die tote Brust, bis schließlich alle Edelsteine gefunden waren, es waren hundertachtundvierzig solcher Edelsteine, wie sie die Welt nicht kannte. Als Letztes brachte sie zwei große Perlen, in Leinen gewickelt, hervor, wie man sie noch nie gesehen hat. Von diesen Perlen wird noch zu berichten sein.

Schließlich war es geschehen, und der ganze mächtige Schatz lag glitzernd auf einem Haufen vor uns. Da lag er, und da lagen auch die goldenen Insignien, die gewürzten und übelriechenden Tücher und der zerrissene Körper des weißhaarigen Pharao Menkau-ra, des Osirianers, des ewig Lebenden in Amenti.

Wir erhoben uns, und eine großes Erschauern überkam uns nun, da die Tat vollbracht war und unsere Herzen nicht mehr von der Anstrengung der Suche aufgewühlt waren – eine so großes Erschauern, dass wir nicht sprechen konnten. Ich gab Kleopatra ein Zeichen. Sie ergriff den Kopf des Pharaos und ich seine Füße, und gemeinsam hoben wir ihn hoch, bestiegen den Sphinx und legten ihn wieder in seinen Sarg. Ich stapelte die zerrissenen Mumientücher über ihn und legte den Sargdeckel auf den Toten.

Und nun sammelten wir die großen Edelsteine auf und solche, die man leicht tragen konnte, und ich verbarg so viele von ihnen, wie ich konnte, in den Falten meines Gewandes. Die, die noch übrig waren, verbarg Kleopatra auf ihrer Brust. Schwer beladen mit dem unbezahlbaren Schatz warfen wir einen letzten Blick auf die feierliche Stätte, auf den Sarkophag und den Sphinx, dessen strahlend ruhiges Gesicht uns mit seinem ewigen Weisheitslächeln zu verhöhnen schien. Dann drehten wir uns um und gingen aus der Gruft.

Am Schacht hielten wir an. Ich rief nach dem Eunuchen, der oben geblieben war, und mir schien, dass ein leises, spöttisches Lachen mir antwortete. Ich war zu erschrocken, um noch einmal zu rufen, und fürchtete, dass Kleopatra in Ohnmacht fallen würde, wenn wir warten würden. Ich ergriff das Seil, kletterte rasch daran in die Höhe und erreichte den Gang. Die Lampe brannte; aber den Eunuchen sah ich nicht. Ich dachte, er sei ein Stückchen weiter unten im Gang und schlafe – was er in Wahrheit auch tat –, und befahl Kleopatra, das Seil um ihre Mitte zu binden, dann zog ich sie mit viel Mühe herauf. Nachdem wir uns eine Weile ausgeruht hatten, machten wir uns mit den Lampen auf die Suche nach dem Eunuchen.

»Er ist vor Schreck geflohen und hat die Lampe verlassen«, sagte Kleopatra. »O ihr Götter, wer ist das, der da sitzt?«

Ich spähte in die Dunkelheit, streckte die Lampe aus, und dort – dieser Anblick macht meine Seele heute noch krank – saß der Eunuch, mit dem Rücken an den Felsen gelehnt und die Hände auf beiden Seiten auf dem Boden ausgebreitet, und war – tot! Seine Augen und sein Mund waren aufgerissen, seine fetten Wangen hingen herab, sein dünnes Haar schien sich noch zu sträuben, und auf seinem Antlitz war ein Ausdruck des abscheulichsten Schreckens eingefroren. An seinem Kinn hing mit den hinteren Krallen jene graue, mächtige Fledermaus, die, als wir in die Pyramide eintraten, in der Luft verschwunden, dann aber zurückgekehrt und uns in die Tiefe gefolgt war. Dort hing sie am Kinn des toten Mannes und wiegte sich langsam hin und her, und wir konnten die feurigen Augen in ihrem Kopf leuchten sehen.

Fassungslos, völlig fassungslos standen wir da und starrten auf den hasserfüllten Anblick, bis die Fledermaus ihre riesigen Flügel ausbreitete, ihren Halt verlor und auf uns zu segelte. Nun schwebte sie vor Kleopatras Gesicht und fächelte ihr mit ihren weißen Flügeln zu. Dann flatterte das verfluchte Ding mit einem Schrei, der dem Zornesschrei einer Frau glich, weiter, suchte sein geschändetes Grab und verschwand durch den Brunnen in der Gruft. Ich fiel gegen die Wand.

Kleopatra aber sank auf den Boden, bedeckte ihren Kopf mit den Armen und schrie, bis die hohlen Gänge von den Echos ihrer Schreie widerhallten, die sich zu verdoppeln schienen und in Bänden schriller Töne durch die Tiefe rauschten.

»Steh auf!«, rief ich, »erhebe dich und lass uns fortgehen, ehe der Geist zurückkehrt, um uns heimzusuchen! Wenn du zulässt, dass du an diesem Ort überwältigt wirst, bist du für immer verloren.«

Sie taumelte auf die Beine, und nie mag ich den Blick auf ihrem aschfahlen Gesicht und in ihren glühenden Augen vergessen. Wir ergriffen eilig die Lampen und gingen an der grausigen Gestalt des toten Eunuchen vorbei, wobei ich sie an der Hand hielt. Wir erreichten die große Kammer, in der der Sarkophag der Königingemahlin von Menkau-ra stand, und durchquerten sie in ihrer ganzen Länge. Wir flohen durch den Gang. Was, wenn das Ding die drei mächtigen Türen geschlossen hatte? Nein, sie waren offen, und wir eilten durch sie hindurch; nur an der letzten blieb ich stehen, um sie zu schließen. Ich berührte den Stein, so wie ich es kannte, und die große Tür stürzte zu und trennte uns von dem toten Eunuchen und dem schrecklichen Wesen, das an seinem Kinn gehangen hatte. Nun waren wir in der weißen Kammer mit den reich verzierten Tafeln, und nun stand uns der letzte steile Aufstieg bevor. Oh, dieser letzte Aufstieg! Zweimal rutschte Kleopatra aus und fiel auf den polierten Boden. Beim zweiten Mal – es war nach der Hälfte der Strecke – ließ sie ihre Lampe fallen und wäre tatsächlich den glatten Gang hinuntergerutscht, hätte ich sie nicht ergriffen. Aber dabei ließ auch ich meine Lampe fallen, die in der Finsternis verschwand, und wir waren in völliger Dunkelheit. Und vielleicht schwebte doch über uns, in der Dunkelheit, das schreckliche Ding!

»Sei tapfer!«, rief ich; »o Liebste, sei tapfer, und kämpfe weiter, oder wir sind beide verloren! Der Weg ist zwar steil, aber nicht weit; und wenn es auch dunkel ist, so können wir in diesem geraden Schacht kaum zu Schaden kommen. Wenn die Edelsteine dich beschweren, wirf sie weg!«

»Nein«, keuchte sie, »das will ich nicht; ich werde es bis zum Ende aushalten. Lieber sterbe ich mit ihnen!«

Da sah ich die Größe des Herzens dieser Frau; denn in der Dunkelheit und trotz der Schrecken, die wir durchgemacht hatten, schmiegte und klammerte sie sich dicht an mich und kletterte mit mir weiter den schrecklichen Gang hinauf. Hand in Hand, mit pochenden Herzen, stiegen wir weiter hinauf, bis wir endlich, durch die Gnade oder den Zorn der Götter, das schwache Licht des Mondes erblickten, das durch die kleine Öffnung in der Pyramide kroch. Noch ein Kampf mehr, dann war die Öffnung gewonnen, und wie ein Himmelsatem umwehte die süße Nachtluft unsere Gesichter. Ich kletterte durch die Öffnung und zog Kleopatra hinter mir nach. Sie strauchelte und sank dann regungslos zu Boden.

Ich drückte mit zitternden Händen auf den sich drehenden Stein. Er schwang hin und her und hinterließ keine Spur von der geheimen Eintrittsstelle. Ich sprang hinunter und sah, nachdem ich den Steinhaufen weggeschoben hatte, auf Kleopatra. Sie war in Ohnmacht gefallen, und trotz des Staubs und des Schmutzes auf ihrem Gesicht war es so blass, dass ich zuerst glaubte, sie müsse tot sein. Aber als ich meine Hand auf ihr Herz legte, spürte ich, wie es sich darunter regte, und erschöpft warf ich mich neben ihr in den Sand, um neue Kräfte zu sammeln.

19. Kleopatras Antwort

Bald erhob ich mich wieder, legte den Kopf der ägyptischen Königin auf mein Knie und versuchte, sie ins Leben zurückzurufen. Wie schön sah sie aus, selbst in ihrer Unordnung, wie tödlich schön erschien sie in diesem Dämmerlicht – diese Frau, deren Schönheit und Sünde die gewaltige Masse der mächtigen Pyramide, die sich über uns erhob, überdauern würde! Die Tiefe ihrer Ohnmacht hatte alles Falsche aus ihrem Gesicht gelöscht, und nichts blieb übrig als der göttliche Stempel ihres äußersten Liebreizes, gemildert durch die Schatten der Nacht und gewürdigt durch den Ausdruck des todesähnlichen Schlafes. Ich schaute sie an, und mein ganzes Herz ging zu ihr hin; es schien, dass ich sie nur noch mehr liebte wegen der Tiefe des Verrats, zu dem ich mich herabgelassen hatte, um sie zu erreichen, und wegen der Schrecken, die wir gemeinsam durchgestanden hatten. Müde und erschöpft von Ängsten und Schuldgefühlen suchte mein Herz das ihre, um Ruhe zu finden, denn nun war sie allein mir geblieben. Sie hatte geschworen, mich zu heiraten, und mit dem Schatz, den wir gewonnen hatten, würden wir Ägypten stark machen und es von seinen Feinden befreien, und alles sollte noch gut werden. Ach, hätte ich sehen können, was wirklich kommen sollte, wie und an welchem Ort und unter welchen Umständen noch einmal das Haupt dieser Frau auf mein Knie gelegt werden sollte, bleich und mit dem Abdruck des Todes! Ach, hätte ich es sehen können!

Ich rieb ihre Hand zwischen meinen Händen. Ich beugte mich herunter und küsste sie auf die Lippen, und unter meinen Küssen wachte sie auf. Sie erwachte mit einem kleinen Schluchzen der Angst – ein Schauer lief über ihre zarten Glieder, und sie starrte mit großen Augen auf mein Gesicht.

»Ah! Du bist es!«, sagte sie. »Ich erinnere mich – du hast mich aus diesem schrecklichen Ort gerettet!« Und sie schlang ihre Arme um meinen Hals, zog mich an sich und küsste mich leidenschaftlich. »Komm, Liebster«, sagte sie, »lass uns gehen! Ich bin sehr durstig und – ach! – so sehr müde! Die Edelsteine scheuern mir an der Brust! Nie war Reichtum so schwer gewonnen! Komm, lass uns fortgehen aus dem Schatten dieses gespenstischen Ortes! Sieh das schwache Licht, das die Morgendämmerung ankündigt. Wie schön ist es, wie süß! Niemals dachte ich in den Hallen der ewigen Nacht, die Röte der Morgendämmerung wiederzusehen! Ich sehe noch das Gesicht des toten Sklaven, an dessen bartlosem Kinn der Schrecken hängt. Denke! Dort wird er ewig sitzen, dort, mit dem Grauenhaften zusammen! Komm, wo können wir Wasser finden? Ich würde einen Smaragd für einen Becher Wasser geben!«

»Am Kanal am Rande des Ackerlandes unterhalb des Horemkhu-Tempels werden wir es finden – er ist ganz in der Nähe«, antwortete ich.»Wenn uns jemand sieht, werden wir sagen, dass wir Pilger sind, die sich nachts zwischen den Gräbern verirrt haben. Verhülle dich also gut, Kleopatra, und hüte dich, etwas von den Edelsteinen zu zeigen, die du mit dir führst.«

So verhüllte sie sich, und ich half ihr auf den Esel, der in der Nähe angebunden war. Langsam ging es durch die Ebene, bis wir zu der Stelle kamen, wo das Symbol des Gottes Horemkhu, geformt wie ein mächtiger Sphinx (die Griechen nennen ihn Harmachis) und gekrönt mit der königlichen Krone Ägyptens, majestätisch über das Land blickt, seine Augen immer auf den Osten gerichtet. Während wir gingen, zitterte der erste Pfeil der aufgehenden Sonne durch die graue Luft und traf auf Horemkhus Lippen der heiligen Ruhe und begrüßte den Gott der Morgenröte mit einem Kuss. Dann sammelte sich das Licht und wuchs auf den schimmernden Seiten von zwanzig Pyramiden und ruhte, wie ein Versprechen des Lebens an den Tod, auf den Portalen von zehntausend Gräbern. Es ergoss sich in einer Flut von Gold über den Wüstensand – es durchdrang den schweren Himmel der Nacht und fiel in hellen Strahlen auf das Grün der Felder und die buschigen Wipfel der Palmen. Dann erhob sich der königliche Ra von seinem Lager am Horizont und es war Tag.

Vorbei an dem Tempel aus Granit und Alabaster, der vor den Tagen des Cheops zur Ehre der Majestät des Horemkhu erbaut wurde, stiegen wir den Hang hinab und kamen an die Ufer des Kanals. Dort tranken wir; und dieser Schluck schlammigen Wassers war süßer als alle erlesenen Weine von Alexandria. Auch wuschen wir den Mumienstaub und Schmutz von unseren Händen und Brauen und säuberten uns. Als Kleopatra ihren Hals badete und sich über das Wasser beugte, rutschte einer der großen Smaragde von ihrer Brust und fiel in den Kanal, und es war nur ein Zufall, dass ich ihn schließlich im Schlamm fand. Dann half ich Kleopatra noch einmal auf das Tier, und langsam marschierten wir zum Ufer des Nils zurück, wo unser Schiff lag. Als wir endlich dort ankamen und niemand außer ein paar Bauern sahen, die zur Arbeit auf das Land hinausgingen, ließ ich den Esel auf demselben Feld frei, auf dem wir ihn gefunden hatten, und wir bestiegen das Schiff, während die Mannschaft noch schlief. Dann weckten wir sie und sagten ihnen, dass wir den Eunuchen zurückgelassen hätten, da er noch einige Zeit an dem heiligen Ort verbleiben wollte, was auch die Wahrheit war. Nachdem wir die Edelsteine und den Goldschmuck, den wir ins Boot bringen konnten, versteckt hatten, segelten wir ab.

Wir brauchten vier Tage und mehr, um nach Alexandria zu kommen, denn der Wind wehte uns meistens entgegen, aber es waren glückliche Tage! Zuerst war Kleopatra in der Tat etwas still und schwer im Herzen, denn was sie im Schoß der Pyramide gesehen und gefühlt hatte, drückte sie nieder. Aber bald erwachte ihr kaiserlicher Geist und schüttelte die Last von ihrer Brust, und sie wurde wieder sie selbst – bald fröhlich, bald gelehrt, bald liebevoll, bald kalt, bald königlich und bald ganz einfach und natürlich – immer wechselnd wie die Winde des Himmels, und wie der Himmel, tief, schön, und unerforschlich!

Nacht für Nacht – diese vier entzückenden Nächte brachten mir die letzten glücklichen Stunden, die ich je erleben sollte – saßen wir Hand in Hand auf dem Deck und hörten, wie das Wasser die Seiten des Schiffes umspielte, und sahen dem sanften Schritt des Mondes zu, wie er durch die Tiefen des Nils schritt. Dort saßen wir und sprachen von Liebe, von unserer Heirat und allem, was wir tun würden. Auch entwarf ich Kriegs- und Verteidigungspläne gegen die Römer, die wir nun ausführen konnten; und sie billigte sie, indem sie süß sagte, dass das, was mir gut erscheine, auch ihr gut sei. Und so verging die Zeit nur allzu schnell.

Oh, diese Nächte am Nil, ihre Erinnerung verfolgt mich noch immer! In meinen Träumen sehe ich die Mondstrahlen sich auf dem Wasser brechen und höre Kleopatras geflüsterte Liebesworte, die sich mit dem Klang des murmelnden Wassers vermischen. Tot sind jene geliebten Nächte, tot ist der Mond, der sie beschien; die Wasser, die uns an ihrer Brust schaukelten, sind im weiten Salzmeer verloren, und wo wir uns küssten und liebten, dort werden ungeborene Lippen küssen und lieben! Wie schön war ihre Verheißung, die doch verdammt war, wie eine unfruchtbare Blüte zu verwelken, abzufallen und zu verfaulen! Und ihre Erfüllung, ach, wie trostlos! Denn alles endet in Finsternis und Asche, und wer in Torheit sät, wird in Kummer ernten. Ach, wo sind jene Nächte auf dem Nil!

Und so standen wir endlich wieder in den hasserfüllten Mauern des schönen Palastes am Lochias, und der Traum war zu Ende.

»Wohin bist du mit Kleopatra gereist, Harmachis?«, fragte mich Charmion, als ich sie an jenem Tag der Rückkehr zufällig traf. »Auf irgendeine neue Mission des Verrats? Oder war es nur eine Liebesreise?«

»Ich war mit Kleopatra in einer geheimen Staatsangelegenheit unterwegs«, antwortete ich streng.

»So! Wer heimlich geht, geht böse; und böse Vögel lieben es, bei Nacht zu fliegen. Es würde sich für dich, Harmachis, kaum ziemen, dein Gesicht in Ägypten offen zu zeigen.«

Ich hörte es und fühlte den Zorn in mir aufsteigen, denn ich konnte die Verachtung dieses schönen Mädchens schlecht ertragen.

»Hast du nie ein Wort ohne Stachel?«, fragte ich. »Dann wisse, dass ich dorthin ging, wohin du dich nicht zu gehen getraut hast, um Mittel zu sammeln, die dazu dienen, Ägypten dem Zugriff des Antonius zu entziehen.«

»So«, antwortete sie und blickte rasch auf. »Du törichter Mann! Du hättest besser daran getan, dir deine Arbeit zu sparen, denn Antonius wird Ägypten trotz dir in die Hand bekommen. Welche Macht hast du heute noch in Ägypten?«

»Das mag er trotz mir tun; aber trotz Kleopatra kann er es nicht tun«, sagte ich.

»Nein, aber mit der Hilfe von Kleopatra kann und wird er es tun«, antwortete sie mit einem bitteren Lächeln. »Wenn die Königin im Prunk den Strom von Cydnus hinaufsegelt, wird sie diesen verruchten Antonius sicher nach Alexandria ziehen, und zwar als Eroberer, und doch auch, genauso wie dich, als ihr Sklave!«

»Es ist falsch! Ich sage, dass es falsch ist! Kleopatra geht nicht nach Tarsus, und Antonius kommt nicht nach Alexandria; oder wenn er kommt, dann nur, um das Wagnis eines Krieges einzugehen.«

»Nun, denkst du so?«, antwortete sie mit einem kleinen Lachen. »Nun, wenn es dir gefällt, denke so! In drei Tagen wirst du es wissen. Es ist schön zu sehen, wie leicht du zu täuschen bist. Lebe wohl! Geh, träume von der Liebe, denn die Liebe ist süß.«

Sie ging und ließ mich verärgert und mit bekümmertem Herzen zurück.

Ich sah Kleopatra an diesem Tag nicht mehr, aber am folgenden Tag traf ich sie. Sie war in bedrückter Stimmung und hatte kein freundliches Wort für mich. Ich sprach zu ihr von der Verteidigung Ägyptens, aber sie schob die Sache beiseite.

»Warum ermüdest du mich damit?«, sagte sie zornig; »siehst du nicht, dass ich in Schwierigkeiten stecke? Wenn Dellius morgen seine Antwort erhalten hat, werden wir über diese Dinge sprechen.«

»Ja«, sagte ich, »wenn Dellius seine Antwort bekommen hat; und weißt du, dass erst gestern Charmion – die man im Palast die ›Hüterin der Geheimnisse der Königin‹ nennt – geschworen hat, dass die Antwort lauten würde: ›Geht in Frieden, ich komme zu Antonius!‹«

»Charmion weiß nichts von meinem Herzen«, sagte Kleopatra und stampfte zornig mit dem Fuß auf, »und wenn sie so freimütig redet, soll das Mädchen von meinem Hof gepeitscht werden. Obwohl, in Wahrheit«, fügte sie hinzu, »hat sie mehr Weisheit in ihrem kleinen Kopf als alle meine geheimen Berater – ja, und mehr Verstand, um ihn zu benutzen. Weißt du, dass ich einen Teil dieser Edelsteine an die reichen Juden von Alexandria verkauft habe, und zwar zu einem hohen Preis, ja, zu fünftausend Sesterzen für jeden einzelnen? Aber nur paar in Wahrheit, denn mehr konnten sie nicht kaufen. Es war seltsam, ihre Augen zu sehen, wenn sie sie erblickten; sie wurden groß wie Äpfel vor Erstaunen. Und nun lass mich allein, Harmachis, denn ich bin müde. Die Erinnerung an jene furchtbare Nacht ist noch in mir.«

Ich erhob mich, um zu gehen, doch dann blieb ich stehen.

»Verzeih mir, Kleopatra; es geht um unsere Ehe.«

»Unsere Ehe! Gehören wir einander nicht schon wie Ehegatten?«, antwortete sie.

»Ja; aber nicht vor der Welt. Du hast es versprochen.«

»Ja, Harmachis, ich habe es versprochen; und morgen, wenn ich mich dieses Dellius entledigt habe, werde ich mein Versprechen halten und dich vor dem Hof zum Ehegemahl der Kleopatra ernennen. Sieh zu, dass du an deinem Platz bist. Bist du zufrieden?«

Sie streckte ihre Hand aus und kam, um mich zu küssen,

und sah mich mit seltsamen Augen an, als ob sie mit sich selbst kämpfte.

Dann ging ich fort; aber in der Nacht versuchte ich noch einmal, Kleopatra zu sehen, aber es gelang mir nicht. »Charmion ist bei der Königin«, sagten die Eunuchen, und niemand dürfe eintreten.

Am nächsten Tag versammelte sich der Hof eine Stunde vor Mittag in der großen Halle, und ich ging mit zitterndem Herzen dorthin, um Kleopatras Antwort an Dellius zu hören und um zu erfahren, dass ich zum Ehegemahl der Königin von Ägypten ernannt worden war. Es war ein voller und prächtiger Hof zusammengekommen; Ratsherren, Fürsten, Hauptleute, Eunuchen und Hofdamen, alle außer Charmion.

Die Stunde war gekommen, aber weder Kleopatra noch Charmion erschienen. Schließlich trat Charmion vorsichtig durch einen Seiteneingang ein und nahm ihren Platz zwischen den um den Thron wartenden Damen ein. Noch während sie dies tat, warf sie einen Blick auf mich, und in ihren Augen lag Triumph, obwohl ich nicht wusste, worüber sie triumphierte. Ich ahnte nicht, dass sie jetzt meinen Ruin herbeigeführt und das Schicksal Ägyptens besiegelt hatte.

Dann ertönten die Trompeten, und in ihrem Staatsgewand, mit der Uräuskrone auf dem Haupt und dem großen smaragdgrünen Skarabäus auf der Brust, der wie ein Stern leuchtete, den sie aus dem Herzen des toten Pharao gerissen hatte, schwebte Kleopatra in voller Schönheit zu ihrem Thron, gefolgt von einer glitzernden Garde von Wachmännern. Ihr schönes Gesicht war dunkel, und dunkel waren ihre umschleierten Augen, und niemand konnte ihre Botschaft lesen, obwohl der ganze Hof sie nach einem Zeichen für das, was kommen sollte, absuchte. Sie setzte sich langsam nieder, wie eine, die nicht bewegt werden darf, und sagte zu dem Obersten der Herolde in griechischer Sprache: »Wartet der Botschafter des edlen Antonius?«

Der Herold verbeugte sich tief und bejahte die Frage.

»Er soll hereinkommen und unsere Antwort hören!«

Die Türen wurden weit aufgeschlagen, und Dellius, begleitet von seinem Gefolge von Rittern, schritt in seiner goldenen Rüstung und seinem purpurnen Mantel mit katzenartigem Schritt die große Halle hinauf und machte vor dem Thron halt.

»Königlichste und schönste Ägypterin«, sagte er mit sanfter Stimme, »wie du mir, deinem Diener, gnädigerweise befohlen hast, bin ich hier, um deine Antwort auf den Brief des edlen Antonius, des Triumvirs, entgegenzunehmen, den ich morgen zu Tarsus in Cilicien treffen werde. Und ich will dies sagen, königliche Ägypterin, und bitte dabei um Verzeihung für die Kühnheit meiner Rede, – denke gut nach, bevor Worte, die unausgesprochen bleiben könnten, von diesen süßen Lippen fallen. Widersetze dich Antonius, und Antonius wird dich vernichten. Doch wenn du dich vor seinen Augen wie deine Mutter Aphrodite glorreich aus dem Schoße der zyprischen Welle erhebst, wird er dir alles geben, was deinem weiblichen Königtum lieb sein kann – das Reich und den Prunk, Ruhm und Reichtum und das Diadem der Herrschaft. Denn merke dir: Antonius hält diese östliche Welt in seiner kriegerischen Hand; nach seinem Willen werden Könige und bei seinem Stirnrunzeln hören sie auf, es zu sein.«

Und er neigte sein Haupt und wartete, die Hände demütig auf der Brust gefaltet, auf eine Antwort.

Eine Weile antwortete Kleopatra nicht, sondern saß da wie der Sphinx Horemkhu, stumm und unergründlich, und starrte mit verlorenen Augen durch die große Halle.

Dann, wie sanfte Musik, kam ihre Antwort; und zitternd lauschte ich Ägyptens Herausforderung an den Römer.

»Edler Dellius, wir haben viel über den Inhalt deiner

Nachricht vom großen Antonius an unser armes Königshaus in Ägypten nachgedacht. Wir haben viel darüber nachgedacht, und wir haben uns Rat geholt von den Orakeln der Götter, von den Weisesten unter unseren Freunden, und von den Stimmen unseres Herzens, das immer, wie ein nistender Vogel, über das Wohl unseres Volkes brütet. Scharf sind die Worte, die du über das Meer gebracht hast; mir scheint, sie wären besser für die Ohren eines kleinen, halbgezähmten Prinzen geeignet gewesen als für die der Königin von Ägypten. Deshalb haben wir die Legionen gezählt, die wir sammeln können, und die Schiffe und Galeeren, mit denen wir das Meer überqueren können, und das Geld, mit dem wir alles kaufen können, was uns zum Krieg noch fehlt. Und wir finden, dass, obwohl Antonius stark ist, Ägypten doch nichts von der Stärke des Antonius zu befürchten hat.«

Sie hielt inne, und ein Gemurmel von Beifall für ihre stolzen Worte ging durch den Saal. Nur Dellius streckte seine Hand aus, als wolle er sie zurückdrängen. Dann kam das Ende der Antwort.

»Edler Dellius, wir sind geneigt, deine Zunge zum Schweigen zu bringen und stark in unseren steinernen Festungen und den anderen Festungen, die aus den Herzen der Menschen gebaut sind, die Sache zu ertragen. Und doch sollst du nicht so gehen. Wir sind unschuldig an den Anschuldigungen gegen uns, die dem edlen Antonius zu Ohren gekommen sind und die er nun grob in die unseren schreit. Wir werden nicht nach Cilicien reisen, um darauf zu beantworten.«

Das Gemurmel erhob sich von neuem, während mein Herz triumphierend höher schlug; und in der folgenden Pause sprach Dellius noch einmal.

»Dann, königliche Ägypterin, ist mein Wort an Antonius ein Wort des Krieges?«

»Nein«, antwortete sie; »es soll eine Wort des Friedens

sein. Höre zu; wir haben gesagt, dass wir nicht kommen würden, um auf diese Anklagen zu antworten, und das werden wir auch nicht. Aber« – und sie lächelte zum ersten Mal –»wir werden gerne kommen, und zwar schnell und in königlicher Freundschaft, um unser Bündnis des Friedens an den Ufern des Cydnus bekannt zu machen.«

Ich hörte die Worte und war verwirrt. Harte ich richtig gehört? Hielt Kleopatra so ihre Eide? Zu bewegt, um vernünftig zu bleiben, erhob ich meine Stimme und schrie:»O Königin, erinnere dich!«

Sie wandte sich mir zu wie eine Löwin, mit einem Aufblitzen der Augen und einem raschen Schütteln ihres schönen Kopfes.

»Ruhig, Sklave!«, sagte sie;»wer hat dir erlaubt, dich in unsere Beratungen einzumischen? Kümmere dich um deine Sterne, und überlasse die Angelegenheiten der Welt den Herrschern der Welt!«

Beschämt sank ich zurück, und als ich das tat, sah ich noch einmal das Lächeln des Triumphs auf Charmions Gesicht, gefolgt von etwas, das vielleicht der Schatten des Mitleids über meine Zurückweisung war.

»Nun, da der zänkische Scharlatan«, sagte Dellius und zeigte mit seinem juwelenbesetzten Finger auf mich,»zurechtgewiesen worden ist, erlaube mir, o Ägypterin, dir von Herzen für diese sanften Worte zu danken ...«

»Wir verlangen keinen Dank von dir, edler Dellius, auch ist es nicht an dir, unseren Diener zu tadeln«, unterbrach Kleopatra ihn stirnrunzelnd,»wir werden den Dank allein von den Lippen des Antonius annehmen. Gehe zu deinem Herrn und sage, dass er uns einen angemessenen Empfang bereiten kann, und unsere Kiele der Spur deines Kiels folgen werden. Und nun, lebe wohl! Du wirst ein kleines Zeichen unserer Großzügigkeit auf deinem Schiff finden.«

Dellius verbeugte sich dreimal und zog sich zurück, während der Hof, auf weitere Worte der Königin wartend, verharrte. Auch ich wartete und fragte mich, ob sie ihr Versprechen einlösen und mich im Angesicht Ägyptens zur ihrem königlichen Gemahl ernennen würde. Aber sie sagte nichts. Sie erhob sich nur, immer noch die Stirn runzelnd, und verließ, gefolgt von ihren Wachen, den Thron und ging in den Alabaster-Saal. Dort löste sich der Hof auf, und als die Fürsten an mir vorübergingen, sahen sie mich mit Spott an. Obwohl niemand mein ganzes Geheimnis kannte, um zu wissen, wie es zwischen mir und Kleopatra stand, so waren sie doch eifersüchtig auf die Gunst, die mir die Königin erwiesen hatte, und freuten sich über meinen Sturz. Aber ich achtete nicht auf ihren Spott, denn ich stand wie betäubt vor Elend und fühlte, wie mir die Hoffnung unter den Füßen entglitt.

20. Die geheime Rede

Endlich, als alle gegangen waren, wandte auch ich mich zum Gehen, als einer der Eunuchen mir auf die Schulter schlug und mir befahl, auf die Ankunft der Königin zu warten. Eine Stunde zuvor wäre dieser Bursche auf den Knien zu mir gekrochen; aber er hatte das Geschehene mitgehört, und nun behandelte er mich – so brutal ist die Natur solcher Sklaven – wie die Welt die Gefallenen behandelt, mit Verachtung. Denn zu Fall kommen, nachdem man groß gewesen ist, heißt, alle Schanden kennen zu lernen. Unglücklich also sind die Großen, denn sie können fallen!

Ich wandte mich mit einem so heftigen Wort an den Sklaven, dass er vor Furcht hinter mich sprang; dann ging ich weiter zum Alabastersaal und wurde von den Wachen eingelassen. In der Mitte des Saales, in der Nähe des Brunnens, saß Kleopatra, und bei ihr waren Charmion und das griechische Mädchen Iras, und Merira und andere ihrer Hofdamen. »Geht«, sagte sie zu diesen, »ich möchte allein mit
198

meinem Astrologen sprechen.« So gingen sie und ließen uns beide von Angesicht zu Angesicht zurück.

»Bleib da stehen«, sagte sie und hob zum ersten Mal ihre Augen. »Komm mir nicht zu nahe, Harmachis: Ich traue dir nicht. Vielleicht hast du noch einen Dolch gefunden. Nun, was hast du zu sagen? Mit welchem Recht hast du es gewagt, dich in mein Gespräch mit dem Römer einzumischen?«

Ich fühlte, wie das Blut wie ein Sturm durch mich rauschte; Bitterkeit und brennende Wut ergriffen mein Herz. »Was hast *du* zu sagen, Kleopatra?«, antwortete ich kühn. »Wo ist dein Schwur, geschworen auf das tote Herz von Menkau-ra, dem Ewiglebenden? Wo ist deine Herausforderung an diesen römischen Antonius geblieben? Wo dein Schwur, dass du mich vor den Augen Ägyptens zu deinem Ehegemahl erheben würdest?«

»Es steht Harmachis, der nie geschworen hat, gut an, zu mir von Eiden zu sprechen!«, sagte sie in bitterem Spott. »Und doch, du reinster Priester der Isis, und doch, du treuester Freund, der du deine Freunde nie verraten hast, und doch, du standhaftester, ehrenhaftester und aufrichtigster Mann, der du nie dein Geburtsrecht, dein Land und deine Sache um den Preis der flüchtigen Liebe eines Weibes verschachert hast – woran erkennst du denn, dass mein Wort ungültig ist?«

»Ich will deinen Spott nicht erwidern, Kleopatra«, sagte ich und hielt mich zurück, so gut ich konnte, »denn ich habe ihn verdient, wenn auch nicht von dir. Ich will dir sagen, woher ich es weiß. Du gehst, um Antonius zu besuchen; du gehst, wie dieser römische Schurke sagte, in deinem besten Gewande, um mit demjenigen zu speisen, den du den Geiern zum Festmahl geben solltest. Vielleicht bist du im Begriff, die Schätze, die du aus dem Leichnam Menkau-ras geraubt hast, die Schätze, die für die Not Ägyptens aufbewahrt wurden, für ein ausschweifendes Fest zu vergeuden, das die Schande Ägyptens vollenden wird. So weiß ich denn, dass du geschworen hast, und ich, der ich dich liebte und dir glaubte, bin betrogen worden; und auch, dass du, die du erst gestern geschworen hast, mich zu heiraten, mich heute mit Hohn überhäufst und mich sogar vor diesem Römer mit offenem Spott bedacht hast!«

»Dich heiraten? Ich schwor, dich zu heiraten? Nun, was ist die Ehe? Ist es der Bund des Herzens, jenes Band, das schön und leicht wie Spinnweben Seele an Seele bindet, während sie durch die träumerische Nacht der Leidenschaft schweben? Ein Band, das vielleicht bereits im Tau der Morgendämmerung schmilzt? Oder ist es das eiserne Band der erzwungenen, unveränderlichen Verbindung, durch das, wenn der eine sinkt, der andere mitsinken muss, um wie ein bestrafter Sklave zugrunde zu gehen[14]? Heiraten! *Ich* soll heiraten! *Ich* soll die Freiheit vergessen und der schlimmsten Sklaverei unseres Geschlechts den Hof machen! Was nützt es mir, Königin zu sein, wenn ich dem Übel der Gemeinen nicht entrinnen kann? Merke dir, Harmachis: Das erwachsene Weib hat zwei Übel zu fürchten – den Tod und die Ehe; und von diesen beiden ist die Ehe das abscheulichere; denn im Tod können wir Ruhe finden, aber in der Ehe, wenn sie versagt, müssen wir die Hölle finden. Nein, Harmachis, ich *liebe*, aber ich *heirate* nicht!«

»Gestern Abend, Kleopatra, hast du geschworen, du würdest mich heiraten und mich vor dem Angesicht Ägyptens an deine Seite rufen!«

»Gestern Abend, Harmachis, zeigte der rote Ring um den Mond das Kommen des Sturms an, und doch ist der Tag schön! Aber wer weiß, ob der Sturm nicht morgen schon losbricht? Wer weiß, ob ich nicht den leichteren Weg gewählt habe, um Ägypten vor den Römern zu retten? Wer

---

[14] Bezieht sich auf den römischen Brauch, einen lebenden Schwerverbrecher an den Körper eines bereits Toten zu ketten.

weiß, Harmachis, ob du mich nicht immer noch deine Frau nennen wirst?«

Da konnte ich ihre Falschheit nicht mehr ertragen, denn ich sah, dass sie nur mit mir spielte.

»Kleopatra!«, rief ich, »du hast geschworen, Ägypten zu schützen, und nun bist du im Begriff, Ägypten an die Römer zu verraten! Du hast geschworen, die Schätze, die ich dir offenbart habe, zum Dienste Ägyptens zu verwenden, und nun bist du im Begriff, sie zu seiner Schande zu verwenden, sie zu Fesseln für seine Kraft zu machen! Du hast geschworen, mich zu heiraten, der ich dich geliebt und für dich alles gegeben habe, und nun verspottest und verwirfst du mich! Darum sage ich – mit der Stimme der furchtbaren Götter sage ich es –, dass auf dich der Fluch von Menkau-ra fallen soll, den du beraubt hast! Lass mich fortgehen und mein Schicksal erfüllen! Lass mich gehen, du schöne Sünderin, du lebendige Lüge, die ich bis zum Untergang geliebt habe und die den letzten Fluch der Verdammnis über mich gebracht hat! Lass mich gehen, damit ich mich verberge und dein Angesicht nicht mehr sehe!«

Sie erhob sich in ihrem Zorn, und es war schrecklich, sie anzusehen. »Dich gehen lassen, damit du Unheil gegen mich stiftest! Nein, Harmachis, du sollst nicht gehen, um neue Ränke gegen meinen Thron zu schmieden! Ich sage dir, dass auch du kommen sollst, um Antonius in Cilicien zu besuchen, und dort werde ich dich vielleicht gehen lassen!« Und ehe ich antworten konnte, hatte sie auf den silbernen Gong geschlagen, der neben ihr hing.

Noch bevor das reiche Echo verklungen war, traten Charmion und die wartenden Frauen durch die eine Tür ein, und durch die andere eine Reihe von Soldaten – vier von ihnen von der Leibwache der Königin, mächtige Männer mit geflügelten Helmen und langem, blondem Haar.

»Ergreift den Verräter!«, rief Kleopatra und zeigte auf mich.

Der Hauptmann der Wache – es war Brennus – salutierte und kam mit gezogenem Schwert auf mich zu.

Aber ich war wütend und verzweifelt und kümmerte mich wenig darum, ob sie mich töteten, sondern stürzte direkt auf seine Kehle zu und versetzte ihm einen so schweren Schlag, dass der große Mann kopfüber fiel und seine Rüstung auf dem Marmorboden klirrte. Mit schnellem Griff riss ich sein Schwert und seinen Schild an mich und fing den Hieb des nächsten, der sich mit einem Schrei auf mich stürzte, mit dem Schild ab und schlug mit meiner ganzen Kraft zu. Das Schwert traf ihn zwischen Hals und Schulter und durchschlug die Gelenke seines Harnischs, so dass er tot zu Boden sank. Als der dritte kam, stieß ich mit der Spitze meines Schwertes zu, bevor er selbst zuschlagen konnte, und es durchbohrte ihn, und er starb. Dann stürzte sich der letzte mit einem Schrei auf mich, und auch ich stürzte mich auf ihn, mein Blut war noch in Flammen. Jetzt kreischten die Frauen – nur Kleopatra sagte nichts, sondern stand da und sah dem ungleichen Kampf zu. Wir trafen aufeinander, und ich schlug mit aller Kraft zu, und es war ein mächtiger Schlag, denn das Schwert durchschlug die Eisenschale, zerbrach dort aber, so dass ich ohne Waffe dastand. Mit einem Triumphschrei schwang der Wächter sein Schwert über mich, um mir das Haupt zu spalten, aber ich fing den Schlag mit meinem Schild ab. Als er sein Schwert wieder erhob, schleuderte ich ihm mit einem Schrei meinen Schild ins Gesicht. Er taumelte, aber bevor er sein Gleichgewicht wiedererlangen konnte, stürzte ich auf ihn zu und packte ihn rund um die Mitte seines Leibes.

Eine ganze Minute lang kämpften der große Mann und ich wütend miteinander, und dann – so groß war meine Kraft in jenen Tagen – hob ich ihn wie ein Spielzeug hoch und schleuderte ihn so auf den Marmorboden, dass seine Knochen zerschmettert wurden und er sich nicht mehr rührte. Aber ich konnte mich nicht aufrecht halten, sondern fiel auf ihn, und da kam der Hauptmann Brennus, den ich mit der Faust zu Boden geschlagen hatte, wieder zu sich, trat hinter mich und schlug mich mit dem Schwert eines der Erschlagenen auf Kopf und Schultern. Da ich aber auf dem Boden lag, fiel der Schlag nicht mit seinem ganzen Gewicht, auch mein dichtes Haar und meine geflochtene Mütze minderten die Wucht; und so kam es, dass, obwohl ich schwer verwundet war, das Leben noch in mir war. Aber ich konnte mich nicht mehr wehren.

Da stürzten sich die feigen Eunuchen, die sich beim Klang der Schläge wie eine Viehherde zusammengedrängt hatten, auf mich und wollten mich mit ihren Messern abschlachten. Aber Brennus wollte, jetzt wo ich am Boden lag, nicht mehr zuschlagen, sondern wartete ab. Die Eunuchen hätten mich sicher getötet, denn Kleopatra sah zu wie jemand, der im Traume wacht, und machte kein Zeichen, die Wachen zurückzurufen. Schon war mein Kopf nach hinten gezogen, und ihre Messerspitzen waren an meiner Kehle, als Charmion, vorwärts eilend und »Hunde!« rufend ihren Körper verzweifelt so vor sie warf, dass sie nicht zustechen konnten. Nun ergriff Brennus mit einem Fluch zuerst den einen, dann den anderen und schleuderte sie von mir weg.

»Schone sein Leben, Königin!«, rief er. »Beim Jupiter, er ist ein tapferer Mann! Ich selbst bin wie ein Ochse auf der Schlachtbank gefallen, und drei meiner Männer wurden von einem Mann ohne Rüstung und unvorbereitet erledigt! Es tut mir um sie nicht Leid! Darum schone sein Leben, Königin, und gib ihn mir!«

»Ja, schone ihn! Schone ihn!«, rief Charmion, weiß und zitternd.

Kleopatra trat näher und schaute auf den Toten und auf den, der sterbend dalag, wie ich ihn zu Boden geschmettert hatte, und auf mich, der vor zwei Tagen noch ihr Geliebter gewesen war und dessen verwundetes Haupt nun auf Charmions weißem Gewand ruhte.

Ich begegnete dem Blick der Königin. »Schone mich nicht!«, keuchte ich; »vae victis!«

Da stieg eine Röte auf ihre Stirn – ich glaube, es war eine Röte der Scham!

»Liebst du denn diesen Mann in deinem Herzen, Charmion«, sagte sie mit einem kleinen Lachen, »dass du deinen zarten Körper zwischen ihn und die Messer dieser geschlechtslosen Hunde wirfst?« Und sie warf einen Blick der Verachtung auf die Eunuchen.

»Nein!«, antwortete das Mädchen grimmig; »aber ich kann nicht zusehen, wie ein tapferer Mann von solchen Leuten ermordet wird.«

»Ja«, sagte Kleopatra, »er ist ein tapferer Mann, und er hat gut gekämpft; ich habe noch nie einen so heftigen Kampf gesehen, nicht einmal bei den Spielen in Rom! Nun, ich schone sein Leben, obwohl es schwach von mir ist – weibisch schwach. Bringt ihn in sein Gemach und bewacht ihn dort, bis er geheilt oder tot ist.«

Dann wurde mir schwindelig, eine große Übelkeit ergriff mich, und ich sank in das Nichts einer Ohnmacht.

Träume, Träume, Träume ohne Ende und ständig wechselnd, als ob ich jahrelang auf einem Meer von Qualen dahintrieb. Und durch sie hindurch erschien mir die Vision eines Frauengesichts mit dunklen Augen und die Berührung einer weißen Hand, die mich beruhigte. Dann kam die Vision eines königlichen Antlitzes, das sich zuweilen über mein schaukelndes Bett beugte – ein Antlitz, das ich nicht fassen konnte, dessen Schönheit in seiner Wirkung aber durch meine fiebernden Adern wogte und ein Teil von mir war –, es folgten Visionen der Kindheit und der Tempeltürme von Abouthis und des weißhaarigen Amenemhat, meines Vaters – ja, und eine allgegenwärtige Vision jener schrecklichen Halle in Amenti und des kleinen Altars und der in Flammen gekleideten Geister! Dort schien ich ewig zu wandern und die Heilige Mutter anzurufen, deren Bild ich nicht fassen konnte; ich rief sie immer wieder vergeblich an! Keine Wolke senkte sich über den Altar, nur von Zeit zu Zeit ertönte die laute Stimme:»Streiche den Namen Harmachis, Kind der Erde, aus dem lebendigen Buch von der, die da war und die ist und die sein wird! – Verloren! Verloren! Verloren!«

Und eine andere Stimme antwortete:»Nicht doch! Nicht doch! Buße ist nahe; streiche nicht den Namen Harmachis, Kind der Erde, aus dem lebendigen Buch dessen, der war und ist und sein wird! Durch Leiden möge die Sünde weggewischt werden!«

Ich erwachte und fand mich in meiner Kammer im Turm des Palastes wieder. Ich war so schwach, dass ich kaum die Hand heben konnte, und das Leben schien nur in meiner Brust zu flattern, wie bei einer sterbenden Taube. Ich konnte den Kopf nicht drehen, ich konnte mich nicht rühren; und doch war in meinem Herzen ein Gefühl von Ruhe und von überwundener dunkler Qual. Das Licht der Lampe schmerzte meine Augen. Ich verdeckte sie, und da hörte ich das Rauschen eines Frauengewandes auf der Treppe und einen schnellen, leichten Schritt, den ich gut kannte. Es war der Schritt von Kleopatra!

Sie trat ein und näherte sich. Ich fühlte sie kommen! Jeder Puls meines armen Herzens war eine Antwort auf den Klang ihrer Tritte, und all meine Liebe und all mein Hass stiegen aus der Dunkelheit meines todesähnlichen Schlafes auf, und rissen mich in den Kampf zwischen beiden! Sie beugte sich über mich; ihr betörender Atem spielte auf meinem Gesicht. Ich konnte das Schlagen ihres Herzens hören! Tiefer lehnte sie sich, bis endlich ihre Lippen mich sanft an der Stirn berührten.

»Armer Mann!«, hörte ich sie murmeln.»Armer, schwacher, sterbender Mann! Das Schicksal war hart zu dir! Du warst zu gut für das Spiel mit einer Frau wie mir – ein Bauer, den ich in meinem Spielfeld der Politik bewegen musste! Ach, Harmachis, du hättest das Spiel beherrschen sollen. Diese verschwörerischen Priester hätten dich besser unterrichten sollen; aber sie konnten dir weder Menschenkenntnis beibringen, noch dich gegen den Lauf des Naturgesetzes der Liebe schützen. Du hast mich von ganzem Herzen geliebt – ach, ich weiß es wohl! Du hast die Augen geliebt, die dich wie die Lichter der Piraten in die Irre lockten, und du hingst vernarrt an den Lippen, die dein Herz verrieten und dich ›Sklave‹ nannten! Nun; das Spiel war gerecht, denn du hättest mich getötet; und doch trauere ich um dich. Sollst du sterben? Ist dies ist mein Abschied von dir? Niemals mögen wir uns auf Erden wiedersehen; und vielleicht ist es gut so, denn wer weiß, wie ich mit dir umgehen würde, wenn du lebtest und meine Stunde der Zärtlichkeit vorüber ist? Und wo werden wir uns wiedersehen, wenn mein letzter Wurf getan ist? Dort in dem Reich, das Osiris regiert. Ein wenig Zeit, ein paar Jahre – vielleicht schon morgen – und wir werden uns begegnen; dann, da du weißt, was ich bin, wie wirst du mir gegenübertreten? Hätte ich dich doch lieben können, wie du mich liebst! Fast tat ich es, als du die Wachen erschlugst; und doch – nicht ganz. Was für eine umzäunte Stadt ist mein Herz, dass niemand es einnehmen kann, und selbst wenn ich die Tore weit öffne, kann kein Mensch es gewinnen! Harmachis, lebe wohl! Geh zum großen Julius Cäsar, den du vor meinen Augen vom Tode erweckt hast, und überbringe ihm den Gruß Ägyptens. Ja, ich täuschte dich und ich täuschte Cäsar – Harmachis, leb wohl!«

Sie wandte sich zum Gehen, und als sie sich umdrehte, hörte ich das Rascheln eines anderen Kleides und den leichten Tritt des Fußes einer anderen Frau.

»Ah! Du bist es, Charmion. Nun, bei all deiner Wachsamkeit stirbt der Mann.«

»Ja«, antwortete sie mit einer Stimme, die voller Kummer

war. »Ja, o Königin, so sagen die Ärzte. Vierzig Stunden hat er in so tiefer Betäubung gelegen, dass sein Atem zuweilen kaum das Gewicht dieser winzigen Feder heben konnte, und kaum konnte mein Ohr, an seine Brust gelegt, das Schlagen seines Herzens wahrnehmen. Ich habe ihn nun zehn lange Tage lang beobachtet, Tag und Nacht, bis meine Augen vor Schlafmangel ganz blind wurden und ich mich kaum noch aufrecht halten konnte. Und dies ist das Ende all meiner Mühen! Der feige Schlag des verfluchten Brennus hat sein Werk getan, und Harmachis stirbt!«

»Die Liebe zählt nicht ihre Arbeit, Charmion, auch kann sie ihre Zärtlichkeit nicht auf der Waage wiegen wie die Kaufleute. Was sie hat, gibt sie, und sehnt sich, noch mehr zu geben, bis die Unendlichkeit der Seele erschöpft ist. Lieb sind deinem Herzen diese schweren Nächte des Wachens; süß für deine müden Augen ist der traurige Anblick einstiger Stärke, die so schwach geworden ist, dass sie an deiner Schwäche hängt wie ein Kind an der Brust seiner Mutter! Denn du, Charmion, liebst diesen Mann, der dich nicht liebt, und jetzt, wo er hilflos ist, kannst du deine Leidenschaft über die stumme Dunkelheit seiner Seele ausgießen und dich in Träumen von dem wiegen, was noch kommen könnte.«

»Ich liebe ihn nicht, o Königin! Wie könnte ich einen lieben, der dich, die Schwester meines Herzens, ermorden wollte? Aus Mitleid pflege ich ihn.«

Sie lachte ein wenig, als sie antwortete: »Mitleid ist der Zwilling der Liebe, Charmion. Erstaunlich weit sind die Wege der Frauenliebe, und du hast deinen in seltsamer Weise gezeigt, das weiß ich. Doch je höher die Liebe, desto tiefer der Abgrund, in den sie fallen kann – ja, um von dort wieder zum Himmel aufzusteigen und wieder zu fallen! Armes Mädchen, du bist ein Spielball deiner Leidenschaft: einmal zart wie der Morgenhimmel, einmal, wenn Eifersucht dein Herz ergreift, grausamer als das Meer. Nun, so sind wir gemacht. Bald bleibt dir nach all dem Trübsal nichts mehr als Tränen, Reue und – Erinnerung.«

Und sie ging hinaus.

21. Die Fahrt nach Cilicien

Kleopatra ging, und eine Weile lag ich still da und sammelte meine Kräfte. Charmion kam näher und stellte sich neben mein Lager, und ich fühlte, wie eine heiße Träne aus ihren dunklen Augen auf mein Gesicht fiel, wie der erste schwere Regentropfen einer Gewitterwolke.

»Du gehst«, flüsterte sie, »wohin ich nicht folgen darf! O Harmachis, wie gern würde ich mein Leben für deines geben!«

Dann öffnete ich endlich die Augen und sprach, so gut ich konnte: »Beherrsche deinen Kummer, liebe Freundin«, sagte ich, »noch lebe ich; und in Wahrheit ist mir, als ob neues Leben in meiner Brust einzöge!«

Sie stieß einen kleinen Freudenschrei aus, und ich habe nie etwas Schöneres gesehen als die Veränderung, die über ihr weinendes Gesicht kam! Es war, als ob die ersten Lichter des Tages die Blässe jenes traurigen Himmels, der die Nacht vor der Morgendämmerung verhüllt, auflösten. Ganz rosig wurde ihr liebliches Antlitz; ihre trüben Augen leuchteten wie Sterne; und ein Lächeln der Verwunderung, süßer als das plötzliche Lächeln des Meeres, wenn seine Wellen unter dem Kuss des aufgegangenen Mondes zu Helligkeit erwachen, brach durch ihre Tränen.

»Du lebst!«, rief sie und warf sich neben meinem Lager auf die Knie. »Du lebst – und ich dachte, du seist fast fort! Du bist zu mir zurückgekommen! Oh, was sage ich? Wie töricht ist eines Weibes Herz! Es ist dieses lange Wachen! Nein, schlaf und ruhe dich aus, Harmachis! Nicht ein Wort mehr, ich gebiete es dir streng! Schlafe, Harmachis, schlafe!«, und sie hockte sich an meine Seite und legte ihre kühle Hand auf meine Stirn und murmelte: »Schlafe! Schlafe!«

Und als ich wieder erwachte, war sie immer noch da, aber die Lichter der Morgendämmerung schienen durch die Fenster. Da kniete sie, eine Hand auf meiner Stirn, und ihr Kopf, in all seinem Durcheinander von Locken, ruhte auf ihrem ausgestreckten Arm.

»Charmion«, flüsterte ich, »habe ich geschlafen?«

Sofort war sie hellwach und blickte mich mit zarten Augen an: »Ja, du hast geschlafen, Harmachis.«

»Wie lange habe ich denn geschlafen?«

»Neun Stunden.«

»Und du hast deinen Platz dort, an meiner Seite, neun lange Stunden lang gehalten?«

»Ja, aber es ist nichts; ich habe auch geschlafen – ich fürchtete, dich zu wecken, wenn ich mich rühre.«

»Geh du jetzt schlafen und ruhe dich aus«, sagte ich; »es beschämt mich, an mein Verhalten zu denken. Geh nur und ruhe dich aus, Charmion!«

»Gut, ich werde einem Sklaven befehlen, dich zu bewachen und mich zu wecken, wenn du etwas brauchst; ich schlafe dort, in der äußeren Kammer. Still – ich gehe!« Und sie wollte sich erheben, fiel aber, so erschöpft wie sie war, gleich auf den Boden.

Ich kann kaum das Gefühl der Scham beschreiben, das mich erfüllte, als ich sie fallen sah. Ich konnte mich nicht erheben, um ihr zu helfen.

»Es ist nichts«, sagte sie; »bewege dich nicht, ich muss nur Fuß fassen. So!« Sie erhob sich, fiel aber erneut. »Eine Plage mit meiner Unbeholfenheit! Aber ich muss wirklich schlafen. So, nun geht es. Ich werde den Sklaven schicken.« Sie taumelte von dannen wie eine vom Wein Trunkene.

Danach schlief ich noch einmal ein, denn ich war noch sehr schwach. Als ich erwachte, war es Nachmittag, und ich verlangte nach Essen. Charmion brachte es mir.

»Ich sterbe nicht«, sagte ich, nachdem ich gegessen hatte.

»Nein«, antwortete sie mit einem Kopfschütteln, »du wirst leben. Ich habe umsonst Mitleid mit dir gehabt.«

»Dein Mitleid hat mir das Leben gerettet«, sagte ich.

»Immerhin bist du mein Cousin«, antwortete sie gleichmütig; »außerdem liebe ich die Krankenpflege – für jeden Sklaven hätte ich so viel getan wie für dich. Und nun, da die Gefahr vorüber ist, verlasse ich dich.«

»Ich wäre wohl besser gestorben, Charmion«, sagte ich nach einer Weile, »denn das Leben kann für mich nur noch eine lange Schande sein. Sag mir, wann segelt Kleopatra nach Cilicien?«

»Sie segelt in zwanzig Tagen, und mit solcher Pracht und Herrlichkeit, wie sie Ägypten nie gesehen hat. Ich kann nicht einmal erraten, woher sie die Mittel hat, um eine solche Pracht zu entfalten.«

Ich aber, der ich wusste, woher der Reichtum kam, seufzte unter der Bitterkeit meiner Erinnerung und gab keine Antwort.

»Gehst du auch mit, Charmion?«, fragte ich.

»Ja, ich und der ganze Hof. Du auch – auch du gehst mit.«

»Ich gehe mit? Warum ich?«

»Weil du Kleopatras Sklave bist und in vergoldeten Ketten hinter ihrem Wagen marschieren musst; weil sie fürchtet, dich hier in Khem zu lassen; weil es ihr Wille ist, und damit hat es sich.«

»Charmion, kann ich nicht entfliehen?«

»Entfliehen, du armer kranker Mann? Nein, wie könntest du entkommen? Du wirst streng bewacht. Selbst wenn du entkommen könntest, wohin würdest du fliehen? Es gibt keinen ehrlichen Mann in Ägypten, der dich nicht anspucken würde!«

Noch einmal stöhnte ich im Geiste auf, und weil ich so schwach war, spürte ich, wie die Tränen über meine Wange rollten.

»Weine nicht!«, sagte sie hastig und wandte ihr Gesicht zur Seite. »Sei ein Mann und trotze diesen Mühen. Du hast gesät, nun musst du ernten; aber nach der Ernte steigt das Wasser und wäscht die faulenden Wurzeln weg, und dann kommt wieder die Zeit der Saat. Vielleicht findet sich drüben in Cilicien, wenn du wieder stark bist, ein Weg, auf dem du fliehen kannst – wenn du wirklich dein Leben ohne Kleopatras Lächeln ertragen kannst; dann musst du in einem fernen Land wohnen, bis diese Dinge vergessen sind. Und nun ist meine Aufgabe getan, lebe wohl! Zuweilen will ich dich besuchen und sehen, dass es dir an nichts fehlt.«

Sie ging, und von nun an wurde ich von dem Arzt und zwei Sklavinnen gepflegt, und zwar sehr geschickt; und so wie meine Wunde heilte, so kam auch meine Kraft wieder zu mir, zuerst langsam, dann sehr schnell. Nach vier Tagen verließ ich mein Lager, und nach drei weiteren konnte ich eine Stunde im Palastgarten spazieren gehen; eine weitere Woche und ich konnte lesen und nachdenken. An den Hof ging ich nicht mehr. Und eines Nachmittags kam Charmion und bat mich, mich bereit zu machen, denn die Flotte würde in zwei Tagen auslaufen, zuerst an die Küste von Syrien und von dort zum Golf von Issus und nach Cilicien.

Daraufhin bat ich Kleopatra in aller Form und schriftlich um Erlaubnis, zurückbleiben zu dürfen, mit dem Hinweis, dass meine Gesundheit so schwach sei, dass ich nicht reisen könne. Als Antwort erhielt ich eine Nachricht von ihr, dass ich mitkommen müsse.

So wurde ich an dem festgesetzten Tag in einer Sänfte zum Boot hinuntergetragen, und zusammen mit eben jenem Soldaten, der mich niedergeschlagen hatte, dem Hauptmann Brennus, und anderen aus seiner Truppe, die zu meiner Bewachung bestimmt waren, ruderten wir an Bord eines Schiffes, das mit den übrigen Schiffen der großen Flotte vor Anker lag. Denn Kleopatra reiste, als ob es in den Krieg ging, mit großem Pomp und in Begleitung einer Flotte, darunter ihr Schiff, das wie ein Haus gebaut und ganz mit Zedernholz und seidenen Teppichen ausgekleidet war, das schönste und kostbarste, das die die Welt je gesehen hat. Aber ich ging nicht auf dieses Schiff, und so kam es, dass ich weder Kleopatra noch Charmion sah, bis wir an der Mündung des Flusses Cydnus landeten.

Nachdem das Signal gegeben war, stach die Flotte in See; und da der Wind günstig war, kamen wir am Abend des zweiten Tages nach Joppa. Von da aus segelten wir langsam bei Gegenwind die Küste Syriens hinauf, vorbei an Cäsarea und Ptolemais und Tyrus und Berytus und an der weißen Stirn des Libanon, die mit einem Zedernkamm gekrönt ist, weiter nach Herakleia und über den Golf von Issus bis zur Mündung des Cydnus. Und immer mehr während dieser langen Reise brachte der starke Atem des Meeres mir meine Gesundheit zurück, bis ich schließlich, abgesehen von einer weißen Stelle auf meinem Kopf, wo das Schwert mich getroffen hatte, fast wieder so wie vordem war. Eines Nachts, als wir uns Cydnus näherten, während Brennus und ich allein an Deck saßen, fiel sein Blick auf den weißen Fleck, den sein Schwert hinterlassen hatte, und er schwor einen großen Eid bei seinen heidnischen Göttern. »Wenn du gestorben wärst, Junge«, sagte er, »ich glaube, ich hätte nie wieder mein Haupt erheben können! Ah, das war ein feiger Schlag, und ich schäme mich bei dem Gedanken, dass ich es war, der dich schlug, während du am Boden lagst und mir den Rücken zukehrtest! Weißt du, dass ich, als du zwischen Leben und Tod lagst, jeden Tag kam, um mich nach dir zu erkundigen? Und dass ich bei Taranis einen Eid schwor, dass ich, wenn du sterben würdest, diesem bequemen Palastleben den Rücken kehren und in den Norden gehen würde.«

»Nein, beunruhige dich nicht, Brennus«, antwortete ich, »es war deine Pflicht.«

»Mag sein! Aber es gibt Pflichten, die ein tapferer Mann nicht tun sollte – auch nicht auf Geheiß irgendeiner Königin, die Ägypten regiert! Was ist es, Junge? Hast du Ärger mit unserer Königin? Warum schleppt man dich als Gefangenen zu diesem Vergnügungsfest? Weißt du, dass man uns gedroht hat, dass, wenn du entkommst, wir mit unserem Leben dafür bezahlen sollen?«

»Ja, es ist ein trauriger Ärger, Freund«, antwortete ich, »frag mich nicht weiter.«

»Dann muss, da du so alt bist wie ich, eine Frau darin verwickelt sein. Darauf möchte ich einen Eid schwören – und vielleicht, obwohl ich grob und töricht bin, könnte ich eine Vermutung anstellen. Junge, was sagst du dazu? Ich bin des Dienstes der Kleopatra überdrüssig und des heißen Landes der Wüsten und des Luxus, die eines Mannes Kraft rauben und seine Tasche leeren; und so gibt es viele andere, von denen ich weiß. Was sagst du dazu? Nehmen wir eines dieser unhandlichen Schiffe und fahren wir in den Norden? Ich werde dich in ein besseres Land als Ägypten führen – in ein Land mit Seen und Bergen und großen Wäldern mit duftenden Kiefern; ja, und ich werde ein Mädchen für dich finden, mit dem du dich paaren kannst – meine eigene Nichte – ein Mädchen, stark und groß, mit großen blauen Augen und langem blonden Haar und Armen, die deine Rippen brechen könnten, wenn sie dich umarmen wollte! Was sagst du? Lass die Vergangenheit hinter dir und geh in den schönen Norden, und sei mir ein Sohn.«

Einen Augenblick lang dachte ich nach und schüttelte dann traurig den Kopf; denn obwohl es mich sehr reizte, wegzugehen, wusste ich, dass mein Schicksal in Ägypten lag, und ich durfte meinem Schicksal nicht entfliehen.

»Das wird nicht möglich sein, Brennus«, antwortete ich. »Ich wünschte, es wäre so, aber ich bin an eine Kette des Schicksals gebunden, die ich nicht durchbrechen kann, und im Land Ägypten muss ich leben und sterben.«

»Wie du willst, Junge«, sagte der alte Krieger. »Ich hätte dich liebend gerne unter mein Volk verheiratet und einen

Sohn aus dir gemacht. Denk wenigstens daran, dass du, solange ich hier bin, in Brennus einen Freund hast. Und noch etwas: Hüte dich vor deiner schönen Königin, denn, bei Taranis, vielleicht kommt eine Stunde, in der sie meint, du wüsstest zu viel, und dann ...«, und er zog seine Hand über seine Kehle. »Und nun gute Nacht; noch einen Becher Wein, dann schlafen, denn morgen herrscht die Narrheit ...«[15]

Für diejenigen, die sich an solchen Dingen erfreuen können, muss unser Anblick ein großartiger gewesen sein. Denn das Heck unseres Schiffes war mit Platten aus Gold bedeckt, die Segel waren aus dem Purpur von Tyrus, und die Ruder aus Silber berührten das Wasser nach den Klängen von Musik. Und dort, in der Mitte des Schiffes, unter einem mit Goldstickereien erleuchteten Sonnensegel, lag Kleopatra, gekleidet wie die römische Venus (und Venus war gewiss nicht schöner!), in einem dünnen Gewand aus weißester Seide, unter der Brust mit einem goldenen Gürtel zusammengebunden, der zart mit Liebesszenen verziert war. Um sie herum waren kleine rosige Knaben, die wegen ihrer Schönheit ausgewählt worden waren und nichts anderes trugen als flaumige Flügel, die auf ihre Schultern geschnallt waren, und auf ihren Rücken Cupidos Bogen und Köcher, mit Pfauenwedeln fächelten sie der Königin Luft zu. Über dem Deck des Schiffes war ein silbernes Netz angebracht, und leise zum Klang der Harfen und dem Schlag der Ruder singend, standen keine rauen Seeleute, sondern schöne Frauen, einige gekleidet wie Grazien und andere wie Nereiden, das heißt, mit fast gar nichts, außer ihrem duftendes Haar. Und

---

[15] Hier sind mehrere Abschnitte der zweiten Papyrusrolle so zerbrochen, dass sie nicht entziffert werden können. Sie scheinen Kleopatras Reise den Cydnus hinauf in die Stadt Tarsus zu beschreiben.

hinter der Liege stand mit gezogenem Schwert Brennus in prächtiger Rüstung und einem Flügelhelm aus Gold; und bei ihm waren andere – unter ihnen auch ich – in reich gearbeiteten Gewändern, und da erst fühlte ich, dass ich wirklich ein Sklave war! Auf dem hohen Hinterdeck brannten Räuchergefäße, gefüllt mit kostbarstem Weihrauch, dessen duftender Dampf in kleinen Wölkchen über unserem Kielwasser hing.

So glitten wir wie in einem Traum von Luxus, gefolgt von vielen Schiffen, zu den bewaldeten Hängen des Taurus, an dessen Fuß die alte Stadt Tarschish lag. Überall, wo wir hinkamen, versammelte sich das Volk an den Ufern und lief vor uns her und rief: »Venus ist aus dem Meer aufgestiegen! Venus ist gekommen, Bacchus zu besuchen!« Wir näherten uns der Stadt, und das ganze Volk – jeder, der gehen oder getragen werden konnte – strömte zu Tausenden zu den Flussufern hinunter, und mit ihnen kam die ganze Armee des Antonius, so dass der Triumvir schließlich allein auf dem Richterstuhl zurückblieb.

Dellius, der Falschzüngler, kam auch, katzbuckelnd und verbeugend, und grüßte im Namen des Antonius die »Königin der Schönheit« und lud sie zu einem Festmahl ein, das Antonius bereitet hatte. Aber sie antwortete hochmütig und sagte: »Wahrlich, es ist Antonius, der uns bedienen soll, nicht wir ihn. Bittet den edlen Antonius heute Abend an unsere arme Tafel – sonst speisen wir allein.«

Dellius verbeugte sich bis zum Boden und ging davon; das Festmahl wurde vorbereitet; und dann endlich erblickte ich Antonius. Er kam in purpurne Gewänder gekleidet, ein großer Mann und schön anzusehen, in der kräftigen Blüte des Lebens, mit leuchtenden blauen Augen, lockigem Haar und scharf geschnittenen Zügen. Auf seinem offenen, königlichen Antlitz standen seine Gedanken so deutlich geschrieben, dass alle sie lesen konnten; nur die Schwäche des Mundes täuschte über die Kraft der Stirn hinweg. Er kam in

Begleitung seiner Generäle, und als er das Ruhebett erreichte, auf dem Kleopatra lag, stand er staunend da und sah sie mit weit aufgerissenen Augen an.

Auch sie blickte ihn ernst an; ich sah das rote Blut unter ihrer Haut aufsteigen, und ein großer Schmerz der Eifersucht ergriff mein Herz. Und Charmion, die alles unter ihren niedergeschlagenen Augen beobachtete, sah es auch und lächelte. Aber Kleopatra sprach kein Wort, nur ihre weiße Hand streckte sie ihm zum Kuss entgegen; und er, ohne ein Wort zu sagen, nahm ihre Hand und küsste sie.

»Siehe, edler Antonius!«, sagte sie endlich mit ihrer musikalischen Stimme, »du hast mich gerufen, und ich bin gekommen.«

»Venus ist gekommen«, antwortete er in seinem tiefen Ton, während er seine Augen starr auf ihr Gesicht gerichtet hielt. »Ich rief eine Frau – und eine Göttin stieg aus der Tiefe auf!«

»Um einen Gott zu finden, der sie auf dem Lande begrüßt«, lachte sie mit schlagfertigem Witz. »Nun aber ist es genug mit den Komplimenten. Wenn Venus auf die Erde kommt, ist auch sie hungrig. Reiche mir deine Hand, edler Antonius.«

Die Trompeten schmetterten, und durch die sich verbeugende Menge schritt Kleopatra, gefolgt von ihrem Gefolge, Hand in Hand mit Antonius zum Festmahl.[16]

22. Kleopatras Liebesschwur

In der dritten Nacht wurde das Festmahl noch einmal im Saal des großen Hauses, das Kleopatra zur Verfügung stand, wiederholt, und in dieser Nacht war die Pracht noch gewaltiger als in den Nächten zuvor. Denn die zwölf Lager, die um den Tisch herum standen, waren mit Gold überzo-

---

[16] Hier gibt es eine weitere Lücke im Papyrus.

gen, und die von Kleopatra und Antonius waren nicht nur mit Gold, sondern auch mit Juwelen besetzt. Auch das Geschirr war aus Gold und mit Edelsteinen besetzt, die Wände waren mit goldgenähten Purpurtüchern behängt, und auf dem Boden, der mit einem goldenen Netz bedeckt war, lagen frische Rosen knöcheltief verstreut, die, wenn die Sklaven sie zertraten, ihren Duft verströmten. Noch einmal wurde mir befohlen, mit Charmion und Iras und Merira hinter dem Lager Kleopatras zu stehen und wie ein Sklave von Zeit zu Zeit die Stunden auszurufen, und da es keinen Ausweg gab, tat ich es, schwor mir aber mit wütendem Herzen, dass es das letzte Mal sein sollte. Denn obgleich ich noch nicht glauben wollte, was Charmion mir gesagt hatte – dass Kleopatra im Begriff war, die Geliebte des Antonius zu werden –, so konnte ich doch diese Schmach und Qual nicht mehr ertragen. Von Kleopatra hörte ich keine Worte mehr, außer solche, die eine Königin zu ihrem Sklaven spricht, und ich glaube, es machte ihrem dunklen Herzen Freude, mich zu quälen.

So kam es, dass ich, der von Khem gekrönte Pharao inmitten von Eunuchen und Bediensteten hinter dem Lager der ägyptischen Königin stand, während das Festmahl fröhlich verlief und die Weinbecher kreisten. Antonius saß da, die Augen fest auf das Gesicht von Kleopatra gerichtet, die von Zeit zu Zeit ihren tiefen Blick in dem seinen verlor, und dann erstarb für eine kleine Weile ihr Gespräch. Er erzählte ihr Geschichten vom Krieg und von Taten, die er vollbracht hatte – ja, auch Liebesgeschichten, und sie nahm keinen Anstoß daran; vielmehr stimmte sie in seinen Humor ein und erzählte ihrerseits Geschichten, die zwar einen feineren Witz hatten, aber nicht weniger schamlos waren.

Als das reichhaltige Mahl beendet war, betrachtete Antonius die ihn umgebende Pracht. »Sage mir nun, liebste der Ägypterinnen«, sagte er, »ist der Sand des Nils aus Gold, sodass du Nacht für Nacht das Lösegeld eines Königs für ein Festmahl verprassen kannst? Woher kommt dieser unermessliche Reichtum?«

Ich dachte an das Grab des göttlichen Menkau-ra, dessen heiliger Schatz so schändlich vergeudet worden war, und blickte auf Kleopatra, sodass unsere Blicke sich begegneten; aber als sie meine Gedanken las, runzelte sie finster die Stirn.

»Aber, edler Antonius«, sagte sie, »das ist doch nichts! In Ägypten haben wir unsere Geheimnisse und wissen, woher wir die Reichtümer beschwören können, wenn wir sie brauchen. Sage mir, was ist der Wert dieses goldenen Service, und der Speisen und Getränke, die uns vorgesetzt wurden?«

Er ließ seinen Blick umherschweifen und wagte eine Vermutung. »Vielleicht eintausend Sesterzen.«

»Du hast es um die Hälfte unterschätzt, edler Antonius! Aber so wie es ist, werde ich es dir und denen, die bei dir sind, als ein kostenloses Zeichen meiner Freundschaft geben. Und ich will dir jetzt noch zeigen: Mit einem einzigen Zug werde ich zehntausend Sesterzen trinken.«

»Das kannst du nicht, schöne Ägypterin!«

Sie lachte und befahl einem Sklaven, ihr Weinessig in einem Glas zu bringen. Als es gebracht wurde, stellte sie es vor sich hin und lachte wieder, während Antonius sich von seiner Liege erhob, näher kam und sich an ihre Seite setzte, und die ganze Gesellschaft beugte sich vor, um zu sehen, was sie tun würde. Sie tat das Folgende: Sie nahm eine jener großen Perlen aus ihrem Ohr, die sie einst aus dem Körper des toten Pharaos genommen hatte, und bevor jemand ihre Absicht erraten konnte, ließ sie sie in den Essig fallen. Dann herrschte Stille, die Stille des Staunens, und langsam schmolz die unbezahlbare Perle in der starken Säure. Als sie geschmolzen war, hob die Königin das Glas und schüttelte es, dann trank sie den Essig, bis zum letzten Tropfen.

»Mehr Essig, Sklave!«, rief sie; »mein Essen ist erst halb beendet!«, und sie zog eine zweite Perle hervor.

»Bei Bacchus, nein! Das sollst du nicht!«, rief Antonius, nach ihren Händen greifend; »ich habe genug gesehen.«

In diesem Augenblick, durch ich weiß nicht was dazu bewegt, rief ich laut: »Die Stunde schlägt, o Königin, die Stunde, in der sich der Fluch des göttlichen Menkau-ra erfüllen wird!«

Kleopatras Gesicht wurde aschfahl, und sie drehte sich wütend zu mir um, während alle Anwesenden mich staunend anblickten, ohne zu wissen, was die Worte bedeuten könnten.

»Du kranker Sklave!«, rief sie. »Sprich noch einmal so, und du sollst mit Ruten gegeißelt werden, ja, gegeißelt wie ein Übeltäter, das verspreche ich dir, Harmachis!«

»Was meint dieser Schurke von einem Astrologen?«, fragte Antonius. »Sprich, Schurke, und erkläre uns, was du meinst, denn wer mit Flüchen handelt, muss für seine Ware bürgen.«

»Ich bin ein Diener der Götter, edler Antonius. Was die Götter mir in den Sinn geben, das muss ich sagen; aber noch kann ich ihre Absicht nicht erkennen«, antwortete ich demütig.

»Oh, oh! Du dienst den Göttern, nicht wahr, du vielfarbiges Geheimnis?« Dies sagte er mit Bezug auf meine prächtigen Gewänder. »Nun, ich diene den Göttinnen, was ein sanfterer Kult ist. Aber ist dies uns gemeinsam: dass ich zwar sagen kann, was sie mir in den Kopf setzen, ihre Bedeutung aber nicht lesen kann«, und er blickte Kleopatra fragend an.

»Lass den Schurken«, sagte sie ungeduldig; »morgen sind wir ihn los. Sklave, fort mit dir!«

Ich verbeugte mich, und als ich ging, hörte ich Antonius sagen: »Nun, er mag ein Schurke sein – das sind alle Menschen – aber dein Astrologe hat ein königliches Auftreten und das Auge eines Königs – ja, und Verstand darin.«

Vor der Tür hielt ich inne und wusste nicht, was ich tun

sollte, denn ich war verwirrt von dem ganzen Elend. Und wie ich so dastand, berührte mich jemand an der Hand. Ich blickte auf – es war Charmion, die die unter den Gästen entstandene Verwirrung genutzt hatte, um mir zu folgen.

In der Not war Charmion immer an meiner Seite.

»Folge mir«, flüsterte sie, »du bist in Gefahr.«

Ich drehte mich um und folgte ihr. Warum sollte ich es nicht tun?

»Wohin gehen wir?«, fragte ich endlich.

»In mein Gemach«, sagte sie. »Fürchte dich nicht; wir Damen von Kleopatras Hof haben wenig guten Ruf zu verlieren; sollte uns jemand zufällig sehen, so wird er denken, es sei ein Liebesakt, denn solche sind hier allgemein üblich.«

Ich folgte ihr, und bald kamen wir ungesehen zu einem kleinen Seiteneingang, der zu einer Treppe führte, die wir hinaufgingen. Die Treppe endete in einem Gang, den wir hinuntergingen, bis wir auf der linken Seite eine Tür fanden. Charmion trat leise ein, und ich folgte ihr in eine dunkle Kammer. Sie verriegelte von innen die Tür und zündete eine Hängelampe an. Als das Licht stark geworden war, schaute ich mich um. Die Kammer war nicht groß und hatte nur einen Fensterflügel, der verschlossen war. Im übrigen war sie einfach eingerichtet, mit weißen Wänden, einigen Truhen für Kleider, einem alten Stuhl, einem Tisch, auf dem Kämme, Parfüm und allerlei weiblicher Kram lagen, und einem weißen Bett mit einer geflochtenen Decke, über der ein Mückengitter hing.

»Setz dich, Harmachis«, sagte sie und deutete auf den Stuhl. Ich nahm Platz, und Charmion warf das Mückengaze zurück und setzte sich vor mir auf das Bett.

»Weißt du, was ich Kleopatra sagen hörte, als du den Festsaal verlassen hast?«, fragte sie.

»Nein, ich weiß es nicht.«

»Sie starrte dir nach, und als ich zu ihr ging, um ihr einen Dienst zu erweisen, murmelte sie vor sich hin: ›Bei Serapis, ich will ein Ende machen! Ich will nicht länger warten: Morgen soll er erdrosselt werden!‹«

»So!«, erwiderte ich, »mag es sein, aber nach allem, was gewesen ist, kann ich kaum glauben, dass sie mich erdrosseln lassen wird.«

»Warum kannst du es nicht glauben, du törichtster aller Menschen? Hast du vergessen, wie nah du dem Tode warst dort in der Alabasterhalle? Wer rettete dich damals vor den Messern der Eunuchen? War es Kleopatra? Oder waren es ich und Brennus? Merke auf, ich will es dir sagen. Du kannst es noch nicht glauben, denn in deiner Torheit hältst du es nicht für möglich, dass die Frau, die dir bis vor kurzem noch wie eine Ehefrau war, dich nach so kurzer Zeit zu einem schändlichen Tod verurteilen kann. Nein, antworte nicht – ich weiß alles; und ich sage dir dies: Du kannst weder die Tiefe von Kleopatras Niedertracht ermessen, noch die Schwärze ihres bösen Herzens erahnen. Sie hätte dich gewiss in Alexandrien hinrichten lassen, wenn sie nicht gefürchtet hätte, dass deine Ermordung, wenn sie im Ausland bekannt würde, Unglück über sie bringen könnte. Deshalb hat sie dich hierher gebracht, um dich heimlich töten zu lassen. Denn was kannst du ihr noch geben? Sie hatte deine Liebe und ist deiner Kraft und Schönheit überdrüssig geworden. Sie hat dich deines königlichen Geburtsrechts beraubt und dich, einen König, dazu gebracht, bei ihren Festen inmitten der wartenden Frauen hinter ihr zu stehen; sie hat von dir das große Geheimnis des heiligen Schatzes gewonnen –!«

»Ah, du weißt das?«

»Ja, ich weiß alles; und heute Nacht siehst du, wie der Reichtum, der gegen die Not von Khem aufbewahrt wurde, vergeudet wird, um den mutwilligen Luxus von Khems makedonischer Königin zu befriedigen! Du siehst, wie sie ihren Schwur gehalten hat, dich ehrenvoll zu heiraten. Harmachis – öffne endlich deine Augen für die Wahrheit!«

»O, ich sehe jetzt ganz klar; und doch schwor sie, dass sie mich liebe, und ich, armer Narr, glaubte ihr!«

»Sie hat geschworen, dass sie dich liebt?«, antwortete Charmion und hob ihre dunklen Augen: »Nun will ich dir zeigen, wie sie dich liebt. Weißt du, was dieses Haus war? Es war ein Priesterkollegium; und, wie du weißt, Harmachis, haben die Priester ihre eigenen Wege. Dieses kleine Zimmer war früher das Zimmer des Oberpriesters, und die Kammer, die dahinter und darunter liegt, war der Versammlungsort der anderen Priester. Die alte Sklavin, die das Haus hütet, hat mir das alles erzählt, und sie hat auch verraten, was ich dir zeigen werde. Nun, Harmachis, sei still wie die Toten und folge mir!«

Sie blies die Lampe aus und führte mich bei dem wenigen Licht, das durch den Fensterladen kroch, an der Hand in die hinterste Ecke des Zimmers. Hier drückte sie gegen die Wand, und eine Tür öffnete sich in ihr. Wir traten ein und sie schloss wieder die Feder. Wir befanden uns in einer kleinen Kammer, etwa fünf Ellen in der Länge und vier in der Breite; ein schwaches Licht kämpfte sich in die Kammer, und auch der Klang von Stimmen, ich wusste nicht, woher. Sie ließ meine Hand los, kroch an das Ende des Raumes und schaute auf die Wand; dann kroch sie zurück und führte mich mit einem flüsternden »Schweig!« nach vorn. Da sah ich, dass in der Wand Augenlöcher waren, die sie durchbohrten und auf der anderen Seite durch Steinmetzarbeiten verdeckt waren. Ich schaute durch das Loch, das vor mir war, und sah dies: Sechs Ellen unter mir war der Boden einer anderen Kammer, die mit duftenden Lampen beleuchtet und sehr reich ausgestattet war. Es war der Schlafplatz der Kleopatra, und dort, innerhalb von zehn Ellen von wo wir standen, saß Kleopatra auf einem vergoldeten Bett, und an ihrer Seite saß Antonius.

»Sage mir«, flüsterte Kleopatra – dieser Ort war so gebaut, dass jedes Wort, das im unteren Raum gesprochen wurde, an die Ohren des Zuhörers oben drang – »sage mir, edler Antonius, bist du zufrieden mit meinem armen Fest?«

»Ja«, antwortete er mit seiner tiefen Soldatenstimme, »ja, Ägypterin, ich habe Feste gemacht und bin zu Festen eingeladen worden, aber nie habe ich so eines wie deines gesehen; und ich sage dir das, obwohl ich eine raue Zunge habe und ungeschickt in hübschen Reden bin, wie sie die Frauen lieben, und du warst der schönste Anblick an der ganzen prächtigen Tafel. Der rote Wein war nicht so rot wie deine schönen Wangen, die Rosen dufteten nicht so süß wie dein Haar, und kein Saphir dort mit seinem wechselnden Licht war so schön wie deine Augen von Ozeanblau.«

»Lob von Antonius! Süße Worte von den Lippen desjenigen, dessen Schriften so hart sind!«

»Ja«, fuhr er fort, »es war ein königliches Fest, obwohl es mir leid tut, dass du die kostbare Perle vergeudet hast; und was meinte dein Astrologe mit seinem unheilvollen Gerede vom Fluch des Menkau-ra?«

Ein Schatten huschte über ihr erglühtes Gesicht. »Ich weiß es nicht; er wurde kürzlich in einer Schlägerei verwundet, und ich denke, der Schlag hat ihn verrückt gemacht.«

»Er schien nicht verrückt zu sein, und seine Stimme klang in meinen Ohren wie ein Orakel des Schicksals. Auch blickte er so wild auf dich mit seinen stechenden Augen, schöne Ägypterin, wie einer, der liebt und trotz seiner Liebe hasst.«

»Er ist ein seltsamer Mann, sage ich dir, edler Antonius, und ein Gelehrter. Ich selbst fürchte mich manchmal fast vor ihm, denn er ist tief bewandert in den alten Künsten Ägyptens. Weißt du, dass er ein Mann von königlichem Blut ist, und einst plante, mich zu töten? Aber ich gewann ihn und ließ ihn nicht hinrichten, denn er hatte den Schlüssel zu Geheimnissen, die ich erfahren wollte; und in der Tat liebte ich seine Weisheit und seine tiefe Rede über verborgene Dinge.«

»Bei Bacchus, ich werde eifersüchtig auf den Schurken! Was soll jetzt mit ihm geschehen, schöne Ägypterin?«

»Nun habe ich mir sein Wissen angeeignet, und habe keinen Grund mehr, ihn zu fürchten. Hast du nicht gesehen, dass ich ihn diese drei Nächte wie einen Sklaven inmitten meiner Sklaven stehen ließ, und ihm befahl, die Stunden laut auszurufen. Kein gefangener König, der in deinen römischen Triumphzügen mitmarschierte, kann so heftige Schmerzen erlitten haben wie dieser stolze ägyptische Prinz, als er beschämt hinter meinem Lager stand.«

Bei diesen Worten legte Charmion ihre Hand auf die meine und drückte sie zärtlich.

»Nun, er soll uns nicht mehr mit seinen Worten von bösen Omen behelligen«, fuhr Kleopatra langsam fort; »morgen früh stirbt er – schnell und heimlich, ohne eine Spur seines Schicksals zu hinterlassen. Dazu bin ich fest entschlossen, edler Antonius, fest entschlossen. Noch während ich spreche, wächst die Furcht vor diesem Mann in meiner Brust. Halb bin ich geneigt, schon jetzt den Befehl zu geben, denn ich atme nicht frei, solange er nicht tot ist«, und sie machte Anstalten, sich zu erheben.

»Warte bis zum Morgen«, sagte Antonius und fasste sie bei der Hand; »die Soldaten trinken, und die Tat wird schlecht ausgeführt werden. Es ist auch bedauerlich. Ich denke nicht gern an Männer, die im Schlafe abgeschlachtet werden.«

»Vielleicht ist der Falke am Morgen schon ausgeflogen«, antwortete sie nachdenklich. »Er hat scharfe Ohren, dieser Harmachis, und kann Dinge zu Hilfe rufen, die nicht von dieser Erde sind. Vielleicht hört er mich sogar jetzt im Geiste; denn ich scheine tatsächlich seine Gegenwart um mich herum zu spüren. Ich könnte es dir sagen – aber nein, lass ihn sein! Edler Antonius, nimm mir die goldene Krone ab, sie reibt mir die Stirn. Sei sanft, verletze mich nicht so.«

Er hob die Uräuskrone von ihrem Haupt, und sie schüttelte ihr Haar. »Nimm deine Krone zurück, königliche

Ägypterin«, sagte er leise, »nimm sie aus meiner Hand; ich will sie dir nicht rauben, sondern sie noch fester auf diese schöne Stirn setzen.«

»Was meint mein Herr?«, fragte sie lächelnd und sah ihm tief in die Augen.

»Was ich meine? Nun, dies: Du bist auf mein Geheiß hierher gekommen, um auf die gegen dich erhobenen Anklagen in politischen Angelegenheiten zu antworten. Und weißt du, Ägypterin, wenn du anders wärst, als du bist, wärst du nicht zurückgegangen, um am Nil Königin zu werden; denn, dessen bin ich mir sicher, die Anklagen gegen dich sind wirklich wahr. Aber da du bist, wie du bist – und sieh nur, nie hat die Natur einer Frau besser gedient –, vergebe ich dir alles. Um deiner Anmut und Schönheit willen verzeihe ich dir alles, was der Tugend, dem Patriotismus, der Würde des Alters nicht verziehen würde! Sieh daher, welche Gaben der Witz und die Lieblichkeit einer Frau sind, die Könige ihre Pflicht vergessen lassen und selbst die Gerechtigkeit blind machen kann. Nimm deine Krone zurück, schöne Ägypterin! Ich sorge dafür, dass sie, so schwer sie auch sein mag, dich nicht drücken wird.«

»Das sind königliche Worte, höchst bemerkenswerter Antonius«, antwortete sie; »gnädige und großzügige Worte, wie es sich für den Eroberer der Welt gehört! Und was meine Missetaten in der Vergangenheit betrifft – wenn es Missetaten gegeben hat – so sage ich dies, und nur dies: Damals kannte ich Antonius nicht. Denn wer könnte sich gegen Antonius vergehen, wenn er ihn kennt? Was kann ich noch sagen, ohne die Grenzen weiblicher Bescheidenheit zu überschreiten? Nun, nur dies: Setze diese Krone auf mein Haupt, großer Antonius, und ich will sie als ein Geschenk von dir nehmen, das durch den Geber doppelten Wert gewonnen hat, und zu deinem Nutzen will ich sie hüten. So, nun bin ich deine Vasallenkönigin, und durch mich huldigt das ganze alte Ägypten, das ich regiere, dem Triumvir Antonius, der der Kaiser von Rom und der kaiserliche Herr von Khem sein wird!«

Und nachdem er die Krone auf ihr Haar gesetzt hatte, stand er da und starrte sie an, leidenschaftlich geworden im warmen Atem ihrer lebendigen Schönheit, bis er sie schließlich mit beiden Händen ergriff, sie an sich zog und küsste und sagte: »Kleopatra, ich liebe dich, wie ich niemals zuvor geliebt habe.«

Sie entwand sich seiner Umarmung und lächelte sanft; und als sie dies tat, fiel der goldene Kranz der heiligen Schlangen, der nur lose auf ihrer Stirn lag, herunter und rollte in die Dunkelheit jenseits des Lichtrings davon.

Ich sah das Omen, und selbst in der bitteren Angst meines Herzens erkannte ich seine böse Bedeutung. Aber die beiden nahmen keine Notiz davon.

»Du liebst mich?«, fragte sie im süßesten Ton; »woher weiß ich, dass du mich liebst? Vielleicht ist es Fulvia, die du liebst – Fulvia, deine angetraute Frau?«

»Nein, es ist nicht Fulvia, du bist es, Kleopatra, und du allein. Viele Frauen haben mich von Jugend auf wohlwollend angesehen, aber zu keiner habe ich ein solches Verlangen gekannt wie zu dir, o du Weltwunder, dem keine Frau gleicht! Kannst du mich lieben, Kleopatra, und mir treu sein, nicht um meiner Stellung oder Macht willen, nicht um das, was ich geben oder vorenthalten kann, nicht um der strengen Marschschritte meiner Legionen willen oder um des Lichtes willen, das von meinem hellen Glücksstern ausgeht, sondern um meiner selbst willen, um des Antonius willen, des rauen Hauptmanns, der in Lagern alt geworden ist? Ja, um des Antonius willen, des Schwelgers, des Zerbrechlichen, des Unentschlossenen, der aber noch nie einen Freund im Stich ließ, oder einen armen Mann beraubte, oder einen Feind unversehens angriff? Sag, kannst du mich lieben, Ägypterin? Oh, wenn du es nur willst, so bin ich glücklicher, als wenn ich heute Abend auf dem Kapitol zu Rom säße, gekrönt zum absoluten Monarchen der Welt!«

Solange er sprach, sah sie ihn mit ihren wunderbaren Augen an, und in ihnen leuchtete ein Licht der Wahrheit und Aufrichtigkeit, das mir fremd war.

»Du sprichst klar und deutlich«, sagte sie, »und deine Worte klingen süß in meinen Ohren – sie wären süß, selbst wenn die Dinge anders wären, als sie sind, denn welche Frau würde es nicht lieben, den Herrn der Welt zu ihren Füßen zu sehen? Aber da die Dinge sind, wie sie sind, Antonius, was kann so süß sein wie deine wunderbaren Worte? O Antonius! Du weißt nicht – du kannst es nicht wissen – wie öde und leer mein Leben gewesen ist, denn es ist bestimmt, dass nur in der Liebe die Frau ihre Einsamkeit verlieren kann! Ich habe nie geliebt – und konnte nie lieben – bis zu dieser glücklichen Nacht! Ja, nimm mich in deine Arme, und lass uns einen großen Liebesschwur tun – einen Schwur, der nicht gebrochen werden darf, solange Leben in uns ist! Antonius, jetzt und für immer schwöre ich dir die strengste Treue! Jetzt und für immer bin ich dein, und dein allein!«

Da nahm mich Charmion bei der Hand und zog mich hinweg. »Hast du genug gesehen?«, fragte sie, als wir wieder in der Kammer waren und die Lampe brannte.

»Ja«, antwortete ich, »meine Augen sind weit geöffnet.«

23. Charmions Plan

Einige Zeit lang saß ich mit gesenktem Kopf da, während die letzte Bitterkeit der Schande in meine Seele sank. Dies war also das Ende. Dafür hatte ich meine Eide verraten; dafür hatte ich das Geheimnis der Pyramide verraten; dafür hatte ich meine Krone, meine Ehre und vielleicht auch meine Hoffnung auf den Himmel verloren! Könnte es auf der weiten Welt noch einen anderen Mann geben, der so von Leid durchdrungen war, wie ich in dieser Nacht? Sicherlich nicht einen! Wohin sollte ich mich wenden? Was konnte ich tun? Und selbst durch den Sturm meines zerrissenen Herzens rief die bittere Stimme der Eifersucht laut. Denn ich liebte diese Frau, der ich alles gegeben hatte; und sie war in diesem Augenblick – sie war – seine Geliebte – ach, ich konnte es nicht ertragen, daran zu denken; und in meiner äußersten Agonie zersprang mein Herz in einem Strom von Tränen, wie sie schrecklich zu weinen sind!

Da trat Charmion an mich heran, und ich sah, dass auch sie weinte.

»Weine nicht, Harmachis!«, schluchzte sie und kniete an meiner Seite. »Ich ertrage es nicht, dich weinen zu sehen. Oh, warum wolltest du nicht gewarnt werden? Damals warst du groß und glücklich, und nicht wie jetzt. Höre, Harmachis! Du hast gehört, was diese falsche und tigerhafte Frau sagte – morgen übergibt sie dich ihren Henkern!«

»Es ist gut«, keuchte ich.

»Nein, es ist nicht gut. Harmachis, gib ihr nicht diesen letzten Triumph über dich. Du hast alles verloren, außer dem Leben; aber solange das Leben bleibt, bleibt auch die Hoffnung, und mit der Hoffnung die Chance auf Rache.«

»Ah!«, sagte ich und stand von meinem Sitz auf. »Daran habe ich nicht gedacht. Ja – die Chance auf Rache! Es wäre süß, gerächt zu werden!«

»Es wäre süß, Harmachis, aber bedenke auch – Rache ist ein Pfeil, der, wenn er fällt, oft den durchbohrt, der ihn geschossen hat. Ich weiß es selbst«, und sie seufzte. »Doch Schluss mit dem Gerede und dem Kummer. Es wird für uns beide Zeit zum Trauern geben, in all den schweren kommenden Jahren. Du musst fliehen – bevor das Tageslicht kommt, musst du fliegen. Dies ist mein Plan: Morgen vor Sonnenaufgang segelt ein Schiff, das gestern von Alexandria kam, mit Früchten und Vorräten beladen, wieder dorthin zurück, und ihr Kapitän ist mir bekannt, aber er kennt dich nicht. Nun will ich dir das Gewand eines syrischen Kaufmanns besorgen und dich einkleiden, und dich mit einem Brief an den Kapitän dieses Schiffes ausstatten. Er wird dir die Überfahrt nach Alexandria gewähren; denn für ihn wirst du nur wie ein Kaufmann erscheinen, der seinen Geschäften nachgeht. Brennus ist heute Nacht Offizier der Wache, und Brennus ist ein Freund von mir und dir. Vielleicht wird er etwas erraten; vielleicht auch nicht; jedenfalls wird der syrische Kaufmann sicher die Linien passieren. Was sagst du dazu?«

»Es ist gut«, antwortete ich müde; »aber ich rechne kaum mit einem guten Ausgang.«

»So ruhe denn hier, Harmachis, während ich diese Dinge vorbereite; und, Harmachis, betrübe dich nicht zu sehr; es gibt andere, die noch betrübter sind als du.« Und sie ging und ließ mich allein mit meiner Qual zurück, die mich wie ein Folterbett zerriss. Wäre da nicht dieses heftige Verlangen nach Rache gewesen, das von Zeit zu Zeit über mein gequältes Gemüt zuckte wie der Blitz über dem mitternächtlichen Meer, ich glaube, meine Vernunft hätte mich in jener dunklen Stunde verlassen.

Endlich hörte ich Charmions Schritte an der Tür, und sie trat ein, schwer atmend, denn sie trug einen Sack mit Kleidern im Arm.

»So«, sagte sie, »hier sind das Gewand, Leinenwäsche, und Schreibtafeln, und alles, was man braucht. Ich habe auch Brennus gesehen und ihm gesagt, dass ein syrischer Kaufmann eine Stunde vor Tagesanbruch die Wache passieren würde. Und obwohl er so tat, als würde er halb schlafen, glaube ich, dass er es verstanden hat, denn er antwortete gähnend, dass, wenn sie nur das Losungswort ›Antonius‹ hätten, seinetwegen fünfzig syrische Kaufleute passieren und ihren Geschäften nachgehen könnten. Und hier ist der Brief an den Kapitän – du kannst das Schiff nicht verwech-

seln, denn es liegt auf der rechten Seite, so wie du den großen Kai betrittst – ein kleines Schiff, schwarz gestrichen,
und außerdem machen sich die Matrosen zur Abfahrt bereit. Nun will ich hier draußen warten, während du die
Tracht deines Dienstes ablegst und dich anziehst.«

Als sie fort war, riss ich mir meine prächtigen Gewänder
vom Leib und spuckte darauf und trat sie auf den Boden.
Dann zog ich das bescheidene Gewand eines Kaufmanns an
und band mir die Tafeln um, an den Füßen Sandalen aus
ungegerbter Haut und an der Taille ein Messer.

Charmion trat wieder ein ein und sah mich an.

»Du bist noch zu sehr der königliche Harmachis«, sagte
sie; »es muss noch etwas geändert werden.«

Sie nahm eine Schere von dem Tisch, befahl mir, mich zu
setzen, und schnitt mir die Locken ab, wobei sie das Haar
dicht am Kopf abschnitt. Als Nächstes fand sie Flecken von
der Art, wie Frauen die Augen zu verdunkeln pflegen,
mischte sie geschickt und rieb das Zeug auf mein Gesicht
und auf meine Hände und auf den weißen Fleck in meinem
Haar, wo das Schwert des Brennus mich bis auf den Knochen getroffen hatte.

»Nun bist du ganz verändert, und auch sehr zu deinem
Nachteil, Harmachis«, sagte sie mit einem düsteren Lachen,
»du solltest dich kaum selbst erkennen. – Halt, da ist noch
etwas.« Sie trat zu einer Kleidertruhe und zog daraus einen
schweren Beutel mit Gold hervor.

»Nimm dies«, sagte sie, »du wirst es brauchen.«

»Ich kann dein Gold nicht nehmen, Charmion.«

»Doch, nimm es. Es war Sepa, der es mir für die Förde-
rung unserer Sache gegeben hat, und daher ist es angemessen, dass du es bekommst. Da, vergeude nicht die kostbare
Zeit mit Feilschen um das Geld – noch bist du nicht ganz ein
Kaufmann, Harmachis«, und ohne weitere Worte schob sie
die Stücke in den ledernen Beutel, der über meinen Schultern hing. Dann machte sie auch den Sack mit der Wäsche

fest und legte in weiblichem Scharfsinn ein Alabastergefäß mit dem Pigment hinein, sodass ich mein Antlitz neu färben konnte, wenn es nötig war. Sie hob meine abgelegten Gewänder vom Boden auf und versteckte sie in dem verborgenen Gang. So war endlich alles bereit.

»Ist es Zeit, dass ich gehe?«, fragte ich.

»Noch nicht ganz. Sei geduldig, Harmachis, nur noch eine kleine Stunde musst du meine Gegenwart ertragen, und mir dann vielleicht für immer Lebewohl sagen.«

Ich machte eine Geste, die bedeutete, dass dies nicht die Zeit für solch bittere Worte war.

»Verzeiht mir meine schnelle Zunge«, sagte sie; »aber aus einer salzigen Quelle springt bitteres Wasser. Setz dich, Harmachis; ich habe ernste Worte zu dir zu sprechen, ehe du gehst.«

»Sag schon«, antwortete ich; »Worte, wie ernst sie auch sein mögen, können mich nicht mehr tiefer treffen.«

Sie stand mit gefalteten Händen vor mir, und das Lampenlicht schien auf ihr schönes Gesicht. Ich bemerkte müßig, wie groß seine Blässe und wie breit und dunkel die Ringe um die tiefschwarzen Augen waren. Zweimal hob sie ihr weißes Gesicht und bemühte sich zu sprechen, zweimal versagte ihr die Stimme, und als sie endlich sprach, war es ein heiseres Flüstern.

»Ich kann dich nicht gehen lassen«, sagte sie, »ohne dass du die ganze Wahrheit kennst. – Harmachis, ich war es, der dich verraten hat!«

Ich sprang auf, einen Fluch auf den Lippen, aber sie ergriff meine Hand.

»Oh, setz dich«, sagte sie, »setz dich und höre mich an; dann, wenn du mich angehört hast, tu mit mir, was du willst. Höre. Von jenem bösen Augenblick an, als ich in der Gegenwart deines Onkels Sepa zum zweiten Mal dein Gesicht erblickte, liebte ich dich – wie sehr, kannst du kaum erraten. Denke an deine eigene Liebe zu Kleopatra, verdopple sie und verdopple sie wieder, und vielleicht kommst du an die gewaltige Summe meiner Liebe heran. Ich liebte dich, Tag um Tag liebte ich dich mehr, bis ich in dir und für dich allein zu leben schien. Aber du warst kalt – du warst schlimmer als kalt! Du hast mich nicht wie eine lebendige Frau behandelt, sondern wie ein Werkzeug zu einem Zweck – als ein Werkzeug, mit dem du dein Glück erringen konntest. Und dann sah ich – ja, lange bevor du es selbst wusstest –, dass die Flut deines Herzens stark auf das verderbliche Ufer zusteuerte, an dem heute dein Leben zerbrochen ist. Endlich kam die Nacht, die furchtbare Nacht, in der ich, in der Kammer verborgen, sah, wie du mein Tuch in den Wind warfst und mit süßen Worten das Geschenk meiner königlichen Rivalin schätztest. Dann – oh, du weißt es – verriet ich in meinem Schmerz das Geheimnis, das du nicht sehen wolltest, und du hast mich verspottet, Harmachis! Oh, welche Schande – du hast mich in deiner Torheit verspottet! Da ging ich hin, und in mir stiegen alle Qualen auf, die einem Weibe das Herz zerreißen können, denn nun war ich sicher, dass du Kleopatra liebtest! Ja, und ich war so wahnsinnig, dass mir noch in dieser Nacht in den Sinn kam, dich zu verraten; aber ich dachte – noch nicht, noch nicht; morgen wird er vielleicht nachgeben. Dann kam der Morgen, und alles war bereit für den Ausbruch der großen Verschwörung, die dich zum Pharao machen sollte. Und auch ich kam – du erinnerst dich – und wieder schobst du mich als etwas von geringem Wert von dir weg, als ich in Gleichnissen zu dir sprach, – als eine Sache, die zu klein war, um einen gewichtigen Gedanken zu beanspruchen. Und da ich wusste, dass dies geschah, weil du – obwohl du es nicht wusstest – Kleopatra liebtest, die du nun sofort töten musstest, wurde ich wahnsinnig, und ein böser Geist drang in mich ein und nahm mich völlig in Besitz, so dass ich nicht mehr ich selbst war und mich nicht mehr beherrschen konnte. Und weil du mich verschmäht hast, tat ich dies zu meiner ewigen Schande und meinem ewigen Kummer! Ich ging zu Kleopatra und verriet dich und die, die bei dir waren, und unsere heilige Sache, indem ich ihr sagte, ich hätte eine Schrift gefunden, die du hast fallen lassen, und dies alles darin gelesen.«

Ich stöhnte auf und schwieg; und sie sah mich traurig an und fuhr fort: »Als sie begriff, wie groß die Verschwörung war und wie tief sie wurzelte, war Kleopatra sehr beunruhigt. Zuerst wollte sie nach Sais fliehen oder ein Schiff nehmen und nach Zypern auslaufen, aber ich bewies ihr, dass die Wege dazu versperrt waren. Da sagte sie, sie wolle dich dort in der Kammer töten lassen, und ich widersprach ihr nicht; denn in jener Stunde war ich froh, dass du getötet werden solltest, wenn ich mir auch an deinem Grab das Herz ausgeweint hätte, Harmachis. Aber was sagte ich eben? Rache ist ein Pfeil, der oft auf den fällt, der ihn abgesandt hat. So war es auch bei mir; denn zwischen meinem Gehen und deinem Kommen brütete Kleopatra einen tiefgründigeren Plan aus. Sie fürchtete, dass deine Ermordung nur ein neues Feuer der Revolte entfachen würde; aber sie sah die Möglichkeit, dich an sich fesseln und dich dadurch als treulos und wortbrüchig erscheinen zu lassen. Trotz seines zweifelhaften Ausgangs wagte sie es, den einmal geschmiedeten Plan in die Tat umzusetzen, und – muss ich fortfahren? Du weißt, Harmachis, wie sie siegte; und so traf die Welle der Rache, die ich losließ, mich selbst. Denn am Morgen wusste ich, dass ich umsonst gesündigt hatte, dass die Last meines Verrats auf den unglücklichen Paulus geschoben, die heilige Sache, auf die ich geschworen hatte, durch meine Schuld ruiniert worden war, und dass ich den Mann, den ich liebte, in die Arme des lüsternen Ägypterin gegeben hatte.«

Sie senkte den Kopf eine Weile, und dann, als ich nicht sprach, fuhr sie fort: »Lass alle meine Sünden gesagt werden, Harmachis, und dann soll die Gerechtigkeit geschehen.

Höre, was weiter geschah: Halb lernte Kleopatra dich lieben, und tief in ihrem Herzen dachte sie daran, dich zum Gemahl zu nehmen. Um dieser ihrer halben Liebe willen verschonte sie das Leben derer, die in die Verschwörung verwickelt waren, weil sie dachte, wenn sie dich heiraten würde, könnte sie sie und dich benutzen, um das Herz Ägyptens zu gewinnen, das weder sie noch irgendeinen Ptolemäus liebte. Dann verführte sie dich wieder, und in deiner Torheit verrietst du ihr das Geheimnis des verborgenen Reichtums Ägyptens, den sie heute verprasst, um den luxuriösen Antonius zu erfreuen; tatsächlich hatte sie damals die Absicht, ihren Schwur zu erfüllen und dich zu heiraten. Aber am selben Morgen, als Dellius kam, um seine Antwort zu erhalten, schickte sie nach mir und erzählte mir alles – denn mein Verstand ist ihr wichtiger als jeder andere – und verlangte von mir mein Urteil darüber, ob sie Antonius trotzen und dich heiraten sollte, oder ob sie den Gedanken beiseite schieben und zu Antonius gehen sollte. Und ich – nun erfahre meine schlimmste Sünde – ich riet ihr in meiner bitteren Eifersucht, die sie nicht als deine angetraute Frau und dich nicht als ihren geliebten Herrn sehen wollte, strengstens, zu Antonius zu gehen, wohl wissend – ich hatte mit Dellius gesprochen – dass, wenn sie käme, dieser schwache Antonius wie eine reife Frucht ihr zu Füßen fallen würde, wie er ja auch gefallen ist. Vorhin habe ich dir das Ergebnis dieses Plans gezeigt: Antonius liebt Kleopatra und Kleopatra liebt Antonius, und du bist beraubt, und die Dinge sind gut für mich gelaufen, die ich von allen Frauen auf der Erde heute Nacht bei weitem die Unglücklichste bin. Denn als ich sah, wie dein Herz brach, schien mein Herz mit deinem zu brechen, und ich konnte die Last meiner bösen Taten nicht länger ertragen, sondern wusste, dass ich sie erzählen und meine Strafe auf mich nehmen musste.

Und nun, Harmachis, habe ich nichts mehr zu sagen; außer, dass ich dir für deine Höflichkeit danke, dass du mir zugehört hast, und dieses eine füge ich hinzu: Getrieben von meiner großen Liebe habe ich gegen dich gesündigt bis zum Tod! Ich habe dich ruiniert, ich habe Khem ruiniert, und mich selbst habe ich auch ruiniert! Der Tod soll mich belohnen! Töte mich, Harmachis, ich sterbe gern durch dein Schwert, ja, ich küsse seine Klinge! Töte mich und geh; denn wenn du mich nicht tötest, so werde ich mich selbst töten!« Und sie warf sich auf die Knie und hob mir ihre schöne Brust entgegen, damit ich meinen Dolch in sie stieße.

In meinem bitteren Zorn wollte ich es tun; denn ich dachte vor allem daran, wie mich diese Frau, die selbst die Ursache meiner Schande war, mit ihrer Verachtung gegeißelt hatte, als ich gefallen war. Aber es ist schwer, eine schöne Frau zu töten, und als ich die Hand zum Zustechen erhob, erinnerte ich mich daran, dass sie mir zweimal das Leben gerettet hatte.

»Weib, du schamloses Weib!«, sagte ich. »Erhebe dich! Ich töte dich nicht! Wer bin ich, über dein Verbrechen zu richten, das wie das meinige über alles irdische Urteil erhaben ist?«

»Töte mich, Harmachis!«, stöhnte sie; »töte mich, oder ich töte mich selbst! Meine Last ist zu groß, als dass ich sie tragen könnte! Sei nicht so furchtbar ruhig! Verfluche mich und töte mich!«

»Was hast du eben zu mir gesagt, Charmion, dass ich ernten muss, was ich gesät habe? Es ist nicht recht, dass du dich selbst tötest; es ist nicht recht, dass ich, der ich dir gleich bin in der Sünde, dich töte, weil ich durch dich gesündigt habe. Was du gesät hast, Charmion, das musst du auch ernten. Du niedere Frau, deren grausame Eifersucht all dieses Leid über mich und Ägypten gebracht hat, lebe weiter und pflücke von Jahr zu Jahr die bitteren Früchte deines Verbrechens! Geplagt wird dein Schlaf sein von den Erscheinungen der von dir geschändeten Götter, deren Rache dich und mich in ihrem düsteren Amenti erwartet!

Verfolgt werden deine Tage von der Erinnerung an den Mann sein, den deine wilde Liebe in Schande und Verderben brachte, und von dem Anblick Khems als Beute der unersättlichen Kleopatra und als Sklave des römischen Antonius.«

»Oh, sprich nicht so, Harmachis! Deine Worte sind schärfer als jedes Schwert; und werden mich sicherer, wenn auch langsamer töten! Höre, Harmachis«, und sie ergriff mein Gewand: »Als du groß warst und alle Macht in deiner Hand lag, da hast du mich zurückgestoßen. Willst du mich jetzt zurückweisen, da Kleopatra dich verstoßen hat – jetzt, da du arm und beschämt bist und kein Kissen für dein Haupt hast? Noch bin ich schön, und noch bete ich dich an. Lass mich mit dir fliehen und für meine lebenslange Liebe büßen. Oder, wenn das zu viel verlangt ist, so lass mich nur deine Schwester und deine Dienerin sein, deine Sklavin, damit ich noch immer dein Gesicht sehe und deine Not teile und dir diene. O Harmachis, lass mich nur kommen, und ich will allem trotzen und alles ertragen, und nichts als der Tod selbst soll mich von deiner Seite fernhalten. Denn ich glaube, dass die Liebe, die mich so tief sinken ließ und dich mit sich zog, mich auch wieder emporheben kann und dich mit mir!«

»Willst du mich zu neuer Sünde verführen, Weib? Und glaubst du, Charmion, dass ich in irgendeiner Hütte, in der ich mich verstecken muss, es Tag für Tag ertragen könnte, auf dein schönes Gesicht zu schauen und mich daran zu erinnern, dass diese Lippen mich verraten haben? Nicht so leicht sollst du sühnen! Das weiß ich jetzt schon: viele und schwere Tage der Buße erwarten dich! Vielleicht aber kommt die Stunde der Rache noch, und vielleicht lebst du dann noch, um daran teilzunehmen. Du musst noch am Hofe Kleopatras bleiben, und solange du dort bist, werde ich, wenn ich noch lebe, von Zeit zu Zeit Mittel finden, um dir Nachricht von mir zu geben. Vielleicht wird der Tag kommen, an dem ich deine Dienste wieder brauche. Nun schwöre, dass du mich in diesem Fall nicht ein zweites Mal im Stich lassen wirst.«

»Ich schwöre, Harmachis! Ich schwöre! Mögen ewige Qualen, zu scheußlich, um geträumt zu werden – sogar bei weitem scheußlicher als die, die mich jetzt quälen – mein Anteil sein, wenn ich dich in irgendeiner Sache enttäusche – ja, selbst wenn ich ein Leben lang auf ein Wort von dir warten muss!«

»Es ist gut; sieh zu, dass du den Schwur hältst – nicht zweimal dürfen wir zu Verrätern werden. Ich gehe, um mein Schicksal zu vollbringen; bleibe du, um deines zu vollbringen. Vielleicht mischen sich unsere verschiedenen Fäden noch einmal, um das Netz fertig zu spinnen. Charmion, die du mich geliebt hast – und die, von deiner Liebe angespornt, mich verraten und ruiniert hat – lebe wohl!«

Sie starrte wild auf mein Gesicht, sie streckte ihre Arme aus, als wollte sie mich umarmen, dann warf sie sich in der Agonie ihrer Verzweiflung schließlich auf den Boden.

Ich nahm den Sack mit den Kleidern und den Stab und erreichte die Tür, und als ich sie passierte, warf ich einen letzten Blick auf sie. Da lag sie mit ausgestreckten Armen – weißer als ihr weißes Gewand –, ihr dunkles Haar flatterte um sie herum, und ihr schönes Gesicht war im Staub verborgen.

Und so verließ ich sie und sah sie nicht wieder an, bis neun lange Jahre vergangen waren.

(Hier endet die zweite und größte Papyrusrolle.)

DRITTES BUCH
DIE RACHE DES HARMACHIS

24. Eine Opfergabe an die Götter

Ich kam sicher die Treppe hinunter und stand bald im Hof des großen Hauses. Es war nur noch eine Stunde bis zum Morgengrauen, und niemand rührte sich. Der letzte Nachtschwärmer hatte sich satt getrunken, die Tanzmädchen hatten aufgehört zu tanzen, und Stille lag über der Stadt. Ich näherte mich dem Tor und wurde von einem Offizier angerufen, der in einen schweren Mantel gehüllt Wache hielt.

»Wer da?«, sagte die Stimme von Brennus.

»Ein Kaufmann, wenn es Euch recht ist, Herr, der einer Dame aus dem Haushalt der Königin Geschenke aus Alexandria gebracht hat und, nachdem er von der Dame bewirtet wurde, mit seinem Schiff wieder abreisen will«, antwortete ich mit verstellter Stimme.

»Hm!«, knurrte er. »Die Damen im Gefolge der Königin halten ihre Gäste lange hin. Nun; immerhin haben wir Festtage. Das Losungswort bitte, Kaufmann! Ohne das Losungswort müsst Ihr kehrtmachen und um die weitere Gastfreundschaft der Dame bitten.«

»›Antonius‹, Herr; und das ist ein recht gutes Wort. Ich bin weit gewandert, und nie sah ich einen so guten Mann und großen General. Und ich bin wirklich weit gereist und habe viele Generäle gesehen.«

»Ja; ›Antonius‹ ist das Wort! Und Antonius ist ein guter General auf seine Art – wenn er vernünftig ist und keinen Rock findet, dem er hinterherlaufen kann. Ich habe Antonius gedient – auch gegen ihn; und ich kenne seine Schwächen. Nun, im Moment hat er in dieser Beziehung viel zu tun!«

Die ganze Zeit, während er mich im Gespräch hielt, war

der Wächter vor dem Tor auf und ab gegangen. Aber jetzt trat er ein wenig nach rechts und ließ mich passieren.

»Lebe wohl, Harmachis, und verschwinde!«, flüsterte Brennus, beugte sich vor und sagte schnell: »Halte dich hier nicht auf! Aber denke manchmal an Brennus, der seinen Hals riskierte, um den deinen zu retten. Lebe wohl, Junge, ich wünschte, wir würden zusammen nach Norden segeln«, und er drehte mir den Rücken zu und begann eine Melodie zu summen.

»Lebe wohl, Brennus, du ehrlicher Mann«, antwortete ich und war weg.

Und wie ich lange danach hörte, als am nächsten Tag das Geschrei groß war, weil die Henker mich nicht finden konnten, obwohl sie mich überall suchten, erwies Brennus mir einen Dienst. Denn er schwor, dass er, als er eine Stunde nach Mitternacht allein Wache hielt, mich auf der Brüstung des Daches hatte stehen sehen, und dann hätte ich meine Gewänder ausgebreitet und diese seien zu Flügeln geworden, auf denen ich zum Himmel hinaufschwebt sei, währrend er sprachlos vor Erstaunen dastand.

Und alle am Hofe hörten diese Geschichte und glaubten daran wegen meiner berühmten Zauberkünste; und sie fragten sich sehr, was das Wunder zu bedeuten hätte. Die Geschichte verbreitete sich auch in Ägypten und trug viel dazu bei, meinen guten Namen bei denen zu retten, die ich verraten hatte; denn die Unwissenden unter ihnen glaubten, dass ich nicht aus freiem Willen gehandelt hatte, sondern dass ich nach dem Willen der Götter in den Himmel gehoben worden war. Und so heißt es bis zum heutigen Tag: »*Wenn Harmachis wiederkommt, wird Ägypten frei sein.*« Aber leider kommt Harmachis niemals wieder.

Nur Kleopatra, obwohl sie sich sehr fürchtete, zweifelte an der Sage und sandte ein bewaffnetes Schiff aus, um den syrischen Kaufmann zu suchen, aber ohne ihn zu finden, wie noch erzählt werden soll.

Als ich das Schiff erreichte, von dem Charmion gesprochen hatte, fand ich es im Begriff, in See zu stechen, und gab das Schreiben dem Kapitän, der es an sich nahm und mich neugierig ansah, aber nichts sagte.

So ging ich an Bord, und sofort fuhren wir mit der Strömung schnell den Fluss hinunter. Nachdem wir unbehelligt an die Mündung des Flusses gekommen waren, obwohl wir viele Schiffe passierten, fuhren wir mit einem starken, günstigen Wind aufs Meer hinaus, der sich in der Nacht zu einem großen Sturm auffrischte. Da wollten die Matrosen in großer Angst umkehren und wieder zur Mündung des Cydnus segeln, konnten es aber wegen der Wildheit des Meeres nicht tun. Die ganze Nacht hindurch blies der Wind wütend, und in der Morgendämmerung wurde unser Mast weggetragen, und wir wälzten uns hilflos in den Mulden der großen Wellen. Ich aber saß in einen Mantel gehüllt und kümmerte mich wenig darum; und weil ich keine Angst zeigte, schrien die Matrosen, ich sei ein Zauberer, und wollten mich ins Meer werfen, aber der Kapitän wollte es nicht. In der Morgendämmerung ließ der Wind nach, aber noch vor dem Mittag blies er wieder mit furchtbarer Wucht, und um die vierte Stunde nach Mittag kamen wir in Sichtweite der felsigen Küste jenes Kaps auf der Insel Zypern, das Dinaretum heißt, wo ein Berg liegt, der Olymp genannt wird, und dorthin trieben wir mit großer Geschwindigkeit. Als nun die Seeleute die furchtbaren Felsen sahen und wie die großen Wellen, die an sie schlugen, in Schaum aufspritzten, da bekamen sie wieder große Angst und schrien in ihrer Furcht. Da sie sahen, dass ich immer noch unbewegt dasaß, schworen sie, dass ich gewiss ein Zauberer sei, und kamen, um mich den Göttern des Meeres zum Opfer zu bringen. Diesmal war der Kapitän überstimmt und sagte nichts. Als sie nun zu mir kamen, erhob ich mich und trotzte ihnen und sprach: »Werft mich hinaus, wenn ihr wollt; werft ihr mich aber hinaus, so werdet ihr umkommen.«

In meinem Herzen bekümmerte es mich wenig, da ich keine Liebe zum Leben mehr, sondern eher den Wunsch zu sterben hatte, obwohl ich mich sehr fürchtete, vor das Angesicht meiner heiligen Mutter Isis zu treten. Aber meine Müdigkeit und mein Kummer über die Bitterkeit meines Loses überwanden selbst diese schwere Furcht, so dass ich, als sie mich, wütend wie wilde Tiere, packten und mich in die tosenden Wasser schleuderten, nur ein Gebet zu Isis sprach und mich zum Tod bereit machte. Aber es war Schicksal, dass ich nicht sterben sollte; denn als ich an die Oberfläche des Wassers stieg, sah ich einen Holzspan neben mir, an den ich mich schwimmend klammerte. Und eine große Welle kam und hob mich, sodass ich rittlings auf dem Stamm saß, wie ich es als Knabe in den Gewässern des Nils gelernt hatte, und trieb an der Schutzwehr des Schiffes vorbei, wo sich die grimmigen Matrosen versammelten, um mich ertrinken zu sehen. Als sie mich auf der Welle aufsteigen sahen, fluchten sie, und als sie sahen, dass sich die Farbe meines Gesichts verändert hatte – das Salzwasser hatte das Pigment weggewaschen–, kreischten sie vor Angst und warfen sich auf das Deck.

Nach kurzer Zeit, während ich auf die felsige Küste zutrieb, ergoss sich eine riesige Welle auf das Schiff, traf es mit der Breitseite und drückte es nach unten in die Tiefe, von wo es nicht mehr aufstieg.

So sank es mit seiner ganzen Mannschaft. Und in demselben Sturm sank auch die Galeere, die Kleopatra ausgesandt hatte, den syrischen Kaufmann zu suchen. So waren alle Spuren von mir verloren, und sie glaubte gewiss, dass ich tot sei.

Aber ich trieb weiter auf die Küste zu. Der Wind heulte und die salzigen Wellen peitschten mir ins Gesicht, als ich, allein mit dem Sturm, meinen Weg fortsetzte, während die Seevögel über meinem Kopf kreischten. Ich fühlte keine Angst, sondern ein wildes Aufbäumen des Herzens; und in der Spannung der drohenden Gefahr schien die Liebe zum Leben wieder zu erwachen. So tauchte und trieb ich, mal hochgeschleudert, mal in die tiefen Täler des Meeres gestürzt, bis endlich die felsige Landzunge vor mir auftauchte, und ich sah die Brandung auf die widerspenstigen Felsen schlagen und hörte durch das Geschrei des Windes das dumpfe Donnern ihres Sturzes und das Ächzen der Steine, die seewärts vom Strand gesaugt wurden.

Plötzlich thronte ich hoch oben auf dem Kamm einer mächtigen Welle – fünfzig Ellen unter mir die Ebene des zischenden Wassers; über mir der tintenschwarze Himmel! Es war vollbracht! Der Holm wurde mir entrissen, und durch das Gewicht des Goldbeutels und das Festklemmen meiner Kleider nach unten gezogen, sank ich rasch, während ich wütend kämpfte.

Jetzt war ich unter Wasser – das grüne Licht strömte für einen Moment von oben hindurch, dann kam die Dunkelheit und mit ihr Bilder aus der Vergangenheit. Bild auf Bild – das ganze lange Drama meines Lebens. Dann hörte ich in meinen Ohren nur noch den Gesang der Nachtigall, das Rauschen des sommerlichen Meeres und die Musik von Kleopatras Siegeslachen, das mir leise und leiser folgte, bis ich in die Ohnmacht sank.

Aber mein Leben kam noch einmal zu mir zurück, und mit ihm ein Gefühl von tödlicher Schwäche und von furchtbarem Schmerz. Ich öffnete meine Augen und sah ein freundliches Gesicht, das sich über mich beugte, und wusste, dass ich mich im Zimmer eines gut erbauten Hauses befand.

»Wie bin ich hierher gekommen?«, fragte ich mit schwacher Stimme.

»In der Tat, Poseidon hat dich hergebracht, Fremder«, antwortete eine raue Stimme in barbarischem Griechisch; »wir fanden dich wie einen toten Delphin an den Strand geworfen und brachten dich zu unserem Haus, denn wir sind Fischer. Und hier, denke ich, musst du eine Weile liegen, denn dein linkes Bein ist durch die Kraft der Wellen gebrochen.«

Ich bemühte mich, meinen Fuß zu bewegen und konnte es nicht. Es stimmte, der Knochen war oberhalb des Knies gebrochen.

»Wer bist du, und wie heißt du?«, fragte der raubärtige Seemann.

»Ich bin ein ägyptischer Reisender, dessen Schiff in der Wut des Sturms gesunken ist, und ich heiße Olympus«, antwortete ich, denn diese Leute nannten einen Berg, den wir gesichtet hatten, Olympus, und deshalb nahm ich den Namen auf gut Glück an.

Und als Olympus war ich von nun an bekannt.

Ein halben Jahr lang blieb ich bei diesen rauen Fischern, und ich zahlte ihnen ein wenig von der Summe des Goldes, das ich sicher an Land gebracht hatte. Es dauerte lange, bis meine Knochen wieder zusammenwuchsen, und danach war ich so etwas wie ein Krüppel; denn so groß und gerade und stark ich gewesen war, nun hinkte ich – ein Bein war kürzer als das andere. Auch nachdem ich mich von meiner Verletzung erholt hatte, blieb ich noch unter den Fischern und half beim Fischfang mit; denn ich wußte nicht, wohin ich gehen oder was ich tun sollte, und eine Zeit lang wollte ich gerne ein Fischer sein. Diese Leute nahmen mich freundlich auf, obwohl sie mich, wie andere auch, sehr fürchteten, da sie mich für einen Zauberer hielten, der vom Meer hierher gebracht worden war. Meine Sorgen hatten meinem Gesicht ein so seltsames Aussehen verliehen, dass die Menschen, die mich ansahen, sich vor dem fürchteten, was hinter seiner äußerlichen Starrheit verborgen lag.

So blieb ich, bis mich eines Nachts, als ich lag und zu schlafen versuchte, eine große Unruhe überkam und ein mächtiges Verlangen, noch einmal das Wasser des Nils zu sehen. Aber ob dieses Verlangen von den Göttern kam oder aus meinem eigenen Herzen geboren war, kann ich nicht sagen. Jedenfalls war es so stark, dass ich, bevor der Morgen dämmerte, von meinem Strohbett aufstand und mich in mein Fischergewand kleidete, und weil ich keine Lust hatte, Fragen zu beantworten, nahm ich so Abschied von meinen bescheidenen Gastgebern, indem ich einige Goldstücke auf den gut gereinigten Holztisch legte, dann nahm ich einen Topf mit Mehl und streute es in Form von Buchstaben aus und schrieb: »Das Geschenk des Olympus, des Ägypters, der ins Meer zurückkehrt.«

Dann ging ich fort, und am dritten Tage kam ich in die große Stadt Salamis, die auch am Meer liegt. Dort blieb ich in den Fischervierteln, bis ein Schiff nach Alexandria auslaufen sollte, und bei dem Kapitän dieses Schiffes, einem Mann aus Paphos, verdingte ich mich als Matrose. Wir segelten mit günstigem Wind, und am fünften Tag kam ich nach Alexandria, dieser verhassten Stadt, und sah das Licht auf ihren goldenen Kuppeln tanzen.

Hier konnte ich nicht bleiben. So verdingte ich mich wieder als Matrose, bot meine Arbeitskraft gegen die Überfahrt, und wir fuhren den Nil hinauf. Aus dem Gerede der Menschen erfuhr ich, dass Kleopatra nach Alexandria zurückgekommen war und Antonius mit sich gezogen hatte, und sie zusammen im königlichen Palast auf dem Lochias lebten. Die Bootsleute hatten schon ein Lied darüber, das sie sangen, während sie sich am Ruder abmühten. Auch hörte ich von der auf der Suche nach dem syrischen Kaufmann untergegangenen Galeere und der Sage, dass der Astronom der Königin, Harmachis, vom Dach des Hauses in Tarsus zum Himmel geflogen sei. Und die Matrosen wunderten sich, weil ich dasaß und ihr rüpelhaftes Lied von den Liebschaften der Kleopatra nicht mitsingen wollte. Auch sie begannen sich vor mir zu fürchten und murrten untereinander über mich. Da wußte ich, dass ich ein verfluchter und verfemter Mann war – ein Mann, den niemand lieben konnte.

Am sechsten Tag näherten wir uns Abouthis, wo ich das Schiff verließ, und die Matrosen waren recht froh, mich gehen zu sehen. Mit gebrochenem Herzen ging ich durch die fruchtbaren Felder und sah Gesichter, die ich gut kannte. Aber in meiner groben Verkleidung und meinem hinkenden Gang erkannte mich niemand. Endlich, als die Sonne unterging, kam ich in die Nähe des großen Tempels; in der Nähe verbarg ich mich in den Ruinen eines Hauses, nicht wissend, warum ich eigentlich gekommen war und was ich tun sollte. Wie ein verlorener Ochse hatte ich mich von weit her zurück zu den Feldern meiner Geburt verirrt; doch wozu? Wenn mein Vater, Amenemhat, noch lebte, würde er sicher sein Gesicht von mir abwenden.

Ich wagte es nicht, meinen Vater aufzusuchen. So saß ich dort versteckt zwischen den zerbrochenen Dachsparren und beobachtete untätig die Tore, um zu sehen, ob vielleicht ein mir bekanntes Gesicht aus ihnen hervortreten würde. Aber niemand kam heraus oder ging hinein, obwohl die großen Tore weit offen standen; und dann sah ich, dass zwischen den Steinen Kräuter wuchsen, wo seit Ewigkeiten keine Kräuter mehr gewachsen waren. Wie konnte das sein? War der Tempel verwaist? Nein, wie könnte die Anbetung der ewigen Götter aufgehört haben, die seit Tausenden von Jahren Tag für Tag an heiliger Stätte dargebracht worden war? War denn mein Vater tot? Es könnte gut sein. Und dennoch, warum diese Stille? Wo waren die Priester, wo die Anbeter?

Ich konnte die Ungewissheit nicht länger ertragen, und als die Sonne rot unterging, schlich ich wie ein gejagter Schakal durch die offenen Tore und weiter, bis ich die erste große Halle der Säulen erreichte. Ich hielt inne und schaute mich um – kein Laut, kein Geräusch ließ sich an diesem düsteren und heiligen Ort vernehmen. Mit klopfendem Herzen ging ich weiter zur zweiten großen Halle, der Halle der sechsunddreißig Säulen, in der ich zum Herrn aller Länder gekrönt worden war; immer noch kein Laut und kein Geräusch! Von dort folgte ich, von meinem eigenen Fußtritt, der in der Stille des verlassenen Heiligtums widerhallte, halb erschreckt, dem Gang mit den Namen der Pharaonen hinunter in Richtung der Kammer meines Vaters. Der Vorhang hing noch immer über der Tür; aber was würde sich dahinter befinden, auch Leere und Verlassenheit? Ich hob den Vorhang und ging geräuschlos weiter, und da saß mein Vater Amenemhat in seinem geschnitzten Stuhl am Tisch, auf den sein langer weißer Bart fiel, in seinem priesterlichen Gewand. Zuerst dachte ich, er sei tot, so still saß er da; aber dann wandte er den Kopf, und ich sah, dass seine Augen weiß und blind waren. Er war blind, und sein Gesicht war dünn wie das Gesicht eines Toten, und jämmerlich vor Alter und Trauer.

Ich stand still und fühlte die blinden Augen über mich wandern. Ich konnte nicht mit ihm sprechen – ich wagte es nicht, mit ihm zu sprechen; ich würde gehen und mich von neuem verstecken.

Ich hatte mich schon umgedreht und nach dem Vorhang gegriffen, als mein Vater mit tiefer, langsamer Stimme sprach: »Komm hierher, du, der du mein Sohn warst und ein Verräter bist. Komm her, Harmachis, auf den Khem alle Hoffnung baute. Nicht umsonst habe ich dich von weit her geholt! Nicht umsonst habe ich mein Leben in mir gehalten, bis ich deine Fußtritte hörte, wie sie durch diese leeren Heiligtümer schlichen, gleich den Fußtritten eines Diebes!«

»Oh, mein Vater«, keuchte ich erschrocken. »Du bist blind; wie erkennst du mich?«

»Wie ich dich erkenne? Das fragst du, der du unsere Überlieferung kennst? Genug, ich kenne dich und habe dich hierher gebracht. Ich wünschte, Harmachis, ich würde dich nicht kennen. Wäre ich doch vom Unsichtbaren vernichtet worden, ehe ich dich aus dem Schoß von Nout herauszog, um mein Fluch und meine Schande zu sein, und das Verderben von Khem!«

246

»O, sprich nicht so!«, stöhnte ich; »ist meine Last nicht schon mehr, als ich tragen kann? Bin ich nicht selbst verraten und ganz und gar verstoßen? Habe Mitleid, mein Vater!«

»Mitleid? Mitleid mit dir, der du so viel Mitleid gezeigt hast? Es war dein Mitleid, das den edlen Sepa zum Sterben unter den Händen seiner Peiniger freigab!«

»Oh, nicht das – nicht das!«, weinte ich.

»Ja, Verräter, gerade das! Den Edlen, der mit seinem letzten Atemzug dich, seinen Mörder, als ehrlich und unschuldig verkündete, hast du in Agonie sterben lassen! Mitleid mit dir, der du die ganze Blume von Khem als Preis für die Waffen einer Dirne gegeben hast? Glaubst du, dass die Edlen, die in den dunklen Minen der Wüste schuften, Mitleid mit dir haben, Harmachis? Erbarmen mit dir, der du diesen heiligen Tempel von Abouthis verwüstet, seine Ländereien beschlagnahmt, seine Priester zerstreut und mich allein, alt und verdorrt, zurückgelassen hast, um seinen Ruin zu sehen – mit dir, der du die verborgenen Schätze, dein Land, dein Geburtsrecht und deine Götter verraten hast! Ja, dies ist mein Mitleid: Verflucht seist du, Frucht meiner Lenden, Schande sei dein Teil, Pein dein Ende, und am Ende möge dich die Hölle empfangen! Wo bist du? Ja, ich wurde blind vor Weinen, als ich die Wahrheit hörte – sicher, sie versuchten, sie vor mir zu verbergen. Lass mich dich finden, damit ich dich anspucken kann, du Abtrünniger, du Ausgestoßener!« Und er erhob sich von seinem Sitz und taumelte wie ein lebendig gewordener Zorn auf mich zu und schlug mit seinem Stab in die Luft. Und wie er so mit ausgestreckten Armen auf mich kam, furchtbar anzusehen, traf ihn plötzlich sein Ende, und mit einem Schrei sank er auf den Boden, von seinen Lippen strömte rotes Blut. Ich hob ihn hoch; und während er starb, stammelte er noch: »Er war mein Sohn, ein herrlicher Knabe, ein helläugiger, liebenswerter Junge, voller Verheißung wie der Frühling; und nun – oh, wäre er doch tot!«

Dann kam eine Pause und der Atem rasselte in seiner Kehle.

»Harmachis«, stöhnte er, »bist du da?«

»Ja, Vater.«

»Harmachis, sühne! Sühne! Rache kannst du noch üben, Vergebung kannst du noch erlangen. Es gibt Gold, ich habe es versteckt – Atoua – sie kann es dir sagen – o, diese Qual! Lebe wohl!«

Er wand sich ohnmächtig in meinen Armen und war tot. So also kamen mein heiliger Vater und ich zum letzten Mal zusammen und gingen zum letzten Mal auseinander.

25. Letztes Elend

Ich lag auf dem Boden und starrte auf den toten Körper meines Vaters, der so lange gelebt hatte, um mich zu verfluchen, mich, den ganz und gar Verfluchten, während die Dunkelheit hereinbrach, bis schließlich der Tote und ich allein in der schwarzen Stille waren. O, wie soll ich das Elend jener Stunde schildern! Die Einbildungskraft kann es nicht erträumen, Worte können es nicht aussprechen. Noch einmal dachte ich in meinem Elend an den Tod. Ein Messer befand sich an meinem Gürtel, mit dem ich den Faden des Leids durchschneiden und meinen Geist befreien könnte. Befreien? Ja, frei zu fliegen und der letzten Rache der heiligen Götter entgegenzutreten! Ach! Ich wagte es nicht zu sterben. Besser die Erde mit all ihrem Leid als das schnelle Herannahen jener ungeahnten Schrecken, die im düsteren Amenti auf das Kommen der Gefallenen lauern.

Ich kroch auf dem Boden herum und weinte Tränen der Qual für die verlorene, unveränderliche Vergangenheit – weinte, bis ich nicht mehr weinen konnte; aber keine Antwort kam aus der Stille – keine Antwort außer den Echos meines Kummers. Nicht ein Strahl der Hoffnung! Meine

Seele irrte in einer Finsternis umher, die größer war als die, die mich umgab – ich war von den Göttern verlassen und von den Menschen ausgestoßen. Schrecken ergriff mich, während ich an diesem einsamen Ort kauerte, nahe der Majestät des schrecklichen Todes. Ich erhob mich, um zu fliehen. Wohin sollte ich in dieser Finsternis fliehen? Wohin sollte ich fliehen, der ich keine Zuflucht hatte? Noch einmal hockte ich mich hin, und die große Angst stieg in mir auf, bis mir der kalte Schweiß von der Stirn lief und meine Seele in mir schwach wurde. Dann, in meiner letzten Verzweiflung, betete ich laut zu Isis, zu der ich seit vielen Tagen nicht mehr zu beten gewagt hatte.

»O Isis! Heilige Mutter!«, rief ich. »Vergiss deinen Zorn, und aus deinem unendlichen Erbarmen, o Allbarmherzige, erhöre die Stimme des Schmerzes desjenigen, der dein Sohn und Diener war, der durch die Sünde deine Liebe verloren hat. O thronende Herrlichkeit, die du in allem bist, die du alles verstehst und alles Leid kennst, wirf das Gewicht deiner Barmherzigkeit in die Waage gegen die Menge meiner Missetaten. Sieh herab auf mein Wehe und messe es; zähle die Summe meiner Reue und nimm zur Kenntnis die Flut des Kummers, die meine Seele fortschwemmt. O du Heilige, der es gegeben wurde, mich von Angesicht zu Angesicht zu schauen, in dieser furchtbaren Stunde rufe ich dich an; ich rufe dich an durch das mystische Wort. Komm in Barmherzigkeit, um mich zu retten, oder im Zorn, um dem ein Ende zu machen, was nicht mehr zu ertragen ist.«

Und als ich mich von den Knien erhob, streckte ich meine Arme aus und wagte es, laut das Wort der Angst zu rufen, dessen unwürdiger Gebrauch den Tod bedeutet.

Rasch kam die Antwort. In der Stille hörte ich den Klang des geschüttelten Sistrums, der das Kommen der Herrlichkeit ankündigte. Dann, am anderen Ende der Kammer, wuchs der Schein des gehörnten Mondes, der schwach in der Dunkelheit schimmerte, und zwischen den goldenen

Hörnern ruhte eine kleine dunkle Wolke, in und aus der die feurige Schlange kletterte.

Angesichts der Herrlichkeit wurden mir die Knie weich, und ich sank vor ihr nieder.

Da sprach die kleine, süße Stimme in der Wolke: »Harmachis, der du mein Diener und mein Sohn warst, ich habe dein Gebet erhört, und die Beschwörung, die du auszusprechen gewagt hast, die auf den Lippen eines Menschen, mit dem ich verkehrt habe, die Macht hat, mich aus dem Alleräußersten herbeizuziehen. Nie mehr, Harmachis, können wir im Band der göttlichen Liebe eins sein, denn du hast mich aus eigenem Antrieb verstoßen. Deshalb komme ich, Harmachis, nach diesem langen Schweigen, gekleidet in Schrecken und vielleicht bereit zur Rache, denn Isis kann nicht leichtfertig aus den Hallen ihrer Göttlichkeit gezogen werden.«

»Schlage mich, Göttin!«, antwortete ich. »Schlage zu und übergib mich denen, die deine Rache üben; denn ich kann die Last meines Leids nicht länger tragen!«

»Und wenn du deine Last hier, auf dieser oberen Erde, nicht tragen kannst«, kam die sanfte Antwort, »wie sollst du dann die größere Last tragen, die dir auferlegt werden wird, wenn du beschmutzt und noch ungeläutert in mein düsteres Reich des Todes kommst? Nein, Harmachis, ich schlage dich nicht, denn nicht nur ich bin zornig, dass du es gewagt hast, das schreckliche Wort auszusprechen, das mich zu dir herunterruft. Höre, Harmachis, ich lobe nicht, und ich tadle nicht, denn ich bin die Dienerin von Belohnung und Strafe und die Vollstreckerin von Dekreten. Wenn ich belohne, so tue ich es im Verborgenen, und wenn ich schlage, tue ich es auch im Verborgenen. Darum will ich dir keine Last aufbürden durch das Gewicht schwerer Worte, obwohl es durch dich geschehen ist, dass Isis, das Mutter-Mysterium, bald nur noch eine Erinnerung in Ägypten sein wird. Du hast gesündigt, und schwer wird deine Strafe sein, wie ich dich gewarnt habe, sowohl im Fleische als auch in meinem Reiche Amenti. Aber ich habe dir gesagt, dass es einen Weg der Reue gibt, und sicher haben deine Füße ihn betreten. Du musst mit einem demütigen Herzen darauf wandeln und von dem Brot der Bitterkeit essen, bis dein Verhängnis aufgehoben ist.«

»Gibt es denn keine Hoffnung für mich, o Heilige?«

»Was geschehen ist, Harmachis, ist geschehen, und seine Folgen können nicht mehr geändert werden. Khem wird nicht mehr frei sein, bis alle seine Tempel wie der Wüstenstaub sind; fremde Völker werden es von Zeitalter zu Zeitalter als Geisel und in Fesseln halten; neue Religionen werden entstehen und im Schatten seiner Pyramiden verdorren, denn für jede Welt, Rasse und jedes Zeitalter werden die Antlitze der Götter verändert. Dies ist der Baum, der aus deinem Samen der Sünde entspringen wird, Harmachis, und aus der Sünde derer, die dich versucht haben!«

»Wehe! Ich bin verloren!«, rief ich.

»Ja, du bist verloren, und doch soll dir dies gegeben werden: deinen Zerstörer sollst du vernichten – so ist es nach dem Vorsatz meiner Gerechtigkeit bestimmt. Wenn das Zeichen zu dir kommt, stehe auf, gehe zu Kleopatra, und so, wie ich es dir ins Herz lege, räche dich an ihr! Und nun ein Wort für dich selbst, denn du hast mich von dir gewiesen, Harmachis, und ich werde dir nicht mehr begegnen, bis die letzte Frucht deiner Sünde auf dieser Erde verblasst ist! Doch durch die Weite der unzähligen Jahre hindurch, erinnere dich an dies: Die göttliche Liebe ist die ewige Liebe, die nicht ausgelöscht werden kann, auch wenn sie für lange Zeit verschwunden ist. Bereue, mein Sohn, bereue und tue Buße, solange noch Zeit ist, damit du am düsteren Ende der Zeitalter noch einmal zu mir versammelt werden kannst. Dennoch, Harmachis, auch wenn du mich nicht siehst, auch wenn der Name, unter dem du mich kennst, zu einem bedeutungslosen Geheimnis für diejenigen geworden ist, die nach dir sein werden, dennoch werde ich, deren Stunden ewig sind, dich begleiten. Wohin du auch gehst, in welcher Lebenslage du auch bist, dort werde ich sein! Bist du zum fernsten Stern geweht, bist du in Amentis tiefster Tiefe begraben – im Leben, im Sterben, im Schlafen, im Wachen, im Erinnern, im Vergessen, in allen Fiebern des äußeren Lebens, in allen Wandlungen des Geistes – dennoch, wenn du nur büßen willst und mich nicht mehr vergisst, werde ich bei dir sein und deine Stunde der Erlösung erwarten. Denn dies ist das Wesen der göttlichen Liebe, womit sie das liebt, was an ihrer Göttlichkeit teilhat und durch das heilige Band einst an sie gebunden war. Und nun wage es nicht mehr, das Wort der Macht auszusprechen, bis diese Dinge getan sind! Harmachis, bis zu jener Zeit, lebe wohl!«

Als der letzte Ton der süßen Stimme verklungen war, kletterte die feurige Schlange in das Herz der Wolke. Dann rollte die Wolke von den Hörnern des Lichts und verschwand in der Schwärze. Die Vision der Mondsichel wurde trübe und verblich zur Gänze. Dann, als die Göttin vorüberging, kam noch einmal die schwache und schreckliche Musik des geschüttelten Sistrums, und dann war alles still.

Ich verbarg mein Gesicht in meinem Gewand, und dann, als meine ausgestreckte Hand den kalten Leichnam jenes Vaters berühren konnte, der gestorben war, um mich zu verfluchen, fühlte ich, wie die Hoffnung in mein Herz zurückkehrte, weil ich wusste, dass ich nicht gänzlich verloren und nicht gänzlich von Ihr verworfen war, die ich verlassen hatte, die ich aber dennoch liebte. Und dann übermannte mich die Müdigkeit, und ich schlief ein.

Ich erwachte, als die schwachen Lichter der Morgendämmerung aus der Öffnung im Dach krochen. Schaurig lagen sie auf den schattenhaften, mit Skulpturen bedeckten Wänden und schaurig auf dem toten Gesicht und dem weißen Bart meines Vaters, der zu Osiris gegangen war. Ich stand auf, erinnerte mich an alle Dinge und fragte mich in meinem Herzen, was ich tun sollte, als ich leise Schritte hörte, die den Gang der Namen der Pharaonen hinunterschlichen.

»La, la, la!«, murmelte eine Stimme, die ich für die Stimme der alten Atoua hielt. »Es ist dunkel wie im Haus des Todes! Die Heiligen, die diesen Tempel bauten, liebten die gesegnete Sonne nicht, so sehr sie sie auch verehrten. Wo ist denn der Vorhang?«

Bald wurde das Tor geöffnet, und Atoua trat ein, in der einen Hand einen Stock, in der anderen einen Korb. Ihr Gesicht war etwas faltiger, und ihre spärlichen Locken waren etwas weißer als früher, aber ansonsten war sie wie immer. Sie blieb stehen und spähte mit ihren scharfen schwarzen Augen umher, denn noch konnte sie wegen der Schatten nichts sehen.

»Nun, wo ist er?«, murmelte sie. »Osiris – gepriesen sei sein Name – gewähre, dass er nicht in der Nacht gewandert ist, denn er ist blind! Ach, dass ich nicht zurückkehren konnte vor der Dunkelheit. Ach, und ach, in welche Zeiten sind wir geraten, wenn der heilige Hohepriester und Statthalter von Abouthis mit einem alten Weib zurückbleibt, das sich um seine Gebrechen kümmert! O Harmachis, mein armer Junge, du hast uns Unheil gebracht. Was ist denn das? Er schläft doch nicht etwa dort auf dem Boden? Das wird sein Tod sein! Fürst! Heiliger Vater! Amenemhat! Erwache, erhebe dich!«, und sie humpelte auf den Leichnam zu. »Wahrhaftig! Bei dem, der ruht, er ist tot! Unversorgt und allein – tot, tot!«, und sie ließ ihr langes Wehklagen die skulptierten Wände hinaufklingen.

»Still! Frau, sei still!«, sagte ich und glitt aus dem Schatten.

»Oh, wer bist du?«, rief sie und warf ihren Korb zu Boden. »Böser Mann, hast du diesen Heiligen ermordet, den einzigen Heiligen in Ägypten? Sicherlich wird der Fluch auf dich fallen, denn obwohl die Götter uns jetzt in unserer Stunde der Prüfung verlassen zu haben scheinen, so ist doch ihr Arm lang, und sicherlich werden sie sich an dem rächen, der ihren Gesalbten erschlagen hat!«

»Sieh mich an, Atoua«, rief ich.

»Sehen! Ja, ich sehe – du böser Wanderer, der diese grausame Tat gewagt hat! Harmachis ist ein Verräter und für immer verloren, und Amenemhat, sein heiliger Vater, ist ermordet, und nun bin ich ganz allein ohne Sippe. Ich habe sie für ihn hingegeben. Ich gab sie hin für Harmachis, den Verräter! Komm, töte auch mich, du Bösewicht!«

Ich machte einen Schritt auf sie zu, und Atoua, die dachte, dass ich sie schlagen wollte, schrie vor Angst auf: »Nein, guter Herr, verschone mich! Zum sechsundachtzigsten Male, bei den Heiligen, zum sechsundachtzigsten Male sehe ich die höchste Nilflut kommen, und doch will ich nicht sterben, obwohl Osiris den Alten, die ihm dienen, gnädig ist! Komm nicht näher! Hilfe! Hilfe!«

»Du Närrin, sei still«, sagte ich; »kennst du mich nicht?«

»Dich kennen? Kann ich jeden wandernden Schiffer kennen, dem Sebek ein Auskommen gewährt, bis Typhon das seine fordert? Und doch – es ist seltsam – das veränderte Antlitz, die Narbe, der stolpernde Gang. Du bist's, Harmachis! Du bist's, mein Junge! Bist du zurückgekommen, um mein altes Auge zu erfreuen? Ich hoffte, du seist tot. Lass mich dich küssen? Nein, ich vergesse. Harmachis ist ein Verräter, ja, und ein Mörder! Hier liegt der heilige Amenemhat, ermordet von dem Verräter Harmachis! Scher dich weg! Ich will nichts von Verrätern und Vatermördern hören! Geh zu deinem Laster! Du bist es nicht, den ich gepflegt habe.«

»Ruhe, Weib! Ich tötete meinen Vater nicht – er starb, ach! – er starb sogar in meinen Armen.«

»Ja, gewiss, und verflucht seist du, Harmachis! Du hast dem den Tod gegeben, der dir das Leben gab! La, la! Ich bin alt und habe viel Unglück gesehen; aber dies ist das Schlimmte von allen! Ich mochte nie das Aussehen von

Mumien; aber ich wünschte, ich wäre eine in dieser Stunde! Geh weg, ich bitte dich!«

»Alte Amme, mach mir keine Vorwürfe! Habe ich nicht genug zu tragen?«

»Ah! Ja, ja! Ich habe es vergessen! Nun, und was ist deine Sünde? Ein Weib war dein Fluch, wie es die Weiber vor dir für viele Männer waren und nach dir sein werden. Und was für ein Weib! La, la! Ich sah sie, eine Schönheit, wie es sie nie gab – ein Pfeil, von den bösen Göttern zur Vernichtung gerichtet! Und du, ein junger Mann, zum Priester erzogen – eine schlechte Schule – eine sehr schlechte Schule! Das war kein fairer Kampf. Wen wundert's, dass sie dich besiegt hat? Komm, Harmachis, lass mich dich küssen! Es steht einer Frau nicht an, hart zu sein gegen einen Mann, weil er unser Geschlecht zu sehr liebte. Das ist nur Natur, und die Natur kennt ihr Geschäft, sonst hätte sie uns anders gemacht. Aber dies ist ein böser Fall. Weißt du, dass diese deine mazedonische Königin die Ländereien und Einkünfte des Tempels an sich gerissen und die Priester vertrieben hat – alle bis auf den heiligen Amenemhat, der hier liegt und den sie allein zurückließ, ich weiß nicht, warum; ja, und sie hat die Anbetung der Götter in diesen Mauern zum Erliegen gebracht. Nun, er ist fort! Er ist fortgegangen, und es ist wirklich besser für ihn, bei Osiris zu sein, denn sein Leben war ihm eine schwere Last. Und höre, Harmachis: er hat dich nicht mit leeren Händen zurückgelassen; denn sobald das Komplott gescheitert war, sammelte er sein ganzes Vermögen, und es ist groß, und er versteckte es – wo, kann ich dir zeigen – und es ist deines durch das Recht deiner Geburt.«

»Sprich zu mir nicht über Reichtum, Atoua. Wohin soll ich gehen und wie soll ich meine Schande verbergen?«

»Ah, wie wahr, wie wahr; hier darfst du nicht bleiben, denn wenn sie dich fänden, würden sie dich sicher in einen schrecklichen Tod schicken – ja, in den Tod durch das Wachstuch. Nein, ich will dich verstecken, und wenn die

Begräbnisriten des heiligen Amenemhat vollzogen sind, wollen wir von hier fliehen und uns vor den Augen der Menschen verbergen, bis dieser Kummer vergessen ist. La, la! Es ist eine traurige Welt und so voller Sorgen, wie der Nilschlamm voller Käfer ist. Komm, Harmachis, komm.«

26. Im Grab der Harfenspieler

Acht Tage lang wurde ich von der alten Atoua versteckt, während der Körper meines Vaters, von denen, die in der Kunst des Einbalsamierens bewandert waren, für die Bestattung vorbereitet wurde. Als endlich alles in Ordnung war, kroch ich aus meinem Versteck und brachte dem Geist meines Vaters Opfergaben dar und legte ihm Lotusblüten auf die Brust. Am nächsten Tag sah ich von meinem Versteck aus, wie die Priester des Osiris-Tempels und des heiligen Isis-Schreins hervorkamen und in langsamer Prozession seinen bemalten Sarg zum heiligen See trugen und ihn unter das Begräbniszelt in den geweihten Kahn legten. Ich sah, wie sie das Symbol der Prüfung der Toten zelebrierten und ihn vor allen Menschen gerecht nannten, bevor sie ihn von dort weg brachten und ihn zu seiner Frau, meiner Mutter, in das tiefe Grab trugen, das er in den Felsen nahe der Ruhestätte des heiligen Osiris gehauen hatte, wo auch ich trotz meiner Sünden hoffte, einst zu schlafen. Und als dies alles geschehen und das tiefe Grab versiegelt und der Reichtum meines Vaters aus der verborgenen Schatzkammer in Sicherheit gebracht worden war, floh ich verkleidet mit der alten Atoua den Nil hinauf, bis wir nach Tápé[17] kamen, und hier, in dieser großen Stadt, blieb ich eine Weile, um einen Ort zu suchen, an dem ich mich verstecken konnte.

Und einen solchen Ort fand ich. Nördlich der großen

---

[17] Theben

Stadt gab es braune und zerklüftete Hügel und ein wüstes, von der Sonne verbranntes Tal, und an diesem Ort der Verwüstung hatten die göttlichen Pharaonen, meine Vorfahren, ihre Gräber in dem festen Felsenstein aushöhlen lassen, von denen die meisten heute unbekannt sind, so listig waren sie verborgen worden. Aber einige waren offen, denn die verfluchten Perser und andere Diebe hatten sie auf der Suche nach Schätzen aufgebrochen. Und eines Nachts – denn nur bei Nacht verließ ich mein Versteck –, gerade als die Morgendämmerung über die Berggipfel hereinbrach, wanderte ich allein in diesem traurigen Tal des Todes, das keinem anderen gleicht, und kam bald an die Mündung eines Grabes, das zwischen großen Felsen verborgen war, und das ich danach als den Ort erkannte, an dem der göttliche Ramses begraben war, der dritte dieses Namens, der jetzt längst zu Osiris geworden ist. Und durch das schwache Licht der Morgendämmerung, das durch den Eingang kroch, sah ich, dass es geräumig war und dass es in seinem Inneren Kammern gab.

In der folgenden Nacht kehrte ich daher zusammen mit Atoua, die mir noch immer treu diente, mit Lichtern zurück. Wir durchsuchten das mächtige Grab und kamen in die große Halle mit dem Sarkophag aus Granit, in der der göttliche Ramses schlief, und sahen die mystischen Malereien an den Wänden: das Symbol der unendlichen Schlange, das Symbol von Ra, der auf dem Skarabäus ruht, und viele andere Symbole, deren Geheimnisse ich als Eingeweihter gut lesen konnte. Hinter der Öffnung des langen absteigenden Ganges fand ich Kammern, in denen schöne Gemälde zu sehen waren, die von denen erzählten, die unter der Kammer begraben waren. An den Wänden der letzten Kammer auf der linken Seite erblickte ich sehr schöne Gemälde, die zwei blinde Harfner zeigten, die auf ihren gebogenen Harfen vor dem Gott Mou spielten, und unter dem Fußbodenbelag lagen diese Harfner sanft im Schlaf. Hier also, an diesem düsteren Ort, in der Gesellschaft der toten Harfner, nahm ich meinen Wohnsitz; und hier büßte ich acht lange Jahre lang meine Sünden. Atoua, die es liebte, in der Nähe des Lichts zu sein, wohnte in der Kammer der Boote, der ersten Kammer auf der rechten Seite der Ganges.

Und dies war die Art und Weise meines Lebens: An jedem zweiten Tag ging die alte Atoua hinaus und brachte Wasser aus der Stadt und solche Nahrung, die notwendig ist, damit das Leben nicht versagt, und auch Kerzen aus Talg. Eine Stunde zur Zeit des Sonnenaufgangs und eine Stunde zur Zeit des Sonnenuntergangs ging ich hinaus, um im Tal umherzuwandern, um meiner Gesundheit willen und um meine Sehkraft in der großen Dunkelheit des Grabes nicht zu beeinträchtigen. Aber die anderen Stunden des Tages und der Nacht, außer wenn ich auf den Berg stieg, um den Lauf der Sterne zu beobachten, verbrachte ich in Gebet und Meditation und Schlaf, bis sich die Wolke der Sünde von meinem Herzen lichtete und ich mich wieder den Göttern näherte, obwohl ich mit Isis, meiner himmlischen Mutter, nicht mehr sprechen konnte. Auch wurde ich überaus weise, indem ich über all die Geheimnisse nachdachte, zu denen ich den Schlüssel besaß. Enthaltsamkeit, Gebet und traurige Einsamkeit zermürbten die Sündigkeit meines Fleisches, und mit den Augen des Geistes lernte ich, tief in das Herz der Dinge zu schauen, bis die Freude der Weisheit wie Tau auf meine Seele fiel.

In der Stadt ging bald das Gerücht herum, dass ein gewisser heiliger Mann namens Olympus in der Einsamkeit in den Gräbern des schrecklichen Tals der Toten wohnte; und es kamen Leute, die Kranke trugen, damit ich sie heilen würde. Darum widmete ich mich dem Studium der Heilkräuter, worin mich Atoua unterrichtete; und durch dieses Wissen erlangte ich großes Geschick in der Medizin und heilte viele Kranke. So wurde mit der Zeit mein Ruhm im ganzen Land bekannt; denn man sagte, ich sei auch ein

258

Zauberer und führte in den Gräbern Gespräche mit den Geistern der Toten. Und das tat ich wirklich – obwohl es mir nicht erlaubt ist, von diesen Dingen zu sprechen. So kam es, dass Atoua nicht mehr hinauszugehen brauchte, um Nahrung und Wasser zu suchen, denn die Leute brachten mir mehr als nötig mit, denn ich wollte keinen Lohn erhalten. Anfangs fürchtete ich, dass jemand in dem Einsiedler Olympus den verlorenen Harmachis erkennen könnte, und begegnete denen, die kamen, nur in der Dunkelheit des Grabes. Aber als ich erfuhr, dass es im ganzen Lande hieß, Harmachis lebe nicht mehr, kam ich heraus und setzte mich an den Eingang des Grabes, behandelte die Kranken und sagte für die Vornehmen den Lauf der Sterne voraus. Und so wuchs mein Ruhm beständig, bis schließlich sogar Leute aus Memphis und Alexandria anreisten, um mich zu besuchen; und von ihnen erfuhr ich, dass Antonius Kleopatra für eine Weile verlassen hatte und er, da Fulvia tot war, Octavia, die Schwester Cäsars, geheiratet hatte. Viele andere Dinge erfuhr ich auch.

Im zweiten Jahr schickte ich die alte Frau Atoua als Verkäuferin verkleidet nach Alexandria und befahl ihr, Charmion zu suchen und, wenn sie diese noch treu fände, ihr das Geheimnis meiner Lebensweise zu enthüllen. So ging sie, und im fünften Monat nach ihrer Abreise kehrte sie zurück und brachte Charmions Grüße und ein Geschenk. Sie erzählte mir, dass sie Mittel und Wege gefunden hatte, Charmion zu sehen, und im Gespräch den Namen Harmachis fallen ließ, indem sie von mir wie von einem Toten sprach; worauf Charmion, unfähig, ihren Kummer zu beherrschen, laut weinte. Dann las sie ihr Herz – die alte Frau war sehr klug – und sagte ihr, dass Harmachis noch lebe und sie grüße. Da weinte Charmion noch mehr vor Freude, küsste die alte Frau und machte ihr Geschenke und bat sie, mir zu sagen, dass sie ihr Gelübde gehalten habe und auf mein Kommen und die Stunde der Rache warte. So kehrte

Atoua, nachdem sie viele Geheimnisse erfahren hatte, wieder nach Tápé zurück.

Und im folgenden Jahr kamen Boten von Kleopatra zu mir, die eine versiegelte Rolle und große Geschenke trugen. Ich öffnete die Rolle, und las dies darin:

»Kleopatra an Olympus, den gelehrten Ägypter, der im Tal des Todes von Tápé wohnt.

Der Ruhm deines Ansehens, o gelehrter Olympus, hat unsere Ohren erreicht. So beantworte uns dies, und wenn du die Wahrheit sagst, sollst du mehr Ehre und Reichtum haben als jeder andere in Ägypten: Wie sollen wir die Liebe des edlen Antonius zurückgewinnen, der von der listigen Octavia betört ist und sich so lange von uns fernhält?«

Darin sah ich die Hand von Charmion, die meinen Ruf bei Kleopatra bekannt gemacht hatte.

Die ganze Nacht über fragte ich meine Weisheit um Rat, und am Morgen schrieb ich meine Antwort, wie sie mir ins Herz gelegt wurde, zum Verderben von Kleopatra und Antonius. Und ich schrieb Folgendes:

»Olympus der Ägypter an Kleopatra die Königin.

Geh nach Syrien mit einem, der geschickt werden wird, dich zu führen; so wirst du Antonius wieder für deine Arme gewinnen, und mit ihm Geschenke, die größer sind, als du dir erträumen kannst.«

Mit diesem Brief entließ ich die Boten und forderte sie auf, die von Kleopatra gesandten Geschenke unter sich zu verteilen. Sie wunderten sich und gingen.

Aber Kleopatra, die den Rat befolgte, zu dem ihre Leidenschaft sie trieb, brach alsbald nach Syrien auf, und dort geschah, was ich vorausgesagt hatte, denn Antonius wurde von ihr wiedergewonnen und gab ihr den größten Teil von Cilicien, das Meeresufer von Arabien Nabathäa, die balsamhaltigen Provinzen von Judäa, die Provinz Phönizien, die reiche Insel Zypern und die ganze Bibliothek von Pergamus. Und den beiden Kindern, die Kleopatra dem Antonius geboren hatte, gab er pietätlos die Namen von Kindern von Königen, von »Alexander Helios«, wie die Griechen die Sonne nennen, und von »Kleopatra Selene«, nach dem Namen für den Mond.

Als Kleopatra nach Alexandria zurückkehrte, sandte sie mir große Geschenke, von denen ich nichts haben wollte, und bat mich, den gelehrten Olympus, zu ihr nach Alexandria zu kommen; aber es war noch nicht Zeit, und ich tat es nicht. Danach schickten sie und Antonius noch viele Male zu mir, um Rat zu suchen, und ich riet ihnen immer zu ihrem Verderben, und meine Prophezeiungen versagten nie.

So vergingen lange Jahre, und ich, der Einsiedler Olympus, der Bewohner einer Gruft, der nur von trockenem Brot und Wasser lebte, wurde durch die Kraft der Weisheit, die mir von der rächenden Macht verliehen worden war, noch einmal groß in Ägypten. Denn ich wurde immer weiser, während ich die Begierden des Fleisches unter meinen Füßen zertrat und meine Augen zum Himmel richtete.

Schließlich waren acht volle Jahre vollbracht. Der Krieg mit den Parthern war gekommen und gegangen, und Artavasdes, der König von Armenien, war im Triumph durch die Straßen von Alexandria geführt worden. Kleopatra hatte Samos und Athen besucht, und auf ihren Rat hin war die edle Octavia wie eine verworfene Konkubine aus dem Haus des Antonius in Rom vertrieben worden. Nun endlich war das Maß der Torheit des Antonius voll bis zum Rand. Denn dieser Herr der Welt hatte alle gute Gabe der Vernunft an Kleopatra verloren, so wie ich verloren gewesen war. Deshalb erklärte Octavianus ihm den Krieg.

Als ich eines Tages schlafend in der Kammer der Harfner lag, da kam in einem Traum mein Vater, des greisen Amenemhat, zu mir. Er stand über mir, auf seinen Stab gestützt, und sprach: »Schau hinaus, mein Sohn.«

Da schaute ich hinaus und sah mit den Augen meines

Geistes das Meer und zwei große Flotten, die hart an einer felsigen Küste im Krieg miteinander rangen. Und die Zeichen waren die des Octavian, und die der anderen die der Kleopatra und des Antonius. Und die Schiffe des Antonius und der Kleopatra stürzten sich auf die Schiffe des Cäsaren und trieben sie vor sich her; denn der Sieg neigte sich der Seite des Antonius zu.

Ich sah wieder hin. Da saß Kleopatra in einer goldgedeckten Galeere und beobachtete den Kampf mit gespannten Augen. Dann warf ich meinen Geist auf sie, so dass sie die Stimme des toten Harmachis zu hören schien, der ihr ins Ohr rief:»Fliehe, Kleopatra, oder stirb!«

Sie blickte wild auf, und wieder hörte sie den Ruf meines Geistes, und es ergriff sie eine mächtige Angst. Sie rief laut den Matrosen zu, die Segel zu hissen und ihrer Flotte das Zeichen zum Wenden zu geben. Das taten sie, wenig abgeneigt, und so flohen sie eilig aus der Schlacht.

Dann erhob sich ein großes Gebrüll von Freund und Feind.»Kleopatra ist geflohen! Kleopatra ist geflohen!«

Und ich sah die Zerstörung auf die Flotte des Antonius fallen und erwachte aus meinem Traum.

Die Tage vergingen, und wieder kam eine Vision meines Vaters, worin er zu mir sprach:»Steh auf, mein Sohn! Die Stunde der Rache ist nahe! Deine Pläne sind nicht gescheitert, deine Gebete sind erhört worden. Auf Geheiß der Götter, als sie in ihrer Galeere saß beim Kampf von Actium, wurde Kleopatras Herz von Angst erfüllt, so dass sie glaubte, deine Stimme zu hören, die ihr befahl, zu fliehen oder umzukommen, und sie floh mit ihrer ganzen Flotte. Nun ist die Kraft von Antonius auf dem Meer gebrochen. Geh hinaus, und was dir in dein Herz gelegt wird, das tue.«

Am Morgen erwachte ich verwundert und ging zum Eingang des Grabes. Dort sah ich die Boten der Kleopatra das Tal heraufkommen, und mit ihnen kam ein römischer Hauptmann.

»Was wollt ihr von mir?«, fragte ich streng.

»Dies ist die Botschaft der Königin und des großen Antonius«, antwortete der Hauptmann und verneigte sich tief vor mir, denn ich war bei allen Männern sehr gefürchtet. »Die Königin befiehlt deine Anwesenheit in Alexandria. Viele Male hat sie gesandt, und du wolltest nicht kommen; nun bittet sie dich zu kommen, und zwar schnell, denn sie braucht deinen Rat.«

»Und wenn ich Nein sage, Hauptmann, was dann?«

»Es ist mein Befehl, heiligster Olympus, dass ich dich dann mit Gewalt bringe.«

Ich lachte laut auf. »Mit Gewalt, du Narr! Sprich nicht so mit mir, sonst schlage ich dich nieder, wo du stehst. So wisse denn, dass ich sowohl töten als auch heilen kann!«

»Verzeih mir, ich bitte dich!«, antwortete er und wich zurück. »Ich sage nur das, was mir geboten wurde.«

»Nun, ich weiß es, Hauptmann. Fürchte dich nicht; ich komme.«

So reiste ich noch am selben Tag ab, zusammen mit der alten Atoua. Ich ging so heimlich, wie ich gekommen war; und das Grab des göttlichen Ramses sah mich nie wieder. Ich nahm alle Schätze meines Vaters Amenemhat mit mir, denn ich wollte nicht mit leeren Händen und als Bittsteller nach Alexandria gehen, sondern als ein Mann von großem Reichtum und Stand. Als ich nun ging, erfuhr ich, dass Antonius der Kleopatra gefolgt und aus Actium geflohen war, und ich wusste, dass das Ende nahte. Denn dies und viele andere Dinge hatte ich in der Dunkelheit des Grabes von Tápé vorausgesehen und geplant, es herbeizuführen.

So kam ich also nach Alexandria und trat in ein Haus ein, das für mich vor den Toren des Palastes vorbereitet worden war.

Noch in derselben Nacht kam Charmion zu mir – Charmion, die ich neun lange Jahre nicht gesehen hatte.

27. Kleopatras Befehl

In ein schlichtes schwarzes Gewand gehüllt, saß ich im Gästezimmer des Hauses, das für mich hergerichtet worden war. Ich saß in einem geschnitzten, löwenfüßigen Stuhl und betrachtete die schwingenden Lampen mit duftendem Öl, die reichen syrischen Teppiche – und inmitten all dieses Luxus dachte ich an das Grab der Harfners in Tápé und an die neun langen Jahre der dunklen Einsamkeit und Vorbereitung. Ich setzte mich; und auf einem Teppich nahe der Tür kauerte die alte Atoua. Ihr Haar war weiß wie Schnee, und vom Alter geschrumpft war das faltige Antlitz der Frau, die, als alle mich verließen, noch an mir hing und in ihrer großen Liebe meine großen Sünden vergaß.

Neun Jahre! Neun lange Jahre! Und nun war ich wieder in Alexandria! Noch einmal betrat ich den abgemessenen Kreis der Dinge, um Kleopatras Schicksal zu werden; und dieses zweite Mal kam ich nicht, um zu versagen.

Und doch, wie hatten sich die Verhältnisse geändert! Ich war aus der Geschichte herausgetreten; meine Rolle war nur noch die Rolle des Schwertes in den Händen der Gerechtigkeit; ich konnte nicht mehr hoffen, Ägypten frei und groß zu machen und auf meinem rechtmäßigen Thron zu sitzen. Khem war verloren, und verloren war ich, Harmachis. In der Eile und dem Aufruhr der Ereignisse war das große Komplott, dessen Dreh- und Angelpunkt ich gewesen war, entdeckt und vergessen worden; kaum eine Erinnerung daran war geblieben. Der Vorhang der dunklen Nacht hatte sich über die Geschichte meiner alten Rasse geschlossen; ihre Götter selbst wankten ihrem Sturz entgegen; im Geiste konnte ich bereits das Kreischen der römischen Adler hören, wenn sie über den entferntesten Ufern des Nils mit den Flügeln schlugen.

Ich erhob mich und bat Atoua, einen Spiegel zu suchen und ihn zu mir zu bringen, damit ich hineinschauen könne.

Und ich sah dies: ein eingefallenes und blasses Gesicht, auf dem kein Lächeln zu sehen war; große, vom Blick in die Finsternis bleich gewordene Augen, die unter dem kahlgeschorenen Haupt hervorblickten, leer wie die hohlen Augenhöhlen eines Schädels; einen langen, wilden Bart von eisernem Grau; dünne, blau geäderte Hände, die immer zitterten wie ein Blatt; gebeugte Schultern und geschwächte Glieder. Die Zeit und der Kummer hatten in der Tat ihr Werk getan; kaum konnte ich mich für denselben halten wie damals, als ich, der königliche Harmachis, in der ganzen Pracht meiner Kraft und jugendlichen Schönheit zum ersten Mal die Lieblichkeit der Frau erblickte, die mich vernichtet hatte. Und doch brannte in mir dasselbe Feuer wie damals; und doch war ich kein anderer, denn Zeit und Trauer haben keine Macht, den unsterblichen Geist des Menschen zu verändern. Die Jahreszeiten mögen kommen und gehen; die Hoffnung mag wie ein Vogel davonfliegen; die Leidenschaft mag ihre Flügel an den eisernen Stäben des Schicksals brechen; die Illusionen mögen zerbröckeln wie die wolkenverhangenen Türme der untergehenden Flamme; der Glaube mag wie fließendes Wasser unter unseren Füßen entgleiten; die Einsamkeit mag sich um uns herum ausbreiten wie der unermessliche Wüstensand; das Alter mag wie die heraufziehende Nacht über unsere gebeugten Häupter kriechen; – aber immer noch sind wir die gleichen; denn dies ist das Wunder unseres identischen Seins.

Und während ich da saß und diese Dinge in der Bitterkeit meines Herzens überdachte, klopfte es leise an der Tür.

»Mach auf, Atoua!«, sagte ich.

Sie erhob sich und tat wie geheißen, und eine Frau trat ein, in ein griechisches Gewand gekleidet. Es war Charmion, immer noch schön wie früher, mit süßem, aber traurigem Gesicht und mit einem gedämpften Feuer, das in ihren niedergeschlagenen Augen schlummerte.

Sie trat allein ein, und die alte Frau zeigte, ohne ein Wort zu sagen, auf die Stelle, wo ich saß, und entfernte sich.

»Alter Mann«, redete Charmion mich an, »führe mich zum gelehrten Olympus. Ich komme in der Sache der Königin.«

Ich stand auf, hob den Kopf und sah sie an.

Sie starrte zurück und stieß einen kleinen Schrei aus.

»Bist du es wirklich«, flüsterte sie und blickte sich um, »sicherlich bist du nicht so –« Und sie hielt inne.

»Ja, ich bin der Harmachis, den dein törichtes Herz einst liebte, o schöne Charmion? Der Harmachis, den du liebtest, ist tot; doch der Olympus, der gelehrte Ägypter, wartet auf deine Worte!«

»Halte ein!«, sagte sie, »und von der Vergangenheit nur ein Wort, und dann – lass sie begraben sein. – Nicht gut kennst du mit all deiner Weisheit das Herz einer liebenden Frau, und wenn du glaubst, Harmachis, dass es sich mit den Veränderungen der äußeren Form verändern kann, denn dann könnte sicher keine Liebe dem Geliebten bis zu jenem letzten Ort der Veränderung, dem Grabe, folgen. Wisse, gelehrter Arzt, ich bin von der Sorte, die, einmal lieben, immer lieben, und wenn sie nicht wieder geliebt werden, jungfräulich in den Tod gehen.«

Sie hörte auf, und da ich nichts zu sagen hatte, senkte ich mein Haupt als Antwort. Doch obwohl ich nichts sagte und obwohl die leidenschaftliche Torheit dieser Frau die Ursache unseres ganzen Verderbens gewesen war, war ich, um die Wahrheit zu sagen, insgeheim dankbar für sie, die, von allen umworben und in diesem schamlosen Hof lebend, dennoch durch die langen Jahre ihre unerwiderte Liebe über einen Ausgestoßenen erhalten hatte, und die, als dieser arme, gebrochene Sklave des Schicksals in solch unliebsamer Gestalt zurückkehrte, ihn dennoch im Herzen liebte. Denn welchen Mann gibt es, der nicht das seltenste und schönste Geschenk schätzt, das eine vollkommene Ding, das kein Gold kaufen kann – die ungeheuchelte Liebe einer Frau?

»Ich danke dir, dass du nicht antwortest«, sagte sie; »denn die bitteren Worte, die du in jenen Tagen, die längst vergangen sind, über mich ausgeschüttet hast, haben ihren giftigen Stachel verloren, und in meinem Herzen ist kein Platz mehr für die Pfeile deines Spottes, die durch deine einsamen Jahre neu vergiftet wurden. So sei es denn. Sieh! Ich schiebe sie von mir, diese wilde Leidenschaft meiner Seele«, und sie blickte auf und streckte ihre Hände aus, als wolle sie eine unsichtbare Präsenz zurückdrängen, »ich schiebe sie von mir – obwohl ich sie nicht vergessen kann! Da, es ist vollbracht, Harmachis; meine Liebe soll dich nicht mehr plagen. Genug für mich, dass meine Augen dich noch einmal erblicken, ehe der Schlaf dich aus ihrem Blick verbannt. Erinnerst du dich, wie du mich, als ich durch deine liebe Hand sterben wollte, nicht töten wolltest, sondern mir befahlst zu leben, um die bittere Frucht des Verbrechens zu pflücken und verflucht zu sein durch Visionen des Bösen, das ich angerichtet hatte, und durch die Erinnerungen an dich, den ich ruinierte?«

»Ja, Charmion, ich erinnere mich gut.«

»Sicherlich ist der Kelch der Strafe gefüllt worden. Oh, könntest du in mein Herz sehen und darin das Leid lesen, das ich ertragen habe – ertragen mit einem lächelnden Gesicht –, dann würde dein Verlangen nach Gerechtigkeit befriedigt sein!«

»Und doch, wenn der Bericht wahr ist, Charmion, bist du die Erste am ganzen Hof und dort die Mächtigste und Beliebteste. Hat Octavianus nicht erklärt, dass er nicht Krieg führe gegen Antonius oder seine Geliebte Kleopatra, sondern gegen Charmion und Iras?«

»Ja, Harmachis, und denke, dass es mir so ergangen ist, wegen meines Eides dir gegenüber, der mich zwang, das Brot derjenigen zu essen und die Befehle derjenigen auszuführen, die ich so bitter hasse – einer, die mich dir geraubt hat und die mich durch das Wirken meiner Eifersucht zu dem gemacht hat, was ich bin, die dich in Schande gebracht hat und ganz Ägypten in den Ruin! Können Juwelen und Reichtümer und die Schmeicheleien von Fürsten und Adligen einer wie mir, die elender ist als die gemeinsten Geizhälse, Glück bringen? Oh, ich habe oft geweint, bis ich blind war; und dann, wenn die Stunde kam, musste ich aufstehen und mit einem Lächeln den Befehl der Königin und dieses Antonius ausführen. Mögen die Götter mir gewähren, sie tot zu sehen – ja, sie beide! – dann werde ich selbst zufrieden sein und gern sterben! Dein Los war hart, Harmachis; aber wenigstens warst du frei, und oft habe ich dich um die Ruhe deiner verwunschenen Höhle beneidet.«

»Ich merke, Charmion, dass du an deine Eide denkst; und das ist gut so, denn die Stunde der Rache ist nahe.«

»Ich bin achtsam, und in allen Dingen habe ich für dich im Verborgenen gearbeitet – für dich, und für den völligen Untergang von Kleopatra und dem Römer. Ich habe seine Leidenschaft und ihre Eifersucht geschürt, ich habe sie zur Bosheit und ihn zur Torheit angestachelt, und von allem habe ich veranlasst, dass dem Cäsar Bericht erstattet wird. Höre! So steht die Sache. Du weißt, wie der Kampf bei Actium verlief. Dorthin zog Kleopatra mit ihrer Flotte, sehr gegen den Willen des Antonius; aber als du mir Nachricht von dir sandtest, da beschwor ich ihn unter Tränen, dass die Königin vor Gram sterben würde, wenn er sie verließ; und er, der arme Sklave, glaubte mir. Sie verließ die Schlacht inmitten des Kampfes, aus welchem Grund, weiß ich nicht, aber vielleicht weißt du es, Harmachis. Sie gab ihrem Geschwader ein Zeichen zur Umkehr, floh aus der Schlacht und segelte nach Peloponnes. Und nun, beachte das Ende! Als Antonius sah, dass sie geflohen war, nahm er in seinem Wahnsinn eine Galeere und folgte ihr hartnäckig und ließ seine Flotte im Stich. Sein großes Heer in Griechenland aus zwanzig Legionen und zwölftausend Pferden blieb ohne einen Führer zurück. Keiner seiner Soldaten wollte glauben, dass Antonius so tief in Schande gesunken war. Deshalb verweilte das Heer eine Weile, und nun kommt heute Nacht die Nachricht, die von Canidius, dem General, überbracht wurde, dass, zermürbt von Zweifeln und endlich sicher, dass Antonius sie im Stich gelassen hatte, die gesamte große Streitmacht sich dem Caesar ergeben hat.«

»Und wo ist Antonius?«

»Er hat sich ein Haus auf einer kleinen Insel im großen Hafen gebaut und es Timonium genannt; denn er beschreit wie Timon die Undankbarkeit der Menschen, die ihn verlassen haben. Dort liegt er vom Fieber seines Geistes geplagt, und dorthin musst du im Morgengrauen gehen, so will es die Königin, um ihn von seinen Leiden zu heilen und ihn in ihre Arme zurückzuführen; denn er will sie nicht sehen und kennt auch nicht das volle Maß seines Leids. Aber zuerst will ich dich zu Kleopatra führen, die deinen Rat erbitten will.«

»Ich komme«, antwortete ich und stand auf. »Führe mich zur Königin.«

Wir schritten durch die Palasttore und den Alabastersaal entlang, und bald stand ich wieder vor der Tür von Kleopatras Gemach, und wieder verließ mich Charmion, um sie von meiner Ankunft zu benachrichtigen.

Alsbald kam sie zurück und winkte mir. »Mach dein Herz stark«, flüsterte sie, »und sieh zu, dass du dich nicht verrätst, denn noch sind die Augen von Kleopatra scharf. Tritt ein!«

»Scharf müssen sie in der Tat sein, um im gelehrten Olympus Harmachis zu erkennen!«, erwiderte ich. »Hätte ich es nicht gewollt, so hättest auch du mich nicht gekannt, Charmion.«

Dann betrat ich jenen mir bekannten Raum und lauschte noch einmal dem Plätschern des Brunnens, dem Gesang der Nachtigall und dem Rauschen des Meeres. Mit gesenktem Kopf und stockendem Schritt ging ich voran, bis ich endlich vor dem Lager der Kleopatra stand – demselben goldenen

Ruhelager, auf dem sie in der Nacht gesessen hatte, in der sie mich besiegte. Ich nahm meine Kräfte zusammen und blickte auf. Da stand Kleopatra vor mir, schön wie einst, aber, ach, wie verändert seit jener Nacht, als ich Antonius sie in Tarsus in seine Arme schließen sah! Ihre Schönheit umhüllte sie noch immer wie ein Gewand, die Augen waren noch immer tief und unergründlich wie das blaue Meer, das Gesicht noch immer anmutig in seiner großen Lieblichkeit. Und doch war alles anders. Die Zeit, die ihre Reize nicht zu berühren vermochte, hatte ihrer Erscheinung einen Ausdruck von müdem Kummer verliehen, wie er nicht beschrieben werden kann. Die Leidenschaft, die immer in ihrem wilden Herzen schlug, hatte Spuren auf ihrer Stirn hinterlassen, und in ihren Augen leuchtete ein trauriges Licht.

Ich verneigte mich tief vor dieser königlichen Frau, die einst meine Liebe und mein Verderben gewesen war und mich doch nicht erkannte.

Sie sprach mit ihrer langsamen, wohlbekannten Stimme: »Du bist also endlich gekommen, Arzt. Wie nennst du dich? Olympus? Das ist ein verheißungsvoller Name, denn nun, da die Götter Ägyptens uns verlassen haben, brauchen wir Hilfe vom Olymp. Du hast ein gelehrtes Auftreten, denn Gelehrsamkeit verträgt sich nicht mit Schönheit. Seltsam ist aber, dass du etwas an dir hast, das mich an Unbekanntes erinnert. Sag, Olympus, sind wir uns schon einmal begegnet?«

»Niemals, o Königin, sind meine Augen leibhaftig auf dich gefallen«, antwortete ich mit verstellter Stimme. »Niemals bis zu dieser Stunde, in der ich aus meiner Einsamkeit gekommen bin, um dein Gebot zu erfüllen und dich von deinen Krankheiten zu heilen!«

»Seltsam, und sogar in der Stimme – pssst! Es ist eine Erinnerung, die ich nicht fassen kann. Im Leben nicht, sagst du? Dann, vielleicht, kannte ich dich im Traum?«

»Ja, o Königin, wir sind uns im Traum begegnet.«

»Du bist ein seltsamer Mann, der so redet, aber, wenn das, was ich höre, wahr ist, einer, der sehr gelehrt ist; und in der Tat, ich erinnere mich an deinen Rat, als du mich batest, nach Syrien zu meinem Herrn Antonius zu gehen, und wie die Dinge nach deiner Voraussage geschahen. Du musst sehr geschickt im Gesetz der Weissagungen sein, wovon diese alexandrinischen Narren wenig wissen. Einst kannte ich einen solchen Mann, einen Harmachis«, und sie seufzte: »Aber er ist schon lange tot – ich wünschte, ich wäre es auch –, und manchmal trauere ich um ihn.«

Sie hielt inne, während ich den Kopf auf die Brust sinken ließ und still dastand.

»Deute mir dieses, Olympus. In der Schlacht bei jenem verfluchten Actium, gerade als der Kampf am Heftigsten tobte und der Sieg uns zuzulächeln begann, ergriff ein großer Schrecken mein Herz, und dichte Finsternis schien vor meine Augen zu fallen, während in meinen Ohren eine Stimme, ja, die Stimme jenes lange toten Harmachis, rief: ›Flieh! Flieh oder stirb!‹, und ich floh. Aber von meinem Herzen sprang der Schrecken in das Herz des Antonius, und er folgte mir, und so war die Schlacht verloren. Sag also, welcher Gott hat diese böse Sache herbeigeführt?«

»Nein, o Königin«, antwortete ich, »es war kein Gott, denn womit hättest du die Götter Ägyptens erzürnt? Hast du die Tempel ihrer Religion beraubt? Hast du das Vertrauen der Ägypter verraten? Wenn du nichts von alledem getan hast, wie könnten dann die Götter Ägyptens zornig auf dich sein? Fürchte dich nicht, es war nichts als eine natürliche Schwäche des Geistes, der deine sanfte Seele überkam, krank gemacht vom Anblick und Klang des Gemetzels; und was den edlen Antonius betrifft, wohin du gingst, musste er dir folgen.«

Während ich sprach, wurde Kleopatra weiß und zitterte und sah mich die ganze Zeit an, um die Bedeutung meiner

Worte zu erkennen. Aber ich wusste genau, dass es die rächenden Götter waren, die durch mich, ihr Instrument, wirkten.

»Gelehrter Olympus«, sagte sie, ohne auf meine Worte zu antworten; »mein Herr Antonius ist krank und verrückt vor Kummer. Wie ein armer gejagter Sklave versteckt er sich in jenem Turm am Meer und meidet die Menschen – ja, er meidet sogar mich, die ich um seinetwillen so viel Leid ertrage. Nun, dies ist mein Gebot an dich. Morgen, bei Tagesanbruch, nimmst du, geführt von Charmion, meiner wartenden Dame, ein Boot und ruderst zum Turm und bittest dort um Einlass, indem du sagst, du brächtest Nachricht von dem Heer. Dann wird er euch eintreten lassen, und du, Charmion, musst die schwere Nachricht überbringen, die Canidius brachte; denn Canidius selbst wage ich nicht zu schicken. Und wenn sein Kummer vorüber ist, so besänftige du, Olympus, seinen fiebrigen Geist mit deinen wertvollen und honigsüßen Worten, und bringe ihn zu mir zurück, und alles wird wieder gut werden. Tu dies, und du sollst mehr Geschenke haben, als du zählen kannst, denn ich bin noch eine Königin und kann diejenigen, die meinem Willen dienen, reichlich belohnen.«

»Fürchte dich nicht, o Königin«, antwortete ich, »diese Sache soll geschehen, und ich verlange keinen Lohn, der ich hierher gekommen bin, um deinen Befehl bis zum Ende zu erfüllen.«

Darauf verbeugte ich mich und ging hinweg, und danach bereitete ich mit Hilfe der alten Atoua einen gewissen Trank zu.

28. Die Auszeichnung des Antonius

In der Morgendämmerung kam Charmion, und wir gingen zum privaten Hafen des Palastes. Dort nahmen wir ein Boot und ruderten zu der felsigen Insel, auf der das Timonium stand, ein gewölbter Turm, stark, klein und rund. Nachdem wir angelegt hatten, gingen wir zur Tür und klopften, bis endlich ein Gitter in dem Tor geöffnet wurde, und ein alter Eunuch herausschaute und uns grob nach unserem Anliegen fragte.

»Wir haben ein Geschäft mit Antonius«, sagte Charmion.

»Es gibt kein solches Geschäft, denn Antonius, mein Herr, will weder einen Mann noch eine Frau sehen.«

»Dennoch wird er uns sehen wollen, denn wir bringen Nachrichten. Geh und sag ihm, dass die Hofdame Charmion Nachrichten von seinem Heer bringt.«

Der Mann ging davon und kam bald darauf zurück.

»Der Herr Antonius möchte wissen, ob die Nachricht gut oder schlecht ist, denn wenn sie schlecht ist, will er nichts davon wissen, da er mit schlechten Nachrichten in letzter Zeit überfüttert worden ist.«

»Ja, sie ist gut und schlecht zugleich. Öffne, Sklave, ich will deinem Herrn die Antwort geben«, und sie schob einen Geldbeutel mit Gold durch die Gitterstäbe.

»Nun, nun«, brummte er, als er den Geldbeutel nahm, »die Zeiten sind hart und werden wohl noch härter werden; denn wenn der Löwe niedergeschlagen ist, wer wird den Schakal füttern? Gib deine Nachricht selbst, und wenn sie nur den edlen Antonius aus dieser Halle des Stöhnens herauslockt, ist es mir egal, was geschieht. Nun ist die Tür des Palastes offen, und dort ist der Weg zum Festsaal.«

Wir gingen weiter und fanden uns in einem engen Gang wieder. Der Alte blieb zurück, um die Tür zu verriegeln, und wir gelangten am Ende des Ganges zu einem Vorhang, hinter dem sich eine gewölbte Kammer befand, die vom

Dach aus schlecht beleuchtet war. Auf der anderen Seite dieser armseligen Kammer stand ein Bett mit Decken, und auf ihnen kauerte die Gestalt eines Mannes, dessen Gesicht in den Falten seiner Toga verborgen war.

»Edler Antonius«, sagte Charmion und näherte sich, »enthülle dein Angesicht und höre mir zu, denn ich bringe dir eine Nachricht.«

Darauf hob er seinen Kopf an. Sein Gesicht war von Kummer gezeichnet; sein verworrenes Haar, von den Jahren zerzaust, hing um seine hohlen Augen, und auf seinem Kinn waren die Stoppeln eines unrasierten Bartes zu sehen. Sein Gewand war schmuddelig, und sein Aussehen elender als das des ärmsten Bettlers an den Tempeltoren. Hierher also hatte die Liebe zu Kleopatra den ruhmreichen und berühmten Antonius gebracht, den einstigen Herrn der halben Welt!

»Was willst du von mir, Charmion«, fragte er, »von mir, der ich hier allein zugrunde gehen wollte? Und wer ist dieser Mann, der kommt, um den gefallenen und verlassenen Antonius zu betrachten?«

»Das ist Olympus, edler Antonius, der weise Arzt, der geübte Wahrsager, von dem du viel gehört hast und den Kleopatra, die immer auf dein Wohlergehen bedacht ist, obwohl nur wenige an ihres denken, geschickt hat, um dir zu dienen.«

»Und, kann dein Arzt einen Kummer wie meinem heilen? Kann seine Medizin mir meine Galeeren, meine Ehre und den Frieden meiner Seele zurückgeben? Nein! Hinfort mit deinem Arzt! Was bringst du für Neuigkeiten? Schnell, raus damit! Hat Canidius womöglich Cäsar besiegt? Sage mir nur das, und du sollst eine Provinz für dein Geld haben, ja, und wenn Octavianus tot ist, zwanzigtausend Sesterzen, um deine Schatzkammer zu füllen. Sprich – nein – sprich nicht! Ich fürchte das Öffnen deiner Lippen, wie ich nie ein irdisches Ding fürchtete. Hat sich das Rad des Schicksals

274

gedreht und Canidius gesiegt? Ist es nicht so? Nur raus damit! Ich kann nicht mehr warten!«

»O edler Antonius«, sagte Charmion, »stähle dein Herz, um das zu hören, was ich dir sagen muss! Canidius ist in Alexandria. Sieben Tage lang haben die Legionen auf die Ankunft des Antonius gewartet, damit er sie zum Sieg führe, wie einst, als sie die Angebote der Gesandten Cäsars ablehnten. Aber Antonius kam nicht. Und dann wurde gemunkelt, dass Antonius nach Taenarus geflohen und Kleopatra ihm gefolgt sei. Der Mann, der diese Geschichte als erster ins Lager brachte, wurde von den Legionären mit Schimpf und Schande überschüttet – und zu Tode geprügelt! Aber die Nachricht verbreitete sich immer weiter, bis es schließlich keinen Raum mehr für Zweifel gab; und dann, o Antonius, schlichen deine Offiziere einer nach dem anderen zu Caesar, und wohin die Offiziere gehen, dorthin folgen die Soldaten. Und das ist noch nicht die ganze Geschichte; denn auch deine Verbündeten – alle, alle sind geflohen oder haben ihren Generälen befohlen, dorthin zurückzukehren, wo sie herkamen; und schon flehen ihre Gesandten um Caesars Gnade.«

»Bist du fertig mit deinem Gekrächze, du Rabe im Pfauenkleid, oder kommt noch mehr?«, fragte der Geschlagene und hob sein weißes, zitterndes Gesicht aus dem Schutz seiner Hände. »Sage mir mehr; sage mir, dass Ägyptens Königin in all ihrer Schönheit tot ist; sage mir, dass Octavianus das Kanopentor öffnet, und dass, angeführt vom toten Cicero, alle Geister der Hölle hörbar den Sturz des Antonius hinausschreien! Ja, sammle alles Leid, das die einstmals Großen überwältigen kann, und lass es auf das hehre Haupt dessen fallen, den du in deiner Sanftmut noch immer ›den edlen Antonius‹ nennst!«

»Nein, mein Herr, ich habe alles gesagt.«

»Ja, und auch ich habe alles gesagt, und alles getan – ganz getan! Es ist ganz und gar vollbracht, und so besiegele ich das Ende«, und ein Schwert von der Liege reißend, hätte er sich tatsächlich selbst getötet, wäre ich nicht vorgesprungen und hätte seine Hand ergriffen. Denn es war nicht meine Absicht, dass er sterben sollte; denn wäre er zu dieser Stunde gestorben, hätte Kleopatra ihren Frieden mit Octavian gemacht, der lieber den Tod des Antonius als den Untergang Ägyptens wünschte.

»Bist du verrückt, Antonius? Bist du so ein Feigling?«, rief Charmion, »dass du auf diese Weise deinem Kummer entfliehen und deine Gefährtin allein dem Elend überlassen willst?«

»Warum nicht, Frau? Warum nicht? Sie würde nicht lange allein bleiben. Da ist Cäsar, der ihr Gesellschaft leistet. Octavianus liebt eine schöne Frau auf seine kalte Art, und noch ist Kleopatra schön. Nun komm du, Olympus! Du hast meine Hand davor bewahrt, den Tod über mich zu bringen. Rate mir von deiner Weisheit. Soll ich mich also Cäsar Octavian unterwerfen, und ich, Triumvir, zweifacher Konsul und früher absoluter Monarch des ganzen Ostens, – soll ich es ertragen, seinem Triumphzug als Gefangener auf jenen römischen Straßen zu folgen, auf denen ich selbst im Triumph gegangen bin?«

»Nein, Herr«, antwortete ich. »Wenn du nachgibst, dann bist du verdammt. Die ganze letzte Nacht habe ich das Schicksal über dich befragt, und ich sah dies: Wenn dein Stern sich dem von Cäsar nähert, verblasst er und wird verschluckt; aber wenn er an seinem Glanz vorbeigeht, dann leuchtet er hell und groß, gleich an Herrlichkeit wie der seine. Es ist nicht alles verloren, und solange ein Teil bleibt, kann alles wiedergewonnen werden. Ägypten kann noch gehalten werden, Armeen können noch erhoben werden. Octavian hat sich zurückgezogen; er steht noch nicht vor den Toren Alexandrias, und kann vielleicht besänftigt werden. Dein Geist in seinem Fieber hat deinen Körper entflammt; du bist krank und kannst nicht richtig urteilen.

Sieh, hier habe ich einen Trank, der dich gesund machen wird, denn ich bin in der Kunst der Medizin gut bewandert«, und ich hielt ihm das Fläschchen hin.

»Ein Trank, sagst du, Mensch!«, rief er. »Eher ist es ein Gift, und du bist ein Mörder, gesandt von der falschen Ägypterin, die mich jetzt gern los wäre, wo ich ihr nicht mehr dienen kann. Der Kopf des Antonius ist das Friedensangebot, das sie an Cäsar schicken will – sie, für die ich alles verloren habe! Gib mir dein Getränk. Bei Bacchus! Ich werde es trinken, auch wenn es das Elixier des Todes ist!«

»Nein, edler Antonius, es ist kein Gift, und ich bin kein Mörder. Sieh, ich will es kosten, wenn du willst«, und ich hielt den feinen Trank hin, der die Macht hat, die Adern der Menschen zu befeuern.

»Gib es mir, Arzt! Verzweifelte Männer sind tapfere Männer. Da! – Was ist denn das? Das ist ein Zaubertrank! Meine Sorgen scheinen wegzurollen wie Gewitterwolken vor dem südlichen Sturm, und der Frühling der Hoffnung blüht frisch auf in der Wüste meines Herzens. Noch einmal bin ich Antonius, und noch einmal sehe ich die Speere meiner Legionen in der Sonne glänzen und höre den donnernden Schrei des Willkommens, wenn Antonius – der geliebte Antonius – im Glanz des Krieges entlang seiner Linien reitet! Es gibt Hoffnung! Es gibt Hoffnung! Vielleicht sehe ich noch die kalte Stirn Cäsars – jenes Cäsars, der sich nie irrt, es sei denn aus politischem Kalkül –, der Siegerkrone beraubt und mit schändlichem Staub gekrönt!«

»Ja«, rief Charmion, »es gibt noch Hoffnung, wenn du nur ein Mann sein willst! O mein Herr, komm mit uns zurück, komm zurück in die liebenden Arme der Kleopatra! Die ganze Nacht liegt sie auf ihrem goldenen Bette und erfüllt die hohle Finsternis mit ihrem Stöhnen nach Antonius, der, nun in die Trauer verliebt, seine Pflicht und seine Liebe vergisst!«

»Ich komme! Ich komme! Schande über mich, dass ich es

wagte, an ihr zu zweifeln! Sklave, bring Wasser und ein purpurrotes Gewand: So kann ich nicht von Kleopatra gesehen werden. Ich komme sogleich.«

Auf diese Weise gelang es uns, Antonius zu Kleopatra zurückzulocken, damit das Verderben der beiden gesichert sein würde.

Wir führten ihn die Alabasterhalle hinauf und in Kleopatras Gemach, wo sie lag, ihr wolkiges Haar um Gesicht und Brust, während Tränen aus ihren tiefen Augen flossen.

»O Ägypterin!«, rief er, »sieh mich zu deinen Füßen!«

Sie sprang von dem Lager auf. »Bist du endlich hier, mein Liebster?«, murmelte sie; »dann ist wieder alles gut. Komm her, und vergiss in diesen Armen deine Sorgen und verwandle meinen Kummer in Freude. Oh, Antonius, solange uns die Liebe noch bleibt, haben wir alles!«

Und sie fiel an seine Brust und küsste ihn wild.

An demselben Tag kam Charmion zu mir und befahl mir, ein Gift von tödlichster Kraft zu bereiten. Das wollte ich zuerst nicht tun, weil ich fürchtete, dass Kleopatra damit Antonius vor seiner Zeit ein Ende bereiten würde. Aber Charmion erklärte mir, dass dies nicht der Fall wäre, und sagte mir auch, wozu das Gift dienen sollte. Deshalb rief ich Atoua, die Geschickteste im Umgang mit Kräutern, und wir arbeiteten den ganzen Nachmittag an dem tödlichen Werk. Als es vollbracht war, kam Charmion noch einmal und trug einen Kranz frischer Rosen bei sich, den sie mir befahl, in das Gift einzutauchen.

Dies tat ich dann auch.

In jener Nacht auf dem großen Fest der Kleopatra saß ich bei Antonius, der an ihrer Seite war, und trug den vergifteten Kranz. Der Wein floss in Strömen, sodass Antonius und die Königin fröhlich wurden. Sie erzählte ihm von ihren Plänen und davon, wie ihre Galeeren gerade jetzt durch den Kanal gezogen wurden, der von Bubastis am pelusischen Zweig des Nils nach Clysma an der Spitze der Bucht von

Heroopolis führt. Es war ihr Plan, dass wenn Octavian sich als stur erweisen sollte, mit Antonius und ihrem Schatz den Arabischen Golf hinunter zu fliehen, wo der Cäsar keine Flotte hatte, und eine neue Heimat in Indien zu suchen, wohin ihre Feinde ihr nicht folgen konnten.

Als sie mit ihrer Erzählung fertig war, forderte die Königin Antonius auf, mit ihr auf den Erfolg dieses neuen Plans einen Becher zu trinken, und bat ihn, während sie das tat, seinen Rosenkranz in den Wein zu tauchen, um den Trank süßer zu machen. Dies tat er, und kaum dass es getan war, trank sie ihm zu. Als auch er ihr zutrinken wollte, ergriff sie seine Hand und rief: »Halt!«, woraufhin er verwundert innehielt.

Unter den Dienern Kleopatras befand sich ein gewisser Eudosius, ein Haushofmeister. Dieser Eudosius sah, dass Kleopatras Macht ihrem Ende zuging, und fasste den Plan, noch in derselben Nacht zu Octavian zu fliehen, wie es viele seiner Vorgänger getan hatten, und alle Schätze im Palast mitzunehmen, die er stehlen konnte. Doch Kleopatra hatte diesen Plan entdeckt und beschlossen, sich zu rächen.

»Eudosius«, rief sie dem in der Nähe stehenden Mann zu; »komm hierher, du treuer Diener! Sieh diesen Mann, edler Antonius; durch alle unsere Nöte hindurch hat er sich an uns geklammert und ist uns ein Trost gewesen. So soll er nun belohnt werden nach seinem Verdienst und nach dem Maß seiner Treue, und zwar aus deiner Hand. Gib ihm deinen goldenen Becher mit Wein; er soll auf unseren Erfolg trinken; der Goldbecher soll sein Lohn sein.«

Noch immer staunend, gab Antonius dem Mann, der in seiner Schuld betroffen und zitternd dastand, den Becher. Aber der Mann trank nicht.

»Trink, du Sklave, trink!«, rief Kleopatra, erhob sich halb von ihrem Sitz und warf einen grimmigen Blick auf sein weißes Gesicht. »Bei Serapis! So sicher, wie ich noch auf dem Kapitol in Rom sitzen werde, werde ich dich bis auf die Knochen geißeln lassen, und den roten Wein auf deine offenen Wunden gießen, wenn du den Herrn Antonius so beleidigst! – Ah, endlich trinkst du! Was ist denn, guter Eudosius? Bist du krank? Dann muss dieser Wein gewiss wie das Wasser der Eifersucht jener Juden sein, das nur die Macht hat, die Falschen zu töten und die Ehrlichen zu stärken. Wachen, durchsucht das Zimmer dieses Mannes; mir scheint, er ist ein Verräter!«

Währenddessen stand der Mann, die Hände an den Kopf gelegt. Bald begann er zu zittern, dann fiel er um und griff sich an die Brust, als wolle er das Feuer in seinem Herzen herausreißen. Er taumelte mit fahlem, verzerrtem Gesicht und schäumenden Lippen zu der Stelle, wo Kleopatra lag und ihn mit einem langsamen und grausamen Lächeln beobachtete.

»Ah, Verräter! Du hast jetzt deinen Lohn!«, sagte sie. »Sag mir, ist der Tod süß?«

»Du Hure!«, schrie der Sterbende, »du hast mich vergiftet! So magst auch du zugrunde gehen!«, und mit einem Schrei stürzte er sich auf sie. Sie sah seine Absicht, und schnell und geschmeidig wie ein Tiger sprang sie zur Seite, so dass er nur ihren königlichen Mantel ergriff und ihn aus der smaragdenen Spange riss. Er fiel auf den Boden und wälzte sich in dem purpurnen Chiton, bis er still und tot dalag und sein gequältes Gesicht und seine gefrorenen Augen grausam aus den Falten des Mantels lugten.

»Ah!«, sagte die Königin mit einem harten Lachen, »der Sklave ist seltsam gestorben, und hätte mich gern mit sich gerissen. Seht, er hat sich mein Gewand als Leichentuch ausgeliehen! Nehmt ihn weg und begrabt ihn in diesem Totenkleid.«

»Was bedeutet das, Kleopatra?«, fragte Antonius, als die Wachen den Leichnam wegschleppten; »der Mann hat von meinem Becher getrunken. Was ist der Zweck dieses höchst makabren Scherzes?«

»Er dient einem doppelten Zweck, edler Antonius! Noch in dieser Nacht wäre dieser Mann zu Octavianus geflohen, und hätte viele von unseren Schätzen mit sich genommen. Nun, ich habe ihm Flügel verliehen, denn die Toten fliegen schnell! Du hast befürchtet, dass ich dich vergiften würde; ich weiß es. Sieh nun, Antonius, wie leicht es wäre, dich zu töten, wenn ich den Willen dazu hätte. Der Rosenkranz, den du in den Kelch stecktest, ist mit tödlichem Gift getränkt worden. Hätte ich also die Absicht gehabt, dir ein Ende zu machen, ich hätte deine Hand nicht aufgehalten. O Antonius, vertrau mir von nun an! Eher würde ich mich selbst töten, als dir ein Haar deines geliebten Hauptes zu krümmen! – Sieh, hier kommen meine Wachen! Sprecht, was habt ihr gefunden?«

»Königliche Ägypterin, dies haben wir gefunden. In der Kammer des Eudosius ist alles zur Flucht bereit, und in seinem Gepäck befindet ein kostbarer Schatz.«

»Hörst du?«, sagte Kleopatra und lächelte finster. »Und ihr, meine treuen Diener alle, denkt daran, dass Kleopatra keine ist, bei der man den Verräter spielen kann? Seid gewarnt durch das Schicksal dieses Römers!«

Dann fiel ein großes Schweigen der Angst über die Gesellschaft, und auch Antonius saß schweigend da.

29. Vergiftungen

Jetzt muss ich, Harmachis, mich mit meiner Aufgabe beeilen, indem ich niederschreibe, was erlaubt ist, niederzuschreiben, und vieles unerzählt lasse. Denn davor bin ich gewarnt worden, dass das Gericht naht und meine Tage sich dem Ende zuneigen.

Nach dem Auszug des Antonius aus dem Timonium kündigte eine Zeit der schweren Stille das Aufkommen des Wüstenwindes an.

Antonius und Kleopatra gaben sich noch einmal dem Luxus hin und feierten Nacht für Nacht im Palast glänzende Feste. Sie schickten Botschafter zu Cäsar; aber Octavian wollte nichts von ihnen wissen, und nachdem diese Hoffnung dahin war, wandten sie sich der Verteidigung Alexandrias zu. Männer wurden versammelt, Schiffe wurden gebaut, und eine große Streitmacht wurde gegen das Kommen von Caesar Octavian bereit gemacht.

Nun begann ich mit Hilfe von Charmion, mein letztes Werk des Hasses und der Rache. Ich hatte mich tief in die Geheimnisse des Palastes eingegraben und gab Ratschläge, die zum Verderben führten. Ich befahl Kleopatra, Antonius bei Laune zu halten, damit er nicht über seinen Kummer brüten sollte; und so schwächte sie seine Kraft und Energie mit Luxus und Wein. Ich gab ihm von meinen Tränken – Tränke, die seine Seele in Träume von Glück und Macht versenkten und ihn zu einem schwereren Elend erwachen ließen. Bald konnte er ohne meine heilende Medizin nicht mehr schlafen, und so band ich, immer an seiner Seite, seinen geschwächten Willen an den meinen, bis er schließlich wenig tat, wenn ich es nicht für gut befand. Kleopatra, die auch sehr abergläubisch geworden war, lehnte sich sehr an mich an, und ich prophezeite ihr insgeheim Falsches.

Außerdem wob ich andere Netze. Mein Ruhm war in ganz Ägypten groß geworden; während der langen Jahre, die ich in Tápé lebte, hatte er sich im ganzen Land verbreitet. Deshalb kamen viele angesehene Männer zu mir, sowohl um ihrer Gesundheit willen, als auch weil bekannt war, dass ich das Ohr des Antonius und der Königin hatte; und in diesen Tagen des Zweifels und der Not wollten sie gerne die Wahrheit erfahren.

Alle diese Männer bearbeitete ich mit zweifelhaften Worten, um ihre Treue zur Königin zu untergraben; und ich brachte viele dazu, abzufallen, und doch konnte keiner von ihnen etwas Schlechtes über das, was ich gesagt hatte, be-

282

richten. Auch schickte mich Kleopatra nach Memphis, um dort die Priester und Statthalter zu bewegen, dass sie in Oberägypten Männer zur Verteidigung von Alexandria sammeln sollten. Und ich ging hin und sprach zu den Priestern mit einem solchen Doppelsinn und mit so viel Weisheit, dass sie mich für einen der Eingeweihten in den tieferen Mysterien hielten.

Aber wie ich, Olympus, der Arzt, dazu kam, so eingeweiht zu werden, konnte niemand sagen. Danach suchten sie mich heimlich auf, und ich gab ihnen das heilige Zeichen der Bruderschaft und befahl ihnen, nicht zu fragen, wer ich sei, aber auf keinen Fall Hilfstruppen an Kleopatra zu schicken. Vielmehr, so sagte ich, müssten sie mit dem Cäsar Octavian Frieden schließen, denn nur durch seine Gnade könne die Verehrung der Götter in Khem Bestand haben. Nachdem sie den Rat des heiligen Apis eingeholt hatten, versprachen sie öffentlich, Kleopatra zu helfen, schickten aber im Geheimen eine Botschaft an Cäsar Octavian.

So kam es dann, dass Ägypten seiner verhassten makedonischen Königin nur wenig Hilfe leistete. Von Memphis aus kam ich wieder nach Alexandria und setzte, nachdem ich einen günstigen Bericht abgegeben hatte, meine geheime Arbeit fort. Die Alexandriner waren nicht leicht zu bewegen, denn, wie man auf dem Marktplatz sagt: »Der Esel schaut auf seine Last und ist blind für seinen Herrn.« Kleopatra hatte sie so lange unterdrückt, dass der Römer ihnen wie ein willkommener Freund erschien.

So verging die Zeit, und mit jeder Nacht fand Kleopatra mit weniger Freunden zusammen als in der vorherigen, denn in schlimmen Tagen fliehen Freunde wie Schwalben vor dem Frost. Dennoch wollte sie Antonius, den sie liebte, nicht aufgeben; obwohl meines Wissens Octavian ihr durch seinen Freigelassenen Thyreus glänzende Versprechungen für sich und ihre Kinder machte, wenn sie Antonius nur töten oder ihn sogar in Ketten legen würde. Aber darin wollte ihr Frauenherz – sie hatte ja noch ein Herz – nicht einwilligen, und außerdem rieten wir ihr auch davon ab, weil wir Antonius notgedrungen bei ihr zurückhalten mussten, damit Kleopatra nicht, wenn Antonius entkäme oder getötet würde, sich ihrer Bedrängnis entziehen und dennoch Königin von Ägypten bleiben könnte.

Und das betrübte mich, denn Antonius war zwar schwach, aber immer noch ein tapferer und großer Mann; außerdem las ich in meinem eigenen Herzen die Lektion seines Leids. Waren wir uns nicht ähnlich in unserem Elend? Hatte nicht dieselbe Frau uns des Reiches, der Freunde und der Ehre beraubt? Aber Mitleid hat keinen Platz in der Politik; auch konnte ich meine Füße nicht von dem Pfad der Rache abwenden, der mir bestimmt war. Octavian rückte näher, Pelusium fiel, das Ende war nahe.

Es war Charmion, die der Königin und Antonius die Nachricht überbrachte, als sie in der Hitze des Tages schliefen, und ich kam mit ihr.

»Wacht auf!«, rief sie. »Aufwachen! Dies ist nicht die Zeit für Schlaf! Seleukus hat Pelusium an Cäsar übergeben, der direkt auf Alexandria marschiert!«

Mit einem heftigen Fluch sprang Antonius auf und packte Kleopatra am Arm. »Du hast mich verraten, ich schwöre es bei den Göttern! Jetzt sollst du den Preis dafür zahlen!« Und er griff nach seinem Schwert und zog es.

»Nimm dich zusammen, Antonius!«, rief sie. »Es ist falsch – ich weiß nichts davon!« Und sie sprang auf ihn zu und klammerte sich weinend an seinen Hals. »Ich weiß nichts, mein Herr. Nimm die Frau des Seleukos und seine kleinen Kinder, die ich bewache, und kühle an ihnen deinen Rachedurst. O Antonius! Warum zweifelst du an mir?«

Da warf Antonius sein Schwert auf den Marmor, warf sich auf das Lager, verbarg sein Gesicht und seufzte in bitterer Not.

Charmion lächelte, denn sie war es, die heimlich zu Seleukos, ihrem Freund, geschickt hatte, um ihm zu raten, sich sofort zu ergeben und ihm zu sagen, dass es in Alexandria keinen Kampf geben würde.

Noch in derselben Nacht nahm Kleopatra ihren ganzen großen Vorrat an Perlen und Smaragden, diejenigen, die vom Schatz des Menkau-ra übrig geblieben waren, all ihren ganzen Reichtum an Gold, Ebenholz, Elfenbein und Zimt, einen Schatz von unermesslichem Wert, und legte ihn in das Mausoleum aus Granit, das sie nach unserer ägyptischen Art auf dem Hügel neben dem Tempel der Heiligen Isis hatte errichten lassen. Diese Reichtümer häufte sie auf ein Lager aus Flachs, damit, wenn sie es anzündete, alles in den Flammen zugrundegehen und der Gier des geldgierigen Octavianus entzogen würde. Von nun an schlief sie in dieser Gruft, weit weg von Antonius; aber tagsüber sah sie ihn immer noch im Palast.

Kurze Zeit darauf, als Octavian mit seiner ganzen Streitmacht schon die kaponische Mündung des Nils überschritten hatte und nahe bei Alexandria war, kam ich in den Palast, wohin mich Kleopatra gerufen hatte. Dort fand ich sie im Alabaster-Saal, königlich gekleidet, ein wildes Leuchten in den Augen, und mit ihr Iras und Charmion und vor ihr ihre Leibwächter; und hier und da auf dem Marmor ausgestreckt, Körper von toten Männern, unter denen einer noch im Sterben lag.

»Sei gegrüßt, Olympus!«, rief sie. »Hier ist ein Anblick, der das Herz eines Arztes erfreut – Menschen tot und Menschen krank zum Tod!«

»Was tust du, o Königin?«, fragte ich erschrocken.

»Was ich tue? Ich übe Gerechtigkeit an diesen Verbrechern und Verrätern; und, Olympus, ich lerne die Wege des Todes. Ich habe veranlasst, dass sechs verschiedene Gifte an diese Sklaven verabreicht werden, und mit einem aufmerksamen Auge habe ich ihre Wirkung beobachtet. Dieser Mann«, und sie zeigte auf einen Nubier, »wurde wahnsinnig und schwärmte von seinen heimatlichen Wüsten und seiner Mutter. Er glaubte, wieder ein Kind zu sein – armer Narr! – und bat sie, ihn an ihre Brust zu drücken und ihn vor der nahenden Finsternis zu retten. Und dieser Grieche, starb schreiend. Er weinte und betete um Mitleid und hauchte schließlich wie ein Feigling sein Leben aus. Nun beachte den Ägypter dort drüben, der noch lebt und stöhnt; zuerst nahm er einen Zug – den tödlichsten Zug von allen, – und doch liebt der Sklave sein Leben so sehr, dass er es nicht aufgeben will! Siehe, er bemüht sich noch, das Gift von sich zu geben; zweimal habe ich ihm den Becher gegeben, und doch ist er noch durstig. – Mensch, weißt du nicht, dass man nur im Tode Frieden finden kann? Kämpfe nicht mehr, sondern komm zur Ruhe.« Und noch während sie sprach, gab der Mann mit einem lauten Schrei seinen Geist auf.

»So!« rief sie, »endlich ist die Posse ausgespielt – hinweg mit den Sklaven, die ich durch die dunklen Pforten der Ewigkeit gezwungen habe!«, und sie klatschte in die Hände.

Als die Körper fortgetragen worden waren, zog sie mich zu sich und sprach:»Olympus, trotz all deiner Prophezeiungen naht das Ende. Cäsar Octavian muss siegen, und ich und mein Herr Antonius sind verloren. Nun also, da das Stück fast zu Ende ist, muss ich mich bereit machen, diese Bühne der Erde zu verlassen, wie es sich für eine Königin geziemt. Aus diesem Grund probierte ich diese Gifte aus, da ich in meiner Person bald die Todesqualen erleiden muss, die ich heute anderen gebe. Diese Mittel gefallen mir nicht; manche reißen die Seele mit grausamen Schmerzen heraus, und manche wirken zu langsam. Aber du kennst dich aus mit der Medizin des Todes. Nun bereite mir einen solchen Trank, der mir schnell und schmerzlos das Leben nehmen soll.«

Während ich zuhörte, erfüllte das Gefühl des Triumphs mein bitteres Herz, denn ich wusste nun, dass durch meine eigene Hand diese verdorbene Frau sterben und der Gerechtigkeit der Götter Genüge getan werden sollte.

»Gesprochen wie eine Königin, o Kleopatra!«, sagte ich. »Der Tod wird deine Übel heilen, und ich werde einen solchen Wein brauen, der ihn als plötzlichen Freund herabziehen und dich in ein Meer von Schlummer versenken wird, aus dem du auf dieser Erde nie wieder erwachen wirst. Oh, fürchte den Tod nicht: Der Tod ist deine Hoffnung; und sicher wirst du sündlos und reinen Herzens in die erhabene Gegenwart der Götter eingehen!«

Sie zitterte. »Und wenn das Herz nicht ganz rein ist, sage mir – du dunkler Mann – was dann? Nein, ich fürchte die Götter nicht, denn wenn die Götter der Hölle Menschen sind, werde ich auch dort Königin sein. Da ich einst königlich war, werde ich es immer sein.«

Während sie noch sprach, kam plötzlich von den Palasttoren ein großes Geschrei und der Lärm von freudigen Menschen.

»Was ist das?«, fragte sie und sprang von dem Lager auf.

»Antonius! Antonius!«, erhob sich der Schrei; »Antonius hat gesiegt!«

Sie drehte sich schnell um und lief hinweg, ihr langes Haar wehte im Wind. Ich folgte ihr, langsamer, durch die große Halle, über die Höfe, zu den Palasttoren. Und hier traf sie Antonius, der soeben durch das Tor ritt, strahlend mit einem Lächeln und gekleidet in seine römische Rüstung. Als er sie sah, sprang er zu Boden und drückte sie an seine gerüstete Brust.

»Was ist los?«, rief sie; »ist Cäsar gefallen?«

»Nein, nicht ganz gefallen, Ägypterin: aber wir haben seine Reiter in ihre Gräben zurückgeschlagen, und wie der Anfang, so wird auch das Ende sein, denn, wie man hier sagt: ›Wo der Kopf geht, wird der Schwanz folgen.‹ Außerdem ließ ich Octavian meine Herausforderung zukommen, und wenn er mir nur Mann gegen Mann gegenübertreten will, wird die Welt bald sehen, wer der bessere Mann ist, Antonius oder Octavian.« Aber während er noch sprach und das Volk jubelte, kam der Ruf:»Ein Bote vom Cäsar!«

Der Herold trat ein, verbeugte sich tief, gab Antonius ein Schreiben, verbeugte sich wieder und ging. Kleopatra riss es ihm aus der Hand, erbrach das Siegel und las laut:

»Cäsar Octavian sendet Antonius einen Gruß. Dies ist die Antwort auf deine Herausforderung: Hat Antonius keine andere Hoffnung, als den Tod durch das Schwert Cäsars zu finden? Lebe wohl!«

Und danach jubelten sie nicht mehr.

Die Dunkelheit brach herein, und bevor es Mitternacht war, ging Antonius, nachdem er mit seinen Freunden gespeist hatte, die sich heute Nacht über sein Leid beklagten und ihn morgen verraten sollten, zur Versammlung der Hauptleute des Heeres und der Flotte, in Begleitung vieler, unter denen auch ich war.

Als alle versammelt waren, sprach er zu ihnen, barhäuptig in ihrer Mitte stehend, unter dem Glanz des Mondes: »Freunde und Waffengefährten, die noch an mir hängen und die ich schon oft zum Sieg geführt habe, hört mir jetzt zu, da ihr morgen vielleicht im stummen Staub liegen werdet, entmachtet und entehrt. Das ist unser Plan: Wir werden nicht länger auf gespannten Flügeln über den Kriegsfluten schweben, sondern uns hinabstürzen in jene wilden Fluten, um dort das Diadem des Siegers an uns zu reißen, oder, wenn das nicht gelingt, dort zu ertrinken. Bleibt mir treu, eurer Ehre zuliebe, und ihr mögt noch immer als die stolzesten aller Männer zu meiner Rechten auf dem Kapitol von Rom sitzen! Verlasst ihr mich jetzt, ist die Sache des Antonius verloren und damit seid es auch ihr! Die morgige Schlacht wird in der Tat gefährlich sein, aber wir haben schon viele Male einer größeren Gefahr ins Auge geblickt, und bevor die Sonne unterging, noch einmal

Armeen wie Wüstensand tapfer vor uns hergetrieben und die Beute feindlicher Könige gezählt. Was haben wir zu fürchten? Auch wenn die Verbündeten geflohen sind, ist unser Aufgebot so stark wie das von Cäsar! Und zeigen wir nur ein mutiges Herz, so schwöre ich euch bei meinem fürstlichen Wort, werden morgen Nacht die Köpfe Octavians und seiner Hauptleute die Zinnen des Kanopentors schmücken! – Ja, jubelt, und jubelt immer wieder! Ich liebe diese kriegerischen Töne, welche erschallen aus den Herzen treuer Männer, die mich lieben. Doch – jetzt werde ich leise sprechen, wie wir es an der Bahre eines geliebten Toten tun – wenn das Glück sich gegen mich erheben sollte, und wenn, niedergedrückt durch das Gewicht der Waffen, Antonius, der Soldat, den Tod eines Soldaten sterben und euch zurücklassen sollte, den zu beklagen, der immer euer Freund war, so ist dies mein Wille, den ich euch nach unserer Soldatenart erkläre: Ihr wisst, wo meine Schätze liegen. Nehmt sie, liebe Freunde, und teilt sie im Gedenken an mich gerecht unter euch auf. Dann geht zum Caesar und sprecht so: ›Antonius, der Tote, grüßt Cäsar, den Lebenden, und bittet im Namen der alten Kameradschaft und vieler gewagter Gefahren um die Gnade, diejenigen zu schonen, die ihm anhingen, und ihnen das zu belassen, was er ihnen gegeben hat.‹ Nein, lasst nicht meine Tränen – denn ich muss weinen – über eure Augen fließen! Das ist nicht männlich, das ist weibisch! Alle Menschen müssen sterben, und der Tod wäre mir willkommen, ginge es nur um mich. Wenn ich falle, überlasse ich meine Kinder eurer zärtlichen Pflege – es wird euch nützen, sie vor dem Schicksal der Hilflosigkeit zu bewahren. Soldaten, genug! Morgen bei Tagesanbruch stürzen wir uns auf des Cäsars Hals, zu Lande und zur See. Schwört, dass ihr an mir festhalten werdet, bis zum letzten Augenblick!«

»Wir schwören!«, riefen sie. »Edler Antonius, wir schwören!«

»Es ist gut! Noch einmal wird mein Stern hell; morgen, im höchsten Himmel, mag er den Glanz des Cäsars überstrahlen! Bis dahin, lebt wohl!«

Er wandte sich zum Gehen, und die Freunde ergriffen seine Hand und küssten sie; und sie waren so tief bewegt, dass viele wie Kinder weinten; auch Antonius konnte seinen Kummer nicht beherrschen, denn im Mondlicht sah ich, wie Tränen über seine zerfurchten Wangen rannen und auf seine mächtige Brust fielen.

Und als ich dies alles sah, war ich sehr beunruhigt. Denn ich wusste wohl, dass, wenn diese Männer fest zu Antonius hielten, alles noch gut für Kleopatra werden könnte; und obwohl ich keinen Groll gegen Antonius hegte, so musste er doch fallen und in diesem Fall die Frau mit sich ziehen, die sich wie eine giftige Pflanze um seine riesige Kraft geschlungen hatte, bis sie in ihrer Umarmung erstickt und gebrochen wurde. Nachdem Antonius gegangen war, ging ich daher nicht fort, sondern blieb im Schatten zurück und beobachtete die Gesichter der Fürsten und Hauptleute, während sie miteinander sprachen.

»Dann ist es so abgemacht!«, sagte der, der die Flotte anführen sollte, »und das schwören wir, einer und alle, dass wir dem edlen Antonius bis zum letzten Augenblick die Treue halten werden!«

»Ja! Ja!«, antworteten sie.

»Ja! Ja!«, sagte auch ich, aus dem Schatten sprechend; »treu ergeben bleiben und sterben.«

Sie drehten sich grimmig um und ergriffen mich.

»Wer ist das?«, fragte einer.

»Das ist der dunkelgesichtige Hund, Olympus!«, rief ein anderer. »Olympus, der Magier!«

»Olympus, der Verräter!«, knurrte ein weiterer; »macht ihm und seiner Magie ein Ende!«, und er zog sein Schwert.

»Ja! Tötet ihn; er wollte den edlen Antonius verraten, er, der als Arzt bezahlt wird, ihn zu heilen.«

»Wartet eine Weile!«, sagte ich mit langsamer und feierlicher Stimme, »und hütet euch, zu versuchen, einen Diener der Götter zu töten. Ich bin kein Verräter. Ich werde die Ereignisse hier in Alexandria ruhig abwarten, aber zu euch sage ich: Flieht, flieht zu Cäsar! Ich diene Antonius und der Königin – ich diene ihnen wahrhaftig; aber vor allem diene ich den heiligen Göttern; und was sie mir kundtun, das, ihr Herren, weiß ich. Und ich weiß dies: dass Antonius dem Untergang geweiht ist und auch Kleopatra dem Untergang geweiht ist, denn Cäsar Octavian wird siegen. Deshalb, weil ich euch in Ehren halte, edle Herren, und mit Mitleid an eure Frauen denke, die verwitwet zurückgelassen werden, und an eure kleinen vaterlosen Kinder, die, wenn ihr an Antonius festhaltet, als Sklaven verkauft werden – deshalb sage ich, klammert euch an Antonius, wenn ihr wollt und sterbt; oder flieht zu Cäsar und werdet gerettet! Und dies sage ich, weil es von den Göttern so bestimmt ist.«

»Die Götter!«, knurrten sie; »welche Götter? Schlitzt dem Verräter die Kehle auf und beendet damit sein unheilvolles Gerede!«

»Er soll uns ein Zeichen von seinen Göttern geben oder sterben: Ich misstraue diesem Mann«, sagte einer der Männer.

»Tretet zurück, ihr Narren!«, rief ich. »Tretet zurück – gebt meine Arme frei – und ich werde euch ein Zeichen geben.« Es war etwas in meinem Gesicht, was sie erschreckte, denn sie gaben mich frei und traten zurück. Darauf hob ich meine Hände und durchsuchte mit all meiner Seelenkraft die Tiefen des Raumes, bis mein Geist sich mit dem Geist meiner Mutter Isis verband. Nur das Wort der Macht sprach ich nicht aus, wie es mir befohlen worden war. Und das heilige Geheimnis der Göttin antwortete auf den Schrei meines Geistes und fiel in schrecklicher Stille auf das Antlitz der Erde. Tiefer und tiefer wuchs die schreckliche Stille; sogar die Hunde hörten auf zu heulen, und in der Stadt standen die Menschen still und ängstlich. Dann kam von weit her die geisterhafte Musik der Sistren. Zuerst war sie leise, aber sie wurde immer lauter, bis die Luft von dem unheimlichen Klang des Schreckens erzitterte. Ich sagte nichts, sondern wies mit der Hand zum Himmel. Und siehe da, in der Luft schwebte eine riesige, verhüllte Gestalt, die sich mit der anschwellenden Musik der Sistren ankündigte und sich langsam näherte, bis sich ihr Schatten über uns legte. Der Schatten kam näher, ging vorüber und wandte sich dem Lager Caesar Octavians zu, bis schließlich die Musik verklang und die schreckliche Gestalt von der Nacht verschluckt wurde.

»Es ist Bacchus!«, rief einer. »Bacchus, der den verlorenen Antonius zurücklässt«, und während er sprach, erhob sich ein Stöhnen des Schreckens in dem ganzen Lager.

Aber ich wusste, dass es nicht Bacchus war, der falsche Gott, sondern die göttliche Isis, die Khem verließ und, über den Rand der Welt gehend, ihre Heimat im unendlichen Weltenraum aufsuchte, um nicht mehr von den Menschen erkannt zu werden. Denn obwohl ihre Verehrung immer noch aufrechterhalten wird, obwohl sie immer noch hier und auf allen Erden ist, manifestiert sich Isis nicht mehr in Ägypten.

Ich verbarg mein Gesicht und betete, und als ich es von meinem Gewand hob, siehe, da waren alle geflohen und ich war allein.

30. Der Tod des Antonius

Am nächsten Morgen, bei Tagesanbruch, trat Antonius aus dem Palast und befahl, dass seine Flotte gegen die Schiffe Caesars vorrücken und seine Reiterei den Landkampf mit der Reiterei Caesars eröffnen solle. Dem Befehl folgend rückte die Flotte in einer dreifachen Linie vor, und die Flotte Caesars kam ihr entgegen. Als sie aber zusammentrafen, hoben die Galeeren des Antonius ihre Ruder zum Gruß und fuhren zu den Galeeren des Cäsars Octavian hinüber, und sie segelten gemeinsam davon. Und die Reiterei des Antonius ritt vor, um die Reiterei des Cäsars anzugreifen; als sie aber zusammentrafen, senkten sie ihre Schwerter und liefen hinüber zum Lager des Cäsar und ließen Antonius im Stich. Da wurde Antonius rasend vor Wut und schrecklich sein Anblick. Er rief seinen Legionen zu, sie sollten standhalten und den Angriff abwarten; und eine kleine Weile blieben sie auch stehen. Ein Mann aber – derselbe Offizier, der mich in der letzten Nacht töten wollte – versuchte zu fliehen; aber Antonius ergriff ihn mit seiner eigenen Hand, warf ihn zur Erde, sprang von seinem Pferd und zog sein Schwert, um ihn zu erschlagen. Er hielt sein Schwert hoch, während der Mann, sein Gesicht bedeckend, den Tod erwartete. Aber Antonius ließ sein Schwert sinken und befahl ihm, aufzustehen.

»Geh!«, sagte er. »Geh zu Cäsar, und sei erfolgreich! Ich habe dich einst geliebt. Warum sollte ich dich dann unter so vielen Verrätern für den Tod aussuchen?«

Der Mann erhob sich und sah ihn traurig an. Dann, als die Scham ihn überwältigte, riss er mit einem großen Schrei sein Kettenhemd auf, stieß sein Schwert in sein eigenes Herz und fiel tot um. Antonius stand da und starrte ihn an, aber er sagte kein Wort.

Inzwischen näherten sich die Reihen von Caesars Legionen, und sobald sie die Speere kreuzten, drehten sich die Legionen des Antonius um und flohen. Da standen die Soldaten Cäsars still und spotteten über sie; aber kaum ein Mann wurde erschlagen, denn sie verfolgten sie nicht.

»Fliehe, Antonius, fliehe!«, rief Eros, sein Diener, der allein mit mir bei ihm blieb. »Fliehe, bevor du als Gefangener zu Cäsar geschleppt wirst!«

Da wandte Antonius sich um und floh laut stöhnend. Ich ging mit ihm, und als wir durch das Kanopentor ritten, wo viele Leute in stummem Erstaunen standen, sprach Antonius zu mir: »Gehe du, Olympus, gehe zur Königin und sage: ›Antonius sendet Kleopatra, die ihn verraten hat, einen Gruß! Kleopatra, der Königin, sendet er seine Grüße und sein Lebewohl!‹«

Und so ging ich zu der Gruft, dem Versteck Kleopatras, aber Antonius floh in den Palast. Als ich das Mausoleum erreichte, klopfte ich an die Tür, und Charmion schaute aus dem Fenster heraus.

»Aufmachen«, rief ich, und sie öffnete.

»Welche Neuigkeiten bringst du, Harmachis?«, flüsterte sie.

»Charmion«, sagte ich, »das Ende ist nah. Antonius ist geflohen!«

»Es ist gut«, antwortete sie; »ich bin müde.«

Und dort auf ihrem goldenen Bett saß Kleopatra.

»Sprich, Mann!«, rief sie.

»Antonius ist geflohen, seine Truppen sind geflohen, Cäsar naht. Zu Kleopatra sendet der große Antonius Gruß und Lebewohl. Grüße an Kleopatra, die ihn verriet, und sein Lebewohl.«

»Es ist eine Lüge!«, schrie sie; »ich habe ihn nicht verraten! Du, Olympus, geh schnell zu Antonius und antworte so: ›Dem Antonius sendet Kleopatra, die ihn nicht verraten hat, Gruß und Lebewohl. Kleopatra ist nicht mehr.‹«

Und so ging ich und verfolgte mein Ziel. In der Alabasterhalle fand ich Antonius, der hin und her ging und seine Hände zum Himmel warf, und mit ihm Eros, denn von allen seinen Dienern blieb nur Eros bei diesem gefallenen Mann.

»Edler Antonius«, sagte ich, »Ägyptens Königin nimmt Abschied von dir. Ägyptens Königin ist tot, sie starb durch eigene Hand.«

»Tot! tot!«, flüsterte er, »Ägyptens Königin tot? Ist dieser herrliche Leib jetzt Nahrung für die Würmer? Oh, was war das für eine Frau! Eben jetzt geht mein Herz zu ihr hinaus.

294

Und soll sie mich zuletzt noch übertrumpfen, mich, der ich so groß gewesen bin; soll ich so klein werden, dass ein Weib meinen Mut übertreffen und dorthin gehen kann, wohin ich mich zu folgen fürchte? Eros, du hast mich von deiner Knabenzeit an geliebt – weißt du, wie ich dich hungernd in der Wüste fand und dich reich machte, indem ich dir Platz und Reichtum gab? Komm, nun zahle mir es zurück. Zieh das Schwert, das du trägst, und mach dem Leid des Antonius ein Ende.«

»Oh, Herr«, rief der Grieche, »ich kann nicht! Wie kann ich dem gottgleichen Antonius das Leben nehmen?«

»Antworte mir nicht, Eros; aber im letzten Augenblick des Schicksals verlange ich dies von dir. Tu, was ich dir sage, oder geh und lass mich ganz allein! Nie mehr will ich dein Gesicht sehen, du untreuer Diener!«

Da zog Eros sein Schwert, Antonius kniete vor ihm nieder, entblößte seine Brust und wandte seine Augen zum Himmel. Aber Eros schrie: »Ich kann nicht, oh, ich kann nicht!«, und stieß das Schwert in sein eigenes Herz und fiel tot um.

Antonius erhob sich und blickte ihn an. »Nun, Eros, das war edel gemacht«, sagte er. »Du bist größer als ich, doch ich habe deine Lektion gelernt«, und er kniete nieder und küsste ihn.

Dann erhob er sich plötzlich, zog das Schwert aus dem Herzen des Eros, stieß es sich in die Eingeweide und fiel stöhnend auf das Lager.

»O du, Olympus«, rief er, »dieser Schmerz ist mehr, als ich ertragen kann! Mach ein Ende mit mir, Olympus!«

Aber heftiges Mitleid ergriff mich, und ich konnte sein Verlangen nicht erfüllen.

Deshalb zog ich das Schwert aus seinen Eingeweiden, stoppte den Blutfluss und rief denen zu, die herbeiströmten, um Antonius sterben zu sehen, Atoua aus meinem Haus an den Toren des Palastes zu rufen. Bald darauf kam sie und brachte Kräuter und lebensspendende Tränke mit. Diese gab ich Antonius und befahl Atoua, so schnell wie ihre alten Glieder konnten, zu Kleopatra in die Gruft zu gehen und ihr von Antonius' Zustand zu berichten.

Sie ging und kehrte nach einer Weile zurück und sagte, die Königin lebe noch und sie bitte Antonius zum Sterben in ihre Arme. Als Antonius das hörte, kehrte seine schwindende Kraft zurück, denn er wollte Kleopatras Gesicht wiedersehen. So rief ich die Sklaven – die durch Vorhänge und hinter Säulen spähten, um diesen großen Mann sterben zu sehen – und gemeinsam trugen wir ihn unter großer Anstrengung von dannen, bis wir zum Fuß des Mausoleums kamen.

Kleopatra wollte aber aus Furcht vor Verrat die Tür nicht mehr aufmachen; so ließ sie ein Seil vom Fenster herab, und wir machten es unter den Armen des Antonius fest. Dann zog Kleopatra, die währenddessen bitterlichst weinte, zusammen mit Charmion und Iras mit aller Kraft an dem Seil, während wir von unten den sterbenden Antonius nach oben hoben. Dieser stöhnte schwer, während er in der Luft schwang und das Blut aus seiner klaffenden Wunde herabtropfte. Zweimal fiel er fast auf die Erde, aber Kleopatra hielt ihn mit der Kraft der Liebe und der Verzweiflung fest, bis sie ihn schließlich durch die Fensteröffnung zog, während alle, die dem schrecklichen Schauspiel zusahen, bitterlich weinten und sich an die Brust schlugen – alle außer Charmion und mir.

Als Antonius drinnen war, wurde das Seil noch einmal heruntergelassen, und mit der Hilfe von Charmion kletterte ich zum Fenster hinauf und zog das Seil hinter mir hoch. Antonius lag auf dem goldenen Bett der Kleopatra, und sie, mit entblößter Brust und wildem Haar, ihr Gesicht mit Tränen befleckt, kniete an seiner Seite, küsste ihn und wischte das Blut mit ihrem Gewand von seinen Wunden.

Und nun lasst mich meine ganze Schande niederschreiben: Wie ich dastand und sie beobachtete, erwachte die alte Liebe noch einmal in mir, und wahnsinnige Eifersucht tobte in meinem Herzen, denn zwar konnte ich diese beiden Menschen zerstören – nicht aber ihre Liebe.

»O Antonius, mein Süßer, mein Gatte und mein Gott!«, stöhnte sie. »Grausamer Antonius, hast du das Herz zu sterben und mich meiner einsamen Schande zu überlassen? Ich werde dir schnell ins Grab folgen. Antonius, wach auf, wach auf!«

Er erhob sein Haupt und verlangte nach Wein; den gab ich ihm, nachdem ich etwas hineingemischt hatte, das seinen Schmerz lindern sollte, denn er litt sehr. Als er getrunken hatte, befahl er Kleopatra, sich neben ihn auf das Bett und ihre Arme um ihn zu legen; und das tat sie. Da war Antonius wieder ein Mann; denn er vergaß sein eigenes Elend und seinen Schmerz und gab ihr Ratschläge für ihre Sicherheit; aber sie wollte davon nichts hören.

»Die Zeit ist zu kurz«, sagte sie, »lass uns von unserer großen Liebe sprechen, die schon so lange währt und vielleicht noch über die Gestade des Todes hinaus andauern wird. Erinnerst du dich an jene Nacht, als du zum ersten Mal deine Arme um mich legtest und mich ›Geliebte‹ genannt hast? Oh, glückliche, glückliche Nacht! Es ist gut, diese Nacht erlebt zu haben – selbst bei diesem bitteren Ende!«

»Ja, Ägypterin, ich erinnere mich gut daran und verweile in der Erinnerung daran, obwohl das Glück mich von jener Stunde an verlassen hat – entflohen in die Tiefe meiner Liebe zu dir, du Schöne. – Ich erinnere mich!«, stöhnte er; »da trankst du die Perle in schamlosem Spiel, und da rief dein Astrologe seine Stunde aus: ›Die Stunde der Erfüllung des Fluches von Menkau-ra.‹ Durch alle Tage hindurch haben mich diese Worte verfolgt, und noch jetzt klingen sie mir in den Ohren.«

»Er ist schon lange tot, mein Geliebter«, flüsterte sie.

»Wenn er tot ist, dann bin ich ihm nahe. Was meinte er eigentlich mit seinen Worten?«

»Er ist tot, der verfluchte Mann! Nichts mehr von ihm! Oh, wende dich zu mir und küsse mich, denn dein Gesicht wird weiß. Das Ende ist nahe!«

Er küsste sie auf die Lippen, und so blieben sie eine kleine Weile, bis zum Augenblick des Todes, und flüsterten einander ihre Leidenschaft ins Ohr, wie frisch Verliebte. Selbst da noch war es für mein eifersüchtiges Herz ein bitterer Anblick.

In diesem Moment sah ich, wie sich die Schatten des Todes auf dem Gesicht des Antonius versammelten. Sein Kopf fiel zurück.

»Lebe wohl, Ägypterin; – lebe wohl! – Ich sterbe!«

Kleopatra hob sich auf ihre Hände, starrte wild auf sein aschfahles Gesicht, und dann sank sie mit einem großen Schrei ohnmächtig zurück.

Aber Antonius lebte noch, obwohl die Kraft der Sprache ihn verlassen hatte. Da trat ich heran, kniete nieder und tat so, als wollte ich ihm helfen. Und während ich ihm half, flüsterte ich in sein Ohr: »Antonius«, flüsterte ich, »Kleopatra war meine Liebe, bevor sie von mir zu dir überging. Ich bin Harmachis, der Astrologe, der hinter deinem Lager in Tarsus stand; und ich bin das erste Werkzeug deines Verderbens gewesen. – Stirb, Antonius! Der Fluch von Menkaura ist erfüllt!«

Er richtete sich auf und starrte auf mein Gesicht. Er konnte nicht sprechen, aber mit einem Lallen zeigte er auf mich. Dann entfloh sein Geist mit einem Stöhnen.

So vollendete ich meine Rache am römischen Antonius, dem Weltverderber.

Danach erweckten wir Kleopatra aus ihrer Ohnmacht, denn es lag nicht in meiner Absicht, sie schon sterben zu lassen.

Mit der Erlaubnis des Caesars nahm ich den Leichnam des Antonius an mich und balsamierte ihn mit der geschickten Hilfe von Atoua nach unserem ägyptischen Brauch ein, indem ich sein Gesicht mit einer Maske aus Gold bedeckte, die nach seinen Gesichtszügen gestaltet war. Auch schrieb ich auf seine Brust seinen Namen und seine Titel, malte seinen Namen und den seines Vaters in den inneren Sarg, und zeichnete dazu die Gestalt der Heiligen Nout, die ihre Flügel schützend um ihn schloss.

Dann legte Kleopatra ihn mit großem Pomp in das Grab, das vorbereitet worden war, und in einen Sarkophag aus Alabaster. Dieser Sarkophag aber war so groß gemacht, dass darin noch Platz für einen zweiten Sarg war, denn Kleopatra wollte auch im Tode bei Antonius liegen.

Kurze Zeit später erhielt ich von einem Cornelius Dolabella, einem edlen Römer, der Cäsar Octavian diente und der, gerührt von der Schönheit Kleopatras, Mitleid mit ihr hatte, eine schriftliche Nachricht, in der er mich bat, sie zu warnen – denn als ihr Arzt war es mir erlaubt, in der Gruft, in der sie wohnte, ein- und auszugehen –, dass sie in drei Tagen nach Rom geschickt werden würde, zusammen mit ihren Kindern, außer Cäsarion, den Octavian bereits hatte töten lassen, damit sie im Triumphzug des Cäsars mitgehen könnte. Infolge dieser Nachricht begab ich mich zu ihr und fand sie sitzend, wie sie immer dasaß, in ein stummes Sinnen versunken, und vor ihr das blutbefleckte Gewand, mit dem sie die Wunden des Antonius getrocknet hatte. Darauf ruhten ihre Augen.

»Sieh, wie blass sie werden, Olympus«, sagte sie, hob ihr trauriges Gesicht und deutete auf die Blutflecken, »und er ist erst kurze Zeit tot! Nun, die Dankbarkeit könnte nicht schneller verblassen. Was ist nun deine Nachricht? Böse Nachrichten stehen groß in deinen dunklen Augen geschrieben, die mich immer an etwas erinnern, was mir noch entfallen ist.«

»Meine Nachricht ist schlimm, o Königin«, antwortete ich. »Ich habe diese aus dem Munde von Dolabella, der sie direkt von Cäsars Sekretär hat. Am dritten Tag von heute an wird Cäsar dich und die Prinzen Ptolemäus und Alexander und die Prinzessin Kleopatra nach Rom schicken, um dort die Augen des römischen Pöbels zu erfreuen und im Triumph zu jenem Kapitol geführt zu werden, wo du geschworen hast, deinen Thron aufzustellen!«

»Niemals, niemals!«, rief sie und sprang auf die Füße. »Niemals werde ich in Ketten in Cäsars Triumphzug mitgehen! Was soll ich tun? Charmion, sag mir, was ich tun kann!«

Und Charmion, die sich erhob, stand vor ihr und sah sie durch die langen Wimpern ihrer niedergeschlagenen Augen an. »Herrin, du kannst sterben«, sagte sie leise.

»Ja, diese Wahrheit hatte ich vergessen; ich kann sterben. Olympus, hast du den Trank?«

»Nein; aber wenn die Königin es will, soll er bis morgen früh gebraut sein – ein Trank, so schnell wirkend und stark, dass nicht einmal die Götter den, der ihn trinkt, vom Schlaf zurückhalten können.«

»Lass ihn fertig machen, du Meister des Todes!«

Ich verbeugte mich und zog mich zurück, und die ganze Nacht arbeiteten die alte Atoua und ich an der Herstellung des tödlichen Getränks. Endlich war es vollbracht, und Atoua goss die Flüssigkeit in eine kristallene Phiole und hielt sie in den Schein des Feuers; und der Trank war weiß wie das reinste Wasser.

»La, la, la«, sang sie mit ihrer schrillen Stimme, »ein Getränk für eine Königin! Wenn fünfzig Tropfen von dem Wasser meines Gebräus ihre roten Lippen passiert haben, wirst du in der Tat an Kleopatra gerächt sein, o Harmachis! Ach, könnte ich doch dabei sein, um deine Verderberin sterben zu sehen! La, la, la, es wäre süß, es zu sehen!«

»Rache ist ein Pfeil, der oft auf den Kopf des Bogenschützen zurückfliegt«, antwortete ich, der Worte Charmions gedenkend.

31. Kleopatras letztes Mahl

Am nächsten Morgen besuchte Kleopatra, nachdem sie Cäsar um Erlaubnis gebeten hatte, das Grab des Antonius und weinte, dass die Götter Ägyptens sie verlassen hätten. Und nachdem sie den Sarg geküsst und mit Lotusblumen bedeckt hatte, kam sie zurück, badete, salbte sich, zog ihre prächtigsten Gewänder an und aß zusammen mit Iras, Charmion und mir. Während des Mahls flammte ihr Geist wild auf, so wie der Himmel bei Sonnenuntergang leuchtet; und noch einmal lachte und strahlte sie wie in vergangenen Jahren und erzählte uns Geschichten von Festen, die sie und Antonius gefeiert hatten. In der Tat sah ich sie nie schöner als in dieser letzten verhängnisvollen Nacht der Rache. Und so zogen ihre Gedanken weiter zu jenem Abendessen in Tarsus, als sie die Perle trank.

»Seltsam«, sagte sie; »seltsam, dass Antonius zuletzt jener Nacht unter allen Nächten gedachte und zu dem Spruch des Harmachis zurückkehrte. Charmion, erinnerst du dich an Harmachis, den Ägypter?«

»Gewiss, o Königin«, antwortete sie langsam.

»Wer war denn Harmachis?«, fragte ich; denn ich wollte erfahren, ob sie bei der Erinnerung an mich betrübt sein würde.

»Ich werde es dir erzählen. Es ist eine seltsame Geschichte, und jetzt, wo alles geschehen ist, kann ruhig darüber gesprochen werden. Dieser Harmachis stammte aus dem alten Geschlecht der Pharaonen, und nachdem er in der Tat heimlich in Abydus gekrönt worden war, wurde er hierher nach Alexandria geschickt, um ein großes Komplott auszuführen, das gegen die Herrschaft von uns königlichen Lagiden geschmiedet worden war. Er kam und verschaffte sich Zutritt zum Palast als mein Astrologe, denn er war sehr gelehrt in aller Magie – so wie du, Olympus – und ein schön anzusehender Mann. Das war sein Plan – er sollte mich töten und zum Pharao ernannt werden. In Wahrheit war es ein starker Plan, denn er hatte viele Freunde in Ägypten, und ich hatte nur wenige. Und in derselben Nacht, in der er seinen Plan ausführen sollte, ja, in derselben Stunde, kam Charmion zu mir und deckte das Komplott auf; sie sagte, sie sei auf einen Hinweis gestoßen. Aber in späteren Tagen – obwohl ich dir wenig davon erzählt habe, Charmion – zweifelte ich sehr an deiner Geschichte; denn – bei den Göttern – bis zu dieser Stunde glaube ich, dass du Harmachis geliebt hast, und weil er dich verschmäht hat, hast du ihn verraten; und deshalb bist du auch dein Leben lang eine Magd geblieben, was etwas Unnatürliches ist. Komm, Charmion, erzähl es uns; denn nichts zählt jetzt am Ende.«

Charmion zitterte und gab Antwort: »Es ist wahr, o Königin; auch ich war an dem Komplott beteiligt, und weil Harmachis mich verschmähte, verriet ich ihn; und wegen meiner großen Liebe zu ihm bin ich unverheiratet geblieben.« Und sie blickte zu mir auf und fing meine Augen auf, dann ließ sie die bescheidenen Wimpern die ihrigen verhüllen.

»So! Ich dachte es mir. Seltsam sind die Wege der Frauen! Aber wenig Grund, denke ich, hatte dieser Harmachis, dir für deine Liebe zu danken. Was sagst du, Olympus? So warst also auch du eine Verräterin, Charmion? Wie gefährlich sind doch die Pfade, die Fürsten beschreiten! Nun, ich vergebe dir, denn du hast mir seit jener Stunde treu gedient. – Aber zurück zu meiner Geschichte. Harmachis wagte ich nicht zu töten, damit seine große Partei nicht wütend würde und mich vom Thron stürzte. Und nun merke dir die Sache: Obwohl er mich ermorden musste, liebte mich dieser Harmachis insgeheim, und ich ahnte etwas davon. Ich hatte mich ein wenig bemüht, ihn zu mir zu ziehen, um seiner Schönheit und seines Verstandes willen; und um die Liebe eines Menschen hat sich Kleopatra nie vergeblich bemüht. Als er also mit dem Dolch in seinem Gewand kam, um mich zu töten, setzte ich meine Reize gegen seinen Willen ein, und muss ich euch, die ihr Mann und Frau seid, erklären, dass ich gewann? Oh, niemals kann ich den Blick in den Augen dieses gefallenen Prinzen, dieses abtrünnigen Priesters, dieses geächteten Pharaos vergessen, als ich ihn durch einen mit Mohn gewürzten Wein in einen schändlichen Schlaf sinken sah, aus dem er nicht mehr mit Ehre erwachen konnte! Und danach – bis ich schließlich seiner und seines traurigen gelehrten Geistes überdrüssig wurde, denn seine schuldige Seele verbot ihm, fröhlich zu sein – kam ich ein wenig dazu, ihn zu mögen, wenn auch nicht zu lieben. Aber er – er, der mich liebte – klammerte sich an mich wie ein Trunkenbold an den Becher, der ihn ruiniert. Da er glaubte, dass ich ihn heiraten wollte, verriet er mir das Geheimnis des verborgenen Reichtums der Pyramide von Her – denn zu jener Zeit brauchte ich dringend den Schatz – und gemeinsam wagten wir uns in die die Schrecken des Grabes und holten ihn hervor, sogar aus der Brust des toten Pharaos. Seht, dieser Smaragd war ein Teil davon!«

Sie zeigte auf den großen Skarabäus, den sie aus dem heiligen Herzen von Menkau-ra gezogen hatte. »Und wegen dem, was in der Gruft geschrieben stand, und wegen dem Ding, das wir in der Gruft sahen – ach, was für eine Plage! – warum sucht mich die Erinnerung daran jetzt heim? – Auch wegen der Politik, denn ich hätte gerne die Liebe der Ägypter gewonnen, hatte ich vor, diesen Harmachis zu heiraten und seinen Platz und seine Abstammung der Welt zu verkünden – ja, und mit seiner Hilfe Ägypten vor den Römern frei zu halten. Denn damals war Dellius gekommen, um mich zu Antonius zu rufen, und nach reiflicher Überlegung beschloss ich, ihn mit scharfen Worten zurückzuschicken. Aber an jenem Morgen, als ich mich müde vom Hof zurückgezogen hatte, kam Charmion, und ich erzählte ihr von meinem Plan, denn ich wollte sehen, wie sie über die Sache dachte. Nun siehe, Olympus, wie die Macht der Eifersucht, dieser kleine Keil, doch die Kraft hat, das Schicksal von Königen und Königreichen zu bestimmen! Denn das konnte sie auf keinen Fall ertragen – verleugne es, Charmion, wenn du kannst, denn jetzt ist es mir klar! –, dass der Mann, den sie liebte, mir zum Manne gegeben werden sollte! Und deshalb, mit mehr Geschick und Verstand, als ich sagen kann, redete sie auf mich ein, indem sie mir zeigte, dass ich das auf keinen Fall tun, sondern zu Antonius reisen sollte; und dafür, Charmion, danke ich dir, – jetzt, wo alles geschehen und wieder gegangen ist. Durch deine Worte wurde meine Waage des Urteils gegen Harmachis ein wenig beschwert, und ich ging zu Antonius. So ist es durch den eifersüchtigen Spleen der schönen Charmion und die Leidenschaft eines Mannes, auf dem ich wie auf einer Leier spielte, gekommen, dass all diese Dinge geschehen sind. Aus diesem Grund sitzt Octavian als König in Alexandria; aus diesem Grund ist Antonius entthront und tot; und aus diesem Grund muss auch ich heute Nacht sterben! Ah! Charmion! Charmion! Du hast viel zu verantworten, denn du hast die Geschichte der Welt verändert; und doch, selbst jetzt möchte ich es nicht anders haben!«

Sie hielt eine Weile inne und bedeckte ihre Augen mit der Hand; und als ich Charmion anschaute, sah ich große Tränen auf ihrer Wange.

»Und von diesem Harmachis«, fragte ich; »wo ist er jetzt, o Königin?«

»Wo ist er? In Amenti, so wahr er seinen Frieden mit Isis macht, vielleicht. In Tarsus sah ich Antonius und liebte ihn; und von diesem Augenblick an verabscheute ich den Anblick des Ägypters und schwor, ihm ein Ende zu bereiten; denn ein Geliebter, der erledigt ist, sollte ein toter Geliebter sein. Und da er eifersüchtig war, sprach er einige Worte einer üblen Prophezeiung, sogar an jenem Fest der Perle; und in derselben Nacht hätte ich ihn erdrosseln lassen, aber bevor die Tat vollbracht werden konnte, war er fort.«

»Und wohin ist er gegangen?«

»Nein; das weiß ich nicht. Brennus – er, der meine Garde anführte und letztes Jahr nach Norden segelte, um sich seinem eigenen Volk anzuschließen – Brennus schwor, er habe ihn in die Lüfte schweben sehen; aber in dieser Sache habe ich mich in Brennus getäuscht, denn mir scheint, er liebte den Mann. Nein, er ist wahrscheinlich vor Zypern ertrunken; vielleicht kann Charmion uns sagen, wie?«

»Ich kann dir nichts sagen, o Königin; die Spur des Harmachis ging verloren.«

»Nun gut, soll sie verloren sein, Charmion, denn er war nicht ein Mann, um mit ihm zu spielen – ja, obwohl ich ihn zu seinen Gunsten änderte! Aber ich liebte ihn nicht, und selbst jetzt fürchte ich ihn; denn es schien mir, als hörte ich seine Stimme, die mich zur Flucht aufforderte, durch den Lärm des Kampfes bei Actium. Den Göttern sei Dank, dass er, wie du sagst, verschollen ist und nicht mehr gefunden werden kann.«

Ich aber, der ich zuhörte, setzte all meine Kraft ein und warf durch die Künste, die ich beherrschte, den Schatten meines Geistes auf den Geist der Kleopatra, so dass sie die Gegenwart des verschollenen Harmachis spürte.

»Nein, was ist das?«, fragte sie. »Bei Serapis! Ich habe Angst! Es scheint mir, dass ich Harmachis fühle, als wäre er hier! Sein Andenken überwältigt mich wie eine Flut von Wassern, dabei ist er zehn Jahre tot! Oh! In solch einer Zeit ist das unheimlich!«

»Nein, o Königin«, antwortete ich, »wenn er tot ist, so ist er überall, und gerade zu einer solchen Zeit – der Zeit deines eigenen Todes – mag sein Geist sich nähern, um den deinen bei seinem Gehen zu begrüßen.«

»Sprich nicht so, Olympus. Ich möchte Harmachis nicht mehr sehen; zu hoch ist der Grat zwischen uns, und in einer andern Welt als dieser mögen wir vielleicht gleich sein. Ach, der Schrecken vergeht! Ich war nur entnervt. Nun, des Narren Geschichte hat dazu gedient, die schwerste unserer

Stunden zu vertreiben, die Stunde, die mit dem Tod endet. Sing mir, Charmion, sing, denn deine Stimme ist sehr süß, und ich möchte meine Seele in den Schlaf wiegen. Die Erinnerung an diesen Harmachis hat mich seltsam gequält! So singe denn das letzte Lied, das ich von deinen klangvollen Lippen hören werde, das letzte von so vielen Liedern.«

»Es ist eine traurige Stunde für einen Gesang, o Königin!«, sagte Charmion; aber dennoch nahm sie ihre Harfe und sang. Und so sang sie, ganz leise und tief, das Klagelied des süßzüngigen Syrers Meleager:

Nichts als Tränen blieben für meine tote Liebe, Heliodore! Salzige Tränen, die so seltsam zu vergießen sind, über und über gehen Tränen und Klagen zu ihrem Grab. Wende dich dahin, wohin meine Liebe ging, gehe durch die Finsternis hindurch. Seufzer und Tränen schicke ich der Liebe nach, ihr, meiner Freundin und Geliebten! Traurig sind die Lieder, die wir singen, sind die Tränen, die wir vergießen, sind die leeren Geschenke, die wir bringen – Geschenke für die Toten! Ach, für meine Blume, meine Liebe, die der Hades genommen hat, ach, für den Staub dort oben, verschüttet und verstreut! Mutter von Halm und Gras, Erde, in deiner Brust, wiege sie, die am sanftesten war, wiege sie sanft zur Ruhe!

Die Musik ihrer Stimme verklang, und sie war so süß und traurig, dass Iras zu weinen begann und helle Tränen selbst in Kleopatras unruhigen Augen standen. Nur ich weinte nicht; meine Augen blieben trocken.

»Es ist ein schwermütiges Lied von dir, Charmion«, sagte die Königin. »Nun, wie du sagtest, es ist eine traurige Stunde für Lieder, und dein Klagelied passt zu dieser Stunde. Sing es noch einmal über mich, wenn ich tot daliege, Charmion. Und nun lebe wohl, Musik, und nun auf zum Ende. Olympus, nimm das Pergament dort und schreibe auf, was ich sagen werde.«

Ich nahm das Pergament und das Schilfrohr und schrieb in der römischen Sprache:

»Kleopatra sendet dem Caesar Octavian ihre Grüße. Dies ist der Lauf des Lebens. Es kommt eine Stunde, in der wir, statt die Lasten zu ertragen, die uns überwältigen, den Körper ablegen und in das Vergessen fliehen. Cäsar, du hast gesiegt. Nimm die Beute des Sieges. Doch in deinem Triumphzug kann Kleopatra nicht wandeln. Wenn alles verloren ist, dann müssen wir gehen, um das Verlorene zu suchen. So ernten die Tapferen in der Wüste der Verzweiflung die Entschlossenheit. Kleopatra war groß, wie Antonius groß war, es soll ihr Ruhm durch die Art ihres Endes nicht geschmälert werden. Sklaven leben, um ihr Unrecht zu ertragen; doch Fürsten, mit festerem Schritt schreitend, gehen durch die Tore des Unrechts zu den königlichen Wohnungen der Toten. Dies nur erbittet Ägypten von Cäsar – dass er es duldet, dass sie im Grabe des Antonius liegt. Lebe wohl!«

Dies schrieb ich, und nachdem ich das Schreiben versiegelt hatte, befahl mir Kleopatra, einen Boten zu suchen, es an Caesar zu schicken und dann zurückzukehren. Ich ging also hin und rief an der Tür des Grabes einen Soldaten, der nicht im Dienst war, und gab ihm Geld und bat ihn, den Brief zu Cäsar zu bringen. Dann ging ich zurück, und dort in der Kammer standen die drei Frauen schweigend, Kleopatra an Iras Arm geklammert, und Charmion ein wenig abseits und beobachtete die beiden.

»Wenn du in der Tat vorhast, ein Ende zu machen, o Königin«, sagte ich, »so ist die Zeit kurz, denn bald wird Cäsar seine Diener als Antwort auf deinen Brief schicken«, und ich zog das Fläschchen mit dem weißen, tödlichen Gift hervor und stellte es auf den Tisch.

Sie nahm es in die Hand und betrachtete es. »Wie unschuldig es scheint!« sagte sie; »und doch liegt darin mein Tod. Es ist seltsam.«

»Ja, Königin, und der Tod von zehn anderen Leuten. Es ist nicht nötig, viel davon zu trinken.«

»Ich fürchte mich«, seufzte sie, »wie kann ich wissen, dass es schnell tötet? Ich habe so viele durch Gift sterben sehen, und kaum einer ist schnell gestorben. Und manche – ach, ich kann nicht daran denken!«

»Fürchte dich nicht«, sagte ich, »ich bin ein Meister meines Fachs. Oder, wenn du dich fürchtest, wirf dieses Gift fort und lebe. In Rom magst du noch Glück finden; ja, in Rom, wo du in Cäsars Triumph wandeln wirst, während das Gelächter der römischen Frauen die Musik deiner goldenen Ketten überspielen wird.«

»Nein, ich will sterben, Olympus. Oh, wenn man mir nur den Weg zeigen würde.«

Da löste Iras ihre Hand und trat vor. »Gib mir den Trank, Arzt«, sagte sie. »Ich gehe, um mich für meine Königin bereit zu machen.«

»Es ist gut«, antwortete ich; »die Folgen fallen auf dein eigenes Haupt!«, und ich goss ein wenig aus dem Fläschchen in einen kleinen goldenen Kelch.

Sie hob ihn auf, verbeugte sich tief vor Kleopatra, trat dann vor und küsste sie auf die Stirn, und auch Charmion küsste sie. Als sie das getan hatte, zögerte sie nicht und sprach auch kein Gebet, denn Iras war Griechin, sie trank, legte die Hand an ihr Haupt und fiel augenblicklich um und starb.

»Siehst du«, sagte ich und unterbrach die Stille, »es wirkt schnell.«

»Ja, Olympus; dein Trank ist ein Meistertrank! Komm jetzt, ich habe Durst; fülle mir die Schale, damit Iras nicht müde wird, vor den Toren zu warten!«

Also goss ich von neuem etwas von der giftigen Flüssigkeit aus dem Fläschchen in den Kelch; aber dieses Mal tat ich dabei so, als wollte ich den Becher ausspülen, und mischte ein wenig Wasser mit dem Gift; ich wollte nicht, dass sie starb, bevor sie mich erkannte.

Da nahm die königliche Kleopatra den Kelch in die Hand, wandte ihre schönen Augen zum Himmel und rief laut: »O ihr Götter Ägyptens, die ihr mich verlassen habt, zu euch will ich nicht mehr beten, denn eure Ohren sind verschlossen für mein Weinen und eure Augen blind für meinen Kummer! Darum flehe ich zu dem letzten Freund, der mir geblieben ist. Schwinge herbei, Tod, dessen Flügel die ganze Welt beschatten, und erhöre mich! Nähere dich, du König der Könige, der du mit gleicher Hand das Haupt des Glücklichen mit dem des Sklaven auf ein Kissen bettest und durch deinen geistigen Atem die Blase unseres Lebens weit weg von dieser Hölle der Erde wehen lässt! Birg mich da, wo die Winde nicht wehen und die Wasser nicht fließen, wo die Kriege vorüber sind und Cäsars Legionen nicht marschieren können! Nimm mich zu einem neuen Herrschaftsgebiet und kröne mich zur Königin des Friedens! Du bist mein Herr, o Tod, und in deinem Kuss habe ich empfangen. Ich liege in Wehen meiner Seele: siehe, sie steht neugeboren am Rande der Zeit! Nun – nun – geh, Leben! Komm, Schlaf! Komm, Antonius!«

Und mit einem Blick zum Himmel trank sie und warf den Kelch auf den Boden.

Nun endlich kam der Augenblick meiner lange aufgestauten Rache und der Rache der empörten Götter Ägyptens und der Erfüllung des Fluches von Menkau-ra.

»Was ist das?«, rief sie; »mir wird kalt, aber ich sterbe nicht! Du dunkler Arzt, du hast mich verraten!«

»Ruhe, Kleopatra! Bald sollst du sterben und den Zorn der Götter erfahren! Der Fluch von Menkau-ra hat sich erfüllt! Es ist vollbracht! Sieh mich an, Frau! Sieh auf dieses entstellte Gesicht, diese entstellte Gestalt, diese lebende Masse an Leid! Sieh! Sieh! Wer bin ich?«

Sie starrte mich wild an.

»Oh! oh!«, schrie sie und warf die Arme hoch, »endlich erkenne ich dich! Bei den Göttern, du bist Harmachis! – Harmachis ist von den Toten auferstanden!«

»Ja, Harmachis ist von den Toten auferstanden, um dich in den ewigen Tod und die ewige Qual hinabzuziehen! Sieh,

Kleopatra; ich habe dich vernichtet, wie du mich vernichtet hast! Im Dunkeln wirkend und mit Hilfe der zornigen Götter bin der heimliche Quell deines Unheils gewesen! Ich erfüllte dein Herz mit Furcht bei Actium; ich hielt die Ägypter davon ab, dir zu helfen; ich schwächte die Kraft des Antonius; ich zeigte deinen Hauptleuten ein Vorzeichen der Götter! Durch meine Hand stirbst du schließlich, denn ich bin das Werkzeug der Rache! Verderben für Verderben zahle ich dir zurück, Verrat für Verrat, Tod für Tod! Komm her, Charmion, Teilhaberin meiner Ränke; du hast mich verraten, doch reumütig meinen Triumph geteilt, komm und sieh, wie diese gefallene Hure stirbt!«

Kleopatra hörte zu, sank zurück auf das goldene Bett und stöhnte: »Auch du, Charmion!«

Einen Moment lang saß sie so da, dann aber flammte ihr kaiserlicher Geist noch einmal auf. Sie taumelte vom Bett, und mit ausgestreckten Armen verfluchte sie mich.

»Oh! Für eine Stunde leben!«, rief sie; »eine kurze Stunde, damit ich dich darin auf eine Weise sterben lassen kann, die du dir nicht erträumen kannst, dich und deinen falschen Geliebten, der mich und dich betrogen hat! Und doch hast mich einst geliebt! Ah, da habe ich dich ja noch! Sieh, du listiger, verschwörerischer Priester« – und mit beiden Händen riss sie die königlichen Gewänder von ihrem Busen zurück – »sieh, auf dieser schönen Brust lag einst Nacht für Nacht dein Haupt, und du schliefst in diesen schönen Armen. Nun, vergiss die Erinnerung daran, wenn du kannst! Ich lese es in deinen Augen – du kannst es nicht! Keine Folter, die ich ertrage, kann in ihrer Summe dem Zorn deiner Seele nahe kommen, die von Sehnsüchten zerrissen ist, die nie Erfüllung finden werden! Harmachis, du Sklave der Sklaven; den Tiefen deines Triumphs entreiße ich einen noch tieferen Triumph, und besiegt besiege ich dich! Ich spucke auf dich – ich trotze dir – und verdamme dich sterbend zu den Qualen deiner unsterblichen Liebe! O Antonius! Ich komme, mein Antonius! Ich komme in deine teuren Arme! Bald werde ich dich finden, und, eingehüllt in eine unsterbliche und göttliche Liebe, werden wir zusammen durch alle Tiefen des Raumes schweben, und, Lippen an Lippen und Augen an Augen, von Wünschen trinken, die mit jedem Zug süßer werden! Oder, sollte ich dich nicht finden, werde ich in Frieden in die verschlungenen Pfade des Schlafes sinken; und für mich wird die Brust der Nacht, auf der ich sanft gewiegt werde, immer noch dein Schoß sein, Antonius! Oh, ich komme, Antonius, ich komme in deine teuren Arme! Komm und gib mir Frieden!«

Selbst in meinem Zorn litt ich unter ihrem Hohn bittere Qualen, denn schwer trafen mich die Pfeile ihrer geflügelten Worte. Ach und ach! Es war wirklich so – der Pfeil meiner Rache fiel auf mein eigenes Haupt zurück; nie hatte ich sie geliebt, wie ich sie jetzt liebte. Meine Seele war zerrissen von eifersüchtiger Folter, und so schwor ich, so sollte sie nicht sterben.

»Friede!«, rief ich; »welchen Frieden gibt es noch für dich? O Osiris, höre nun mein Gebet: Löse Du die Fesseln der Hölle und lass heraustreten diejenigen, die ich herbeirufen werde! Komm, Ptolemaios, der von deiner Schwester Kleopatra vergiftet wurde; komm, Arsinoë, die von deiner Schwester Kleopatra im Heiligtum ermordet wurde; komm, Sepa, der von Kleopatra zu Tode gefoltert wurde; komm, göttlicher Menkau-ra, dessen Leib Kleopatra zerriss und dessen Fluch sie aus Habgier erduldete; kommt, kommt alle, die durch die Hand Kleopatras gestorben sind! Kommt von der Brust der Nout und grüßt sie, die euch ermordet hat! Durch das Band der mystischen Vereinigung, durch das Symbol des Lebens, Geister, rufe ich euch!«

So sprach ich den Zauberspruch, während Charmion sich ängstlich an mein Gewand klammerte und die sterbende Kleopatra, auf ihre Hände gestützt, langsam hin und her schwankte und uns mit leeren Augen anstarrte.

Dann kam die Antwort. Der Fensterflügel zersprang, und auf flatternden Flügeln trat jene große Fledermaus ein, die ich zuletzt am Kinn des Eunuchen im Schoß der Pyramide von Her hatte hängen sehen. Dreimal kreiste sie, einmal schwebte sie über der toten Iras, dann flog sie dorthin, wo das sterbende Weib stand. Zu ihr flog sie, auf ihrer Brust ließ sie sich nieder, sich an den Smaragd klammernd, der aus dem toten Herzen Menkau-ras gezogen war. Dreimal kreischte der graue Schrecken laut auf, dreimal schlug er mit seinen knochigen Flügeln, und siehe da, – dann war er verschwunden.

Dann erschienen plötzlich in der Kammer die Gestalten des Todes. Da war Arsinoë, die Schöne, so wie sie unter dem Messer des Schlächters zu Boden sank. Da war der junge Ptolemaios, seine Züge durch den vergifteten Kelch entstellt. Da war die Majestät von Menkau-ra, gekrönt mit der Uräuskrone; da war der ernste Sepa, dessen Fleisch von den Haken des Folterers zerrissen war; da waren die vergifteten Sklaven; und da waren noch andere ohne Zahl, schattenhaft und furchtbar anzusehen, wie sie sich in der engen Kammer drängten und schweigend ihre glasigen Augen auf das Gesicht derjenigen richteten, die sie getötet hatte!

»Siehe Kleopatra!«, sagte ich. »Siehe, da hast du den Frieden – und stirb!«

»Ja!«, sagte Charmion. »Siehe und stirb! Du, die du mich meiner Ehre beraubt hast und Ägypten seines Königs!«

Sie schaute hin, sie sah die schrecklichen Gestalten – ihr Geist, der aus dem Fleisch eilte, konnte vielleicht Worte hören, für die meine Ohren taub waren. Dann sank ihr Gesicht vor Schrecken ein, ihre großen Augen wurden blass, und laut aufschreiend sank Kleopatra nieder – und starb; sie ging mit dieser schrecklichen Gesellschaft zu dem für sie bestimmten Platz.

So nährte ich, Harmachis, meine Seele mit Rache, erfüllte die Gerechtigkeit der Götter, und empfand doch keine Genugtuung darüber. Denn wenn das, was wir lieben, uns ins Verderben stürzt, und die Liebe unbarmherziger ist als der Tod, so müssen wir es dennoch weiter lieben, unsere Arme weiter nach unserer verlorenen Sehnsucht ausstrecken und unser Herzblut auf dem Altar unseres entthronten Gottes opfern.

Denn die Liebe ist vom Geist und kennt den Tod nicht.

32. Die Verkündigung des Schicksals

Charmion löste sich von meinem Arm, an den sie sich vor Schreck geklammert hatte.

»Deine Rache, du dunkler Harmachis«, sagte sie mit heiserer Stimme, »ist ein schrecklicher Anblick! O, du tote Ägypterin, mit all deinen Sünden warst du doch eine echte Königin! – Kommt, hilf mir; lass uns diesen armen Staub auf das Bett legen und ihn königlich schmücken, damit er den Boten Cäsars seine stumme Audienz geben kann, wie es der letzten Königin Ägyptens gebührt.«

Ich antwortete nicht, denn mein Herz war schwer, und nun, da alles geschehen war, war ich müde. Doch dann hoben wir gemeinsam den Körper hoch und legten ihn auf das goldene Bett. Charmion setzte die Uräuskrone auf die elfenbeinerne Stirn und kämmte das nachtschwarze Haar, in dem kein Silberfaden zu sehen war, und schloss zum letzten Mal die Augen, in denen all die wechselnden Herrlichkeiten des Meeres geschienen hatten. Sie faltete die kalten Hände über der Brust, aus der der Atem der Leidenschaft entflohen war, streckte die gebeugten Knie unter dem goldenen Gewand und legte Blumen neben das Haupt. Und endlich lag Kleopatra da, prächtiger in ihrer kalten Majestät des Todes als in ihrer reichsten Stunde der atmenden Schönheit!

Wir zogen uns zurück und schauten auf sie und auf die tote Iras zu ihren Füßen.

»Es ist vollbracht«, sagte Charmion, »wir sind gerächt, und nun, Harmachis, willst du auf demselben Weg weitergehen?« Und sie nickte in Richtung der Phiole auf dem Tisch.

»Nein, Charmion. Ich fliehe – ich fliehe in einen schwereren Tod! Nicht so leicht kann ich meine Zeit der irdischen Buße beenden.«

»So sei es, Harmachis! Und ich, Harmachis, ich fliehe auch, aber mit schnelleren Flügeln. Mein Spiel ist zu Ende. Auch ich habe Buße getan. Oh, welch bitteres Schicksal ist das meine, allen, die ich liebe, Unglück gebracht zu haben, und am Ende ungeliebt zu sterben! Bei dir habe ich gesühnt, bei meinen erzürnten Göttern habe ich gesühnt, und nun gehe ich, um einen Weg zu finden, wie ich bei Kleopatra sühnen kann in jener Hölle, in der sie ist und die ich teilen muss! Denn sie hat mich geliebt, Harmachis, und nun, da sie tot ist, denke ich, dass ich sie nach dir am meisten geliebt habe. So will ich von ihrem Becher und dem Becher des Iras trinken!« Und sie nahm die Phiole und schüttete mit ruhiger Hand den Rest des Giftes in den Kelch.

»Bedenke, Charmion«, sagte ich; »dass du noch viele Jahre leben und diese Sorgen unter den dahinschwindenden Tagen begraben magst.«

»Wohl könnte ich es, aber ich will nicht die Beute so vieler Erinnerungen sein, die Quelle einer unsterblichen Schande, die Nacht für Nacht, wenn ich schlaflos liege, von neuem aus meinem kummervollen Herzen quillt! Zerrissen von einer Liebe zu leben, die ich nicht überwinden kann! Einsam zu stehen wie ein sturmumtoster Baum und Tag für Tag seufzend zu den Winden des Himmels auf die Wüste meines Lebens zu blicken, während ich auf den zögernden Blitzschlag hoffe – nein, das will ich nicht, Harmachis! Ich war schon längst gestorben, aber ich lebte weiter, um dir zu dienen; nun brauchst du mich nicht mehr, und ich gehe. Oh, lebe wohl! Für immer lebe wohl! Nicht wieder werde ich in dein Antlitz schauen, und wohin ich gehe, dahin gehst du nicht! Denn du liebst mich nicht, der du noch die Königin liebst, die du zu Tode gehetzt hast. Sie sollst du nie gewinnen, und ich soll dich nie gewinnen, und das ist das bittere Ende des Schicksals! Höre, Harmachis: Ich bitte um einen Segen, ehe ich gehe und dir für alle Zeit nur ein Andenken der Schande sein werde. Sage mir, dass du mir verzeihst, so weit es dein ist, zu verzeihen, und zum Zeichen dessen küsse mich – nicht mit dem Kuss eines Liebhabers, sondern küsse mich auf die Stirn, und lass mich in Frieden gehen.«

Und sie näherte sich mir mit ausgestreckten Armen und kläglich bebenden Lippen und blickte auf mein Gesicht.

»Charmion«, antwortete ich, »wir sind frei, zum Guten oder zum Bösen zu handeln, und doch denke ich, dass es ein Schicksal über unserem Schicksal gibt, das, von einer fremden Küste blasend, die kleinen Segel unserer Absichten durchkreuzt und uns ins Verderben treibt. Ich vergebe dir, Charmion, wie ich darauf vertraue, dass du mir vergeben wirst, und mit diesem Kuss, dem ersten und dem letzten, besiegele ich unseren Frieden.«

Und mit meinen Lippen berührte ich ihre Stirn.

Sie sprach nicht mehr; nur eine kleine Weile stand sie da und schaute mich mit traurigen Augen an. Dann hob sie den Kelch und sagte: »Königlicher Harmachis, mit diesem tödlichen Kelch trinke ich dir zu! Ich wünschte, ich hätte davon getrunken, bevor ich jemals dein Gesicht sah! Pharao, der du, von deinen Sünden befreit, in vollkommenem Frieden über Welten herrschen wirst, die ich nicht betreten darf, der du ein königlicheres Zepter schwingen wirst als das, dessen ich dich beraubt habe, für immer, lebe wohl!«

Sie trank, warf den Becher hinunter und stand einen Moment lang mit den großen Augen eines Menschen, der den Tod erwartet. Dann kam er, und Charmion, die Ägypterin, fiel tot zu Boden. Und noch einen Moment lang stand ich da, allein bei der Toten.

Ich schlich an die Seite von Kleopatra, und jetzt, wo niemand mehr da war, der es sehen konnte, setzte ich mich auf das Bett und legte ihr Haupt auf mein Knie, wie es einst in jener Nacht des Tempelraubs unter dem Schatten der ewigen Pyramide gelegen hatte. Dann küsste ich ihre kühle Stirn und ging hinaus aus dem Haus des Todes – ein Sieger, aber von Verzweiflung geplagt!

»Arzt«, sagte der Offizier der Garde, als ich durch das Tor gschritt, »was geht da drüben im Monument vor? Mir war, als hörte ich die Geräusche des Todes.«

»Nichts geht vor – alles vergeht«, antwortete ich und ging weiter.

Und während ich durch die Dunkelheit schritt, hörte ich den Klang von Stimmen und das Geräusch der Fußtritte von Caesars Boten.

Ich floh schnell zu meinem Haus und fand Atoua an der Pforte wartend. Sie zog mich in ein stilles Gemach und schloss die Türen.

»Ist es vollbracht?«, fragte sie und wandte mir ihr faltiges Gesicht zu, während das Lampenlicht weiß auf ihr schneeweißes Haar fiel. »Nein, warum frage ich – ich weiß, dass es getan ist!«

»Ja, es ist vollbracht, und gut vollbracht, alte Frau! Alle sind tot! Kleopatra, Iras, Charmion – alle außer mir!«

Die alte Frau richtete ihre gebeugte Gestalt auf und rief: »Nun lass mich in Frieden gehen, da sich meine Wünsche wegen deiner Feinde und der Feinde von Khem erfüllt haben. Nicht umsonst habe ich über die Jahre des Menschen hinaus gelebt! Ich habe den Tau des Todes gesammelt, und dein Feind hat davon getrunken! Gefallen ist die Stirn des Stolzes, die Schande von Khem ist dem Staube gleich! Ach, hätte ich doch diese Hure sterben sehen!«

»Hör auf, Frau! Hör auf! Die Toten sind bei den Toten versammelt! Osiris hält sie fest, und ewiges Schweigen versiegelt ihre Lippen! Verfolge die gefallenen Großen nicht mit Beleidigungen! Auf! Lass uns nach Abouthis fliehen, auf dass alles vollendet werde!«

»Fliehe du, Harmachis! Fliehe, aber ich fliehe nicht! Nur zu diesem Zweck habe ich auf der Erde verweilt. Jetzt löse ich den Knoten meines Lebens und lasse meine Seele frei! Lebe wohl, Pharao, die Pilgerfahrt ist vollbracht! Harmachis, ich liebte dich von Kindesbeinen an und liebe dich noch immer, aber ich kann nicht mehr in dieser Welt deinen Kummer teilen, ich bin erschöpft. Osiris, nimm du meinen Geist!« Und ihre zitternden Knie gaben nach und sie sank zu Boden.

Ich lief an ihre Seite und sah sie an. Sie war schon tot – und jetzt war ich allein auf der Erde, ohne einen Freund, der mich trösten konnte!

Ich wandte mich um und ging, ohne dass mich jemand daran hinderte, denn in der Stadt herrschte große Verwirrung, und ich verließ Alexandria in einem Schiff, das ich schon früher bereit gemacht hatte. Am achten Tag der Reise ging ich an Land und wanderte in Ausführung meines Vorhabens zu Fuß über die Felder zum Heiligtum von Abouthis. Hier war, wie ich wusste, in letzter Zeit die Anbetung der Götter im Tempel des göttlichen Sethi wieder eingerichtet worden; denn Charmion hatte Kleopatra dazu gebracht, ihr Rachegebot zu bereuen und die Ländereien, die sie beschlagnahmt hatte, wieder zurückzugeben, nicht aber den Schatz zu erstatten. Nachdem der Tempel gereinigt worden war, waren nun, zur Zeit des Isisfestes, alle Hohepriester der alten Tempel Ägyptens versammelt, um die Heimkehr der Götter an ihren heiligen Ort zu feiern.

Ich erreichte die Stadt. Es war am siebten Tag des Festes der Isis und noch schlängelte sich der lange Zug durch die mir wohlbekannten Straßen. Ich schloss mich der Menge an und fiel mit meiner Stimme in den Chor des feierlichen Gesangs ein, als wir durch die Pylonen in die unvergänglichen Hallen hineingingen. Wie gut bekannt waren mir die heiligen Worte: »Leise schreiten wir, unsere gemessenen Schritte fallen in das Heiligtum der Sieben; leise rufen wir zu den Toten, die leben: ›Kehre zurück, Osiris, aus deinem kalten Reich! Kehre zurück zu denen, die dich von alters her verehren!‹«

Und dann, als die heilige Musik verklang, erhob der Hohepriester wie einst bei der Einsetzung der Majestät des Ra das Standbild des lebendigen Gottes und hielt es hoch vor die Menge.

Mit einem freudigen Ausruf von »Osiris! Unsere Hoffnung, Osiris! Osiris!« zerrissen die Menschen die schwarzen Hüllen von ihren Kleidern, so dass die weißen Gewänder darunter zum Vorschein kamen, und verneigten sich einmütig vor dem Gott.

Dann gingen sie zum Festmahl, jeder in sein Haus; ich aber blieb im Hof des Tempels.

Da trat ein Priester des Tempels heran und fragte mich nach meinen Wünschen. Ich antwortete ihm, dass ich aus Alexandrien käme und vor den Rat der Hohenpriester geführt werden wollte; denn ich wußte, dass die heiligen Priester versammelt waren, um über die Nachrichten aus Alexandrien zu beraten.

Daraufhin ging der Mann weg, und die Hohepriester, die hörten, dass ich aus Alexandria kam, befahlen, dass ich zu ihnen in die Halle der Säulen geführt werden sollte – und so wurde ich hineingeführt. Es war bereits dunkel, und zwischen den großen Säulen waren Lichter aufgestellt, wie in jener Nacht, als ich zum Pharao des Oberen und des Unteren Landes gekrönt worden war. Da saßen die hohen Würdenträger in langer Reihe in ihren geschnitzten Stühlen und berieten gemeinsam. Alles war gleich; die gleichen kalten Bilder von Königen und Göttern starrten mit den gleichen leeren Augen von den ewigen Wänden. Ja, mehr noch: unter den Versammelten befanden sich fünf der Männer, die als Anführer des großen Komplotts hier gesessen hatten, um meine Krönung zu sehen; sie waren die einzigen Verschwörer, die der Rache Kleopatras und der vernichtenden Hand der Zeit entgangen waren.

Ich stellte mich an die Stelle, an der ich einst gekrönt worden war, und machte mich mit einer solchen Bitterkeit des Herzens, die nicht beschrieben werden kann, zum letzten Akt der Schande bereit.

»Das ist doch der Arzt Olympus«, sagte einer. »Er, der als Einsiedler in den Gräbern von Tápé lebte und bis vor kurzem zum Haushalt der Kleopatra gehörte. Ist es denn wahr, dass die Königin durch ihre eigene Hand gestorben ist, Arzt?«

»Ja, heilige Herren, ich bin dieser Arzt; auch Kleopatra ist durch meine Hand gestorben.«

»Durch deine Hand? Wie kommt das? Obwohl es gut ist, dass die lüsterne Hure tot ist!«

»Verzeiht, meine Herren, ich werde Euch alles erzählen, denn ich bin zu diesem Zweck hierher gekommen. Vielleicht gibt es unter euch einige – ich denke, ich sehe einige –, die vor fast elf Jahren in dieser Halle versammelt waren, um heimlich einen Harmachis, den Pharao von Khem, zu krönen?«

»Es ist wahr!«, sagten sie; »aber woher weißt du diese Dinge, Olympus?«

»Von jenen siebenunddreißig Edlen«, fuhr ich fort, ohne zu antworten, »fehlen zweiunddreißig. Einige sind tot, so wie Amenemhat tot ist; einige sind ermordet, wie Sepa ermordet wurde; und einige arbeiten vielleicht noch als Sklaven in den Minen oder leben in der Ferne und fürchten Rache.«

»Es ist so«, sagten sie. »Ach! Es ist so. Harmachis, der Verfluchte, verriet das Komplott und verkaufte sich an die lüsterne Kleopatra!«

»So ist es«, erwiderte ich und hob den Kopf. »Harmachis verriet das Komplott und verkaufte sich an Kleopatra; und, heilige Herren, – ich bin dieser Harmachis!«

Die Priester und Würdenträger starrten erstaunt. Einige standen auf und sprachen, andere sagten nichts.

»Ich bin dieser Harmachis! Ich bin dieser Verräter, dreifach verstrickt in Verbrechen und Schande! Ein Verräter an meinen Göttern, ein Verräter an meinem Land, ein Verräter an meinem Schwur! Ich komme hierher, um zu sagen, dass ich dies getan habe. Ich habe die göttliche Rache an der ausgeführt, die mich ins Verderben stürzte und Ägypten dem Römer übergab. Und nun, da dies nach Jahren der Mühsal und des geduldigen Wartens durch meine Weisheit und die Hilfe der zornigen Götter vollbracht ist, siehe, da komme ich mit all meiner Schande auf dem Haupt, um zu verkünden, wer ich bin, und den Lohn des Verräters anzunehmen!«

»Kennst du die Strafe desjenigen, der den Eid gebrochen hat, der nicht gebrochen werden darf?«, fragte derjenige, der zuerst gesprochen hatte, in schwerem Ton.

»Ich weiß es wohl«, antwortete ich; »ich erbitte jene schreckliche Strafe.«

»Erzähle uns mehr von dieser Sache, du, der du Harmachis warst.«

So legte ich in kalten, klaren Worten meine ganze Schande offen und hielt nichts zurück. Und während ich sprach, sah ich, wie ihre Gesichter immer härter wurden, und wusste, dass es für mich keine Gnade gab; auch bat ich nicht darum, und hätte auch nicht darum gebeten, wenn sie hätte gewährt werden können.

Als ich geendigt hatte, ließen sie mich beiseite treten, während sie sich berieten. Dann holten sie mich wieder heraus, und der Älteste unter ihnen, ein sehr alter und ehrwürdiger Mann, der Priester des Tempels des göttlichen Hatschepu in Tápé, sprach in eisigem Tonfall: »Harmachis, wir haben diese Angelegenheit beraten. Du hast die dreifache Todsünde begangen. Auf deinem Haupt liegt die Last des Unheils von Khem, das heute von Rom unterdrückt wird. Isis, der geheimnisvollen Mutter, hast du die tödliche

Beleidigung dargebracht und du hast deinen heiligen Eid gebrochen. Für all diese Sünden gibt es, wie du wohl weißt, nur einen Lohn, und dieser Lohn ist der deine. Nichts kann es in der Waage unserer Gerechtigkeit bedeuten, dass du die getötet hast, die die Ursache deines Scheiterns war; nichts, dass du kamst, um dich selbst das gemeinste Geschöpf zu nennen, das je in diesen Mauern stand. Auch auf dich muss der Fluch von Menkau-ra fallen, du falscher Priester, du abtrünniger Patriot, du schändlicher und geächteter Pharao! Hier, wo wir die Doppelkrone auf dein Haupt setzen, verdammen wir dich zum Untergang! Geh in deinen Kerker und warte, bis der Schlag fällt! Geh und erinnere dich, was du hättest sein können und was du bist, und mögen die Götter, die durch dein böses Tun vielleicht bald aufhören, in diesen heiligen Tempeln verehrt zu werden, dir die Gnade gewähren, die wir dir versagen! Führt ihn hinaus!«

So nahmen sie mich und führten mich hinaus. Mit gesenktem Kopf ging ich und sah nicht auf, und doch fühlte ich ihre Augen auf mein Gesicht brennen.

Oh! Dies ist sicher die bitterste aller meiner Schanden!

33. Die letzte Schrift

Sie führten mich in die Gefängniskammer, die sich hoch im Pylonenturm befindet, und hier warte ich auf mein Schicksal. Ich weiß nicht, wann das Schwert des Schicksals fallen wird. Woche wird zu Woche, und Monat zu Monat, und immer noch wird es hinausgezögert. Noch immer zittert es ungesehen über meinem Kopf. Ich weiß, dass es fallen wird, aber wann, weiß ich nicht. Vielleicht werde ich in einer toten Stunde um Mitternacht aufwachen, die verstohlenen Schritte der Mörder hören und hinausgezerrt werden. Es könnte sein, dass sie schon da sind. Dann kommt das geheime Grauen, der namenlose Sarg, und endlich wird alles vorüber sein! Oh, lasst das Ende kommen! Lasst es schnell kommen!

Alles ist geschrieben; ich habe nichts zurückgehalten – meine Sünde ist gesühnt – meine Rache vollendet. Jetzt enden alle Dinge in Dunkelheit und Asche, und ich bereite mich auf die Schrecken vor, die in anderen Welten als dieser kommen werden. Ich gehe, aber nicht ohne Hoffnung: denn obwohl ich sie nicht sehe, obwohl sie meine Gebete nicht mehr erhört, bin ich mir doch der Heiligen Isis bewusst, die für immer bei mir ist und die ich noch einmal von Angesicht zu Angesicht sehen werde. Und dann endlich, an jenem fernen Tag, werde ich Vergebung finden; dann wird die Last meiner Schuld von mir abfallen und die Unschuld zurückkehren und mich einhüllen und mir heiligen Frieden bringen.

Oh, liebes Land von Khem, wie in einem Traum sehe ich dich! Ich sehe, wie ein Volk nach dem anderen seine Fahne an deinen Ufern aufstellt und sein Joch auf deinen Nacken legt! Ich sehe neue Religionen ohne Ende, die ihre Wahrheiten an den Ufern des Nils verkünden und die Menschen zu ihrer Anbetung aufrufen! Ich sehe deine Tempel – deine heiligen Tempel – im Staub zerbröckeln: ein Wunder für den Anblick der ungeborenen Geschlechter, die in deine Gräber blicken und die Großen deiner Herrlichkeit entweihen werden! Ich sehe, wie deine Geheimnisse von Unwissenden verhöhnt werden, und deine Weisheit wie Wasser auf dem Wüstensand verschwendet wird! Ich sehe die römischen Adler sich beugen und vergehen, ihre Schnäbel noch rot vom Blut der Menschen, und die glänzenden Lichter auf den Speeren der Barbaren tanzen, die in ihrem Kielwasser folgen! Und dann endlich sehe ich dich wieder groß, wieder frei, und wieder im Wissen um deine Götter – ja, deine Götter mit einem veränderten Antlitz und mit anderen Namen, aber immer noch deine Götter!

322

Die Sonne geht über Abouthis unter. Die roten Strahlen des Ra flammen auf den Tempeldächern, auf den grünen Feldern und den weiten Gewässern von Vater Nil. So sah ich sie als Kind sinken; so berührte ihr letzter Kuss die stirnrunzelnde Stirn der Pylonen; so derselbe Schatten, der auf den Gräbern lag. Alles ist unverändert! Ich – nur ich bin verändert – so sehr verändert, und doch derselbe!

Oh, Kleopatra! Kleopatra! Du Zerstörerin! Könnte ich nur dein Bild aus meinem Herzen reißen! Von all meinem Kummer ist dies der schwerste – noch muss ich dich lieben! Noch muss ich diese Schlange an mein Herz drücken! Noch muss in meinen Ohren das leise Lachen ihres Triumphs klingen, das Murmeln der plätschernden Fontäne, das Lied der Nacht –

(Hier endet die Schrift auf der dritten Papyrusrolle abrupt. Es scheint fast so, als ob der Schreiber in diesem Moment von denen überfallen wurde, die kamen, um ihn zum Tode zu führen.)